Charles Dickens

Schwere Zeiten

Bibliografische Information der Deutschen Nationalbibliothek:
Die Deutsche Nationalbibliothek verzeichnet diese Publikation in der Deutschen Nationalbibliografie; detaillierte bibliografische Daten sind im Internet
über http://dnb.dnb.de abrufbar.

Herstellung und Verlag: BoD – Books on Demand, Norderstedt

ISBN: 978-3-7460-3804-9

Inhaltsverzeichnis

Einleitung.

Den Roman »Schwere Zeiten« (*Hard times*) schrieb Dickens um 1853, zu einer Zeit, als er bereits auf der Höhe seines Ruhmes und seines meisterlichen Könnens stand. Warmherzige Menschlichkeit zu predigen und die Sprache des Gemütes und der Seele höher zu stellen als alle bloße kalte Verstandesweisheit, wird Dickens seit »Oliver Twist« nicht müde. »Schwere Zeiten« richtet sich vor allem gegen die trockene seelenlose Tatsachengelehrsamkeit. Man könnte als Motto über den Roman Goethes Worte aus der Schülerszene des »Faust« setzen:

> »Grau, teurer Freund, ist alle Theorie
> Und grün des Lebens goldner Baum.«

Insbesondere wandte sich Dickens gegen die Auswüchse der Manchester-Schule und ihrer Lehren vom rücksichtslosen wirtschaftlichen Egoismus. Er zeigt sich dabei diesmal weniger als Satiriker, sondern als der scharfe Beobachter und Menschenkenner. So malt er lebenswahr und ergreifend die Welt der Tatsachenmenschen und Verstandesegoisten: den brutalen, herzlosen Emporkömmling, den Fabrikanten Bounderby, der eitel, unbeherrscht und selbstsüchtig zum Tyrannen gegen die Arbeiter seiner Unternehmungen wird, und sein Gegenspiel Mr. Gradgrind; aber dieser Mann hat im Grunde ein menschlicher Empfindungen fähiges Herz. Er ist nur ein Opfer der zeitlichen Mode geworden, die mit Statistiken und Zahlen die Geheimnisse des Lebens glaubt meistern zu können, und die alle Phantasie und alles blühende Schöpfertum der Seele als ungehörig und belanglos ablehnt. So erzieht Gradgrind seine beiden Kinder Luise und Tom in dem erkältend nüchternen Sinn reiner Verstandesmechanik. Die Folge ist, daß er seiner Tochter alle Sicherheit und alles Glück ihrer Jugend zerstört, sein Sohn aber zum skrupellosen Verbrecher wird. Die feine, menschlich tiefe psychologische Entwicklung der dargestellten Menschen, ihres Wirkens und Leidens ist von Dickens mit unübertrefflicher Meisterschaft gegeben. Zuletzt offenbart sich darin Dickens schöner unbeirrter Glaube an die Weltgerechtigkeit, daß er zum Schluß die Sache des Guten siegen läßt. Die furchtbaren Folgen der verkehrten lebenstötenden Erziehung muß der alte Gradgrind unerbittlich auskosten, aber Reue und die Hoffnung, daß über die in schweren Zeiten geprüften und geläuterten Menschen eine bessere Zukunft heraufziehen möge, gibt dem Roman einen versöhnenden Ausklang. Erschütternd lebensecht ist daneben die Welt der gebundenen, in schwerem Werktagslos dahinlebenden Massen der trostlosen Fabrikstädte gesehen.

Hier erweist sich Dickens als ein Vorgänger Zolas und seiner großen sozialen Romane. Daneben sind dann einzelne Typen mit erfrischender Satire gezeichnet, so die vornehme Madame Sparsit, die den verarmten und entarteten Adel darstellt, der sich schmarotzend mit Emporkömmlingen vom Schlage Bounderbys und ähnlichen Industriellen verband. Sehr »interessant« (das Wort in seiner vollsten Bedeutung genommen) ist auch der Vertreter des Snobs, Mr. Harthouse, der amoralische Genußmensch, der das Leben in all seinen Gewöhnlichkeiten durchschaut, der an nichts als eben an diese Gewöhnlichkeit glaubt.

Was diesem Roman unvergängliche Frische verleiht, ist die lebendige Kraft, die noch immer von ihm ausströmt. Die Bounderbys und Gradgrinds wandeln noch immer unter uns. Und immer noch bemüht sich der technisierende nüchterne Verstand, allen Frühling des Herzens und der Phantasie totzuschlagen. Deshalb können die »Schweren Zeiten« auch unserer Generation als Mahnung zur Einkehr, zur Selbstbesinnung wärmstens empfohlen werden.

Bei der Textrevision bin ich von Dr. *Eva Thaer* freundlichst unterstützt worden.

P. Th. H.

Erstes Kapitel.

»Nun, was ich brauche, das sind Tatsachen. Bringen Sie diesen Knaben und Mädchen nichts als Tatsachen bei. Im Leben bedarf man nur der Tatsachen. Pflanzen Sie nichts anderes ein und entwurzeln Sie alles übrige. Den Geist vernunftbegabter Tiere können Sie nur durch Tatsachen bilden; nichts anderes wird ihnen je von Nutzen sein. Nach diesem Grundsatz erziehe ich meine eigenen Kinder und nach dem gleichen Grundsatz erziehe ich diese Kinder. Halten Sie sich an Tatsachen, mein Herr.«

Der Schauplatz bestand aus einem kahlen, schmucklosen und einförmigen Raum von Schulzimmer, und der plumpe Zeigefinger des Sprechers verlieh dessen Bemerkungen Nachdruck, indem er jeden Satz mit einer Linie am Ärmel des Schulmeisters unterstrich. Der Nachdruck wurde erhöht durch des Sprechers plumpe, mauerartige Stirn, die sich schwer über dessen Augenbrauen erhob. Seine Augen fanden gleichsam ein bequemes Kellergeschoß in zwei dunklen Höhlen, die von der Mauer beschattet wurden. Der Nachdruck wurde erhöht durch den Mund des Sprechers, der dünn, breit und scharf gezeichnet war. Der Nachdruck wurde erhöht durch die Stimme des Sprechers, die unbiegsam, trocken und herrisch klang. Der Nachdruck wurde erhöht durch das Haar des Sprechers, das sich borstenartig an den Enden seines kahlen Kopfes wie eine Pflanzschule von Tannen emporsträubte, um den Wind von dessen schimmernder Oberfläche abzuhalten. Diese war, der Kruste einer Rosinenpastete gleich, ganz mit Knoten bedeckt, als ob der Kopf kaum genug Lagerraum für die harten Tatsachen hätte, die in seinem Innern aufgespeichert lagen. Das stöckische Benehmen, der plumpe Rock, die plumpen Beine und die plumpen Schultern des Sprechers – ja, sein Halstuch sogar, das in seiner unbiegsamen Tatsächlichkeit so zusammengezogen war, um ihn bei der Kehle mit einem unnachgiebigen Griffe zu fassen – das alles erhöhte den Nachdruck.

»In diesem Leben haben wir nichts als Tatsachen nötig, mein Herr: nichts als Tatsachen.«

Der Sprecher und der Schulmeister samt der dritten er-
wachsenen Person, die zugegen war, alle zogen sich nunmehr
etwas zurück und ließen ihre Augen über die geneigte Ebene
kleiner Gefäße schweifen, die hier und da in Ordnung aufgepflanzt waren, bereit, mit richtig gemessenen Gallonen von
Tatsachen vollgeschüttet zu werden, bis sie bis zum Rand
gefüllt wären.

Zweites Kapitel.

Thomas Gradgrind, mein Herr. Ein Mann der Wirklichkeit. Ein Mann der Tatsachen und Berechnungen. Ein Mann, der von dem Prinzip ausgeht, daß zwei und zwei vier sind und nicht mehr, und bei dem jedes Zureden, etwas mehr zu gestatten, vergebens ist. Thomas Gradgrind, mein Herr – Thomas schlechterdings – Thomas Gradgrind. Mit einem Lineal und einer Wage, samt der Multiplikationstafel in der Tasche, mein Herr, bereit, jedes Stück menschlicher Natur zu wägen und zu messen, und euch genau zu bestimmen, auf wieviel es sich beläuft. Das ist eine bloße Zahlenfrage, ein Gegenstand der einfachen Arithmetik. Ihr könnt die Hoffnung hegen, sonst etwas Unsinniges in den Kopf von George Gradgrind oder Augustus Gradgrind, oder John Gradgrind, oder Joseph Gradgrind (lauter angenommene, nicht existierende Personen) zu bringen, aber in den Kopf von Thomas Gradgrind – niemals, mein Herr!

Mit solchen Ausdrücken führte sich Mr. Gradgrind immer, entweder im Privatkreis seiner Bekanntschaften oder beim Publikum im allgemeinen, in Gedanken ein. Mit solchen Ausdrücken und nur »Knaben und Mädchen« anstatt »mein Herr« setzend, stellte jetzt Thomas Gradgrind mit Nachdruck diesen selben Thomas Gradgrind den kleinen vor ihm stehenden Krügen vor, die ganz und gar mit Tatsachen vollgefüllt werden sollen.

Als er aus dem früher erwähnten Kellergeschoß feurige Blicke auf sie schleuderte, glich er in der Tat einer Art Kanone, die bis zur Mündung mit Tatsachen gefüllt, bereit war, die Kleinen mit einem Schuß aus den Regionen der Kindheit hinauszufegen. Er hatte auch Ähnlichkeit mit einem galvanischen Apparat, der anstatt der zarten, jugendlichen Bilder, die verscheucht werden sollten, mit einem greulichen, mechanischen Ersatzmittel angefüllt war.

»Mädchen Nummer Zwanzig«, sagte Mr. Gradgrind mit seinem plumpen Zeigefinger plump hindeutend. »Ich kenne dieses Mädchen nicht. Wer ist dieses Mädchen?«

»Cili Jupe, mein Herr«, setzte Nummer Zwanzig errötend, sich erhebend und knixend, auseinander.

»Cili ist kein Name«, sagte Mr. Gradgrind. »Nenne dich nicht Cili. Nenne dich Cecilie.«

»Vater nennt mich Cili, mein Herr«, erwiderte das junge Mädchen mit zitternder Stimme und mit einem zweiten Knix.

»Dann hat er kein Recht dazu«, sagte Mr. Gradgrind. »Sag ihm, Cecilie Jupe, daß er das nicht tun darf. Laß einmal sehen. Was ist dein Vater?«

»Er gehört zur Reitertruppe, wenn Sie erlauben, mein Herr.«

Mr. Gradgrind runzelte die Stirn und machte mit der Hand eine abwehrende Bewegung gegen den verwerflichen Beruf.

»Wir brauchen darüber hier nichts zu wissen. Du mußt uns darüber hier nichts sagen. Dein Vater reitet Pferde zu, nicht wahr?«

»Ja, zu dienen, mein Herr. Wenn welche zum Bereiten zu bekommen sind, so werden sie in der Reitbahn zugeritten, mein Herr.«

»Du mußt uns hier nichts über die Reitbahn erzählen. Gut also. Beschreibe deinen Vater als einen Bereiter. Er kuriert Pferde, wie ich voraussetze?«

»O ja, mein Herr.«

»Sehr gut nun. Er ist also ein Veterinär, ein Pferdearzt und Bereiter. Gib mir deine begriffliche Bestimmung vom Pferd.«

(Höchste Bestürzung von Cili Jupe über diese Frage.)

»Mädchen Nummer Zwanzig nicht imstande auseinanderzusetzen, was ein Pferd ist«, sagte Mr. Gradgrind zum allgemeinen Nutzen der sämtlichen kleinen Krüge. »Mädchen Nummer Zwanzig hat in bezug auf eines der gewöhnlichsten Tiere keine Tatsachen inne. Nun soll ein Knabe die begriffliche Bestimmung von einem Pferd geben. Bitzer, los!«

Der plumpe Finger geriet, hin- und herschweifend, plötzlich auf Bitzer. Vielleicht deshalb, weil er gerade von demselben Sonnenstrahl getroffen wurde, der durch eines der kahlen Fenster des ungewöhnlich weißgewaschenen Zimmers fiel und auf Cili seinen Schimmer warf. Die Knaben und Mädchen saßen nämlich in einem Raum mit schräg abfallendem Fußboden und waren voneinander durch einen schmalen Gang in der Mitte getrennt. Sie saßen in dichten Haufen. Cili aber, die sich an der Ecke einer Reihe an der sonnigen Seite befand, wurde von dem Anfange eines Sonnenstrahles getroffen. Von diesem Sonnenstrahl fing Bitzer, der sich an der Ecke auf der andern Seite einige Reihen weiter vorwärts befand, das Ende auf. Während jedoch das Mädchen so dunkeläugig und so dunkelhaarig war, daß sie eine tiefere und glänzendere Farbe durch den Sonnenschein erhielt, war der Knabe wieder so helläugig und lichthaarig, daß ganz dieselben Strahlen das bißchen aus ihm herauszuziehen schienen, was er an Farbe je besessen. Seine glanzlosen Augen würden kaum als solche gegolten haben, wenn die kurzen Enden von Augenwimpern ihre Form nicht dadurch hervorgehoben hätten, daß sie diese in einen unmittelbaren Kontrast mit noch etwas Blasserem, als sie selbst waren, gebracht hätten. Sein kurzgestutztes Haar konnte als eine bloße Fortsetzung der rötlichen Sommersprossen auf Stirn und Gesicht gelten. Seine Haut hatte, was die natürliche Farbe betraf, ein so ungesundes und mangelhaftes Aussehen, daß er den Anschein hatte, als würde er weiß bluten, wenn man ihn schnitte.

»Bitzer«, sagte Thomas Gradgrind, »deine begriffliche Bestimmung von einem Pferd.«

»Vierfüßig. Grasfressend. Vierzig Zähne, nämlich: vierundzwanzig Backenzähne, vier Augenzähne und zwölf Schneidezähne. Wirft im Frühling die Haut ab und in morastigen Gegenden auch die Hufe. Die Hufe sind hart, müssen jedoch mit Eisen beschlagen werden. Zeichen im Maule geben das Alter an.« Also (und noch viel mehr) sprach Bitzer.

»Nun, Mädchen Nummer Zwanzig«, sagte Mr. Gradgrind, »weißt du, was ein Pferd ist.«

Sie knixte abermals und würde noch mehr errötet sein, wenn sie überhaupt noch mehr hätte erröten können, als sie es bisher getan hatte. Nachdem Bitzer auf Thomas Gradgrind mit beiden Augen zugleich rasch hingeblinzelt hatte und das Licht auf seinen zitternden Spitzen von Augenwimpern so auffing, daß sie wie Fühlhörner geschäftiger Insekten aussahen, fuhr er mit den Knöcheln an die sommersprossige Stirn und setzte sich wieder.

Der dritte Herr trat jetzt vorwärts. Er war ein tüchtiger Mann im Knuffen und Schlagen; ein Regierungsbeamter. Nach seiner Weise (und auch in der der meisten Leute) ein erklärter Boxer. Immerfort in Übung, immerfort mit einem Plane bei der Hand, die Kehle von aller Welt wie ein Arzneikügelchen abzuwürgen, posaunte er ständig vor den Schranken seines Bureaus aus, daß er bereit sei, es mit »ganz England« aufzunehmen. Um in der Phraseologie der Faust fortzufahren, besaß er ein eigenes Talent, überall mit jedermann anzubinden und sich als einen abscheulichen Kumpan zu bewähren. Er konnte irgendwo hinkommen und sofort jeden beliebigen Menschen eines mit der Rechten versetzen, mit der Linken nachholen, einhalten. Arme wechseln, sich stemmen und seinen Gegner (er schlug sich stets mit »ganz England«) bis zu dem Seitenring drängen und dann über ihn geschickt herfallen. Er war sicher, ihm das Lebenslicht auszublasen und seinen unglücklichen Gegenkämpfer für ewig taub zu machen. Er hatte auch von einer höheren Autorität den Auftrag, das große Bureau des tausendjährigen Reiches zu begründen, wenn solche Kommissare je einmal zur Herrschaft auf Erden gelangen sollten.

»Sehr gut«, sagte dieser Herr, munter lächelnd und die Arme kreuzend. »Das ist ein Pferd. Laßt mich euch nun die Frage vorlegen, Mädchen und Knaben, würdet Ihr ein Zimmer mit den bildlichen Darstellungen eines Pferdes tapezieren?«

Nach einer Pause rief die *eine* Hälfte der Kinder im Chor: »Ja, mein Herr!« worauf die andere Hälfte, die in dem Gesicht dieses Herrn las, daß Ja unrichtig war, im Chor ausrief: »Nein, mein Herr«, wie es bei solchen Prüfungen gewöhnlich geschieht.

»Versteht sich, nein. Warum aber?«

Eine Pause. Ein wohlbeleibter, bedachtsamer Knabe, der keuchend Atem holte, wagte die Antwort: weil er ein Zimmer gar nicht tapezieren, sondern malen lassen würde.

»Du *mußt* es tapezieren«, sagte der Herr ziemlich leidenschaftlich.

»Du mußt es tapezieren«, sagte Thomas Gradgrind, »ob du willst oder nicht. Sag *uns* nicht, du würdest es nicht tapezieren. Was meinst du. Junge?«

Nach einer zweiten und schrecklichen Pause begann der Herr abermals: »Ich will euch also erklären, warum ihr ein Zimmer nicht mit den bildlichen Darstellungen eines Pferdes tapezieren würdet. Sehet ihr je in Wirklichkeit Pferde auf den Seiten eines Zimmers hin und her gehen? Seht ihr das in der Tat?«

»Ja, mein Herr«, von der einen Hälfte und »Nein, mein Herr«, von der andern.

»Versteht sich, nein«, sagte der Herr mit einem unwilligen Blick auf die unrichtige Hälfte. »Nun, ihr werdet nie etwas sehen, was ihr nicht in der *Tat* sehet. Ihr werdet nirgends etwas haben, was ihr nicht in der *Tat* habt. Was man Geschmack nennt, ist nur eine andere Bezeichnung für Tatsache.«

Thomas Gradgrind nickte seine Beistimmung zu.

»Das ist ein neues Prinzip, eine Entdeckung, eine große Entdeckung«, sagte der Herr. »Nun werde ich euch nochmals auf die Probe stellen. Vorausgesetzt, ihr ließet ein Zimmer mit einem Teppich belegen. Würdet ihr einen Teppich wählen, auf dem sich bildliche Darstellungen von Blumen befinden?«

Da jetzt die allgemeine Überzeugung vorherrschte, daß »Nein, mein Herr«, bei diesem Herrn immer die richtige Antwort sei, so war der Chor von Nein sehr stark. Nur einige Nachzügler riefen Ja; unter diesen Cili Jupe.

»Mädchen Nummer Zwanzig«, sagte der Herr in der ruhigen Würde seiner Weisheit lächelnd. Cili errötete und erhob sich.

»Also du würdest dein Zimmer oder das deines Mannes, wenn du schon erwachsen wärest und einen Mann hättest, mit einem Teppich belegen, auf dem Blumen abgebildet sind – würdest du da«?« rief der Herr, »Warum würdest du das?«

»Wenn Sie erlauben, mein Herr, ich habe Blumen sehr lieb«, antwortete das Mädchen.

»Und warum möchtest du also Tische und Stühle auf sie stellen und die Leute mit ihren schweren Stiefeln darauf herumtreten lassen?«

»Da« würde ihnen nichts schaden, mein Herr. Sie würden nicht zerdrückt werden und verwelken. Wenn Sie erlauben, mein Herr. Sie wären nur die Bilder von etwas recht Hübschem und Angenehmen, und ich würde mir einbilden —«

»Ei! Ei! Ei! Aber du darfst dir nichts einbilden«, rief der Herr, ganz stolz darauf, so glücklich zu diesem Punkt geraten zu sein. »Das ist's ja gerade. Du darfst dir nie etwas einbilden.«

»Du darfst nie, Marie Jupe«, wiederholte Thomes Gradgrind feierlich, »dergleichen tun.«

»Tatsachen! Tatsachen! Tatsachen!« sagte der Herr, und »Tatsachen! Tatsachen! Tatsachen!« wiederholte Thomas Gradgrind.

»In allen Dingen müßt ihr«, sagte der Herr, »von Tatsachen geleitet und gelenkt werden. Wir hoffen, in kurzem einen Ausschuß der Tatsachen, zusammengesetzt aus Kommissaren der Tatsachen, zu haben, die das Volk zwingen werden, ein Volk der Tatsachen und nur der Tatsachen zu sein. Das Wort Einbildung müßt ihr ganz verbannen. Ihr habt nichts damit gemein. Ihr dürft in keinem Gegenstande, der zum Nutzen oder zur Zierde gereicht, etwas finden, das mit der Tatsächlichkeit im Widerspruch steht. Ihr geht in der Tat nicht auf Blumen: ihr dürft also auf Blumen in Teppichen nicht gehen. Ihr seht nirgends, daß ausländische Vögel und Schmetterlinge herbeifliegen, um sich auf eurem Geschirr niederzulassen; es kann euch daher nicht gestattet werden, ausländische Vögel und Schmetterlinge auf euer irdenes Geschirr zu malen. Ihr begegnet nie vierfüßigen Tieren, die auf den Wänden hin und her spazieren; ihr dürft also keine vierfüßigen Tiere auf den Wänden darstellen lassen. Zu all solchen Belangen«, fügte der Herr hinzu, »dürft ihr nur Vergleiche und Zusammenstellungen (in Grundfarben) mathematischer Figuren in Anwendung bringen, die einer Beweisführung fähig sind. Das ist die neue Entdeckung. Das ist Tatsache. Das ist Geschmack.«

Das Mädchen knixte und setzte sich. Sie war sehr jung und sah aus, als ob sie vor dem Prospekt der Tatsächlichkeit, den die Welt bot, erschrocken wäre.

»Nun, wenn Mr. M'Choakumchild«, sagte der Herr, »zu seiner ersten Lektion hier schreiten will, so werde ich mich glücklich schätzen, auf Ihr Ersuchen, Mr. Gradgrind, sein pädagogisches Verfahren zu beobachten.«

Mr. Gradgrind war sehr verbunden. »Mr. M'Choakumchild, wir warten nur auf Sie.«

So fing denn Mr. M'Choakumchild in seiner besten Weise an. Er und andere hundertundvierzig Schulmeister wurden vor kurzem zu gleicher Zeit, in derselben Faktorei und nach denselben Prinzipien wie ebenso viele Pianogestelle, gedrechselt. Er war durch eine zahllose Menge von Fächern gegangen und hatte ganze Bände von kopfzerbrechenden Fragen beantwortet. Orthographie, Etymologie, Syntax und Prosodie, Biographie, Astronomie, Geographie und allgemeine Kosmographie, die Wissenschaften der zusammengesetzten Proportionen, Algebra, Landmessen und Nivellieren, Gesang und Zeichnen nach Modellen, das alles saß ihm sozusagen fest bis in die Spitzen seiner erstarrten zehn Finger. Er hatte sich den steinigen Pfad in die Liste B. des hochehrwürdigen geheimen Rates Ihrer Majestät gebahnt, und hatte die Blüte in den höheren Zweigen der Mathematik und Naturwissenschaft und im Deutschen, Französischen, Lateinischen und Griechischen davongetragen. Er wußte alles hinsichtlich der natürlichen Ländergrenzen der ganzen Welt (was immer sie sein mögen); er wußte alle Geschichten aller Völker, und alle Namen aller Berge und Flüsse, und alle Erzeugnisse, Sitten und Gebräuche aller Länder und all ihre Grenzen und Lagen auf den zweiunddreißig Punkten des Kompasses. Ach, ziemlich überladen, Mr. M'Choakumchild! Wenn er nur etwas weniger gelernt hätte, wie unendlich besser hätte er weit mehr beibringen können!

Er machte sich in der Vorbereitungslektion an die Arbeit, wie ungefähr Morgiana in den »Vierzig Dieben«, indem er nacheinander in all die Gefäße blickte, die vor ihm geordnet standen, um zu sehen, was sie enthalten. Sage doch, guter

M'Choakumchild: glaubst du, wenn du von deinem quellenden Vorrat jeden Krug bis an den Rand füllen wirst, imstande zu sein, dem Wegelagerer Phantasie, der darinnen lauert, für immer den Garaus zu machen, oder ihn nur zu verstümmeln und zu verrenken?

Drittes Kapitel.

Mr. Gradgrind schwebte von der Schule hochzufrieden nach Hause. Es war seine Schule, und er hatte sie zu einem Muster bestimmt. Er wollte aus jedem Kinde darin ein Muster machen – ganz wie die jungen Gradgrinds sämtlich Muster waren.

Es gab fünf junge Gradgrinds und jedes von ihnen war ein Muster. Sie waren von ihrem zartesten Alter an gehofmeistert worden: gehetzt wie junge Hasen. Beinahe seit sie allein laufen konnten, wurden sie angehalten, in die Schule zu laufen. Der erste Gegenstand, mit dem sie in Berührung kamen, oder von dem sie eine Erinnerung hegten, war eine große schwarze Tafel, woran ein garstiger Oger schreckliche weiße Figuren mit Kreide malte.

Nicht daß sie etwas von der Natur oder dem Namen Oger wußten. Bewahre die Tatsächlichkeit! Ich bediene mich nur des Ausdrucks, um ein Ungeheuer in einem pädagogischen Kastell zu bezeichnen, das mit einem, der Himmel weiß aus wie vielen Köpfen bestehenden Haupt die Jugend gefangennahm und sie bei den Haaren in die düsteren statistischen Höhlen schleppte.

Kein Junges von den Gradgrinds hat je ein Gesicht im Monde gesehen. Es war schon oben im Mond, ehe es noch deutlich sprechen konnte. Kein Junges von den Gradgrinds hat je das einfältige Reimgeklingel gelernt: O schimmre, schimmre kleiner Stern. Was du denn bist, wie wüßt' ich's gern! es hat nie Bewunderung für diesen Gegenstand gehegt, da es schon mit fünf Jahren den großen Bären wie ein Professor Owen zergliedern und den Charles Wain wie ein Lokomotivführer treiben konnte. Kein Junges von Gradgrinds hat je eine Kuh auf dem Felde mit jener berühmten Kuh mit dem krummen Horn in Verbindung gebracht, die den Hund emporschleuderte, der die Katze erwürgte, die die Ratte tötete, die das Malz fraß, oder mit der noch berühmteren Kuh, die Tom Thumb verschlang. Es hatte nie von jenen Berühmtheiten vernommen und wurde mit der Kuh nur bekannt, als mit einem grasfressenden, wiederkäuenden, vierfüßigen Tier, das diverse Magen hatte.

Mr. Gradgrind lenkte seine Schritte seiner Wohnung der Tatsächlichkeit zu, die den Namen Stone Lodge (Steinhaus) führte. Er hatte sich der Wirklichkeit gemäß von seinem Großhandel mit Eisenwaren zurückgezogen, ehe er noch Stone Lodge baute und sah sich jetzt nach einer schicklichen Gelegenheit um, eine arithmetische Figur im Parlament auszumachen. Stone Lodge war in einem Marschlande innerhalb einer Meile oder zwei von einer großen Stadt gelegen, die in dem gegenwärtigen zuverlässigen Wegweiser den Namen Coketown (die Kohlenstadt) führt. Stone Lodge bildete eine ganz regelmäßige Figur auf der Fläche der Gegend. Kein einziger Gegenstand verdunkelte oder umschattete diese unnachgiebige Tatsache in der Landschaft. Ein großes vierkantiges Haus, dessen Hauptfenster von einem plumpen gewölbten Gang verdunkelt waren, wie die Augenbrauen seines Besitzers dessen Augen umdüsterten. Ein berechnetes, ausgeklügeltes, erwogenes und rekonstruiertes Haus war es. Sechs Fenster auf dieser Seite der Tür, sechs auf jener Seite; im ganzen zwölf auf diesem Flügel und im ganzen zwölf auf jenem Flügel; vierundzwanzig waren auf der Rückseite angebracht. Ein freier Rasenplatz und Garten samt einer jungen Allee, alles schnurgerade abgemessen, wie ein botanisches Register. Die Gasröhren und der Ventilator, die Abzugsgräben und die Wasserleitung, alles war von der vorzüglichsten Beschaffenheit. Eiserne Latten und Bindebalken, feuerfest von oben bis unten. Mechanische Hebemaschinen für die Hausmägde, mit ihren sämtlichen Bürsten und Besen – alles was das Herz begehren konnte.

Alles? Nun, ich nehme es an. Die kleinen Gradgrinds hatten auch Kabinette für verschiedene wissenschaftliche Fächer. Sie hatten ein kleines konchyliologisches Kabinett, ein kleines metallurgisches Kabinett und ein kleines mineralogisches Kabinett. Die Proben waren sämtlich geordnet und mit Zetteln versehen, und die Stücke Metall und Stein sahen aus, als ob sie von ihren verwandten Stoffen mit jenen erschrecklich harten Instrumenten – ihren eigenen Namen – abgelöst worden wären. Wenn nun, um die einfältige Legende von Peter Piper, der nie seinen Weg in ihre Kinderstube gefunden, zu umschreiben, die lüsternen jungen Gradgrinds nach mehr als alledem haschten, was war es, um Gottes Barmherzigkeit willen, wonach die lüsternen jungen Gradgrinds haschten!

Ihr Vater schritt in einer hoffnungsvollen, zufriedenen Gemütsstimmung aus. Er war nach seiner Weise ein zärtlicher Vater. Aber er würde sich wahrscheinlich (wenn er wie Cili Jupe um eine Definition befragt worden wäre) als einen »ausgezeichnet praktischen« Vater bezeichnet haben. Er setzte einen besonderen Stolz in die Redensart »ausgezeichnet praktisch«, was eine besondere Anwendung auf ihn zu haben schien. Was für Versammlungen jemals in Coketown abgehalten wurden und was deren Programm auch immer sein mochte, ganz gewiß ergriff bei einer solchen ein Coketowner die Gelegenheit, auf seinen ausgezeichnet praktischen Freund Gradgrind anzuspielen. Das fand immer den Beifall des ausgezeichnet praktischen Freundes. Er wußte, daß so etwas ihm gebührte; auch war ihm diese Gebühr angenehm.

Er hatte den neutralen Boden außerhalb des Weichbildes der Stadt erreicht, der weder Stadt noch Land war, und doch war eins von beiden beeinträchtigt, als der Klang von Musik an seine Ohren scholl. Die schmetternde und lärmende Bande, die zu der Kunstreitergesellschaft gehörte, und die seit einiger Zeit sich in dem hölzernen Pavillon daselbst niedergelassen hatte, war in vollem Zug. Eine Fahne, die von der Spitze des Tempels flatterte, verkündigte der Menschheit, daß es »Slearys Reitertruppe« sei, die auf ihren Beifall Anspruch erhebe.

Sleary selbst, eine derbe, moderne Statue, mit einer Geldbüchse am Ellbogen, in einer kirchlichen Nische von altertümlicher gotischer Bauart, nahm das Geld. Miß Josephine Sleary weihte damals, wie einige sehr lange und sehr schmale Streifen von Ankündigungszetteln anzeigten, die Belustigungen mit ihrem anmutigen Reiterkunststück des Tiroler Blumentanzes ein.

Unter den sonstigen angenehmen, aber stets höchst moralischen Wundern, die gesehen werden müssen, um geglaubt zu werden, sollte Signor Jupe an jenem Nachmittag »die ergötzlichen Fertigkeiten seines ausgezeichnet dressierten und sich produzierenden Hundes Merrylegs erläutern«. Er sollte ferner vorführen »sein Erstaunen erregendes Kunststück, 75 Zentner in hastiger Aufeinanderfolge rückwärts über den Kopf zu schleudern, und auf diese Weise einen Springbrunnen von festem Eisen inmitten der Luft zu bilden: ein Kunststück, das weder in diesem, noch in einem andern Lande je versucht worden, und das, nachdem es einen so entzückenden, stürmischen Beifall unter den begeisterten Massen hervorgerufen, dem Publikum nicht vorenthalten werden darf. Derselbe Signor Jupe sollte in häufigen Zwischenräumen »die verschiedenartigen Darstellungen mit seinen keuschen Shakespeareschen Stichelreden und Neckereien beleben«. Schließlich sollte er sie dadurch in Spannung versetzen, daß er in der »funkelnagelneuen und drolligen Hippokomedietta des Schneiders Reise nach Brentford, in seiner Lieblingsrolle des Mr. William Button von Tooly Street, erschien«.[1]

Thomas Gradgrind beachtete diese Trivialitäten, wie es sich von selbst versteht, nicht im geringsten, sondern ging vorüber, wie ein praktischer Mensch vorübergehen sollte, die lärmenden Insekten entweder von seinen Gedanken verscheuchend oder sie dem Zuchthaus überliefernd. Die Wendung der Straße führte ihn aber an der Rückwand der Bude vorüber, und an der Rückwand der Bude eine Menge von Kindern in einer Menge von merkwürdigen Verrenkungen beisammen und war bestrebt, die verborgenen Wunder des Platzes zu begaffen.

Das brachte ihn zum Stehen. »Nun sehe einer einmal diese Vagabunden«, sagte er, »wie sie das junge Pack aus einer Musterschule anlocken.«

Da ein Raum von niedergetretenem Gras und trockenem Schutt sich zwischen ihm und dem jungen Pack befand, so zog er seine Brille aus der Tasche, um nach einem Kinde zu sehen, das er bei Namen kannte und fortrufen könnte. Ein

---

[1] Hippokomedietta: eine Pantomime, verbunden mit Vorführung von Pferdedressuren und Reiterkunststücken.

fast unglaubliches, obwohl deutlich wahrgenommenes Phänomen – was mußte er denn erblicken, als seine eigene bleichsüchtige Luise, die mit aller Gewalt durch ein Loch in einem Dielenbrett guckte, und seinen eigenen mathematischen Thomas, der sich auf dem Boden niederkauerte, um nur einen Huf von dem anmutigen Reiterkunststück des Tiroler Blumentanzes zu erhaschen!

Stumm vor Bestürzung schritt Mr. Gradgrind zu der Stelle, wo seine Familie sich so sehr entwürdigte, legte seine Hand auf jedes der sündigen Kinder und sagte: »Luise! Thomas!«

Beide erhoben sich, rot und außer Fassung. Luise blickte jedoch zu ihrem Vater mit mehr Kühnheit als Thomas empor. Thomas sah ihn in der Tat gar nicht an, sondern ließ sich ruhig wie eine Maschine nach Hause bringen.

»Im Namen des Erstaunens, des Müßiggangs und der Torheit«, sagte Mr. Gradgrind, indem er jedes mit einer Hand wegführte, »was macht ihr hier?«

»Wollten sehen, wie das Ding ausschaut«, erwiderte Luise kurz.

»Wie das Ding ausschaut?«

»Ja, mein Vater.«

In beiden war die Miene unterdrückter Hartnäckigkeit ausgeprägt, besonders aber in dem Mädchen. Trotzdem glühte da ein Leuchten im Auge und brach sich durch die Unzufriedenheit ihres Gesichtes Bahn, ein Leuchten, das keine Ruhe kannte, ein Feuer, das keinen Nahrungsstoff vorfand, eine verkommene Phantasie, die auf irgendeine Weise Leben in sich erhielt. Dies Feuer war es, das dem Leben in dieser Seele Glanz verlieh. Nicht den Glanz, der der fröhlichen Jugend so eigen, sondern den mit unsteten, heftigen und ungewissen Flammen, die etwas Schmerzliches in sich haben, ähnlich den Zuckungen eines blinden Gesichtes, das nach dem Wege umhertappt.

Sie war jetzt noch ein Kind von fünfzehn oder sechszehn Jahren, dürfte sich aber in kurzem plötzlich zur Jungfrau entfalten. Ihr Vater war dieser Meinung, als er sie anblickte. Sie war hübsch. Würde eigensinnig gewesen sein (dachte er in seiner ausgezeichnet praktischen Weise), wenn es die Erziehung nicht verhindert hätte.

»Thomas, obgleich die Tatsache vor mir liegt, kann ich es doch kaum glauben, daß du mit deiner Erziehung und deinen Hilfsmitteln, deine Schwester zu einem derartigen Schauplatz gebracht haben solltest.«

»Ich brachte ihn, Vater!« sagte Luise rasch. »Ich bat ihn mitzukommen.«

»Es tut mir leid, das zu hören. Es tut mir in der Tat sehr leid, das zu hören. Es macht Thomas darum nicht besser und macht dich nur schlechter, Luise.«

Sie blickte abermals zu ihrem Vater empor, aber keine Träne benetzte ihre Wangen.

»Du, Thomas, und du, denen der Kreis der Wissenschaften geöffnet ist, Thomas und du, die ihr sozusagen mit Tatsachen angefüllt seid, Thomas und du, die ihr zur mathematischen Genauigkeit erzogen wurdet, Thomas und du hier!« rief Mr. Gradgrind. »In dieser entwürdigenden Lage! Ich bin ganz bestürzt!«

»Ich habe es satt, Vater. Ich habe es seit langem satt gehabt«, sagte Luise.

»Satt gehabt? Was?« fragte der erstaunte Vater.

»Ich weiß nicht was – ich glaube all und jedes.«

»Sag mir keine Antwort mehr«, entgegnete Mr. Gradgrind. »Du bist kindisch. Ich will nichts mehr hören.«

Er sprach nicht wieder, bis sie ungefähr eine halbe Meile stillschweigend gegangen waren, als er auf einmal losbrach: »Was würden deine besten Freunde sagen, Luise? Legst du auf ihre gute Meinung keinen Wert? Was würde Mr. Bounderby sagen?«

Bei der Nennung dieses Namens warf seine Tochter einen verstohlenen Blick auf ihn, der wegen seiner heftigen und forschenden Beschaffenheit merkwürdig war. Er merkte nichts davon; denn ehe er sie anblickte, hatte sie ihre Augen wieder auf den Boden geheftet.

»Was«, wiederholte er gleich darauf, »was würde Mr. Bounderby sagen?«

Während des ganzen Weges nach Stone Lodge wiederholte er in Zwischenräumen, während er die beiden Verbrecher nach Hause führte:

»Was würde Mr. Bounderby sagen?«

Als ob Mr. Bounderby Mrs. Grundy gewesen wäre!

Viertes Kapitel.

Da Mr. Bounderby nicht Mrs. Grundy war, wer war er denn?

Nun, Mr. Bounderby war so nahe daran, Mr. Gradgrinds Busenfreund zu sein, wie ein Mann, allen Gefühls bar, sich in jener geistigen Verwandtschaft an einen Zweiten anzuschmiegen vermag, der allen Gefühles bar ist. So nahe, oder wenn der Leser es vorziehen sollte, so ferne stand ihm Mr. Bounderby.

Er war ein reicher Mann: Bankier, Kaufmann, Fabrikant und was nicht alles noch. Ein dicker, lärmender Mann mit glotzenden Blicken und einem ehernen Gelächter. Ein Mann aus einem rohen Stoff geschaffen, der ausgedehnt worden zu sein schien, um ihn so umfangreich zu machen. Ein Mann, dessen Kopf und Stirn aufgedunsen war, mit geschwollenen Adern an den Schläfen und einer Haut, die auf seinem Gesicht derartig ausgespannt war, daß es schien, als hielte sie seine Augen offen und als hebe sie seine Augenbrauen empor. Ein Mann mit dem vorwaltenden Anschein, als sei er wie ein Ballon aufgebläht und bereit, aufzufliegen. Ein Mann, der sich nie genug damit brüsten konnte, sich selbst aufgeschwungen zu haben. Ein Mann, der durch seine, wie ein metallenes Sprachrohr klingende Stimme fortwährend seine ehemalige Unwissenheit und Armut ausposaunte. Ein Mann, der ein Renommist der Demut war.

Um ein oder zwei Jahre jünger als sein ausgezeichnet praktischer Freund, sah Mr. Bounderby doch älter aus. Seinen siebenundvierzig oder achtundvierzig Jahren konnten die sieben oder acht noch hinzugefügt werden, ohne daß es jemanden überrascht hätte. Er hatte nicht viel Haare. Man mochte denken, er habe sie weggeschwatzt, und die übriggebliebenen, die sämtlich in Unordnung emporstanden, waren so unordentlich, weil sie durch seine aufgeblasene Ruhmredigkeit fortwährend hin und her getrieben wurden.

Mr. Bounderby stand also in dem förmlichen Gesellschaftszimmer von Stone Lodge auf dem Kaminteppich, wärmte sich am Feuer und erging sich in einigen Bemerkungen darüber, daß gerade sein Geburtstag sei. Er stand vor dem Feuer, teils weil der Frühlingsnachmittag, obgleich die Sonne schien, kühl war, teils weil das Gespenst von feuchtem Mörtel stets in dem Schatten von Stone Lodge spukte, und teils weil er auf diese Weise eine gebieterische Stellung einnahm, von wo aus er Mr. Gradgrind sich unterwerfen konnte.

»Kein Schuh bedeckte meinen Fuß. Was Strümpfe betrifft, so kannte ich dergleichen nicht einmal dem Namen nach. Die Tage brachte ich in einem Graben zu und die Nächte in einem Schweinestalle. Auf diese Weise feierte ich meinen zehnten Geburtstag. Nicht daß ein Graben mir etwas Neues wäre – denn in einem Graben wurde ich geboren.«

Mrs. Gradgrind war ein kleines, dünnes, weißes Bündel von Schals mit winzigen Äuglein und einer ungemeinen sowohl geistigen als körperlichen Schwäche. Sie schluckte andauernd Medizin, ohne daß dies eine Wirkung hervorbrachte, und sie wurde jedesmal, wenn Symptome eines neuen Auflebens sich bei ihr einstellten, unausbleiblich von einem wuchtigen Stück Tatsache, das auf sie niederstürzte, betäubt. Mrs. Gradgrind hoffte, daß der Graben trocken gewesen?

»Nein! So naß wie ein eingetunkter Bissen. Ein Fuß hoch Wasser darin«, sagte Mr. Bounderby.

»Genug um einem Kindchen eine Erkältung zuzuziehen«, bemerkte Mrs. Gradgrind.

»Eine Erkältung? Ich wurde mit einer Lungenentzündung geboren, und das war, wie ich glaube, die einzig mögliche Entzündung«, entgegnete Mr. Bounderby. »Jahrelang, Ma'am, war ich eines der elendesten, beklagenswertesten Kinder, die es je gegeben. Ich war so kränklich, daß ich fortwährend stöhnte und ächzte. Ich war so zerlumpt und schmutzig, daß Sie mich nicht mit einer Zange angefaßt hätten.«

Mrs. Gradgrind warf einen matten Blick auf die Zange, was bei ihrer Blödheit das geeignetste war, was sie tun konnte.

»Wie ich mich durchgewunden, das wüßte ich nicht zu sagen«, meinte Bounderby. »Ich glaube, mit meiner Entschlossenheit. Ich war in meinem nachherigen Leben ein entschlossener Charakter, und so war ich dazumal, wie ich glaube. Da bin ich nun, Mrs. Gradgrind, auf irgendeine Weise und habe niemandem als mir selbst dafür zu danken.«

Mrs. Gradgrind drückte schwach und zart die Hoffnung aus, daß seine Mutter –

»Meine *Mutter*? Durchgebrannt, Ma'am«, sagte Bounderby.

Mrs. Gradgrind stutzte wie gewöhnlich, brach zusammen und gab nach.

»Meine Mutter überließ mich meiner Großmutter«, sagte Bounderby, »und meiner schärfsten Erinnerung gemäß war meine Großmutter das boshafteste und schlechteste alte Weib, das je gelebt hat. Wenn ich zufällig ein Paar Schuhe erhielt, so war sie imstande, sie mir abzunehmen und für Getränke zu verkaufen. Ja, ich habe mit angesehen, wie diese Großmutter, im Bette liegend, vierzehn Gläser Branntwein vor dem Frühstück sich einverleibte.«

Mrs. Gradgrind, die matt lächelte und kein sonstiges Lebenszeichen von sich gab, sah aus (wie das bei ihr gewöhnlich der Fall war) wie ein leidlich ausgeführtes Transparent einer kleinen Frauenfigur, ohne daß man hinreichendes Licht dahinter angebrannt hatte.

»Sie hielt einen Krämerladen«, fuhr Bounderby fort, »und legte mich in eine Eierkiste. Das war die Wiege meiner Kindheit, eine alte Eierkiste. Sobald ich so groß war, um davonzulaufen, lief ich natürlich davon. Alsdann ward aus mir ein junger Vagabund. Statt daß *ein* altes Weib mich prügelte und verhungern ließ, ward ich jetzt von *allen* geprügelt und dem Hunger preisgegeben. Sie hatten recht; für sie war kein Grund vorhanden, anders zu verfahren. Ich war eine Last, ein Krebsschaden und eine Pest. Ich weiß alles recht wohl.«

Sein Stolz, es zu einer Periode seines Lebens zu der großen gesellschaftlichen Auszeichnung gebracht zu haben, eine Last, ein Krebsschaden und eine Pest zu sein, konnte nur durch eine dreimalige laute Wiederholung dieser Renommage befriedigt werden.

»Ich war, wie ich glaube, bestimmt, mich durchzuwinden, Mrs. Gradgrind. Ob ich dazu bestimmt war oder nicht, Ma'am, ich tat es. Ich wand mich durch, obgleich mir niemand an die Hand ging. – Vagabund, Laufjunge, wieder Vagabund, Arbeiter, Träger, Schreiber, erster Geschäftsführer, halber Kompagnon, Josiah Bounderby von Coketown. Das sind die Vorstufen meiner Laufbahn bis zum Gipfel. Josiah Bounderby von Coketown erlernte das ABC an den Aufschriften der Läden und erhielt erst die Fertigkeit, die Zeit auf einem Zifferblatte zu enträtseln, als er die Turmglocke der St.-Giles-Kirche in London unter der Leitung eines versoffenen Krüppels studierte. Das war ein überführter Dieb und ein unverbesserlicher Landstreicher. Erzählt Josiah Bounderby von Coketown von euren Kreisschulen und euren Musterschulen und euren Erziehungsanstalten und eurem ganzen Plunder von Schulen, und Josiah Bounderby von Coketown wird euch einfach sagen: Ganz recht, ganz schön – er hatte nicht diese günstigen Gelegenheiten – laßt uns aber Leute mit harten Köpfen und starken Fäusten haben – die Erziehung, die ihn emporgeschwungen, taugt nicht für einen jeden. Das weiß er recht gut – auf diese Art war nun aber seine Erziehung, und ihr könnt ihn dazu zwingen, kochendes Fett hinunterzuschlucken, aber ihr werdet ihn nie dazu bewegen, die Tatsachen aus seinem Leben zu verheimlichen.«

Erhitzt auf diesem Gipfel seiner Rede angekommen, hielt Josiah Bounderby von Coketown inne. Er hielt gerade inne, als sein ausgezeichnet praktischer Freund, noch immer von den beiden Verbrechern begleitet, ins Zimmer trat. Als sein ausgezeichnet praktischer Freund ihn erblickte, blieb er stehen und warf auf Luise einen vorwurfsvollen Blick, der einfach sagte: »Sieh hier deinen Bounderby!«

»Nun«, polterte Mr. Bounderby, »was gibt's? Warum sieht der kleine Thomas so sauertöpfig drein?«

Er sprach von dem kleinen Thomas, sah aber dabei Luise an.

»Wir guckten in den Zirkus hinein«, murrte Luise hochmütig, ohne ihre Augen zu erheben, »und Vater erwischte uns.«

»Und, Mrs. Gradgrind«, sagte ihr Gatte pathetisch, »ich hätte meine Kinder ebensogern beim Lesen von Gedichten überraschen mögen.«

»Du lieber Himmel«, wimmerte Mrs. Gradgrind. »Wie konntet ihr nur, Luise und Thomas? Ich verwundere mich über euch. Ich gestehe offen, ihr könntet es einen bereuen lassen, überhaupt je Kinder gehabt zu haben. Ich habe große Lust zu sagen, ich wollte, ich hätte keine. Was ihr aber dann getan haben würdet, das möchte ich gern wissen.«

Diese triftigen Bemerkungen schienen auf Mr. Gradgrind keinen günstigen Eindruck zu machen. Er runzelte ungeduldig die Stirn.

»Als ob ihr bei der Migräne, an der mein Kopf jetzt leidet, die Muscheln, Mineralien und sonstigen Dinge, die für euch angeschafft wurden, nicht hättet anstatt der Zirkusse besichtigen können!« sagte Mrs. Gradgrind. »Ihr wißt so gut wie ich, daß Kinder keine Zirkuslehrer haben, oder Zirkusse in Kabinetts besitzen, oder über Zirkusse Lektionen anhören. Was könntet ihr also möglicherweise von den Zirkussen erfahren? Ihr habt sicherlich genug Beschäftigung, wenn euch darum zu tun wäre. Bei dem gegenwärtigen Zustand meines Kopfes könnte ich mich selbst der Namen von der Hälfte der Tatsachen nicht erinnern, die ihr euch zu merken habt.«

»Das ist es ja eben«, schmollte Luise.

»Sagt mir nicht, daß ist es ja eben; weil es dergleichen nicht sein kann«, sagte Mrs. Gradgrind. »Geht und treibt sogleich etwas Geographiologisches.« Mrs. Gradgrind war nicht gelehrter Natur und schickte ihre Kinder gewöhnlich mit diesem allgemeinen Befehle fort, um ihre Studien fortzusetzen.

Mrs. Gradgrinds Vorrat an Tatsachen befand sich wirklich im allgemeinen in einem jammervollen Zustand der Mangelhaftigkeit. Mr. Gradgrind war aber durch zwei Gründe bewogen worden, diese Dame zur ehelichen Würde zu erheben. Erstens gewährte sie als arithmetisches Problem die höchste Befriedigung, und zweitens war ihr jeder »Unsinn« fremd. Mit Unsinn bezeichnete er Phantasie; und es ist in der Tat wahrscheinlich, daß sie von jedem derartigen Makel ebenso frei war, als je ein menschliches Wesen, das nicht die höchste Stufe des Stumpfsinns erreicht hatte.

Der einfache Umstand, mit ihrem Mann und Mr. Bounderby sich allein zu befinden, war hinreichend, diese bewunderungswürdige Frau abermals zu betäuben, ohne daß sie mit einer andern Tatsache zusammengestoßen wäre. So starb sie abermals hin, und niemand bekümmerte sich um sie.

»Bounderby«, sagte Mr. Gradgrind, und rückte einen Stuhl an das Feuer, »Sie interessieren sich stets so sehr für meine Kinder – besonders für Luise – ich suche daher um gar keine Entschuldigung für meinen Ausspruch, daß diese Entdeckung mich tief kränkt. Ich habe mich (wie Sie wissen) der Ausbildung der Vernunft meiner Kinder systematisch gewidmet. Die Vernunft ist (wie Sie wissen) die einzige Naturgabe, die von der Erziehung ausgebildet werden sollte. Und doch dürfte folgendes aus dem heutigen unerwarteten Ereignis, so unbedeutend es an und für sich sein mag, deutlich werden: Es hat sich etwas in die Köpfe von Thomas und Luisen geschlichen, das bestimmt ist – oder vielmehr das es nicht ist – ja, ich wüßte mich nicht besser auszudrücken, als indem ich sage, das niemals bestimmt war, entwickelt zu werden und woran ihre Vernunft keinen Anteil hat.«[2]

»Es liegt gewiß nichts Vernünftiges darin, einen Haufen Vagabunden zu betrachten«, erwiderte Bounderby. – »Als ich selbst noch ein Vagabund war, wurde ich von niemandem mit Interesse betrachtet. Das weiß ich wohl.«

»Dann entsteht die Frage«, sagte der ausgezeichnet praktische Vater und heftete die Augen auf das Feuer, – »worin hat diese gemeine Neugier ihren Ursprung?«

»Ich will Ihnen sagen worin. In eitler Phantasie.«

»Ich will nicht hoffen«, sagte der ausgezeichnete Praktikus. »Ich muß indessen gestehen, daß diese Besorgnis mich auf dem Heimwege *wirklich* ergriffen.«

»In eitler Phantasie, Gradgrind«, wiederholte Bounderby. »Das ist höchst schädlich für jeden Menschen, und verflucht schädlich für ein Mädchen wie Luise. Ich würde Mrs. Gradgrind für meine derben Ausdrücke um Verzeihung bitten,

---

[2] Ironische Anspielung auf einen philosophischen Satz, daß nur das, was vernünftig ist, wirkliche Seinsgeltung hat, alles Unvernünftige dagegen nicht.

wenn sie nicht wüßte, daß ich keine Bildung besitze. Wer bei mir Bildung erwartet, wird sich getäuscht finden. Ich habe keine gebildete Erziehung genossen.«

»Ob irgend«, sagte Mr. Gradgrind, mit den Händen in den Taschen und die höhlenartigen Augen auf das Feuer gerichtet, »ob irgendwer von den Lehrern oder der Dienerschaft ihnen etwas zugeflüstert hat? Ob Luise oder Thomas etwas gelesen haben mögen? Ob trotz aller Vorsichtsmaßregeln ein unnützes Märchenbuch seinen Weg ins Haus gefunden? Denn so etwas ist doch wahrlich gar seltsam und unbegreiflich bei Gemütern, die durch Regel und Norm von der Wiege auf praktisch ausgebildet wurden.«

»Halt!« rief Bounderby, der während der ganzen Zeit wie früher beim Feuer saß und auf demselben Stück Möbel in herzbrechender Demut zerflossen war. »Sie haben eines von den Kindern jener Landstreicher in der Schule?«

»Cecilie Jupe mit Namen!« sagte Mr. Gradgrind, seinen Freund einigermaßen betroffen anblickend.

»Nun halt!« rief Bounderby abermals. »Wie kam sie hierher?«

»Nun, Tatsache ist, daß ich das Mädchen gerade jetzt zum erstenmal gesehen. Sie kam eigens hierher mit der Bitte, aufgenommen zu werden, da sie nicht eigentlich zur Stadt gehört und – ja Sie haben recht, Bounderby, Sie haben recht.«

»Nun halt!« rief Bounderby nochmals. »Luise hat sie bei ihrer Ankunft gesehen?«

»Luise hat sie sicherlich gesehen; denn sie meldete mir noch das Gesuch. Aber Luise hat sie ohne Zweifel in Mrs. Gradgrinds Gegenwart gesehen.«

»Bitte, Mrs. Gradgrind«, sagte Bounderby, »was war vorgegangen?«

»Ach, ich arme Kranke!« erwiderte Mrs. Gradgrind. »Das Mädchen bedurfte der Schule und Mr. Gradgrind brauchte Mädchen für die Schule: da sagten Luise und Thomas beide, das Mädchen wünsche zu kommen und auch Mr. Gradgrind wolle, daß Mädchen kommen möchten. Wie war es da möglich, ihnen zu widersprechen, bei solchem Tatbestande?«

»Ich will Ihnen nun was sagen, Gradgrind«, rief Bounderby. »Jagen Sie das Mädchen geradezu aus der Schule und damit hat die Geschichte ein Ende.«

»Ich bin ganz Ihrer Meinung.«

»Auf einmal abgetan!« sagte Bounderby, »war mein Wahlspruch von Kindheit auf. Als mir der Gedanke kam, von der Eierkiste und meiner Großmutter davonzulaufen, tat ich es auf der Stelle. Verfahren Sie ebenso. Probieren Sie es auf einmal.«

»Wollten Sie einen Gang machen?« fragte sein Freund. »Ich habe die Adresse des Vaters. Vielleicht hätten Sie nichts dagegen, mit mir nach der Stadt zu gehen.«

»Nicht das geringste«, sagte Mr. Bounderby, »da Sie es auf einmal abmachen wollen.«

Mr. Bounderby warf sich den Hut auf – er warf ihn immer auf, um sich als einen Mann darzustellen, der zu sehr damit beschäftigt war, sich emporzuschwingen, als daß er die Mode hätte studieren können, wie ein Hut aufzusetzen sei – und schlenderte, mit den Händen in der Tasche, in den Vorsaal.

»Ich trage nie Handschuhe«, pflegte er gewöhnlich zu sagen. »Ich hatte keine, als ich die Leiter emporklomm. Würde sonst nicht so hoch gestiegen sein.«

Als er, während Mr. Gradgrind hinaufging, um die Adresse des Vaters zu holen, einige Minuten in dem Vorsaal herumschlendernd zurückgeblieben war, öffnete er die Tür des Studierzimmers der Kinder. Er blickte in jenes helle, mit einer Fußbodendecke belegte Gemach, das ungeachtet seiner Bücher- und Schubladenschränke und seiner mannigfachen gelehrten und wissenschaftlichen Einrichtungen den heiteren Anblick einer Friseurstube gewährte. – Luise lehnte träge am Fenster und sah hinaus, ohne etwas zu sehen, während der kleine Thomas racheschnaubend beim Feuer stand. Adam Smith und Malthus[3], zwei jüngere Gradgrinds, waren bei einer Lektion aufgehoben, und die kleine Jane war, nachdem sie auf ihrem Gesicht vermittels Griffel und Tränen eine ziemliche

[3] Thomas Robert Malthus (1766-1834), Volkswirtschaftler, der die bekannten Theorien von der Überbevölkerung aufstellte.

Masse von feuchtem Pfeifenton fabriziert hatte, über einfachen Brüchen eingeschlafen.

»Ist schon abgemacht, Luise! Schon abgemacht, kleiner Thomas!« sagte Bounderby. »Ihr werdet es nicht wieder tun. Ich stehe gut dafür, daß Vater es vergessen wird. Nun, Luise, das ist einen Kuß wert, nicht wahr?«

»Sie können sich einen nehmen, Mr. Bounderby«, entgegnete Luise nach einer frostigen Pause, ging langsam durch das Zimmer und hob, während sie ihr Gesicht abwandte, ihre Wange zu ihm in unfreundlicher Weise empor.

»Immer mein Goldkindchen! Nicht wahr, das bist du doch, Luise?« sagte Mr. Bounderby. »Adjes, Luise!«

Er ging seines Weges, sie aber blieb an derselben Stelle stehen und rieb sich mit ihrem Taschentuche die Wange, die er geküßt hatte, bis sie feuerrot wurde. Fünf Minuten nachher tat sie noch immer dasselbe.

»Was treibst du denn, Luise?« warnte sie ihr Bruder in verdrießlichem Tone. »Du wirst dir ein Loch ins Gesicht reiben.«

»Du kannst die Stelle mit deinem Federmesser ausschneiden, Tom, wenn du willst. Es würde mich nicht weinen machen.«

Fünftes Kapitel.

Coketown, wohin die Herren Bounderby und Gradgrind sich jetzt begaben, war ein Triumph der Tatsächlichkeit. Es zeigte sich nicht mehr von Phantasie befleckt, als Mr. Gradgrind selbst. Laßt uns zuerst den Grundton zum Klingen bringen, Coketown, bevor wir in unserm Liede fortfahren.

Es war eine Stadt aus roten Ziegelsteinen, oder von Ziegelsteinen, die rot gewesen wären, wenn Rauch und Asche es gestattet hätten. So aber hatte die Stadt ein unnatürliches, schwarzrotes Aussehen, wie das gemalte Gesicht eines Wilden. Es war eine Stadt von Maschinen und hohen Rauchfängen, aus denen endlose Schlangen fort und fort emporwirbelten und niemals ein Ende nahmen. Dort befand sich auch ein schwarzer Kanal und ein Fluß, der mit einer übelriechenden Farbe purpurn dahinströmte.

Ungeheure Fabrikkasernen-Massen mit öden Fenstern ragten da. Den ganzen Tag hörte man Klirren und Beben. Einförmig fuhr der Stempel der Dampfmaschine auf und nieder, wie der Kopf eines Elefanten in melancholischem Wahnsinn. Diese Stadt enthielt große Straßen, die sich alle einander glichen, und viele kleine Straßen, die sich noch mehr glichen, bewohnt von Leuten, die sich ebenfalls gleich waren, die alle zu denselben Stunden ein- und ausgingen, mit demselben Tritt auf demselben Pflaster, um die nämliche Arbeit zu verrichten, bei denen jeder Tag dem von gestern und morgen gleichkam und jedes Jahr das Duplikat des vergangenen und des künftigen war.

Diese Eigenheiten von Coketown waren überhaupt von der Arbeit, durch die es lebte, unzertrennlich. In grellem Gegensatz dazu stehen jene Bequemlichkeiten des Lebens, die in der ganzen Welt beliebt sind, und die Annehmlichkeiten des Lebens, die an der Dame der Kultur und Gesellschaft, wir wollen gar nicht nachforschen, wieviel Anteil haben. Solch Wesen geselliger Lebensfreude könnte kaum ertragen, auch nur den Namen des erwähnten Ortes nennen zu hören. Der Rest der charakteristischen Eigenschaften war nicht sonderlich belangvoll; es waren folgende:

Man sah in Coketown nichts, was nicht streng arbeitsam war. Wenn die Bekenner einer Religion eine Kapelle daselbst bauten – wie die Bekenner von achtzehn Religionssekten es getan – so machten sie es zu einem frommen Parkhaus aus roten Ziegelsteinen, zuweilen mit einer Glocke (dies aber nur bei besondern Prachtexemplaren) in einem Vogelkäfig an der Spitze. Als einzige Ausnahme stand die neue Kirche da, ein mit Stuckarbeit versehenes Gebäude, mit einem vierkantigen Turm oberhalb des Tores. Dieser Turm endete in vier kurzen Zinnen, die wie geschmückte Stelzen aussahen. Alle öffentlichen Inschriften in der Stadt waren auf gleiche Weise mit harten Schriftzügen in Schwarz und Weiß ausgeführt. Das Gefängnis hätte das Krankenhaus und das Krankenhaus das Gefängnis abgeben können, das Rathaus hätte eins von beiden oder beides zugleich, oder sonst was immer sein können; und all das wegen der Ungereimtheit im Baustil.

Tatsachen, Tatsachen, Tatsachen gaben sich in jedem wesentlichen Anblick der Stadt kund; und Tatsachen, Tatsachen, Tatsachen in jedem nicht wesentlichen. Die Schule von M'Choakumchild war durchgehends Tatsache; die Zeichenschule war durchgehends Tatsache, und die Beziehungen zwischen Arbeitgeber und Arbeitnehmer waren lauter Tatsachen. Alles war auch Tatsache, von der Entbindungsanstalt bis zum Kirchhofe. Was man also nicht mit Zahlen beweisen und dartun konnte, daß es auf dem billigsten Markte zu kaufen und auf dem teuersten zu verkaufen war, das hatte keine Existenzberechtigung, das sollte niemals sein, bis zu aller Welt Ende, Amen.

Eine Stadt, die der Tatsächlichkeit so sehr geweiht und so siegreich in deren Aufrechterhaltung war, die gedieh natürlich in hohem Grade? – Nein, doch nicht, nicht besonders. Nicht? Du lieber Himmel!

Nein. Coketown ging aus seinen Schmelzöfen nicht in jeder Beziehung hervor wie Gold, das die Feuerprobe ausgehalten. Erstens waltete in dem Orte das verwirrende Geheimnis: Wer gehört zu den achtzehn Sekten? Mochte es tatsächlich Leute geben, die dazu gehörten – die Arbeiterklasse war jedenfalls nicht dabei. Es machte einen seltsamen Eindruck, wenn man am Sonntagmorgen durch die Straßen schritt. Dann sah man, wie wenige von *diesen* Leuten durch das barbarische Glockengeklimper, das Kranke und Nervenschwache zum Wahnsinn trieb, au»ihrem eigenen Viertel, aus ihrem eigenen engen Zimmer und von den Ecken ihrer eigenen Straße sich zum Gottesdienst gerufen fühlten. Da lungerten sie träge herum, glotzten auf den Kirchen- und Kapellengang hinüber, als auf ein Ding, mit dem sie durchaus nicht in Berührung standen.

Es war auch nicht der Fremde allein, der das wahrnahm. Es bestand nämlich eine einheimische Gesellschaft in Coketown selbst, dessen Mitglieder man bei jeder Session des Unterhauses mit Entrüstung um einen Parlamentsakt petitionieren hören konnte, damit man diese Leute mit Gewalt religiös machen könnte. Dann kam die Teetotal-Gesellschaft (einer Gesellschaft, die sich aller geistigen Getränke enthält), die sich darüber beschwerte, daß dieselben Leute sich betrinken könnten und durch tabellarische Übersichten zeigten, daß sie sich wirklich betranken. Sie bewiesen bei ihren Teesitzungen, daß keine Beweggründe, weder menschliche noch göttliche (ausgenommen ein Orden) sie dazu bewegen konnte, die Gewohnheit, sich zu betrinken, aufzugeben. Dann kam der Apotheker und Drogist mit andern tabellarischen Übersichten, durch die dargetan wurde, daß sie Opium nehmen würden, wenn sie sich nicht berauschten. Dann kam der erfahrungsreiche Kaplan des Gefängnisses, mit noch mehr tabellarischen Übersichten, die alle sonstigen tabellarischen Übersichten übertrafen. Darinnen zeigte er, daß dieselben Leute zu verrufenen, dem Auge der Welt versteckten Schlupfwinkeln ihre Zuflucht nähmen, wo sie gemeine Lieder hörten und unzüchtige Tänze sahen. Darinnen habe A. B., der nächstens seinen vierundzwanzigsten Geburtstag feiern würde, und der zu achtzehnmonatlicher, einsamer Haft verurteilt worden, sein Ruin begonnen. Das habe A. B. selbst gestanden, allerdings ohne besondere religiöse Ergriffenheit, und er sei der Überzeugung, daß er ohne solche Lasterlokale ein Musterbild der vorzüglichsten Moral geworden wäre.

Dann kamen zu dieser Reihe noch Mr. Gradgrind und Mr. Bounderby hinzu, die beide gerade Coketown durchschritten und beide ausgezeichnet praktisch waren. Sie konnten bei Gelegenheit noch mehr tabellarische Übersichten liefern, die sich auf ihre eigenen persönlichen Erfahrungen gründeten und mit Fällen, die sie sahen und kannten, belegt wurden. Aus diesen Erfahrungen ging natürlich klar hervor – kurz es war das einzig Klare in der Sache – daß eben diese Leute des arbeitenden Volkes insgesamt ein schlechtes Pack wären.

Was Sie, meine Herren, für diese Volksklasse tun würden, die betreffenden Kreise würden doch nie dafür dankbar sein, sie wären eben ein unruhiges Volk, meine Herren. Sie wüßten niemals, was ihnen eigentlich not tut. Sie müßten immer nur das Beste haben, frische Butter kaufen, auf Bohnenkaffe bestehen und nur das beste Fleisch genießen. Aber dabei wären sie doch immer und ewig unzufrieden und unlenksam.

Kurz, es war die Moral des Ammenmärchens.

> Es war mal 'ne Alte, was mögt Ihr wohl denken?
> Die hatte gelebt nur von Speis' und Getränken;
> Nur Speis' und Getränke das hatt' sie zur Kost,
> Doch *nie* war und *nimmer* die Alte bei Trost.

Ob wohl eine Ähnlichkeit zwischen dem Zustand der Bevölkerung von Coketown und dem der kleinen Gradgrinds obwaltete? Man braucht es wohl bei unserm nüchternen Verstand und bei unserer Zahlenkenntnis heutzutage uns nicht erst zu sagen, daß eins der Urelemente im Dasein der arbeitenden Klasse von Coketown mit Bedacht für viele Jahre unterdrückt wurde? – daß die belebende Freude der Phantasie in ihnen ruhte, daß sie gerne diese Phantasie gesund ausströmen und sich betätigen lassen wollten, statt sie krampfhafter Hysterie preiszugeben? Daß gerade in dem Verhältnis, wie man viel und einförmig arbeitete, das Verlangen nach einer farbig sinnhaften, körperlichen Erquickung rege ward: – Nach einer Erholung, die den Mut und gute Laune fördern sollte, um ihnen Luft zu machen – nach einem anerkannten Festtag, sei es auch nur für einen ehrsamen Tag bei einer rührigen Musikbande – nach einer einfachen Pastete, bei der selbst

M'Choakumchild die Hand nicht im Spiel hatte. Solch Verlangen muß und wird Befriedigung erlangen, oder es wird unvermeidlich eine verkehrte Richtung annehmen, es sei denn, daß die Gesetze der Natur aufgehoben würden! –

»Jener Mensch hält sich in Pod's End auf, und ich weiß nicht genau, wo Pod's End ist«, sagte Mr. Gradgrind. »Wo ist es, Bounderby?«

Mr. Bounderby wußte, daß es irgendwo in dem untern Teile der Stadt liege; sonst hatte er keine Kenntnis davon. Sie standen daher eine Weile still und schauten sich um.

Währenddem kam gerade von der Straßenecke ein Mädchen mit raschen Schritten und furchtsamen Blicken herbeigelaufen, das von Mr. Gradgrind sogleich erkannt wurde.

»Hallo!« rief er. »Halt! Wohin gehst du? Halt!«

Mädchen Nummer Zwanzig blieb pochenden Herzens stehen und machte einen Knix.

»Was rennst du in den Straßen«, rief Mr. Gradgrind, »in dieser unschicklichen Weise umher?«

»Ich bin – ich bin verfolgt worden«, keuchte das Mädchen, »und ich wollte entwischen.«

»Verfolgt?« wiederholte Mr. Gradgrind. »Wer wird *dich* verfolgen?«

Die Frage ward durch den farblosen Knaben Bitzer rasch und unerwartet für sie beantwortet, indem er in solch' blinder Hast um die Ecke gelaufen kam und so wenig eine Hemmung auf dem Pflaster erwartete, daß er an Mr. Gradgrinds Weste anrannte und in die Straße zurückprallte.

»Was soll das heißen. Junge?« sagte Mr. Gradgrind. »Was treibst du? Wie wagst du es, gegen unsereinen in dieser Weise anzustoßen?«

Bitzer hob seine Mütze auf, die durch den Zusammenstoß auf die Erde geflogen war, trat zurück, fuhr mit den Knöcheln der Hand an die Stirn und gab als Entschuldigung an, daß dies ein Zufall sei.

»Hat dich dieser Knabe verfolgt, Jupe?« fragte Mr. Gradgrind.

»Ja, mein Herr«, sagte das Mädchen mit Sträuben.

»Nein, ich tat es nicht, mein Herr!« rief Bitzer. »Nicht ehe sie von mir weglief. Aber Kunstreiter scheren sich wenig um das, was sie sagen, mein Herr. Sie sind dafür berühmt. Du weißt, daß Kunstreiter dafür berühmt sind, sich nicht um das zu scheren, was sie sagen«, sagte er zu Cili gewendet. »Das ist so allgemein bekannt in der Stadt als – mit Erlaubnis, mein Herr – als die Multiplikationstabelle bei den Kunstreitern unbekannt ist.« Bitzer wollte Mr. Bounderby damit imponieren.

»Er erschreckte mich so sehr«, sagte das Mädchen, »mit den greulichen Fratzen, die er schnitt.«

»Oh«, rief Bitzer. »Oh! Bist nicht wie die andern? Bist nicht von den Kunstreitern? Ich habe sie nicht einmal angesehen, mein Herr. Ich fragte sie, ob sie morgen werde definieren können, was ein Pferd ist und bot mich an, es ihr nochmals zu sagen, und sie rannte davon und ich lief ihr nach, mein Herr, damit sie Bescheid wisse, wenn sie gefragt würde. Wenn du nicht zur Kunstreiterei gehörtest, so würdest du mit deiner Zunge nicht soviel Unheil anstiften.«

»Ihr Beruf scheint unter ihnen schon ziemlich bekannt zu sein«, bemerkte Mr. Bounderby. Sie werden es in einer Woche noch erleben, daß die ganze Schule scharenweise Zaungast sein wird.«

»Wahrlich, ich bin derselben Meinung«, entgegnete sein Freund. »Kehr' um, Bitzer, und pack' dich nach Hause. Jupe, bleib eine Weile hier. Laß mich noch einmal von dir hören, so davongerannt zu sein, Junge, und du wirst von mir durch den Schulmeister hören. Du verstehst, was ich meine. Marsch, fort!«

Der Knabe hielt in seinem raschen Blinzeln inne, fuhr abermals mit den Knöcheln der Hand an die Stirn, warf einen Blick auf Cili, drehte sich um und zog sich zurück.

»Nun, Mädchen«, jagte Mr. Gradgrind, »bringe mich und diesen Herrn zu deinem Vater. Wir wollen zu ihm gehen. Was hast du in der Flasche da?«

»Gin«, sagte Mr. Bounderby.

»Gott behüte, mein Herr! 's ist Neunkraftöl.«[4]

»Was?« rief Mr. Bounderby.

»Neunkraftöl, mein Herr. Um Vater damit einzureiben.« Drauf Mr. Bounderby nach einem kurzen, lauten Gelächter: »Weshalb, zum Teufel, reibst du deinen Vater mit Neunkraftöl ein?«

»Unsere Leute gebrauchens immer, mein Herr, wenn sie sich in der Reitbahn beschädigen«, erwiderte das Mädchen, indem sie über ihre Achsel wegsah, um sich zu vergewissern, daß ihr Verfolger fort sei, »Sie beschädigen sich zuweilen sehr stark.«

»Geschieht ihnen recht«, sagte Mr. Bounderby, »da sie Müßiggänger sind.« Das Mädchen schaute ihm ins Gesicht mit einer Mischung von Staunen und Furcht.

»Beim heiligen Georg!« rief Mr. Bounderby, »als ich noch vier oder fünf Jahre jünger als du war, hatte ich ärgere Beulen aufzuweisen, als ein Zehn-, Zwanzig- oder Vierzigkraftöl hätte heilen können. Ich erhielt sie nicht durch Artistenkunststücke, sondern weil man mich tüchtig durchbläute. Für mich gab es kein Seiltanzen; ich tanzte auf dem bloßen Boden, wobei man mir mit dem Strick aufspielte.«

Mr. Gradgrind war, obgleich ziemlich hartherzig, durchaus nicht so roh wie Mr. Bounderby. Im ganzen betrachtet war seine Natur nicht herzlos. Sie hätte in der Tat sehr herzlich sein können, wenn er nur einmal ein einfaches Versehen in der Arithmetik begangen hätte, die ihm seit Jahren das Gleichgewicht hielt. Er sagte in einem, wie er meinte, beruhigenden Tone, während sie sich nach einer engen Straße zuwandten: »Das ist Pod's End, Jupe, nicht wahr?«

»Das ist es, mein Herr – und mit Verlaub, mein Herr – das ist das Haus.«

Sie hielt in der Dämmerung vor der Tür eines armseligen, kleinen Wirtshauses, das von fahlen Lichtern erleuchtet war. Es sah so verstört und so jämmerlich aus, als ob es sich aus

---

[4] Im Original heißt es nine oils, was eine Mixtur bedeutet, die aus neun Ölgattungen besteht. Sie wurde besonders in England gegen Beulen und Quetschungen benutzt, ist aber schon längst außer Gebrauch.

Mangel an Kunden selbst dem Trunk ergeben hätte, den Weg aller Trunkenbolde gegangen wäre und nun seinem Ende nahe sei.

»Brauchen nur an dem Schenktisch vorüber, mein Herr, und dann die Treppen hinauf. Bitte dann zu warten mit Verlaub, bis ich ein Licht bringe. Sollten Sie einen Hund hören, mein Herr, so wird es nur Merrylegs sein, der nur bellt.«

»Merrylegs und Neunkraftöl«, sagte Mr. Bounderby mit seinem metallenen Gelächter und trat zuletzt ein, »das klingt wunderhübsch für einen, der sich selbst aufgeschwungen!«

Sechstes Kapitel.

Das Wirtshaus hieß »Zu den Pegasus-Arms«. Pegasusbeine wäre entsprechender gewesen. Unter dem Flügelroß prangte also auf dem Schilde die Inschrift: Pegasus-Arms in römischen Buchstaben. Und unter der Inschrift wiederum hatte der Maler in einem flatternden Streifen das Motto angebracht:

> »Ein gutes Malz gibt gutes Bier,
> Komm nur herein, man schenkt es hier.
> Ein guter Wein gibt guten Branntwein,
> Sei unser Gast, er wird zur Hand sein.«

An der Wand, hinter dem kleinen schmutzigen Ausschank, befand sich unter Glas und Rahmen ein zweiter Pegasus – ein theatralischer – mit Flügeln aus wirklicher Gaze, über und über mit goldenen Sternen beklebt und sein ätherisches Geschirr aus roter Seide gefertigt.

Da es draußen schon zu dunkel geworden war, um das Schild zu sehen, und da es drinnen noch nicht hell genug war, um das Bild zu sehen, so nahmen Mr. Gradgrind und Mr. Bounderby an diesen Idealitäten keinen Anstoß. Sie folgten dem Mädchen einige Winkeltreppen hinauf, ohne jemanden zu begegnen, und blieben im Dunkeln, während sie Licht holen ging. Sie erwarteten jeden Augenblick Merrylegs Stimme erschallen zu hören; aber der ausgezeichnet abgerichtete Hund hatte noch nicht gebellt, als das Mädchen und das Licht miteinander erschienen.

»Vater ist nicht in unserm Zimmer«, sagte sie mit einem Ausdruck tiefer Verwunderung. »Wenn Sie gefälligst eintreten wollten, so würde ich ihn sogleich holen.«

Sie traten ein: und Cili eilte, nachdem sie zwei Stühle für sie hingestellt, mit leichten, raschen Schritten davon. Es war ein schlechtes, armselig eingerichtetes Zimmer, worin ein Bett stand. An einem Nagel hing eine weiße Nachtmütze, mit zwei Pfauenfedern und einem kurzen, aufrechtstehenden Zopfe geschmückt, in der Signor Jupe an selbigem Nachmittag die mannigfachen Vorstellungen mit seinen keuschen Shakespearisierenden Sticheleden und Witzeleien belebt hatte. Sonst konnte nirgends etwas von seiner Garderobe oder ein anderes Merkmal von Jupe selbst oder seiner Beschäftigung wahrgenommen werden. Was Merrylegs anbelangt, so mag man den ehrwürdigen Ahn des wohldressierten Tieres, der sich auf der Arche einschiffte, zufällig aus derselben ausgeschlossen haben, da sich nicht die geringste Spur eines Hundes weder den Augen noch den Ohren in Pegasus-Arms kundgab.

Sie hörten das Auf- und Zuschlagen von den Türen der oberen Zimmer, da Cili von einem in das andere ging, um ihren Vater zu suchen. Bald darauf vernahmen sie Stimmen, die Überraschung ausdrückten. Sie kam rasch wieder in großer Eile heruntergesprungen, öffnete einen abgenützten, wurmstichigen und alten Koffer, mit Fell überzogen, fand ihn leer und blickte, die Hände zusammenschlagend, mit einem bestürzten Gesicht umher.

»Vater muß nach der Bude gegangen sein. Ich weiß nicht, weshalb er dahin gegangen sein sollte, aber er muß da sein. Ich bringe ihn in einer Minute.«

Sie war sogleich ohne Hut fort. Ihre langen, schwarzen Kinderhaare flatterten im Winde.

»Wo denkt sie hin?« sagte Mr. Gradgrind. »Zurück in einer Minute? Es ist mehr als eine halbe Meile.«

Ehe Mr. Bounderby noch antworten konnte, war ein junger Mann an der Tür erschienen, der mit den Worten: »Sie gestatten, meine Herren«, sich vorstellte, und mit den Händen in der Tasche hereintrat. Sein glattrasiertes, mageres und bleiches Gesicht war von einem dichten Wuchs schwarzen Haars beschattet, das dicht um den Kopf gekämmt und in der Mitte gescheitelt war. Seine Beine waren sehr kräftig, aber kürzer als Beine von richtigen Verhältnissen hätten sein sollen. Brust und Nacken hatte er um ebensoviel zu breit, als seine Beine zu kurz waren. Er trug einen Rock von Newmarket[5] und eng anliegende Beinkleider; hatte einen Schal um den Hals gewunden, roch nach Brennöl, Stroh, Orangenschalen, Pferdefutter und Sägespänen und sah wie ein höchst sonder-

---

[5] Newmarket, Stadt, 20 Kilometer östlich von Cambridge, berühmt durch Jokeiklub und seine jährlichen großen Rennen.

barer Zentaur aus, eine Mischung von Stall und Theater. Wo das eine begann und das andere aufhörte, konnte niemand mit Genauigkeit bestimmen. Dieser Herr war auf den Anschlagzetteln angezeigt als Mr. E. W. B. Childere, der mit Recht wegen seiner kühnen Volten, im »Wilden Jäger in den nordamerikanischen Prärien« berühmt war. Bei diesem beliebten Kunststück stand ihm ein winzig kleiner Knabe mit einem alten Gesicht bei. Dieser Junge, sein Söhnchen, erschien jetzt in seiner Begleitung. Bei besagtem Kunststück ward der Kleine im Kopfstand an einem Fuß rücklings von seinem Vater gepackt, dann über dessen Schultern gehoben und schließlich in des Vaters flacher Hand mit dem Kopf ruhend, die Füße nach oben, getragen. Also ward er in der stürmisch väterlichen Weise gehalten, wie man wilde Jäger ihre Sprößlinge liebkosen sehen kann. Aufgeputzt mit Locken, Blumenkränzen, Flügeln, weißem Wismut und Karminschminke, schwang sich diese hoffnungsvolle junge Persönlichkeit zu einem anmutigen Kupido empor, daß sie das Hauptentzücken des mütterlichen Teils der Zuschauer bildete. Im Privatleben jedoch, wo die Kennzüge seines Charakters ein zu frühzeitig verschnittener Rock und eine ungewöhnlich rauhe Stimme waren, sank er vom ergötzlichen Götterkinde zum entsetzlichen Stalljungen herunter.

»Sie gestatten, meine Herren«, sagte Mr. E. W. B. Childers, im Zimmer umherblickend. »Ich glaube. Sie waren es, die Jupe zu sehen wünschten?«

»Jawohl«, sagte Mr. Gradgrind, »seine Tochter ging ihn zu holen, aber ich kann nicht warten. Ich möchte daher, wenn Sie es erlauben, eine Botschaft für ihn zurücklassen.«

»Sehen Sie, mein Freund«, warf Mr. Bounderby ein, »wir gehören zu den Leuten, die den Wert der Zeit kennen, ihr aber gehört zu den Leuten, die den Wert der Zeit nicht kennen.«

»Ich habe nicht«, entgegnete Mr. Childers, nachdem er ihn von Kopf bis Fuß gemessen, »die Ehre, *Sie* zu kennen – wenn Sie jedoch sagen wollen, daß Sie es verstehen, mit Ihrer Zeit mehr Geld zu machen, als ich mit der meinen, so müßte ich nach Ihrem Aussehen urteilen, daß Sie wohl recht haben.«

»Und wenn Sie also derlei Geld gemacht haben, so, sollte ich meinen, verstehen Sie auch, es festzuhalten«, sagte Kupido.

»Laß gut sein, Kidderminster«, sagte Mr. Childers (Master Kidderminster war Kupidos irdischer Name).

»Was kommt er denn her, vor uns den Prahler zu spielen?« rief Master Kidderminster, ein cholerisches Temperament verratend. »Wenn Sie vor uns groß tun wollen, so zahlen Sie Ihr Geld an der Tür und machen Sie sich dann breit.«

»Kidderminster«, sagte Mr. Childer«, seine Stimme erhebend, »laß gut sein! – Mein Herr«, – zu Mr. Gradgrind gewendet. – »Ich sprach zu Ihnen. Vielleicht wissen Sie es, oder vielleicht wissen Sie es nicht (denn Sie dürften nicht viel den Vorstellungen beigewohnt haben), daß Jupe in letzter Zeit den Saum sehr oft verfehlt hat.«

»Was – was hat er verfehlt?« fragte Mr. Gradgrind und warf dem gewaltigen Bounderby einen hilfeflehenden Blick zu.

»Hat den Saum verfehlt.«

»Hat sich vorigen Abend dreimal beim Hosenbandorden präsentiert und brachte nicht einmal was zustande«, sagte Master Kidderminster. »Hat den Saum bei den Fähnlein verfehlt und war sehr ungeschickt beim Reifdurchlöchern.«

»Tat nicht, was er hätte tun sollen. Machte kurze Sprünge und schlechte Purzelbäume«, verdolmetschte Mr. Childers.

»Oh«, sagte Mr. Gradgrind, »das heißt man Saum, nicht wahr?«

»Im allgemeinen heißt man das den Saum verfehlen«, antwortete Mr. E. W. B. Childers.

»Neunkraftöl, Merrylegs, Saum verfehlen, Hosenbänder, Fahnen und Reifdurchbrechen«, schrie Mr. Bounderby mit seinem Gelächter der Gelächter. »Sonderbare Gesellschaft das für einen Mann, der sich selbst aufgeschwungen.«

»Lassen Sie sich nur herab«, warf Kupido ein. »O, du meine Güte! Wenn Sie sich zu der Höhe aufgeschwungen haben, auf der Sie stehen, so geruhen Sie nur, sich ein bißchen herabzulassen.«

»Das ist ein höchst zudringlicher Bursche«, sagte Mr. Gradgrind, indem er sich umdrehte und mit gerunzelter Stirn gegen ihn wandte.

»Wir würden für Sie einen jungen Gentleman zum Empfang bereitgehalten haben, wenn wir gewußt hätten, daß Sie kommen würden«, warf Master Kidderminster ganz unbefangen ein. »Es ist schade, daß Sie sich nicht vorher anmelden ließen, da Sie so etwas Besonderes sind. Sie kommen auf hohen Stelzen angetrabt, nicht wahr?«

»Was meint dieser unmanierliche Junge«, fragte Gradgrind, ihn mit einer Art Verzweiflung betrachtend, »mit seinen hohen Stelzen?«

»Hinaus mit dir! Hinaus mit dir!« rief Mr. Childers, indem er seinen jungen Freund einigermaßen nach der Prärieweise hinauswarf. »Straff traben oder schlaff traben – das hat nicht viel zu sagen. Es bedeutet bloß ein straffes oder lockeres Seil. Sie wollten doch eine Botschaft für Jupe hinterlassen?«

»Ja, das wollte ich.«

»Dann«, fuhr Childers rasch fort, »bin ich der Meinung, daß er sie nie erhalten wird. Kennen Sie ihn besonders?«

»Ich habe diesen Menschen nie in meinem Leben gesehen.«

»Dann zweifle ich sehr daran, ob Sie ihn nun je sehen werden. Es ist mir ziemlich klar, daß er sich davongemacht.«

»Meinen Sie, daß er seine Tochter im Stich gelassen?«

»Ja, ich glaube«, sagte Mr. Childers mit einem bejahenden Nicken, »daß er durchgebrannt ist. Er ward gestern abend ausgezischt, er ward vorgestern abend ausgezischt, und er ward heute ausgezischt. In letzter Zeit ist ihm das oft passiert, und er kann so etwas nicht aushalten.«

»Warum ist er – gar so sehr – ausgezischt worden?« fragte Mr. Gradgrind, das Wort höchst feierlich und gewaltsam herauswürgend.

»Seine Glieder werden steif und er wird immer mehr abgenützt«, sagte Childers. »Er hat wohl noch seine treffenden Pointen als Gackerer, aber *davon* kann er doch nicht leben.«

»Als Gackerer«, wiederholte Bounderby, »da haben wir's wieder.«

»Als Sprecher, wenn es dem Herrn besser gefällt«, sagte Mr. E. W. B. Childers, und warf die Erklärung in anmaßender Weise über die Achsel hin. Dabei schüttelte er seine Locken, die sich alle zugleich bewegten. »Es ist doch eine merkwürdige Tatsache, mein Herr, daß diesen Mann der Gedanke tief schmerzte, seine Tochter wisse davon, wie er ausgezischt worden sei. Daß ihn dies zu tief schmerzte, als daß er hier weiter ausgehalten hätte«

»Gut!« unterbrach ihn Bounderby. »Das ist gut, Gradgrind! Ein Mensch, der seine Tochter so lieb hat, daß er von ihr wegläuft, das ist verflucht gut. Ha! Ha! Nun will ich Ihnen was sagen, junger Mann. Ich habe mich nicht immer in meiner gegenwärtigen Lage befunden. Ich weiß, was das heißen will. Sie dürfen wohl erstaunt sein, es zu hören, und doch ist's wahr, daß auch meine Mutter von *mir* weglief.«

E. W. B. Childers machte die bissige Bemerkung, daß er über diese Mitteilung durchaus nicht erstaunt sei.

»Nun gut«, sagte Bounderby. »Ich wurde in einem Graben geboren und meine Mutter überließ mich meinem Schicksal. Entschuldige ich sie dafür? Nein! Habe ich sie je dafür entschuldigt? Ich gewiß nicht! Wie schelte ich sie dafür? Ich schelte sie wohl das schlechteste Weib, das je auf Erden gelebt hat, mit Ausnahme meiner versoffenen Großmutter. Ich hege keinen Familienstolz und kenne keine ideal-sentimentale Aufschneiderei. Einen Spaten nenne ich einen Spaten. Ich gebe der Mutter von Josiah Bounderby aus Coketown ohne Furcht und Begünstigung den gleichen Namen, den ich ihr gegeben haben würde, wenn sie die Mutter von Dick Jones aus Wapping gewesen wäre. Ebenso verfahre ich mit diesem Manne. Er ist für mich ein davongelaufener Schurke und ein Vagabund: das ist er auf gut Deutsch.«

»Es ist mir einerlei, was er ist oder nicht ist, auf Französisch oder auf Deutsch«, erwiderte E. W. B. Childers sich umwendend. »Ich erzähle Ihrem Freunde die Tatsache. Wenn Sie es nicht hören mögen, so steht Ihnen draußen freie Luft zur Verfügung. Sie erklären das hier laut genug: tun Sie, tun Sie das aber bitte lieber bei sich zu Hause«, ermahnte E. W. B. Childers mit strenger Ironie. »Lassen Sie sich in dieser Behausung über nichts laut aus, ohne dazu aufgefordert zu sein. Ich sollte doch glauben, daß Sie auch eine eigene Behausung haben?«

»Dürfte sein«, antwortete Mr. Bounderby, indem er lachte und mit seinem Geld klingelte.

»Dann sprechen Sie sich in Ihrer eigenen Behausung aus, wenn Sie so gut sein wollen«, sagte Childers, »weil dieses Gebäude nicht stark ist und es einstürzen könnte, wenn Sie so laut reden.«

Damit maß er Mr. Bounderby abermals vom Kopf bis zum Fuß, und wandte sich wie von einem Manne, mit dem man fertig ist, von ihm ab und zu Mr. Gradgrind.

»Jupe schickte seine Tochter vor ungefähr einer Stunde auf einen Gang aus, und dann sah man ihn, den Hut in die Augen gedrückt, mit einem in ein Taschentuch gewickelten Bündel unter dem Arm, sich davonschleichen. Sie wird es nie von ihm glauben mögen, und doch hat er sich davongemacht und sie sitzen lassen.«

»Bitte«, sagte Mr. Gradgrind, »warum wird sie es nie glauben wollen?«

»Weil sie beide ein Herz und eine Seele waren. Weil sie nie getrennt gewesen. Weil er sie bis jetzt schwärmerisch zu lieben schien«, sagte Childers, und tat ein paar Schritte, um in den leeren Koffer zu sehen. Sowohl Mr. Childers als Master Kidderminster hatten einen seltsamen Gang. Sie gingen mit viel weiter auseinandergesperrten Beinen, als dies bei dem gewöhnlichen Menschenschlag der Fall ist, und sie waren sich wohl bewußt, daß sie in den Knien ziemlich steif zu sein hatten. Dieser Gang war nämlich allen männlichen Mitgliedern der Slearyschen Truppe eigen und sollte eigentlich andeuten, daß sie immer zu Pferde säßen.«

»Arme Cili!, hätte er sie doch lieber in die Lehre gegeben«, sagte Childers, indem er von dem Koffer aufblickte und seine Locken abermals schüttelte. »Jetzt hat er sie ohne alle Hilfsmittel zurückgelassen.«

»Es spricht sehr zu Ihren Gunsten, der Sie niemals in der Lehre waren, eine solche Meinung zu äußern«, bemerkte Mr. Gradgrind billigend.

»Ich niemals in der Lehre gewesen? Ich kam in dem Alter von sieben Jahren in die Lehre.«

»Ach, wirklich?« sagte Mr. Gradgrind, etwas empfindlich darüber, sich um seine gute Meinung betrogen zu sehen. »Ich wußte nicht, daß es der Gebrauch ist, junge Leute in die Lehre zu geben, um —«

»Müßiggang zu lernen«, fügte Mr. Bounderby mit lautem Gelächter hinzu. »Nein, zum Kuckuck, das wußte ich auch nicht.«

»Ihr Vater hatte es sich in den Kopf gesetzt, daß sie das ganze Teufelszeug des Schulunterrichts zu lernen hätte«, nahm Childer wieder das Wort auf und tat, als sei Mr. Bounderby überhaupt nicht vorhanden. »Wie ihm dieser Gedanke kam, weiß ich nicht: ich weiß nur, daß er ihn niemals aufgegeben. Seit sieben Jahren hat er für sie – hier etwas Lesen – dort etwas Schreiben und dann wieder etwas Rechnen aufgeschnappt.«

Mr. E. W. B. Childers zog eine Hand aus der Tasche, strich sich Gesicht und Kinn damit und betrachtete Mr. Gradgrind mit einem Blick, der viel Zweifel und wenig Hoffnung ausdrückte. Gleich von Anfang an trachtete er, jenen Herrn zugunsten des verlassenen Mädchens einzunehmen.

»Als Cili hier in die Schule gebracht wurde«, fuhr er fort, »war er vergnügt wie ein Clown. Ich selbst konnte die Ursache nicht vollständig ergründen, da wir bei unserer herumwandernden Lebensweise hier nicht ansässig sind. Ich vermute aber, er hatte diesen Sparren im Kopfe – er war immer halb vernagelt – und nun betrachtete er sie als versorgt. Wenn Sie heute abend hergekommen sein dürften, um ihm mitzuteilen, daß Sie etwas zu ihrem Besten tun wollten«, sagte Mr. Childers, sich das Gesicht abermals streichend und seinen Blick wiederholend, »so würde sich das höchst glücklich fügen und zur rechten Zeit kommen – sehr glücklich und ganz zur rechten Zeit.«

»Im Gegenteil«, versetzte Mr. Gradgrind. »Ich wollte ihm sagen, daß ihr Umgang mit der Truppe sie ungeeignet für die Schule macht, und daß sie diese nicht mehr besuchen darf. Wenn ihr Vater sie jedoch wirklich schonungslos verlassen hat – Bounderby, lassen Sie uns ein Wort miteinander sprechen.«

Mr. Childers begab sich hierauf in höflicher Weise mit seinen Kunstreiterschritten an den Treppentritt außerhalb der Tür und blieb dort stehen, sich das Gesicht streichend und dabei leise pfeifend. Auf diese Weise beschäftigt, fielen ihm einzelne Redensarten aus Mr. Bounderbys Mund ein, wie: »Nein. Ich sage nein. Ich rate Ihnen, es nicht zu tun. Ich sage durchaus nein.« Währenddem vernahm er die von Mr. Gradgrind in einem leiseren Ton gesprochenen Worte: »Aber selbst als ein Beispiel für Luise, zu was dieser Beruf, der der Gegenstand gemeiner Neugierde gewesen, führen und kommen kann. Betrachten Sie die Sache von diesem Gesichtspunkt aus, Bounderby.«

Unterdessen hatten sich die verschiedenen Mitglieder der Slearyschen Truppe von den oberen Regionen, wo sie einquartiert waren, nach und nach versammelt. Sie bildeten einen Kreis und schoben sich, mit Mr. Childers leise sprechend, allmählich ins Zimmer. Unter der Gesellschaft befanden sich zwei oder drei hübsche junge Frauen mit ihren zwei oder drei Männern, und ihren zwei oder drei Müttern samt ihren acht oder neun Kindern, die nötigenfalls Feendienste versahen. Der Vater der einen Familie pflegte den Vater der andern Familie auf der Spitze einer großen Stange zu balancieren. Der Vater einer dritten Familie formte oft eine Pyramide aus diesen beiden Vätern, wobei Master Kidderminster die Spitze und er selbst die Basis bildete. Sämtliche Väter verstanden es, auf rollenden Fässern zu tanzen, auf Flaschen zu stehen, Messer und Bälle aufzufangen, Teller zu wirbeln, auf allerhand Dingen zu reiten, über alles zu springen und an einem Nichts sich festzuhalten. Die Mütter konnten alle auf einem schlaffen Draht und einem straffen Seile tanzen und taten dies auch. Ferner konnten sie rasche Sprünge auf sattellosen Pferden ausführen.

Keine von ihnen nahm es, was die Bloßstellung ihrer Beine betraf, im geringsten genau, und eine von ihnen hielt, allein einen sechsspännigen griechischen Wagen lenkend, ihren Einzug in jede Stadt. Sie gaben sich insgesamt das Ansehen, höchst flott und welterfahren zu sein, waren nicht besonders sorgfältig in ihrer bürgerlichen Kleidung und hielten in ihrem Hauswesen nicht die geringste Ordnung. Das ganze Wissen der Gesellschaft hatte noch nicht einmal einen bescheidenen Brief zustande gebracht. Dennoch war ihnen eine wunderbare Sanftmut und Kindlichkeit eigen; sie waren unfähig, Gaunerstreiche zu verüben und waren stets bereitwillig, sich gegenseitig beizustehen und zu bemitleiden. Das war gewiß oft ebenso großer Achtung und ebensolcher Anerkennung wert, wie die Alltagstugenden jeder anderen Menschenklasse.

Mr. Sleary erschien als letzter. Er war, wie bereits erwähnt, ein wohlbeleibter Mann, mit einem starren und einem beweglichen Auge, mit einer Stimme (wenn man sie so nennen darf), die wie das Schnaufen eines alten, gesprungenen Blasebalgs klang, mit einem fahlen Gesicht und mit einem duseligen Kopf, der niemals nüchtern und niemals betrunken war.

»Tquire«, sagte Sleary, der an Asthma litt und dessen Atem für den Buchstaben S zu dick und zu schwer war. »Ihr Ergebenter. Dat it in der Tat ein tlecht Getäft, tehr tlecht. Tie werden wohl gehört haben, dat man vermutet, mein Clown mit teinem Hunde wären durchgebrannt?«

Er hatte sich an Mr. Gradgrind gewendet, der mit Ja antwortete.

»Gut, Tquire«, entgegnete er, indem er seinen Hut abnahm und das Futter mit einem Taschentuch rieb, das er zu diesem Zwecke darin verwahrte. »It et Ihre Abticht, etwat für dat Mädchen zu tun?«

»Ich werde ihr einen Vorschlag machen«, sagte er, »wenn sie zurückkommt.«

»Freut mich, et zu hören, Tquire. Nicht dat ich dat Kind lotwerden oder ihr überhaupt im Wege tehen will. Ich bin gar geneigt, tie in die Lehre zu nehmen, obgleich et für ihr Alter nicht mehr gut it. Meine Timme it etwat heiter, Tquire, und kann nicht leicht von denen vernommen werden, die mich nicht kennen. Wenn Tie aber ebento in Ihrer Jugend in Kälte und Hitze, in Hitze und Kälte und in Kälte und Hitze in die Reitbahn getrieben worden wären, wie dat oft bei mir der Fall war, to würde et Ihre Timme nicht better übertanden haben, alt die meinige.«

»Ich glaube nicht«, sagte Mr. Gradgrind.

»Wat wollen Tie trinken, Tquire, während Tie warten? Toll et Terry tein? Befehlen Tie nur, Tquire«, sagte Mrs. Sleary mit gastfreundlicher Bereitwilligkeit.

»Ich danke Ihnen, ich bedarf gar nichts«, antwortete Mr. Gradgrind.

»Tagen Tie dat nicht, Tquire. Wat tagt Ihr Freund? Haben Tie noch nicht gegetten, to können Tie ein Glat Bittern nehmen.«

Seine Tochter Josephine – ein hübsches, achtzehnjähriges, blondes Mädchen, das schon mit zwei Jahren auf ein Pferd gesetzt worden und schon mit zwölf Jahren ein Testament gemacht hatte – sie trug es immer bei sich und sprach darinnen den Willen aus, sie wolle zusammen mit den beiden Ponys begraben werden – rief jetzt: »St! Vater! Sie ist schon zurück.«

Da kam Cili Jupe in demselben Tempo in das Zimmer gelaufen, wie sie es verlassen hatte. Als sie so alle versammelt sah, ihre Blicke sah und keinen Vater sah, stieß sie einen kläglichen Schrei aus und stürzte sich trostsuchend an den Busen der geschicktesten Seiltänzerin (die sich gerade in guter Hoffnung befand), worauf dieselbe niederkniete, um sie zu kosen und mit ihr zu weinen.

»Dat it eine höllite Tande, meiner Teel, dat it et«, sagte Slearn.

»O mein teurer Vater, mein guter, lieber Vater, wohin bist du gegangen? Du bist wohl fortgegangen, um etwas Gutes für mich aufzutreiben, das weiß ich gewiß. Aber wie unglücklich und elend wirst du ohne mich sein, armer, armer Vater, bis du zurückkommst!« Es war rührend, dies und ähnliches von ihr zu hören. Sie hatte den Blick nach oben gewandt und die Arme ausgestreckt, als ob sie danach trachtete, seinen scheidenden Schatten aufzuhalten und zu umarmen, so daß niemand ein Wort redete, bis Mr. Bounderby (der ungeduldig geworden war) die Stille brach:

»Nun, ihr guten Leutchen alle«, sagte er, »das ist eitel Zeitverlust. Macht dem Mädchen die Tatsache begreiflich. Wenn ihr wollt, will ich sie ihr klarmachen; denn ich bin auch einmal im Stich gelassen worden. Also, wie heißt du doch? Dein Vater hat sich davongemacht – hat dich im Stich gelassen – und du darfst nicht erwarten, ihn jemals in deinem Leben wiederzusehen.«

Diese Leute aber kümmerten sich so wenig um den abstrakten Begriff der reinen Tatsachen und waren in dieser Beziehung schon soweit ausgeartet, daß sie, anstatt von dem stark ausgeprägten, gesunden Menschenverstand des Sprechers einen günstigen Eindruck zu empfangen, ihm diesen sehr übelnahmen. Die Männer murmelten: »Pfui, Schande!« und die Frauen: »roher Mensch«, und Sleary erteilte Mr. Bounderby eilig und vertraulich folgenden Wink:

»Ich will Ihnen wat tagen, Tquire. Um et Ihnen gerade heraut zu tagen, to it meine Meinung, die Tache abzubrechen und gut tein zu latten. Et tind gutherzige Leute, die Meinigen, aber ti tind ein bitchen heftig, und wenn Tie meinen Rat nicht befolgen, to will ich verdammt tein, wenn tie Tie nicht zum Fenster hinauswerfen.«

Da Mr. Bounderby auf diese freundlichen Zuflüsterungen sich zurückhaltender benahm, fand Mr. Gradgrind einen Ausweg für seine ausgezeichnet praktische Behandlung der Angelegenheit.

»Es ist doch ganz bedeutungslos«, sagte er, »ob man die Person irgendwann zurückerwarten kann oder nicht. Er ist fort, und für den Augenblick kann man seine Rückkehr nicht annehmen. Damit, glaube ich, sind alle einverstanden.«

»Einvertanden, Tquire. Halten Tie fet daran«, ließ sich Sleary vernehmen.

»Nun gut. Ich kam hierher, um Jupe, dem Vater des armen Mädchens, mitzuteilen, daß sie nicht mehr in der Schule zugelassen werden könnte, da sich tatsächliche Einwendungen, die ich nicht weiter zu erläutern brauche, gegen die Aufnahme von Kindern erheben, deren Väter auf ähnliche Weise beschäftigt sind. Ich bin aber jetzt unter den veränderten Umständen bereit, einen Vorschlag zu machen. Ich bin bereit, dich aufzunehmen, Jupe, dich zu erziehen und für dich zu sorgen. Die einzige Bedingung (nebst einem guten Betragen deinerseits), die ich mache, ist die, daß du dich sogleich mit einem Male entscheidest, ob du mich begleiten oder hierbleiben willst. Auch daß du, wenn du mich einmal begleitest, mit deinen Freunden, die hier gegenwärtig sind, wie es sich von selbst versteht, jede Verbindung abbrichst. Das ist alles, was ich zu dem Fall zu sagen habe.«

»zu gleicher Zeit«, sagte Sleary, »mut ich auch mein Wort hinzufügen, Tquire, damit beide Teiten der Fahne getehen werden können. Wenn du bei mir in die Lehre gehen willt, Tetilie, to weit du, wat du zu tun hat und wer deine Gefährten tind. Emma Gordon, an deren Buten du jetzt lieget, würde dir eine Mutter und Jotephine würde dir eine Tweter sein. Ich will mich nicht alt einen engelguten Menten autgeben. Ich kann dir nur tagen, dat wenn du den Taum verfehlen wirt, ich tehr böte tein und einen oder twei Flüche auttoten werde. Wat ich aber tagen will, Tquire, dat it, ich mag in guter oder tlechter Laune geweten tein, to habe ich doch noch keinem Pferde wat zu Leide getan, Flüche autgenommen – und dat et nicht zu erwarten it, dat ich in meinem Alter anfangen werde, mit einem Bereiter andert zu verfahren. Ich habe nie grotplär- rit getan, und ich habe nun getagt, wat ich tagen wollte.«

Der letzte Teil dieser Rede war an Mr. Gradgrind gerich- tet, der dazu ernst nickte und sagte:

»Das einzige, was ich noch betreffs deinem Entschluß zu sagen habe, Jupe, ist, daß man sich glücklich preisen kann, eine vernünftige, praktische Erziehung zu genießen, und daß selbst dein Vater in diesem Sinn für dich gewünscht und gefühlt zu haben scheint.«

Die letzten Worte machten auf das Mädchen einen sicht- baren Eindruck. Sie hielt in ihrem unmäßigen Schluchzen inne, befreite sich ein wenig von Emma Gordon und wandte ihr Gesicht ihrem Gönner zu. Die ganze Gesellschaft merkte die Stärke ihrer Veränderung und schöpfte tief Atem, was einfach sagen sollte: »Sie wird gehen.«

»Du mußt wissen, was du tust, Jupe«, warnte sie Mr. Gradgrind. »Ich sage nichts mehr. Du mußt wirklich selbst wissen, was du tust.«

»Wenn Vater zurückkommt«, rief das Mädchen nach einer minutenlangen Pause, abermals in Tränen ausbrechend, »wie wird er mich je wiederfinden können, wenn ich fortgehe?«

»Darüber kannst du vollständig beruhigt sein«, sagte Mr. Gradgrind gelassen; denn er hatte die ganze Angelegenheit wie ein Rechenexempel ausgearbeitet. »In diesem Falle wird dein Vater, wie ich denke, sich wenden müssen an Mr. —«

»Tleary, dat it mein Name, Tquire. Ich täme mich teiner nicht. It in ganz England bekannt und klingt überall tehr gut.«

»Mr. Sleary, der ihm dann mitteilen wird, wohin du dich begeben. Ich würde nicht die Macht haben, dich gegen seinen Willen zu behalten, und es wird ihm wohl niemals schwerfallen, Thomas Gradgrind von Coketown aufzufinden. Ich bin sehr bekannt.«

»Tehr bekannt«, stimmte Sleary bei, indem er sein bewegliches Auge rollen ließ. »Tie gehören zu den Leuten, die ziemlich viel Geld auter dem Haute bewahren. Doch latten wir dat jetzt tein.«

Eine neue Pause trat ein, und dann rief sie schluchzend und die Hände sich vor das Gesicht haltend: »O, gebt mir meine Kleider, gebt mir meine Kleider und laßt mich fort, ehe mein Herz bricht.«

Betrübt bemühten sich die Frauen, die Kleider zusammenzusuchen. Das war bald geschehen, da ihrer nicht viel waren. Sie packten sie in einen Korb, der sie oft auf Reisen begleitet hatte. Cili saß die ganze Zeit hindurch schluchzend auf dem Boden, mit den Händen vor den Augen. Mr. Gradgrind und sein Freund standen an der Tür, bereit, sie mit sich fortzunehmen. Mr. Sleary ragte in der Mitte des Zimmers, umgeben von den männlichen Mitgliedern der Truppe; ganz so, wie er im Zentrum der Reitbahn, während seine Tochter Josephine ihre Kunststücke ausführte, emporgeragt hätte. Ihm fehlte nichts als seine Peitsche.

Nachdem der Korb unter Stillschweigen gepackt war, brachten sie ihr den Hut, glätteten das in Unordnung geratene

Haar und setzten ihn ihr auf. Hierauf drängten sie sich um sie, beugten sich anmutig über sie, um das Bild zu vervollständigen, und küßten und herzten sie. Dann brachten sie die Kinder, um Abschied von ihr zu nehmen, und gebärdeten sich eben ganz wie eine Schar gutherziger, natürlicher und närrischer Frauen.

»Nun, Jupe«, sagte Mr. Gradgrind, »wenn du fest entschlossen bist, so komm.«

Sie mußte aber noch von der männlichen Gesellschaft Abschied nehmen. Jeder von ihnen mußte aber erst die Arme auseinanderwinden (denn sie nahmen alle, wenn sie sich in Slearys Nähe befanden, die berufsmäßige Stellung an) und nun gaben sie ihr den Abschiedskuß. Master Kidderminster machte dabei eine Ausnahme, da in seinem jugendlichen Wesen der ursprüngliche Keim eines Menschenfeindes lag. Auch wußte man von ihm, daß er Heiratspläne gehegt und sich später verdrießlich zurückgezogen. An Mr. Sleary kam die Reihe zuletzt. Er öffnete seine Arme weit, nahm sie bei den Händen und würde sie auf- und niedergeschwungen haben, wie Reitmeister gewöhnlich junge Damen nach der Ausführung eines raschen Rittes zu beglückwünschen pflegen. Aber Cili zeigte sich zu keinem Rückprall geneigt, sondern stand bloß weinend vor ihm.

»Leb wohl, mein Kind«, sagte Sleary. »Ich hoffe, du wirt dein Glück machen, und niemand von untern Leuten wird dich jemalt belätigen, dafür tehe ich ein. Ich wollte, dein Vater hätte teinen Hund nicht mitgenommen. Et it unangenehm, den Hund auf unterm Spielprogramm weglatten zu mütten. Wenn ich et aber gut überlege, to würde der Hund ohne teinen Herrn tich nicht produziert haben – und die Tache it eben to breit wie lang.«

Dabei sah er sie mit seinem starren Auge aufmerksam an, überflog die Truppe mit dem beweglichen, küßte sie, schüttelte den Kopf und führte sie zu Mr. Gradgrind wie zu einem Pferde.

»Da it tie, Tquire«, sagte er, einen berufsmäßigen Blick auf sie werfend, als ob sie in dem Sattel zurechtgesetzt werden sollte. »Tie wird Ihnen Ehre machen. Leb wohl, Tetilie!«

»Leb wohl, Cecilie! Leb wohl, Cili! Gott mit dir, mein Kind!« ertönte es von allen Seiten im ganzen Zimmer. Das reitmeisterliche Auge hatte die Flasche Neunkraftöl in ihrem Busen bemerkt und fiel jetzt ein: »Lat die Flate hier, mein Kind. Tie it zu grot für dich, tie zu tragen. Nun wird tie für dich unnütz tein. Gieb tie mir.«

»Nein, nein!« rief sie, wieder in Tränen ausbrechend. »Ach, nein! Bitte, lassen Sie mich sie aufbewahren, bis Vater zurückkommt. Er wird sie brauchen, wenn er zurückkommt. Er hat nie daran gedacht fortzugehen, als er mich nach ihr schickte. Bitte, ich muß sie für ihn aufheben.«

»Nun, meinetwegen, mein Kind (Tie tehen, Tquire, wie die Dinge tehen). Lebe wohl, Tetilie! Diet it mein letztet Wort zu dir. Halte die Bedingungen deiner Verpflichtung ein, gehorche dem Tquire und vergit unt. Aber wenn du einmal grot geworden, verheiratet und wohlhabend bit, und einer Reitertruppe begegnen tolltet, to tei nicht unempfindlich gegen tie. Türne nicht mit ihr. Gönne ihnen wat Gutet, wenn du kannt und bedenke, du könntet noch wat Tlimmeret tun. Die Leute mütten tich auch unterhalten, Tquire«, fuhr Sleary fort, durch das viele Sprechen engbrüstiger als je gemacht, »sie können nicht immer arbeiten und auch nicht immer tudieren. Denken Tie dat Bete und nicht dat Tlimmte von unt. Ich weit, dat ich mich all mein Lebtag von der Reiterei ernährt habe: ich glaube jedoch die ganze Philotophie der Tache auteinandergetetzt zu haben, wenn ich Ihnen tage, Tquire, denken Tie dat Bete von unt; nicht dat Tlimmte.«

Die Slearysche Philosophie ward vorgetragen, als sie die Treppe hinuntergingen, und vor dem starren Auge der Philosophie – und ebenso vor dem beweglichen – verschwanden bald die drei Gestalten samt dem Korbe in der Dunkelheit der Straße.

Siebentes Kapitel.

Da Mr. Bounderby ein Junggeselle war, so stand eine ältliche Dame gegen ein festes Jahresgehalt seinem Haushalt vor. Sie hieß Mrs. Sparsit und bildete eine hervorragende Erscheinung als Begleiterin in Mr. Bounderbys Wagen, wenn er, der gerne sich als ein Mann, aus niedrigem Stande emporgeschwungen, aufspielte, im Triumphzug dahinrollte.

Mrs. Sparsit hatte nämlich nicht nur bessere Zeiten gesehen, sondern besaß auch hohe Verbindungen. Sie hatte eine Großtante, die derzeit noch lebte und Lady Scadgers hieß. Der selige Mr. Sparsit, der sie als Witwe zurückließ, war von mütterlicher Seite das gewesen, was Mrs. Sparsit noch immer mit »Powler« bezeichnete. Es gab Uneingeweihte von beschränktem Wissen und schwerfälliger Fassungskraft, die nicht wußten, was Powler bedeute, und die selbst darüber in Zweifel schwebten, ob es ein Gewerbe, eine politische Partei oder ein Glaubensbekenntnis bezeichnen solle. Die Scharfsinnigeren jedoch bedurften nicht erst der Belehrung, daß die Powlers ein altes Geschlecht bildeten. Ihr Ursprung konnte so weit zurückverfolgt werden, daß es nicht wundernahm, wenn sie sich zuweilen aus dem Licht der Öffentlichkeit verloren, wie es ihnen häufig passierte bei Rennen, Hasardspiel, Wuchergeschäften und vor dem Schuldgerichtshof.

Der selige Mr. Sparsit, der von mütterlicher Seite ein Powler war, heiratete diese Frau, die von väterlicher Seite eine Scadgers gewesen.

Lady Scadgers (eine unendlich fette alte Frau, mit einem zügellosen Appetit nach Rindfleisch und mit geheimnisvollen Beinen, die schon seit vierzehn Jahren das Bett nicht mehr hatten verlassen wollen) brachte die Heirat zustande. Sie tat das damals, als Sparsit gerade mündig geworden und sich vorzüglich durch einen schmächtigen Körper auszeichnete, der von zwei langen, dünnen Beinen getragen wurde und auf dem sich ein Kopf erhob, der nicht der Erwähnung wert war. Er erbte ein hübsches Vermögen von seinem Oheim, hatte es aber durch Schulden verscherzt, noch ehe er es erlangte, und brachte es unmittelbar nachher zweimal durch. So kam es, daß er bei seinem Tode, der in seinem vierundzwanzigsten Jahre erfolgte (der Schauplatz seiner Krankheit war Calais und die Ursache Branntwein) seine Witwe, von der er sich bald nach den Flitterwochen getrennt hatte, nicht in Überfluß zurückließ. Diese schutzverlassene Frau, die fünfzehn Jahre älter war als er, verfiel sogleich mit ihrer einzigen Verwandten, Lady Scadgers, in eine tödliche Feindschaft. Sie suchte sich eine Anstellung, teils der Lady zum Trotz, teils der Selbsterhaltung wegen. Und nun war sie hier gelandet in ihren alten Tagen, mit ihrer römischen Hakennase und den dicken, schwarzen Brauen, die Sparsit bezaubert hatten, und bereitete den Tee für Mr. Bounderbys Frühstück zu.

Wenn Mr. Bounderby ein Eroberer und Mrs. Sparsit eine gefangene Prinzessin gewesen wäre, die er als Glanzstück seiner Triumphzüge zur Schau stellte, so konnte er nicht mehr Aufhebens machen als er wirklich tat. Wie es zu seiner Großtuerei gehörte, seinen eigenen Ursprung zu erniedrigen, so gehörte es auch dazu, die Abkunft Mrs. Sparsits zu rühmen. In dem Maß, wie er es nicht gestatten wollte, daß ein einziger Lichtblick in seiner Jugend herrschte, pries er Mrs. Sparsits jugendliche Laufbahn in allen möglichen Vorzügen und überschüttete den Pfad dieser Frau mit ganzen Wagenladungen von Frührosen.

»Und doch, mein Herr«, pflegte er zu sagen, »was ist schließlich dabei herausgekommen? Da sitzt sie für hundert Pfund das Jahr (ich gebe ihr die hundert Pfund, ein Gehalt, das sie ganz nett findet), und führt den Haushalt von Josiah Bounderby in Coketown.« Ja, er machte soviel Wesens aus seiner Folie zu seiner Persönlichkeit, daß dritte Personen sich dieses Juwels bemächtigten und ihn bei mancher Gelegenheit mit großer Lebhaftigkeit funkeln ließen. Es gehörte zu den ärgerlichsten Eigenheiten Bounderbys, daß er nicht nur selbst sein Lob sang, sondern auch andere anregte, es für ihn zu singen. Er steckte mit seiner Prahlerei an. Fremde, die sonst ziemlich bescheiden waren, erhoben sich bei Gastmahlen in Coketown plötzlich vom Stuhle und taten in einer überschwenglichen Weise mit Bounderby groß. Sie erklärten, er stelle dar: das königliche Wappen der Nationalflagge, die

Magna Charta[6], John Bull, das *Habeas Corpus*, die *Bill of Rights*[7], »des Briten Haus ist seine Burg«, Staat und Kirche und die englische Nationalhymne – das alles zusammengenommen! Und so oft (und es geschah sehr oft), daß ein Redner dieses Schlages zum Schluß anführte:

> »Die Großen mögen leben im Glück oder in Unglücksnacht.
> Ein Hauch kann sie machen, wie ein Hauch sie gemacht«,

so war die Gesellschaft gewiß mehr oder weniger überzeugt, daß von Mrs. Sparsit die Rede war.

»Mr. Bounderby«, sagte Mrs. Sparsit, »Sie frühstücken heute ungewöhnlich langsam.«

»Nun, Ma'am«, entgegnete er. »Ich denke gerade über Tom Gradgrinds Grille nach« – *Tom* Gradgrind sagte er barsch und rücksichtslos – als ob jemand ihn immer mit ungeheuren Bestechungen dazu bewegen wollte, Thomas zu sagen und er sich dennoch weigerte – »über Tom Gradgrinds Grille, Ma'am, das Seiltänzermädchen zu erziehen.«

»Das Mädchen wartet eben«, sagte Mrs. Sparsit, »um zu hören, ob sie direkt in die Schule oder hinauf in die Wohnung gehen soll.«

»Sie soll warten, Ma'am«, sagte Bounderby, »bis ich es selbst weiß. Ich nehme an, daß Tom Gradgrind bald hier sein wird. Sollte er wünschen, daß sie noch einen oder zwei Tage hier bleibt, so kann sie natürlich bleiben.«

»Natürlich kann sie es, wenn Sie wollen, Mr. Bounderby.«

»Ich sagte ihm, ich wolle ihr für die vorige Nacht hier zu übernachten erlauben, damit er es unterdessen überschlafen kann, ehe er sich entschließt, sie mit Luise in Verbindung zu bringen.«

---

[6] Die berühmte Urkunde von 1216, welche die Grundlage der englischen Verfassung bildet.

[7] Die dem Prinzen und der Prinzessin von Oranien den 13. Februar 1688 vom Parlament überreichte, von ihnen als König und Königin bestätigte Erklärung über die wahren, alten und unzweifelhaften Rechte des Volks.

»Wirklich, Mr. Bounderby? Das ist sehr wohlbedacht von Ihnen.«

»Mrs. Sparsits römische Hakennase erweiterte sich etwas in den Nüstern, und ihre schwarzen Augenbrauen zogen sich zusammen, als sie einen Schluck Tee nahm.

»*Mir* ist es ziemlich klar«, sagte Bounderby, »daß das kleine Miezekätzchen aus solcher Gesellschaft nur wenig Nutzen ziehen kann.«

»Sprechen Sie von dem jungen Fräulein Gradgrind, Mr. Bounderby?«

»Ja, Ma'am! Ich spreche von Luise.«

»Da Sie ›kleines Miezekätzchen‹ sagten«, antwortete Mrs. Sparsit, »und eigentlich von zwei jungen Mädchen die Rede war, so wußte ich nicht, welche von beiden mit diesem Ausdruck bezeichnet werden sollte.«

»Luise«, wiederholte Mr. Bounderby, »Luise, Luise.«

»Sie sind wirklich ein zweiter Vater zu Luise.« Mrs. Sparsit schlürfte wieder etwas Tee und hatte, als sie die abermals zusammengezogenen Augenbrauen über die dampfende Tasse beugte, das Aussehen, als ob ihr klassisches Antlitz die Götter der Hölle anriefe.

»Wenn Sie gesagt hätten, daß ich ganz wie ein zweiter Vater zu Tom sei – ich meine den kleinen Tom und nicht meinen Freund Tom Gradgrind – dann hätten Sie näher ins Ziel geschossen. Ich werde den jungen Tom in meinem Geschäftsbureau verwenden. Werde ihn unter meine Fuchtel nehmen, Ma'am.«

»Wirklich? Er ist dafür noch etwas jung – nicht wahr, mein Herr?« – Das »mein Herr« der Mrs. Sparsit in der Ansprache an Mr. Bounderby, klang wie ein zeremoniöses Wort, dessen Gebrauch mehr achtunggebietend für sie als ehrerbietig für ihn war.

»Ich werde ihn nicht gleich nehmen. Vorerst muß er mit seinem Erziehungskram fertig sein«, sagte Mr. Bounderby. »Zum Donnerwetter! Er muß doch nun von dem Zeug sich genug einverleibt haben, für jetzt und alle Zeit. Was würde dieser Junge für große Augen machen, wirklich und wahrhaftig, wenn er wüßte, wie leer *mein* junger Magen von Kenntnissen war, als ich in seinem Alter stand.« Beiläufig bemerkt, das mußte er übrigens wissen, da er oft genug davon gehört hatte. »Wie schwer fällt es mir doch, mich mit jemandem bei beliebigen Dingen auf gleichem Fuß zu unterhalten! So habe ich heute morgen mit Ihnen über Gaukler gesprochen. Nun, was wissen Sie denn von Gauklern? – Zur Zeit, wo es für mich ein Gottessegen, ein Gewinn in der Lotterie gewesen wäre, mich aus dem Straßenschmutz emporzugaukeln, da saßen Sie in der italienischen Oper. Sie verließen das italienische Opernhaus, Ma'am, in weißem Atlas und Juwelen strahlend von Pracht, während ich keinen Penny besaß, um eine Fackel zu kaufen, um Ihnen damit zu leuchten.«

»Ich war wohl, mein Herr«, sagte Mrs. Sparsit mit einer heiter wehmütigen Würde, »schon in sehr zartem Alter mit der italienischen Oper bekannt.«

»Allerdings war ich es auch!« rief Bounderby, »aber mit der rauhen Seite davon. Ich versichere Sie, daß das Pflaster seiner Arkaden mir zum harten Lager zu dienen pflegte. Leute Ihres Schlages, Ma'am, die von Kindheit auf daran gewöhnt sind, auf Flaumfedern zu ruhen, können sich, ohne es versucht zu haben, keinen Begriff davon machen, wie hart ein Pflasterstein ist. Nein, nein! Es ist ganz nutzlos, mit Ihnen von Gauklern zu sprechen. Ich sollte mit Ihnen von ausländischen Tänzern, von London W, von May Fair und Lords und Ladys und von Honoratioren sprechen.«

»Ich bin der Ansicht, mein Herr«, entgegnete Mrs. Sparsit mit anstandsvoller Resignation, »daß Sie es nicht nötig haben, derlei zu tun. Ich hoffe es gelernt zu haben, mich in den Wechsel des Lebens zu fügen. Wenn ich Interesse daran gefunden habe, Ihren lehrreichen Erfahrungen zuzuhören, und mich daran nicht satt hören kann, so rechne ich mir das nicht zum Verdienst an, zumal ich weiß, daß man Sie allgemein darob bewundert.«

»Na, na! Ma'am«, sagte ihr Gönner. »Vielleicht sind manche Leute so liebenswürdig, zu behaupten, daß sie Josiah Bounderby aus Coketown in seiner plumpen Weise darüber hören mögen, was er alles durchgemacht. Aber Sie müssen doch gestehen, daß Sie selbst im Schoße des Überflusses geboren wurden. Lassen Sie es gut sein, Ma'am; Sie wissen, daß Sie im Schoße des Überflusses geboren wurden.«

»Ich kann es«, erwiderte Mrs. Sparsit mit einem Kopfschütteln, »nicht leugnen.«

Hierauf fühlte sich Mr. Bounderby bemüßigt, vom Tisch aufzustehen und sich, um sie entsprechend betrachten zu können, mit dem Rücken gegen das Feuer zu stellen. Sie hob gar so angenehm seine Vorzüge hervor!

»Und Sie waren in vornehmer Gesellschaft, in verflucht hoher Gesellschaft«, fügte er hinzu, sich die Füße wärmend.

»Es ist wahr, mein Herr«, sagte Mrs. Sparsit mit affektierter Demut, die der seinen ganz entgegengesetzt war und darum keine Gefahr lief, sie zu verletzen.

»Sie standen auf dem Gipfel der Mode und all dessen, was damit zusammenhängt«, sagte Mr. Bounderby.

»Ja, mein Herr«, entgegnete Mrs. Sparsit mit leutseliger Witwenhaftigkeit. »Es ist unstreitig wahr.«

Indem Mr. Bounderby die Knie krümmte, umarmte er beinahe seine Beine vor großer Zufriedenheit und lachte laut auf.

Da Mr. und Miß Gradgrind gerade angemeldet wurden, so empfing er jenen mit einem Händeschütteln und diese mit einem Kuß.

»Kann man Jupe hierher kommen lassen, Bounderby?« fragte Mr. Gradgrind.

»Gewiß.« Man ließ daher Jupe kommen. Als sie eintrat, machte sie einen Knix vor Mr. Bounderby, vor seinem Freunde Tom Gradgrind und schließlich auch vor Luise. In ihrer Verwirrung vergaß sie jedoch unglücklicherweise Mrs. Sparsit. Dies bemerkte Bounderby und ließ sich polternd folgendermaßen vernehmen:

»Ich will dir nun was sagen, mein Kind. Jene Dame bei der Teekanne heißt Mrs. Sparsit. Diese Lady herrscht als Herrin in diesem Hause und sie ist eine Lady von vornehmen Verbindungen. Wenn du daher in irgendein Zimmer dieses Hauses kommst, so wirst du nur kurze Zeit darinnen bleiben dürfen, wenn du dich gegen die Dame nicht in ehrerbietigster Weise benimmst. Was mich betrifft, so ist es mir gleichgültig, wie du dich gegen mich benimmst, denn ich stelle nichts vor. Da ich weit davon entfernt bin, vornehme Verbindungen zu haben, so habe ich gar keine Verbindungen und stamme vom Abschaum der Menschheit ab. Wie du dich aber gegen jene Dame benimmst, daran ist mir gelegen, und du wirst tun, was ehrerbietig und anständig ist, oder du wirst gar nicht herkommen.«

»Ich will hoffen«, sagte Mr. Gradgrind in versöhnendem Tone, »daß es bloß ein Versehen war.«

»Mein Freund Tom Gradgrind nimmt an«, sagte Mr. Bounderby, »daß es bloß ein Versehen war, Mrs. Sparsit. Sehr möglich. Wie Sie aber wohl wissen, Ma'am, so erlaube ich nicht einmal ein Versehen gegen Sie.«

»Wirklich, Sie sind sehr gütig«, entgegnete Mrs. Sparsit, ihr Haupt in großartiger Demut schüttelnd. »Es ist nicht der Erwähnung wert.«

Cili, die sich während der ganzen Zeit mit Tränen in den Augen furchtsam entschuldigt hatte, ward von dem Herrn des Hauses zu Mr. Gradgrind hinübergewinkt. Sie trat aufmerksam vor ihn, und Luise stand, die Augen auf den Boden geheftet, kalt neben ihr, wahrend er sich folgendermaßen vernehmen ließ:

»Jupe, ich habe mich entschlossen, dich in mein Haus zu nehmen und dich, wenn du nicht in der Schule bist, bei Mrs. Gradgrind zu beschäftigen, die ziemlich kränklich ist. Ich habe Miß Luisen – dies ist Miß Luise – das jämmerliche, aber natürliche Ende deiner früheren Laufbahn erzählt, und du mußt es klar begreifen, daß diese Welt gänzlich vorüber ist und nicht mehr erwähnt werden darf. Von jetzt fängt deine eigentliche Lebensgeschichte an. Du bist zurzeit, wie mir bekannt ist, noch recht unwissend.«

»Ja, mein Herr, sehr«, antwortete sie knixend.

»Es wird mich mit Genugtuung erfüllen, dir eine strenge Erziehung zu geben, und du wirst allen, die mit dir in Berührung kommen, zum lebendigen Beweis der Vorzüge dienen, die deine zu empfangende Bildung dir verleihen wird. Du wirst gebessert und gebildet werden. Du hast wohl deinem Vater und den Leuten, unter denen ich dich fand, vorgelesen?« sagte Mr. Gradgrind. Dabei winkte er sie zu sich heran und fuhr leiser fort, als vorher. Cili antwortete:

»Bloß vor Vater und Merrylegs, mein Herr. Das heißt eigentlich vor Vater, da Merrylegs immer dabei war.«

»Laß Merrylegs gewesen sein, Jupe«, sagte Mr. Gradgrind mit leichtem Stirnrunzeln. »Ich frage nicht nach ihm. Du pflegtest also, wenn ich recht verstehe, deinem Vater vorzulesen?«

»O ja, mein Herr! Wohl an tausendmal. Das waren die glücklichsten, ach, von allen Zeiten die glücklichsten, die wir zusammen verlebten, mein Herr.« Jetzt erst, als ihr Schmerz zum Ausbruch kam, blickte Luise sie an.

»Und was«, fragte Mr. Gradgrind mit noch leiserer Stimme, »lasest du deinem Vater vor, Jupe?«

»Von Feen, mein Herr, von Zwergen und Geistern«, schluchzte sie.

»Da haben wir's«, sagte Mr. Gradgrind, »das ist genug. Sprich nie mehr ein Wort von solch verderblichem Unsinn. Bounderby, das ist ein Fall für strenge Erziehung, und ich werde ihn mit Interesse behandeln.«

»Nun, gut«, sagte Mr. Bounderby. Ich habe Ihnen meine Meinung bereits mitgeteilt und ich würde nicht wie Sie handeln. Doch, sehr gut, sehr gut. Da sie einmal darauf erpicht sind, *sehr* gut.«

So nahmen denn Mr. Gradgrind und seine Tochter Cecilie Jupe mit sich nach Stone Lodge: Luise sprach unterwegs kein einziges Wort, weder ein gutes noch ein böses. Mr. Bounderby ging seinen täglichen Beschäftigungen nach und Mrs. Sparsit zog sich hinter ihre Augenbrauen zurück. Darauf stellte sie in dem Düster dieser Zurückgezogenheit während des weiteren Vormittags ihre grüblerischen Betrachtungen an.

Achtes Kapitel.

Laßt uns abermals den Grundton anschlagen, ehe wir in unserer Melodie fortfahren!

Als Luise um ein halb Dutzend Jahre jünger war, wurde sie eines Tages belauscht, wie sie mit ihrem Bruder ein Gespräch mit den Worten anknüpfte: »Tom, ich sollt' mich wundern« – worauf Mr. Gradgrind, der sie belauschte, hervortrat und sagte: »Luise, man muß sich nie wundern!«

Hierin beruhte die Springfeder der mechanischen Kunst und des Geheimnisses, die Vernunft zu erziehen, ohne sich zur Ausbildung der Gefühle und Neigungen herabzulassen. Man muß sich nie wundern! Bringe alle Sachen vermittels Addition, Subtraktion, Multiplikation und Division in Ordnung und wundere dich nie. »Gebt mir ein Kind«, sagt M'Choakumchild, »das wenigstens allein gehen kann, und ich werde es dahin bringen, daß es sich niemals mehr wundert!«

Nun befand sich zufällig in Coketown neben vielen Kinderchen, die eben erst gehen gelernt hatten, eine beträchtliche Anzahl von Kindern, die dem Schritt der Gegenwart zum Trotz zwanzig, dreißig, vierzig, fünfzig Jahre oder mehr den Normalkindern voraus und auf die schändliche Welt losgegangen waren. Da diese Wunderkinder für jede menschliche Gesellschaft Entsetzen erregende Geschöpfe waren, so zerkratzten sich die achtzehn Glaubenssekten gegenseitig das Gesicht und rauften sich einander die Haare aus, um ein Übereinkommen über die Schritte zu treffen, die sie für die Verbesserung ihrer Charaktere nehmen müßten – was freilich nie zustande kam. Ein überraschender Umstand das, wenn man die glückliche Anwendung der Mittel für das Ziel in Erwägung zieht. Aber obgleich sie in allen begreiflichen und unbegreiflichen (besonders aber den unbegreiflichen) Dingen verschiedener Meinung waren, stimmten sie doch darin ziemlich überein, daß diese unglücklichen Kinder sich nie über etwas wundern dürften. Nummer Eins sagte, man müsse alles aufs Wort glauben. Nummer Zwei sagte, alles müsse nach den Prinzipien der Nationalökonomie erfaßt werden. Nummer Drei schrieb sinnlose Werkchen, worin er bewies, wie das erwachsene gute Kind von selbst die Sparkasse benutze und das erwachsene schlimme Kind unumgänglich zur Deportation verurteilt würde. Nummer Vier machte unter dem kläglichsten Vorwand, ein rechter Schalk zu sein (während sie eigentlich recht kläglich war), die seichtesten Ansprüche, ganze Fallgruben von Wissenschaften zu bergen. Es sei Pflicht, die Kinder dorthin zu leiten und hineinzuschmuggeln. Alle diese Kinder stimmten jedoch darin überein, daß sie sich nie wunderten.

Es befand sich eine Bibliothek in Coketown, zu der der allgemeine Zutritt leicht war. Mr. Gradgrind quälte sich viel darüber, was die Leute in dieser Bibliothek lasen: ein Punkt, worüber kleine Flüsse tabellarischer Verzeichnisse zu gewissen Perioden in den heulenden Ozean von tabellarischen Verzeichnissen flössen, in dessen Tiefen noch kein Taucher hinabgefahren und wieder glücklich heraufgekommen war. Es war recht entmutigend und eine traurige Tatsache, daß selbst diese Leser sich immer wieder wunderten. Sie wunderten sich über die menschliche Natur, die menschlichen Leidenschaften, die menschlichen Hoffnungen und Befürchtungen, über die Kämpfe, Siege und Niederlagen, über die Sorgen, Freuden und Bekümmernisse und über Leben und Sterben gewöhnlicher Männer und Frauen. Nach fünfzehnstündiger Arbeit setzten sie sich hin, bloße Märchen über Männer und Frauen zu lesen, die ihnen mehr oder weniger glichen, und über Kinder, die den ihrigen mehr oder weniger gleich kamen. Robinson nahmen sie sich mehr als Euklid zu Herzen, und sie schienen überhaupt mehr Erholung bei Goldsmith als bei Adam Riese zu finden. Mr. Gradgrind hatte sich in Schrift und Wort fortwährend mit diesem Ergebnis beschäftigt, und er konnte nie herausbringen, wie dieses unerklärbare Phänomen dabei herauskam.

»Das Leben ist mir zuwider, Lu. Ich hasse es ganz und gar, und ich hasse jeden Menschen, dich ausgenommen«, sagte der unnatürliche kleine Thomas Gradgrind während der Abenddämmerung in der »Friseurstube«.

»Du hassest doch nicht Cili, Tom?«

»Ich hasse es, sie Jupe nennen zu müssen. Und sie haßt mich«, sagte Tom verdrießlich.

»Nein, das tut sie gewiß nicht, Tom.«

»Sie muß«, sagte Tom. »Sie muß unsere ganze Sippschaft hassen und verabscheuen. Man wird sie eher stumpfsinnig machen, als daß man mit ihr zurechtkommt. Sie wird schon so gelb wie Wachs und so dumm wie – ich.«

Der kleine Thomas führte solche Reden, indessen er rittlings auf einem Stuhl vor dem Feuer saß, die Arme auf die Lehne gestützt und mit dem Gesicht in die Arme vergraben. Seine Schwester saß in dem dunklen Winkel am Ofen, bald ihn und bald die hellen Funken betrachtend, wie sie auf den Herd flogen.

»Was mich betrifft«, sagte Tom, und zerwühlte mit verzweifelter Hand sein Haar nach allen Richtungen. »Ich bin ein Esel, ja, das bin ich. Ich bin so eigensinnig wie nur einer sein kann und dümmer wie irgendeiner. Ich bin so störrisch wie ein Esel und möchte ausschlagen wie ein solcher.«

»Doch nicht auf mich los, Tom?«

»Nein, Lu, dir würde ich nichts zuleide tun. Ich habe mit dir gleich von Anfang an eine Ausnahme gemacht. Ich weiß nicht, was dieses – verdammte, abscheuliche Kerkerloch – ohne dich sein würde.« Tom hatte eine kleine Pause gemacht, um solchen genügend schmeichelhaften und bezeichnenden Ausdruck für das väterliche Dach zu finden und fühlte sich tatsächlich momentan ein bißchen erleichtert.

»Wirklich, Tom? Meinst du wirklich?«

»Sicher, es ist mein Ernst. Wozu nützt es aber, davon zu sprechen?« entgegnete Tom, sich das Gesicht am Rockärmel reibend, als wollte er sich ins Fleisch beißen, um dieses in Einklang mit seiner Gemütsverfassung zu bringen.

»Sieh, Tom«, sagte seine Schwester, nachdem sie eine Weile die Funken schweigend betrachtet hatte, »da ich immer älter und größer werde, sitze ich oft da, mich wundernd und nachdenkend, wie unglücklich ich doch bin, daß ich dich mit unserm elterlichen Hause nicht besser versöhnen kann. Ich weiß nicht, was andere Mädchen können. Ich kann dir nichts vorsingen oder vorspielen. Ich kann kein Gespräch mit dir führen, um deinen Geist zu erheitern; denn ich sehe nichts Unterhaltendes und ich lese keine unterhaltenden Bücher, daß es dir zum Vergnügen gereichen könnte, wenn ich mit dir darüber spräche, wenn du der Ausspannung bedürftig bist.«

»Mir geht es doch genau so. Ich bin in dieser Beziehung ebenso schlimm daran, und ich bin noch dazu ein Esel, was du nicht bist. Da sich Vater einmal entschlossen hat, aus mir einen Gauner oder einen Esel zu machen und ich kein Gauner bin, so ist doch klar, daß ich ein Esel werden muß. Und das bin ich auch«, sagte Tom verzweiflungsvoll.

»Es ist sehr schade«, sagte Luise nach einer zweiten Pause, bedächtig aus dem dunklen Winkel hervorsprechend, »es ist jammerschade. Es ist sehr, sehr schlimm für uns beide.«

»Ach du«, sagte Tom, »du bist ein Mädchen, Lu, und ein Mädchen hilft sich besser heraus als ein Knabe. Ich sehe nicht, daß dir etwas abgeht. Du bist das einzige Vergnügen, das ich habe. – Du kannst selbst diesen Ort aufheitern – und du kannst mich immer führen, wie es dir gefällt.«

»Du bist ein lieber Bruder, Tom, und solange du glaubst, ich kann das alles, so liegt mir nichts daran, es besser zu verstehen. Obwohl ich es besser verstehe, und das tut mir sehr leid.« Sie ging zu ihm und küßte ihn und ging wieder in ihren Winkel zurück.

»Ich wollte, ich könnte alle Tatsachen sammeln, von denen wir so viel hören«, sagte Thomas, trotzig mit den Zähnen knirschend, »und alle Figuren samt den Leuten, die sie erfunden haben, und ich wollte, ich könnte tausend Fässer Pulver unter sie stellen und sie allesamt in die Luft sprengen. Aber wenn ich zu dem alten Bounderby komme, dann will ich mich schon rächen.«

»Dich rächen, Tom?«

»Ich werde mir ein wenig gütlich tun und herumschlendern und mir manches ansehen und manches hören. Ich werde mich für die Weise entschädigen, in der ich erzogen worden.«

»Täusche dich nur vorderhand nicht, Tom. Mr. Bounderby denkt wie Vater und ist noch weit grober und nicht halb so gut, wie er ist.«

»O!« sagte Tom lachend, »daran liegt mir nichts. Ich weiß schon, wie ich den alten Bounderby herumzukriegen und zu nehmen habe.«

Ihre Schatten zeichneten sich auf der Wand ab, aber die Schatten der hohen Bücherschränke liefen an der Wand und auf der Zimmerdecke ineinander, gleich als ob das Gewölbe einer dunklen Höhle über Bruder und Schwester hinge. Nun hätte aber eine schwärmerische Einbildungskraft (wenn solch verräterisches Ding sich dort hätte einschleichen können) leicht herausgedeutet, daß der fragliche Schatten der ihres Gespräches und seiner mehr und mehr hereindrohenden Verschwisterung mit ihrer Zukunft sei.

»Und was ist deine große Besänftigungsmethode, Tom? Ist sie ein Geheimnis?«

»O«, sagte Tom, »wenn es ein Geheimnis ist, so ist es nicht schwer zu erraten. Du selbst bist das Besänftigungsmittel. Du bist Mr. Bounderbys kleiner Liebling, sein Nesthäkchen. Für dich tut er alles. Wenn er etwas Unangenehmes zu mir sagt, so brauche ich ihm nur zu sagen: ›Meine Schwester Lu wird sich darüber ärgern und bös sein, Mr. Bounderby. Sie hat mir immer gesagt, Sie würden sicherlich nachsichtiger mit mir sein, als der –.‹ Wenn das ihn nicht herumkriegt, so weiß ich nicht, was sonst.«

Nachdem er eine Weile auf eine Antwort gewartet und keine bekommen hatte, fiel Tom ermüdet in die Wirklichkeit zurück, wand sich gähnend an der Stuhllehne herum und brachte seine Locken immer mehr in Unordnung, bis er am Ende plötzlich aufblickte und fragte:

»Schläfst du, Lu?«

»Nein, Tom. Ich sehe dem Feuer zu.«

»Es scheint, daß du mehr daran zu sehen findest, als ich jemals darin entdecken konnte«, sagte Tom. »Vermutlich wieder einer der Vorteile, die ein Mädchen vor uns voraus hat.«

»Tom«, fragte seine Schwester bedächtig und in sonderbarem Tone, als ob sie ihre Frage aus dem Feuer herausbuchstabierte, in dem die Schriftzüge übrigens nicht ganz deutlich zu sein schienen, »Tom, macht dir denn die Aussicht auf die Übersiedlung zu Mr. Bounderby irgendwelche Freude?«

»Nun«, erwiderte Tom, seinen Stuhl zurückschiebend und aufstehend, »es hat wenigstens etwas Gutes: es bringt mich von Haus fort.«

»Es hat wenigstens etwas Gutes«, wiederholte Luise in dem vorigen sonderbaren Tone, »es bringt dich von Haus fort. Ja.«

»Freilich tut es mir dann auch wieder sehr leid, Lu, dich zu verlassen, und besonders dich *hier* zu lassen. Aber du weißt ja, gehen muß ich, ich mag wollen oder nicht, und es ist doch besser, ich gehe an einen Ort, wohin ich dir immerhin noch erreichbar bleibe, als an einen Platz, wo ich diesen Vorteil ganz und gar verlieren müßte. Siehst du das nicht ein?«

»Jawohl, Tom.«

Die Antwort, obwohl entschieden, hatte so lange auf sich warten lassen, daß Tom hingehen und auf ihre Stuhllehne sich hatte stützen können, um das Feuer, das die Schwester so sehr in Anspruch nahm, auch einmal von ihrem Gesichtspunkte aus zu betrachten und zu sehen, was er etwa daraus entnehmen könne.

»Abgesehen davon, daß es ein Feuer ist«, sagte Tom, »schaut es mich so dumm und ungereimt an, wie jedes andere Ding. Was siehst du denn darin? Doch keinen Zirkus?«

»Ich sehe gar nichts Besonderes darin, Tom. Aber wie ich so hineingeschaut, habe ich mich gewundert über dich und mich, wenn ich daran denke, daß wir einmal beide erwachsen sein werden.«

»Hast dich schon wieder einmal *gewundert*!« sagte Tom.

»Ich habe so unlenksame Gedanken«, erwiderte die Schwester, »daß sie sich notwendig *verwundern* müssen.«

»Aber ich bitte dich, Luise«, sagte Mrs. Gradgrind, die unbemerkt die Tür geöffnet hatte, »laß das um Gottes willen, du leichtsinniges Mädchen; oder dein Vater wird mich es nicht of genug hören lassen können. Und Thomas, es ist wirklich eine Schande, wenn mein armer Kopf mich beständig so schmerzt, daß ein Junge von deiner Erziehung, dessen Ausbildung so viel gekostet hat wie die deine, seine Schwester noch aufmuntert, sich zu wundern, da du doch weißt, daß dies dein Vater ausdrücklich verboten hat.«

Luise stellte Toms' Beteiligung an dem Vergehen in Abrede. Aber ihre Mutter stopfte ihr mit der schlußgültigen Antwort den Mund: »Luise, sprich mir nichts dagegen bei meinem gegenwärtigen Gesundheitszustand; denn wärest du nicht von einem andern dazu verführt worden, so würde es ja moralisch und physisch unmöglich sein, daß du dergleichen getan haben könntest.«

»Es hat mich niemand dazu verführt, Mutter, als der Anblick der roten Funken, wie sie aus dem Feuer fallen, erbleichen und sterben. Es hat mich denken machen, wie kurz denn doch am Ende mein Leben sein werde, und wie wenig ich darin zu erreichen vermag.«

»Unsinn!« sagte Mrs. Gradgrind, und wurde beinahe energisch. »Unsinn! Steh nicht länger so da und schwatze mir kein solches Zeug mehr vor, Luise. Du weißt doch, daß dein Vater, wenn es ihm je zu Ohren kommen sollte, er gar keine Ruhe mehr geben würde. Und das nach all der Mühe, die man sich mit dir gegeben hat! Nach all den Vorlesungen, die du besucht und den Experimenten, die du mit angesehen hast! Ich habe doch selbst, während meine ganze rechte Seite starr war vor Kälte, deinen Lehrer über Kombustion, Kalzination und Kalorifikation, und ich kann wohl sagen über jede Art von Ation, dich unterrichten hören. Das konnte eine arme schwache Person beinahe von Sinnen bringen; so wurde dir das einexerziert. Und nun muß ich von dir solches unsinnige Geschwätz von Asche und Funken vernehmen!« Zuletzt sank Mrs. Gradgrind auf einen Stuhl und entlud sich, ehe sie unter dem Gewicht dieser bloßen Schatten von Tatsachen zusammensank, ihres stärksten Arguments: »Ja wahrlich«, sagte sie, »ich wünschte, ich hätte nie Kinder gehabt, und dann solltet ihr einmal erfahren haben, was ihr ohne mich hättet anfangen wollen!«

Neuntes Kapitel.

Cili Jupe führte zwischen Mr. M'Choakumchild und Mrs. Gradgrind kein angenehmes Leben und geriet in den ersten Monaten ihrer Probezeit manchesmal in die Versuchung, davonzulaufen. Den ganzen Tag hindurch fiel ein gewaltiger Hagel von Tatsachen, und das Leben ward ihr im allgemeinen wie ein so dicht vollgepfropftes Rechenbuch entfaltet, daß sie ohne einen gewissen Zwang sicher davongelaufen wäre.

Es ist ein beklagenswerter Gedanke; aber dieser Zwang war nicht das Resultat der Arithmetik, sondern trotz aller Berechnung selbst auferlegt und machte alle Wahrscheinlichkeitstabellen zu schanden, die irgendein Statistiker aus den Prämissen hätte zusammenstellen können. Das Mädchen lebte dem Glauben, ihr Vater habe sie nicht gänzlich verlassen. Sie nährte die Hoffnung, daß er zurückkommen werde, und vertraute fest, daß es ihn glücklicher machen wird, wenn sie bleibe, wo sie war. Die jämmerliche Unwissenheit, mit der Jupe an diesen Trost sich klammerte und die höhere Beruhigung verschmähte, mittels einer richtigen arithmetischen Basis zur vollen Intelligenz zu gelangen, daß ihr Vater ein unnatürlicher Vagabund sei, erfüllte Mr. Gradgrind mit Bedauern. Doch was war zu tun? M'Choakumchild berichtete, daß sie einen schwerfälligen Kopf für Zahlen habe; daß sie, nachdem sie einmal einen allgemeinen Begriff von dem Globus gefaßt hatte, so gut wie gar kein Interesse für seine genaue Ausmessung empfand; daß sie in der Erlernung von Daten äußerst langsam war, wenn nicht ein erschütterndes Ereignis damit in Verbindung stand; daß sie in Tränen ausbrechen konnte, wenn man sie aufforderte, den Preis von 247 Musselinhauben à 14,5 Pence, unmittelbar (durch Kopfrechnen) anzugeben, daß sie in der Schule so weit wie möglich, zurück war, daß sie nach einem achtwöchentlichen Unterricht in der Staatswirtschaft erst gestern von einem Dreikäsehoch verbessert werden mußte. Sie hatte nämlich auf die Frage: »Was ist das erste Prinzip dieser Wissenschaft?« die alberne Antwort gegeben: »Was du nicht willst, das man dir tu', das füg' auch keinem andern zu.«

Mr. Gradgrind bemerkte mit Kopfschütteln, das sei alles sehr schlimm. Es zeige eben, wie nötig es sei, sie fort und fort mahlen zu lassen in der Mühle des Wissens, durch Systeme, Listen, Blaubücher, Statistiken und Tabellenverzeichnisse von A bis Z. Jupe müsse also »tüchtig angehalten werden«. So ward denn Jupe tüchtig angehalten, wurde trauriger, aber nicht gelehrter.

»Es muß doch herrlich sein, wenn ich an Ihrer Stelle wäre, Miß Luise«, sagte sie eines Abends, als Luise sich bestrebte, ihre verworrenen Begriffe für den nächsten Tag etwas klarer zu machen.

»Meinst du?«

»Ich würde so vieles wissen, Miß Luise. Alles was mir jetzt schwerfällt, würde dann so leicht sein.«

»Du würdest darum nicht besser daran sein, Cili.«

Cili äußerte nach einer kleinen Zögerung: »Ich würde nicht schlimmer daran sein.« Worauf Miß Luise antwortete: »Das weiß ich nicht.«

Beide Mädchen hatten bisher sich wenig miteinander unterhalten! einmal, weil das Leben in Stone Lodge einförmig wie eine Maschine sich fortbewegte, den gesellschaftlichen Umgang erdrosselte; dann auch, weil ihnen persönliche Unterhaltung verboten worden war, mit Rücksicht auf Cilis frühere Laufbahn. So waren sie sich noch immer fast fremd. Cili, deren dunkle Augen verwundert auf Luises Gesicht ruhten, war im Zweifel, ob sie noch etwas sagen oder schweigen sollte.

»Du bist meiner Mutter nützlicher und angenehmer, als ich es je sein kann«, fuhr Luise fort. »Du bist dir selbst angenehmer, als ich es mir bin.«

»Aber bitte, Miss Luise«, entgegnete Cili, »Ich bin – ach, gar so dumm.«

Luise bedeutete ihr mit einem helleren Lachen als gewöhnlich, daß sie mit der Zeit klüger werden würde.

»Sie wissen nicht«, sagte Cili halb weinend, »was für ein dummes Mädchen ich bin; während der ganzen Schulzeit mache ich Fehler. Ich werde von Mr. und Mrs. Choakumchild immer wieder aufgerufen, nur um regelmäßig Fehler zu machen. Ich kann sie nicht vermeiden, sie scheinen mir so natürlich.«

»Nun Cili, meinst du, daß Mr. und Mrs. M'Choakumchild sich nie irren?«

»Oh nein«, erwiderte sie lebhaft, »sie wissen alles ganz genau.«

»Sag mal, worin hast du dich denn geirrt?«

»Ich schäme mich fast, es zu sagen«, sagte Cili zögernd. »Aber erst heute zum Beispiel setzte uns Mr. M'Choakumchild die ›natürliche Wohlfahrt‹ auseinander.«

»Es muß wohl ›nationale Wohlfahrt‹ heißen«, bemerkte Luise.

»Ja, das war's. – Aber ist's nicht dasselbe?« fragte sie furchtsam.

»Du würdest richtiger ›nationale‹ gebrauchen, da er sich so ausdrückte«, entgegnete Luise mit der ihr eigentümlichen gelassenen Verhaltenheit.

»Nationale Wohlfahrt. Nun, sagte er, dieses Schulzimmer ist eine Nation und besitzt an Geld fünfzig Millionen. Ist das nicht eine glückliche Nation? Mädchen Nummer Zwanzig, ist das nicht eine glückliche Nation und befindest du dich nicht in einem Zustand des Gedeihens?«

»Was sagtest du darauf?« fragte Luise.

»Ich sagte, Miss Luise, daß ich es nicht wisse. Ich meinte, ich könnte nicht wissen, ob es eine glückliche Nation sei und ob ich mich in einem Zustande des Gedeihens befände, bis ich wüßte, wer denn eigentlich das Geld hätte und ob etwas davon mein wäre. Aber das gehörte nicht zur Sache. Es war durchaus nicht in den Zahlen enthalten«, sagte Cili, sich die Augen trocknend.

»Da hast du dich gröblich geirrt«, bemerkte Luise.

»Ja, Miss Luise, jetzt weiß ich, daß ich es tat. Mr. M'Choakumchild sagte hierauf, er wolle mich nochmals vornehmen. Er sagte nun, dieses Schulzimmer sei eine unendlich große Stadt, worinnen sich eine Million Einwohner befände. Von diesen stürben im Verlauf eines Jahres nur fünfundzwanzig in den Straßen an Hunger. Was hast du zu diesem Tatsachenverhältnis zu sagen? Darauf meinte ich, weil ich es eben nicht besser wußte, daß es für die, die verhungerten, geradeso traurig sei, ob die übrigen noch eine Million oder eine Million Millionen zählten. Und das war ebenfalls falsch.«

»Freilich war es das.«

»Dann sagte Mr. M'Choakumchild, er wolle mich zum dritten Male vornehmen. Er sagte nun, ›hier ist also die Stotteristik‹—«

»Statistik«, verbesserte Luise.

»Jawohl, Miss Luise – das erinnert mich immer an das Stottern, was auch zu meinen Versehen gehört – Statistik der Unfälle zur See. Ich setze jetzt den Fall, sagte Mr. M'Choakumchild, daß hunderttausend Personen in einer bestimmten Zeit große Seereisen unternehmen, und von ihnen ertrinken oder verbrennen bloß fünfhundert. Wie viel Prozent macht das aus? Worauf ich antwortete, Miss«, hier schluchzte Cili laut auf, da sie sich mit äußerster Zerknirschung des größten Versehens anklagte, »worauf ich antwortete: gar keine!«

»Gar keine, Cili?«

»Gar keine, Miss – für die Verwandten und Freunde der Umgekommenen. Ich werde nie etwas lernen«, sagte Cili, »das Schlimmste dabei ist aber, daß, obgleich mein armer Vater so sehr wünschte, daß ich etwas lernen möchte, und obgleich ich es selbst so gern möchte, weil es sein Wunsch war, ich doch fürchte, keine Neigung dafür zu haben.«

Luise betrachtete den hübschen, bescheidenen Kopf, wie er sich verschämt niedersenkte, bis er sich wieder erhob, um ihr ins Gesicht zu blicken. Darauf fragte sie:

»Hat dein Vater selbst so viel gewusst, Cili, daß er wünschte, du möchtest gut unterrichtet werden?«

Cili zögerte mit einer Antwort und ließ deutlich merken, daß sie ein verbotenes Gelände betreten. Luise aber fügte hinzu: »Niemand hört uns, und selbst wenn es der Fall wäre, so würde niemand in einer so harmlosen Frage etwas Unartiges sehen.«

»Nein, Miss Luise«, antwortete Cili also ermutigt und schüttelte den Kopf, »Vater wußte in der Tat sehr wenig. Es ist schon viel, daß er schreiben konnte, und es ist noch mehr, als Leute seiner Art gewöhnlich können, daß er imstande war, das von ihm Geschriebene zu lesen – obgleich es für mich ganz deutlich war.«

»Und deine Mutter?«

»Vater sagte, sie war sehr klug. Sie starb, als ich geboren wurde. Sie war«, Cili machte die schreckliche Mitteilung mit nervöser Aufregung, »sie war eine Tänzerin.«

»Hat dein Vater sie geliebt?« Luise stellte all diese Fragen mit jenem heftigen, wilden und unsteten Interesse, das ihr eigen war – ein Interesse, das sich einem verbannten Wesen gleich verirrt hatte und sich in einsamen Orten verbarg.

»O ja! So zärtlich wie er mich liebte. Zuerst liebte mich Vater bloß um ihretwillen. Er schleppte sich mit mir herum, als ich noch ein kleines Kindchen war. Seit jener Zeit sind wir nie getrennt gewesen.«

»Und doch hat er dich jetzt verlassen, Cili?«

»Bloß zu meinem Besten. Niemand versteht ihn wie ich und niemand kennt ihn so wie ich. Als er mich zu meinem Wohle verließ – er würde mich nie seines Wohles wegen verlassen haben – hat ihm, das weiß ich wohl, diese schwere Notwendigkeit beinahe das Herz gebrochen. Er wird nicht einen einzigen Augenblick glücklich sein, bis er nicht zurückkommt.«

»Erzähle mir mehr von ihm«, sagte Luise. »Ich werde dich auch nie mehr darum befragen. Wo wohntet ihr?«

»Wir reisten im Lande umher und hatten keinen bestimmten Aufenthaltsort. Vater ist«, Cili lispelte das grauenhafte Wort, »ein Clown.«

»Der die Leute lachen macht?« sagte Luise mit einem Nicken des Verständnisses.

»Jawohl. Zuweilen wollte aber niemand lachen, und dann pflegte Vater zu weinen. In letzter Zeit geschah es öfter, daß man nicht lachen mochte, und er pflegte ganz verzweifelt nach Hause zu kommen. Vater gleicht nicht den andern Leuten. Die, die ihn nicht so gut wie ich kannten und ihn nicht so zärtlich wie ich liebten, mochten denken, daß er nicht bei Sinnen war. Zuweilen spielten sie ihm einen Possen. Sie ahnten aber nicht, wie sehr er das empfand und wie es ihn niederdrückte, wenn er mit mir allein war. Er war weit, weit furchtsamer, als sie meinten.«

»Und du warst in allem sein Trost?«

Sie nickte bejahend, während die Tränen über ihr Gesichtchen niederströmten. »Ich hoffe es, und Vater sagte, daß ich es war. Weil er so scheu und furchtsam wurde, und weil er sich so arm, schwach, unwissend und hilflos (so pflegte er sich selbst zu nennen) fühlte, darum wünschte er, daß ich sehr viel wissen und von ihm ganz verschieden sein möchte. Ich pflegte ihm vorzulesen, um ihn zu erheitern, und er fand viel Vergnügen daran. Die Bücher waren unpassend – ich darf sie hier ja nicht mal nennen – wir wußten aber nicht, daß sie etwas Arges enthielten.«

»Und er mochte sie?« fragte Luise, ihren forschenden Blick fortwährend auf Cili geheftet.

»O, und wie. Sie lenkten ihn oft ab von Dingen, die ihm wirklich geschadet hatten. Gar oft und oft pflegte er des Nachts all seine Kümmernisse zu vergessen, wenn er voller Neugierde war, ob der Sultan der Dame gestatten werde, in der Erzählung fortzufahren oder ob er sie enthaupten lassen werde, ehe diese zu Ende sei.«

»Und dein Vater war immer gütig? Bis zuletzt?« fragte Luise, indem sie das große Prinzip verletzte und sich sehr verwunderte.

»Immer, immer!« entgegnete Cili, die Hände zusammenschlagend. »Gütiger und gütiger, als ich es sagen kann. Er war bloß eines Abends zornig, und das nicht gegen mich, sondern gegen Merrylegs. Merrylegs«, (sie nannte lispelnd die grauenhafte Tatsache) »ist sein Künstlerhund.«

»Weshalb war er auf den Hund böse?« fragte Luise.

»Vater befahl Merrylegs, als sie von der Vorstellung nach Hause gekommen waren, auf die Lehne von zwei Stühlen zu springen und kreuzweise auf diesen zu stehen – was zu seinen Kunststücken gehörte. – Er sah Vater an, tat es aber nicht gleich. An jenem Abend war Vater alles mißlungen, und er hatte beim Publikum gar keinen Beifall geerntet. Er rief klagend aus, daß selbst der Hund um sein Mißlingen wisse und kein Mitleid mit ihm habe. Darauf schlug er den Hund, und ich war erschrocken und sagte: ›Vater, Vater! Bitte tu dem Tier nichts zuleid, das dich so lieb hat. Der Himmel möge dir verzeihen, Vater, halt ein.‹ Er hielt inne. Der Hund blutete, und Vater warf sich, den Hund in seinen Armen haltend, weinend auf den Boden, und der Hund leckte ihm das Gesicht.«

Luise sah, daß sie schluchzte, und küßte sie, nachdem sie sich ihr genähert hatte, nahm sie bei der Hand und setzte sich an ihre Seite.

»Nun erzähle mir noch, wie dein Vater dich verlassen hat, Cili. Da ich dich bereits so viel gefragt habe, sage mir auch das Ende davon. Wenn jemand dabei zu tadeln ist, dann bin ich es und nicht du.«

»Meine liebe Miß Luise«, sagte Cili, bedeckte ihre Augen und schluchzte fortwährend. »Ich kam an jenem Nachmittag aus der Schule nach Hause und traf den armen Vater, der ebenfalls gerade vom Zirkuszelt nach Hause gekommen war. Er saß beim Feuer, sich krümmend, als ob er Schmerzen empfände. Ich sagte zu ihm: ›Hast du dich verletzt, Vater?‹ (wie es oft geschah, und das kommt bei Zirkusleuten häufig vor), worauf er sagte: ›Ein wenig, mein Herz!‹ Als ich mich dann niederbeugte und ihm ins Gesicht blickte, sah ich, daß er weinte. Je mehr ich zu ihm sprach, desto mehr verbarg er sein Gesicht. Zuerst schüttelte er sich heftig und sagte nichts als: ›Mein Herz! Mein Lieb!‹«

Da kam Tom träge herbeigeschlendert und starrte die beiden mit einer Kälte an, die kein besonderes Interesse für etwas anderes als sich selbst verriet, und im Augenblick war selbst von diesem Interesse für das eigene Ich nicht viel sichtbar.

»Ich habe Cili bloß einiges gefragt, Tom«, bemerkte seine Schwester, »du brauchst darum nicht fortzugehen. Unterbrich uns aber jetzt nicht gleich, lieber Tom.«

»Oh! sehr wohl!« erwiderte Tom. »Es ist nur, daß Vater den alten Bounderby mit nach Hause gebracht hat, und ich möchte, daß du in das Gesellschaftszimmer kämest. Wenn du nämlich kommst, so dürfte es sich leicht fügen, daß der alte

Bounderby mich zu Tisch ladet, und wenn du nicht kommst, so ist keine Hoffnung dafür.«

»Ich werde gleich kommen.«

»Ich werde auf dich warten«, sagte Tom, »um gewiß zu sein.«

Cili fuhr in einem leiseren Tone fort: »Endlich sagte der Vater, daß er abermals das Publikum nicht befriedigt habe und ihm dies jetzt nie gelinge, daß er nur zur Schande und Schmach da sei, und daß ich mich im ganzen ohne ihn besser befunden hätte. Ich sagte ihm alles Liebe, was mir vom Herzen kam. Darauf beruhigte er sich, und ich setzte mich neben ihn und erzählte ihm alles von der Schule und den Dingen, die man daselbst getan oder gesagt hatte. Als ich ihm nichts mehr zu sagen hatte, schlang er die Arme um meinen Nacken und küßte mich recht oft. Dann bat er mich, ihm die Mixtur, deren er sich bediente, für die kleine Verletzung zu holen, und zwar in dem Laden, wo man sie am besten bekam, und der sich am andern Ende der Stadt befand. Dann ließ er mich fort, nachdem er mich abermals geküßt hatte. Als ich die Treppe hinuntergegangen war, kehrte ich nochmals zurück, um ihm noch ein klein wenig Gesellschaft zu leisten, guckte durch die Tür und sagte: ›Lieber Vater, soll ich Merrylegs mitnehmen?‹ Vater schüttelte mit dem Kopfe und sagte: ›Nein, Cili, nein! Nimm nichts mit dir, mein Herz, was mir gehört‹, worauf ich ihn beim Feuer sitzend verließ. Dann erst muß ihm, dem armen, armen Vater der Gedanke gekommen sein, fortzugehen, um etwas zu meinem Wohl zu versuchen; denn als ich zurückkam, war er fort.«

»Hör mal! Eil dich wegen des alten Bounderby, Lu«, warf Tom ein.

»Das ist alles, was ich zu erzählen habe, Miß Luise. Ich bewahre für ihn das Neunkraftöl auf, und ich weiß, daß er zurückkommen wird. Jeder Brief, den ich in der Hand von Mr. Gradgrind sehe, benimmt mir den Atem und blendet meine Augen, denn ich meine immer, er kommt vom Vater oder von Mr. Sleary wegen meines Vaters. Mr. Sleary versprach, sobald er nur von Vater hören sollte, sogleich zu schreiben, und ich habe das Vertrauen zu ihm, daß er Wort halten wird.«

»Mach dich doch endlich auf zum alten Bounderby, Lu!« sagte Tom und pfiff ungeduldig. »Er wird bald fort sein, wenn du dich nicht eilst.«

So oft seitdem Cili vor Mr. Gradgrind in Gegenwart seiner Familie einen Knix machte und mit bebender Stimme fragte: »Ich bitte um Verzeihung, Sir, wenn ich lästig falle – aber – ist noch kein Brief für mich angekommen?« – dann ließ Luise stets die jeweilige Arbeit sinken und harrte ebenso erwartungsvoll auf die Antwort wie Cili selbst. Wenn dann Mr. Gradgrind regelmäßig zur Antwort gab: »Nein, Jupe, nichts dergleichen«, so wiederholte sich das Zittern von Cilis Lippen in dem Gesicht Luises, und ihre Augen folgten Cili mitleidsvoll bis zur Tür. Mr. Gradgrind benutzte solchen Anlaß gewöhnlich zur Belehrung und bemerkte nach Cilis Abgehen, wenn Jupe vom frühesten Alter an gehörig erzogen worden wäre, so würde sie die Grundlosigkeit solcher phantastischen Hoffnungen aus richtigen Prinzipien sich haben demonstrieren können. Dennoch schien es (obwohl nicht ihm, denn er merkte nichts davon), als ob eine phantastische Hoffnung ebensogut wie eine Tatsache sich einwurzeln könne.

Diese Bemerkung muß sich ausschließlich auf Mr. Gradgrinds Tochter beschränken. Was Tom betrifft, so ward aus ihm ein nicht ganz seltenes Musterexemplar der Rechenkunst, das sich als solches gewöhnlich mit Nummer eins abgibt. Was Mrs. Gradgrind anbelangt, so guckte sie, wenn sie überhaupt einmal etwas zu sagen hatte, wie ein Hamsterweibchen aus ihren Umschlagtüchern und bemerkte:

»Um Gottes Barmherzigkeit willen, wie wird mein armer Kopf geplagt und gemartert durch das beharrliche, ewige und ewige Fragen des Mädchens Jupe wegen ihrer lästigen Briefe. Wahrhaftig, ich scheine dazu bestimmt, verdammt und verurteilt, von Gegenständen umgeben zu sein, die nie ein Ende nehmen wollen. Es ist wirklich ganz schrecklich, daß alles, was mich umgibt, kein Ende nehmen will.«

Bei dieser Stelle fiel Mr. Gradgrinds Blick auf seine klagende Gattin, und unter dem Einfluß dieses winterlichen Stücks Tatsache verfiel sie wieder in Stumpfsinnigkeit.

Zehntes Kapitel.

Ich wage zu glauben, daß die Engländer ein ebenso geplagtes Volk sind wie alle andern unter der Sonne. Diesem komischen Glauben rechne ich es zu, warum ich ihm etwas mehr Erholung wünschen möchte.

Es gibt in dem am schwersten arbeitenden Teile von Coketown innerste Werke dieser häßlichen Zitadelle, aus der die Natur ebenso nachdrücklich ausgesperrt, wie Gase und tödliche Dünste hineingesperrt werden. Das ist ein Zentrum von Labyrinth mit engen Höfen über Höfen, mit schmalen Gassen über Gassen, die alle stückweise ins Leben gerufen wurden, ein jedes Stück in gewaltiger Eile für irgend jemands Gebrauch, und das Ganze eine unnatürliche Familie bildend, die sich gegenseitig zu Tode drängt, tritt und quält. In diesem letzten stumpfen Winkel dieses großen unerschöpflichen Reservoirs sind die Rauchfänge aus Mangel an Luftzug in unendlicher Mannigfaltigkeit von verkrüppelten und krummen Gestalten erbaut, als ob jedes Haus ein Zeichen aushinge, was für Leute darin geboren werden dürften. Unter diesem hier hausenden Volke von Coketown, das man mit dem Sammelnamen ›die Hände‹ bezeichnet, einem Geschlecht, das bei gewissen Leuten weit mehr in Gunst gestanden hätte, wenn es durch die Vorsehung bloß als ›Hände‹, oder gleich den niedrigeren Tieren der Meeresküste, bloß als ›Hände und Magen‹ geschaffen wäre, lebte ein gewisser Stephen Blackpool, der vierzig Jahre alt war.

Stephen sah älter aus; er hatte aber auch ein saures Leben gehabt. Man sagt, jedes Leben hat seine Rosen und Dornen. Den Stephen ließ aber ein Unfall oder Mißgeschick dessen eigene Rosen durch andere ernten, während ihm die Dornen dieses andern als Zugabe zu den seinen vermacht wurden. Er hatte, um seine eigenen Worte zu gebrauchen, ein schwer Stück Kummer kennengelernt. Man nannte ihn gewöhnlich den alten Stephen in einer Art konsequenter Huldigung vor dieser Tatsache.

Der alte Stephen mochte wohl, bei seiner gebückten Haltung, mit seiner runzeligen Stirn und seinem streng aussehenden, klobigen Kopf, der von eisengrauem, langem und dünnem Haar bedeckt war, für einen besonders intelligenten Mann in seinem Stand gehalten werden. Dennoch war er es nicht. Er nahm keinen Platz unter jenen bemerkenswerten »Händen« ein, die viele Jahre hindurch, ihre Mußezeit zusammenraffend, mancher schwierigen Wissenschaft Meister wurden und eine Kenntnis der ungewöhnlichsten Dinge sich angeeignet hatten. Er gehörte nicht zu den »Händen«, die Reden halten und Debatten führen konnten. Tausende seiner Genossen waren imstande, zu jeder beliebigen Zeit viel besser zu sprechen als er. Er war ein guter Maschinenweber und ein vollkommen redlicher Mann. Was er mehr war, oder ihm sonst noch eigen war, das möge er selbst zeigen, wenn es überhaupt vorhanden.

Die Lichter in den großen Fabriken, die, wenn sie erleuchtet waren, wie Feenpaläste aussahen – wie die mit Luxus-Expreß-Reisenden wenigstens behaupten – waren sämtlich ausgelöscht, und die Glocken zur Einstellung der Arbeit für die Nacht waren erklungen und wieder verhallt. Die »Hände«, Männer und Frauen, Knaben und Mädchen trappelten nach Hause. Der alte Stephen stand in der Straße mit der sonderbaren Empfindung, die das Stillestehen der Maschinen immer hervorbrachte – einer Empfindung, als wenn die Maschinen auch in seinem Kopfe arbeiteten und stilleständen.

»Ich sehe noch immer Rachael nicht!« sagte er.

Die Nacht war naß, und manche Gruppe junger Frauen eilte an ihm vorbei, die Umhängetücher um das bloße Haupt geschlagen und diese unter dem Kinn dicht, damit sie den Regen abhielten. Er mußte Rachael wohl kennen; denn ein flüchtiger Blick auf die Vorbeigehenden sagte ihm, daß sie sich nicht unter ihnen befinde. Endlich waren alle vorbeigegangen, die kommen konnten. Er wandte sich um und meinte mit einem Ton der Enttäuschung: »Nun, so muß ich sie eben verfehlt haben.«

Er hatte aber noch nicht drei Straßen durchkreuzt, als er wieder eine verhüllte Gestalt voraneilen sah. Er strengte seinen Blick so an, daß vielleicht ihr bloßer, auf dem nassen Pflaster undeutlich reflektierter Schatten – wenn er nur diesen ohne die Gestalt selbst hätte sehen können, die längs der Lampenreihe bald deutlicher sichtbar wurde, bald verschwand – schon genügt hätte, um ihm zu sagen, wer es sei. Er änderte seinen Schritt rasch in einen schnelleren und sachteren, eilte vorwärts, bis er ganz in der Nähe der Gestalt war. Dann nahm er wieder seinen früheren Gang an und rief: »Rachael«

Sie wandte sich um und stand nun gerade im Lampenschimmer. Sie schob das Umschlagetuch ein wenig zurück und zeigte ein ruhiges ovales Gesicht von dunkler Farbe und ziemlich zartem Ausdruck, das von einem Paar äußerst sanfter Augen belebt und durch ihr wohlgeordnetes schwarzglänzendes Haar hervorgehoben wurde. Das Gesicht stand sonst nicht mehr in erster Jugendblüte; sie war eine Frau von fünfunddreißig Jahren.

»Ach, Stephen, bist du's?« Das sagte sie mit einem Lächeln, das sich ganz deutlich zeigte, obwohl nur ihre lieblichen Augen sichtbar waren. Sie zog das Kopftuch wieder zusammen, und beide schritten miteinander fort.

»Ich dachte, du wärest noch hinter mir, Rachael?«

»Nein.«

»Bist heut zeitig fertig?«

»Ich bin manchmal etwas früher fertig, Stephen, manchmal etwas später. Ich kann es nie genau bestimmen, wann ich heimgehe.«

»Auch nicht, ob man den andern Weg einschlägt, wie es mir scheint, Rachael?«

»Nein, Stephen.«

Er betrachtete sie enttäuscht, zugleich aber mit ehrfurchtsvoller, geduldiger Überzeugung, daß sie in allem, was sie täte, recht haben müsse. Dieser Blick war ihr nicht unbemerkt geblieben; sie legte ihre Hand für einen Augenblick sacht auf seinen Arm, um ihm ihren Dank dafür auszudrücken.

»Wir sind so treue Freunde, Stephen, und so alte Freunde, und fangen jetzt an, alte Leute zu werden.«

»Nein, Rachael, du bist so jung wie du je gewesen.«

»Es würde keinem von uns beiden recht sein, daß man alt würde, Stephen, ohne daß der andere ebenfalls alt würde, wenigstens so lange nicht, wie wir beide zusammen leben«, erwiderte sie lachend. Auf jeden Fall sind wir aber so alte Freunde, daß es jammerschade und eine Sünde wäre, wenn wir uns nicht aufrichtig die Wahrheit sagten. Es ist besser, wenn wir nicht zu viel zusammengehen, zuweilen, ja! denn es wäre wirklich gar zu schlimm, wenn es gar nicht mehr geschehen sollte«, fügte sie mit einer Heiterkeit hinzu, die auch ihn heiter stimmen sollte.

»Es ist allemal hart, Rachael.«

»Versuch' nicht daran zu denken, dann wird es schon besser.«

»Hab' das schon lang genug versucht, und ist nicht besser geworden. Aber du hast recht; die Leute könnten reden, sogar über dich. Du bist mir seit vielen Jahren so viel gewesen, du hast mir soviel Gutes getan und durch dein heiteres Wesen mir selbst soviel Lebensmut gegeben, daß dein Wort für mich Gesetz ist. Ach Mädel, ein gern befolgtes, freundliches Gesetz! Besser als manches wirkliche Gesetz.«

»Laß dich ja nicht mit Gesetzen ein, Stephen«, antwortete sie rasch, nicht ohne einen ängstlichen Blick auf sein Gesicht. »Laß die Gesetze Gesetze sein.«

»Ja«, sagte er mit einem langsamen Kopfnicken. »Laß sie Gesetze sein. Laß alles sein. Laßt alle Dinge für sich. Es ist Hokuspokus und nichts weiter.«

»Immer Hokuspokus?« fragte Rachael mit einer zweiten leisen Berührung seines Armes, als wollte sie ihn aus der Melancholie reißen, in die er so versunken war, daß er im Gehen an den langen Enden seines losen Halstuchs kaute. Er ließ die Zipfel los, wandte sich freundlich zu ihr und sagte mit gutmütigem Lachen:

»Ah, Rachael, Mädel! Immer Hokuspokus, dabei bleib' ich. Ich komme oft und oft auf den Hokuspokus zurück und kann nie darüber hinauskommen.«

Sie waren schon eine Strecke gegangen und waren jetzt in der Nähe ihrer Wohnungen. Die der Frau kam zuerst. Die Wohnung lag in einer der vielen kleinen Straßen, für die der beliebte Leichenbesorger (der eine hübsche Summe aus diesem einzigen, ein bißchen armseligen Luxus der Nachbarschaft zog) eine schwarze Leiter bereithielt. Denn die, die zeit ihres Lebens täglich die schmalen Treppen hinauf- und hinuntergeklettert waren, sollten dann noch das Vergnügen haben, aus dieser Arbeitswelt einmal zum Fenster hinauszuspazieren. Sie stand an der Ecke still, legte ihre Hand in die seine und wünschte ihm gute Nacht.

»Gute Nacht, liebes Mädel, gute Nacht!«

Sie ging mit ihrer zierlichen Gestalt und ihrem gelassenen weiblichen Schritt die dunkle Straße hinab, und er stand da, ihr nachblickend, bis sie in eines der Häuschen verschwunden war. Es war nicht das leiseste Flattern ihres groben Umschlagtuches in den Augen dieses Mannes ohne Interesse und kein Ton ihrer Stimme ohne Echo in seinem inneren Herzen.

Als sie seinen Blicken entschwunden war, machte er sich wieder auf den Heimweg und blickte ein paar Mal zum Himmel empor, wo die Wolken rasch und wild dahinsegelten. Nun waren sie zerrissen, der Regen hatte aufgehört, der Mond guckte durch die hohen Schornsteine von Coketown in die tiefen Oefen hinunter und zeichnete die titanischen Schatten der nun ruhenden Dampfmaschinen auf den Mauern ab, die sie einschlossen. Unser Mann schien, wie er so dahinging, mit der Nacht heiterer zu werden. Seine Wohnung lag in einer andern Straße, die der früheren ähnlich und nur noch schmaler war und befand sich oberhalb eines kleinen Ladens. Wie es eigentlich kam, daß es die Leute der Mühe wert fanden, dort ihre armseligen Spielwaren zu kaufen oder zu verkaufen, in dem Laden, dessen Schaufenster zugleich billige Zeitungen und Schweinefleisch enthielt (den folgenden Abend sollte eine Keule ausgewürfelt werden), das braucht hier nicht erörtert zu werden. Er nahm einen Lichtstumpf von dem Gesims, zündete ihn an einem andern Lichtstumpf auf dem Ladentisch an, ohne die Eigentümerin zu stören, die in ihrem kleinen Zimmer eingeschlafen war, und ging in seine Wohnung hinauf.

Es war ein Zimmer, bei dessen verschiedenen vorangegangenen Bewohnern die schwarze Leiter mehrfach zu Gast gewesen war, sah aber jetzt so nett aus, wie ein solches Zimmer nur hergerichtet werden konnte. Einige Bücher und Schreibpapier lagen auf einem Schreibtisch in der Ecke; die

Möbel waren vollständig, und obgleich die Zimmerluft dumpfig war, so sah das Zimmer doch rein aus.

Er ging zum Herd, um das Licht daneben auf einen dreibeinigen runden Tisch zu stellen. Dabei stolperte er über einen Gegenstand. Als er zurückfuhr, um ihn zu betrachten, erhob dieser sich. Es war eine Frau, die da gesessen hatte.

»Um's Himmels willen, Weib«, rief er und fuhr vor der Gestalt noch weiter zurück. »Bist du wieder zurückgekommen?«

Was für ein Weib! Ein krüppelhaftes, betrunkenes Geschöpf, das bloß imstande war, in der sitzenden Stellung sich aufrecht zu erhalten. Sie stützte sich mit der einen schmutzigen Hand auf dem Boden, mit der andern versuchte sie vergeblich, sich das wirre Haar aus dem Gesicht zu streichen. Aber die schmutzige Hand machte auch das Haar nur noch schmutziger. Ein Geschöpf, in ihrer moralischen Verkommenheit nur noch um so viel schmutziger, daß es schon eine Schmach war, sie auch nur anzublicken.

Nachdem sie einige ungeduldige Flüche ausgestoßen und sich mit der Hand, die zu ihrer Unterstützung nicht nötig war, sich einfältig gekratzt hatte, war endlich das Haar genugsam aus ihrem Gesichte entfernt, um ihn zu erblicken. Dann saß sie da, den Leib hin- und herschaukelnd und machte mit ihrem schlaffen Arm Bewegungen, als sollten die das Lachen begleiten, was sie befiel, während ihr Gesicht einen dummen und schläfrigen Ausdruck zeigte.

»Nun, Junge, bist du auch da?« Einige heisere Töne, die das ausdrücken sollten, entfuhren ihr endlich höhnisch. Dann sank ihr Kopf vorwärts auf die Brust.

»Wieder zurück?« kreischte sie nach einigen Minuten, als ob er es in diesem Augenblick erst gesagt hätte. »Ja! Und wieder zurück, immer und immer so oft. Zurück? Ja, zurück. Warum nicht?«

Durch die Heftigkeit, mit der sie das ausrief, munter gemacht, krabbelte sie in die Höhe und stand da, sich mit den Schultern an der Wand stützend. Dabei hing ihr in der einen Hand ein Bruchstück von Hut, und sie suchte den Mann durchbohrend anzublicken. »Ich werde dich wieder ausverkaufen und ich werde dich wieder ausverkaufen und ich werde dich ein dutzendmal ausverkaufen«, rief sie mit einer Gebärde, die halb wie eine rasende Drohung, halb wie ein herausfordernder Tanz aussah. »Fort von meinem Bett!« Er saß auf dessen Rand und barg das Gesicht in den Händen. »Geh' fort davon! Es ist mein Eigentum: ich habe ein Recht darauf.«

Als sie darauf zuwankte, wich er ihr mit Schaudern aus und ging – das Gesicht immer bedeckt – nach dem entgegengesetzen Ende des Zimmers. Sie warf sich schwerfällig aufs Bett und fing bald tüchtig zu schnarchen an. Er sank auf einen Stuhl und bewegte sich in jener Nacht nur einmal. Er tat es, um noch eine Decke über sie zu werfen, als ob die Hände vor seinen Augen selbst ihm in der Dunkelheit nicht genügten, um sie seinen Augen zu verbergen.

Elftes Kapitel.

Noch vor Morgengrauen standen die »Feenpaläste« alle zugleich in voller Beleuchtung, und man konnte die monströsen Rauchschlangen sehen, die sich über Coketown hinwälzten. Klappern von Holzschuhen auf dem Straßenpflaster, hastiges Schellen der Glocken und all die melancholischwahnsinnigen Elefanten, die für die Monotonie des Tages poliert und geölt waren, alle Maschinen stampften wieder in ihrer schwerfälligen Tätigkeit.

Stephen neigte sich über seinen Webstuhl, ruhig, wachsam und anhaltend. Er bildete wie jeder, der in diesem Wald von Webstühlen gleich ihm arbeitete, einen scharfen Kontrast zu dem rasselnden, ratternden und aufreibenden Mechanismus, mit dem er beschäftigt war. Fürchtet nicht, ihr guten Leute mit einem ängstlichen Gemüt, daß die Natur von der Kunst in Vergessenheit gestoßen werden könnte. Stellet Gottes Werk und Menschenwerk nebeneinander, und das erste wird, wenn es auch nur aus einer Truppe »Hände« von sehr geringer Bedeutung besteht, im Vergleich als das weitaus Würdigere erscheinen.

Vierhundert und noch mehr »Hände« in diesem Mühlwerk – zweihundertundfünfzig Pferdekräfte. Man weiß bis zum letzten Pfund anzugeben, wieviel die Maschine zu leisten vermag. Sämtliche Berechner der Nationalschuld aber können nicht die Fähigkeit zum Guten oder Bösen, zur Liebe oder zum Haß, zum Patriotismus oder zur Rebellion, zur Verwandlung der Tugend in Laster oder zum Gegenteil, in der Seele eines dieser stillen Arbeiter mit den gesetzten Mienen und den sicheren Bewegungen, auch nur für einen einzigen Augenblick angeben. In der Maschine liegt kein Geheimnis, in diesen aber – selbst in den Geringsten von ihnen – ruht ein ewiges, undurchdringliches Mysterium. – Wie wäre es, wenn wir die Arithmetik für materielle Gegenstände reservierten und bei diesen hehren unbekannten Größen andere Hilfsmittel in Anwendung brächten?

Der Tag ward heller und zeigte sich draußen, trotz der drinnen schimmernden Lichter. Diese wurden gelöscht und die Arbeit ward fortgesetzt. Der Regen fiel und die Rauch-schlangen wälzten sich, dem Fluche dieses ganzen Stammes sich unterwerfend, über die Erde. Im Hofe draußen aber war der Dampf aus dem Abzugsrohr, das Durcheinander von Fässern und altem Eisen, die glitzernden Kohlenhaufen und selbst die herumgestreute Asche von einem Regen- und Nebelschleier umhüllt.

Die Arbeit ward fortgesetzt, bis die Mittagsglocke ertönte. Vermehrtes Klappern auf dem Straßenpflaster. Der Weber-stuhl, die Räder und Hände wurden sämtlich für eine Stunde außer Tätigkeit gesetzt.

Stephen kam aus dem heißen Mühlwerk, verstört und er-schöpft, in den feuchten Wind und in die naßkalten Straßen. Er verließ seine Kameraden und sein eigenes Viertel. Er nahm nur ein Stück Brot auf dem Weg zu sich und wandte sich gegen einen Hügel, wo sein Prinzipal in einem roten Haus lebte. Das Haus hatte schwarze Fensterläden von außen, grüne Jalousien von innen, eine schwarze Haustür, zu der zwei weiße Stufen führten. »Bounderby« (mit Buchstaben, die ihm sehr ähnelten) stand auf dem Metallschild zu lesen, und unter diesen befand sich ein runder, metallener Türgriff, der wie ein ehernes »Punktum« aussah.

Mr. Bounderby befand sich beim Gabelfrühstück. Stephen hatte das erwartet. Ob sein Diener ihm ankündigen wollte, daß einer der »Hände« um die Erlaubnis bäte, ihn zu spre-chen? Als Antwort die Anfrage, wie der Name dieser »Hand« laute. Stephen Blackpool. Gegen Stephen Blackpool lag nichts Mißliebiges vor – ja, er dürfte kommen.

Stephen Blackpool im Sprechzimmer. Mr. Bounderby (den er bloß vom Ansehen kannte) beim Gabelfrühstück mit Hammelkotelett und Sherry beschäftigt. Mrs. Sparsit am Kamin mit einer Stickerei beschäftigt. Sie sitzt wie eine Dame zu Pferde, mit einem Fuß in einem Bügel von Baumwollgarn. Es gehörte zu Mrs. Sparsits Würde und dienstlicher Stellung, selbst kein Gabelfrühstück zu nehmen. Sie beaufsichtigte das Mahl offizieller Weise, gab jedoch vor, daß sie bei der Vor-nehmheit ihrer Person dieses zweite Frühstück für eine Schwäche halte.

»Nun, Stephen«, sagte Mr. Bounderby, »was gibt's mit Euch?«

Stephen machte eine Verbeugung. Keine knechtische – diese »Hände« werden sich nimmer dazu verstehen! Gott bewahre, mein Herr, Sie werden sie nie darauf ertappen, wenn sie auch zwanzig Jahre um Sie gewesen sind! – Und um sich für Mrs. Sparsit artig-angemessen zu verbeugen, stopfte er die Enden seines Halstuches in die Weste.

»Nun, Ihr wißt«, sagte Mr. Bounderby, indem er etwas Sherry nahm, »wir hatten nie Schwierigkeiten mit Euch und Ihr gehörtet nie zu denen, die unbillige Forderungen stellten. Ihr erwartet nicht, in einem sechsspännigen Wagen zu stolzieren und Schildkrötensuppe und Wildbret mit goldenen Löffeln zu essen, wie es so viele andere treiben.« Mr. Bounderby stellte das immer als das einzige, unmittelbare und direkte Streben einer »Hand« dar, die nicht vollständig zufrieden war, »und deshalb bin ich auch überzeugt, daß Ihr nicht gekommen seid, um eine Klage vorzubringen. Nun wißt Ihr, daß ich dessen im voraus gewiß bin.«

»Nein, Sir, ich bin gewiß wegen so etwas nicht gekommen.«

Mr. Bounderby schien, trotz seiner früheren festen Überzeugung, angenehm davon überzeugt zu sein. »Sehr gut«, entgegnete er, »Ihr seid eine solide ›Hand‹, ich habe mich also nicht getäuscht. Nun, laßt mich alles hören, was es gibt. Da es nicht jenes ist, so laßt mich hören, was es gibt. Was habt Ihr zu sagen? Heraus damit, Stephen!«

Stephen warf zufällig einen Blick auf Mrs. Sparsit. »Ich kann mich entfernen, Mr. Bounderby, wenn Sie es wünschen«, sagte diese sich aufopfernde Lady, und tat so, als ob sie den Fuß aus dem Steigbügel nehmen wollte.

Mr. Bounderby hielt sie zurück, indem er einen Mundvoll Hammelkotelette in der Schwebe hielt, ehe er ihn verschluckte, und dabei seine linke Hand ausstreckte. Nachdem er seine Hand zurückgezogen und den Bissen verschluckt hatte, sagte er zu Stephen:

»Nun, Ihr müßt wissen, daß diese gute Lady eine geborene Lady ist, eine hochgestellte Lady. Ihr müßt nicht glauben, daß sie, weil sie jetzt meinen Haushalt beaufsichtigt, nicht hoch auf dem Baume sich befunden – ach, auf dem Gipfel des Baumes! Wenn Ihr nun etwas zu sagen habt, das nicht vor einer Lady von Geburt gesagt werden kann, so wird diese Lady das Zimmer verlassen. Habt Ihr jedoch etwas zu sagen, das vor einer Lady von Geburt wirklich gesagt werden kann, so wird diese Lady bleiben, wo sie ist.«

»Sir, ich glaub', ich hab' nie nichts zu sagen gehabt, das nicht vor einer Lady von Geburt gesagt werden kann, seit ich selbst geboren bin«, lautete die Antwort mit einem leichten Erröten.

»Sehr gut«, sagte Mr. Bounderby, indem er den Teller von sich stieß und sich zurücklehnte. »Also los!«

»Ich bin gekommen«, fing Stephen nach kurzem Nachdenken an, indem er seine Augen erhob, »um mir bei Ihnen Rat zu holen. Brauche nicht gar zu viel. Neunzehn Jahre sind es her, seit ich an einem Ostermontag bin verheiratet worden. Sie war ein junges Mädchen, ziemlich hübsch und hatte guten Ruf. Gut! Fing bald an umzuschlagen. War nicht meine Schuld. Weiß Gott, bin kein schlechter Ehemann für sie gewesen.«

»Ich habe das alles schon früher gehört«, sagte Mr. Bounderby. »Sie geriet in fremde Gesellschaft, ergab sich dem Trunk, verließ die Arbeit, verkaufte die Möbel, versetzte die Kleider und gebärdete sich ganz rechthaberisch.«

»Ich hatte Geduld mit ihr.«

»Desto dummer von Euch«, meinte Mr. Bounderby vertraulich zu seinem Weinglas.

»Ich hatte viel Geduld mit ihr. Ich suchte sie davon abzubringen – nochmals und nochmals. Probierte dies, probierte jenes und probierte was anderes. Kam oft nach Hause und fand alles verschwunden, was ich in der lieben Welt besaß, und sie selbst ohne einen leisen Gedanken bewusstlos am Boden liegen. Das passierte nicht einmal – nicht zweimal – sondern zwanzigmal.«

Jeder Zug seines Gesichts vertiefte sich, wie er so sprach, und spiegelte auf rührende Weise die Leiden ab, die er ertragen.

»Vom Regen in die Traufe und immer schlimmer als je. Sie verließ mich. Sie machte sich überall zuschanden, ganz entsetzlich. Sie kam zurück, kam wieder und wieder. Was konnt ich tun, um sie daran zu hindern? Ich bin ganze Nächte durch die Straßen gerannt, nur um nicht nach Hause zu gehen. Bin zur Brücke gegangen, um darüber zu springen und alles los zu sein. Ich habe gar so vieles ertragen, woran ich nicht dachte, als ich jung war.«

Mrs. Sparsit, die die Stricknadeln leicht hin und her bewegte, erhob die römischen Augenbrauen und schüttelte mit dem Kopfe, als wollte sie sagen: »Die vornehmen Leute kennen Beschwerden sowohl wie die kleinen. Sehen Sie doch – natürlich in aller Bescheidenheit! – mich an.«

»Ich gab ihr Geld, um sie von mir fernzuhalten. Fünf Jahre lang hab' ich ihr Geld gegeben. Ich habe mir wieder anständiges Hausgerät angeschafft. Ich habe ein schweres und trübes Leben geführt, brauch mich aber keiner einzigen Minute zu schämen. Vorige Nacht ging ich nach Hause. Da lag sie auf dem Fußboden. Da ist sie nun!«

In der Gewalt seines Unglücks und in der Stärke seines Elends loderte er für einen Augenblick einem stolzen Manne gleich auf. Im nächsten Augenblick stand er da, wie er bisher dagestanden – in seiner gewöhnlichen gebückten Stellung. Sein nachdenkliches Gesicht war gegen Mr. Bounderby mit einem sonderbaren Ausdruck gerichtet, der halb klug und halb verlegen war, als ob er etwas höchst Schwieriges hätte enträtseln wollen. Den Hut hielt er fest in seiner linken Hand und stützte diese in seine Hüfte. Sein rechter Arm gab seinen Worten durch eine rauhe Eigentümlichkeit und Kraft in seinem Gebärdenspiel ernsthaften Nachdruck, was nicht weniger geschah; nicht am wenigsten, wenn er ihn etwas gebogen hielt, sobald er im Reden pausierte.

»Ich habe das alles, wie Ihr wisst«, sagte Mr. Bounderby, »mit Ausnahme des letzten Vorfalles, schon längst gewusst. Es ist eine schlimme Geschichte – ja, das ist es. Ihr hättet lieber mit Eurem Stand zufrieden sein und nicht heiraten sollen. Es ist indessen zu spät, das zu sagen.«

»War es hinsichtlich des Alters eine ungleiche Heirat, Sir?«
fragte Mrs. Sparsit.

»Ihr hört, was diese Lady fragt. War diese schlimme Angelegenheit eine ungleiche Heirat hinsichtlich des Alters?« sagte
Bounderby.

»Nicht so ganz. Ich selbst war einundzwanzig und sie
noch nicht ganz zwanzig.«

»Wirklich, Sir«, sagte Mrs. Sparsit mit großer Gelassenheit
zu ihrem Obern. »Ich schloss daraus – daß es eine so unglückliche Heirat ist, daß eine Altersverschiedenheit dabei
obgewaltet haben müsse.«

Mr. Bounderby blickte die gute Lady scharf von der Seite
an mit einem komisch-dummen Mienenspiel. Er stärkte sich
hierauf mit etwas Sherry.

»Nun? Warum fahrt Ihr nicht fort?« fragte er, etwas ärger-
lich gegen Stephen Blackpool gewendet.

»Ich habe Sie fragen wollen, Sir, wie ich mir das Weib
vom Hals schaffen kann.« Stephen verlieh dem vermischten
Ausdruck seines aufmerksamen Gesichtes einen noch tieferen
Ernst. Mrs. Sparsit stieß einen leisen Ausruf aus, als hätte sie
einen moralischen Stoß erlitten.

»Was meint Ihr?« fragte Mr. Bounderby, der aufgestanden
war, um sich mit dem Rücken gegen den Kamin zu lehnen.
»Wovon sprecht Ihr? Ihr habt sie aufs Geratewohl genommen?«

»Ich muß sie loswerden. Ich kann es nicht länger mehr ertragen. Ich hab' nur darum solange dabei existieren können,
weil ich das Mitleid und den Trost eines Mädchens hatte, des
besten unter den lebenden oder toten. Vielleicht hab' ich es
nur ihr zu verdanken, daß ich nicht verrückt geworden bin.«

»Er will frei werden, um, wie ich fürchte, das Frauenzimmer zu heiraten, von dem er spricht, Sir!« bemerkte Mrs.
Sparsit mit gedämpfter Stimme, höchst betrübt über die Sit-
tenlosigkeit dieser Leute.

»Das will ich. Die Lady hat richtig gesprochen. Das will
ich. Ich wollte das selbst noch sagen. Ich hab' in den Zeitungen gelesen, daß die Großen (denen es wohl ergehen möge –
ich wünsche ihnen nichts Schlimmes) nicht aufs Geratewohl

so fest miteinander verbunden sind, daß *sie* ihre unglücklichen Ehen nicht wieder auflösen könnten, um nochmals zu heiraten. Wenn sie sich nicht gut vertragen, weil sie ein ungleiches Temperament haben, so haben sie allerhand verschiedene Zimmer in ihren Häusern, und sie können abgesondert leben. Wir armen Leute haben nur ein Zimmer, und wir können das nicht. Wenn das nicht geht, so haben sie Gold und anderes Geld, und sie können sagen: ›Dies ist für mich und das für dich.‹ Dann kann ein jeder seine Wege gehen. Wir können das nicht. Trotz alledem können sie sich wegen kleinerer Ungerechtigkeiten freimachen, während Hunderte und aber Hunderte leiden müssen, und zwar mehr noch die Frauen als die Männer – sie können sich wegen kleinerer Unbilden, als die meinen sind, freimachen. Ich will nun mein Weib loswerden und möchte nun gern wissen, auf welche Weise?«

»Auf keine Weise!« erwiderte Mr. Bounderby.

»Wenn ich ihr etwas antue, gibt's ein Gesetz, um mich zu bestrafen?«

»Freilich gibt's eins.«

»Wenn ich von ihr fortlaufe, gibt's ein Gesetz, um mich zu bestrafen?«

»Freilich gibt's eins.«

»Wenn ich das andere liebe Mädchen heirate, gibt's ein Gesetz, um mich zu bestrafen?«

»Freilich gibt's eins.«

»Wenn ich mit ihr lebte, ohne sie zu heiraten – den Fall angenommen, daß so etwas sein könnte, was eigentlich nie geschehen würde oder könnte, da sie so gut ist – gibt es ein Gesetz, mich in jedem unschuldigen Kinde zu bestrafen, das mir gehören würde?«

»Freilich gibt's eins.«

»Zeigt mir nun, um Gottes willen«, rief Stephen Blackpool, »das Gesetz, womit mir zu helfen wäre.«

»Dieses Lebensverhältnis«, sagte Mr. Bounderby, »ist geheiligt und – und – muß aufrechterhalten werden.«

»Nein, nein – sagen Sie das nicht, Sir. In dieser Weise kann es nicht aufrechterhalten werden. Nicht in dieser Weise. In dieser Weise muß es zugrunde gehen. Ich bin ein Weber und kam schon als Kind in die Fabrik, aber ich habe Augen, um zu sehen, und Ohren, um zu hören. Ich lese die Zeitungen – jede Gerichtsperiode, jede Sessionszeit – und Sie lesen sie auch – ich weiß es! – mit banger Besorgnis, wie die Unmöglichkeit, auf irgendeine Art von einander loszukommen, Blut über unser Land bringt und viele Ehepaare (ich sage aber, noch mehr die Frauen als die Männer) zu Kampf, Mord und Totschlag führt. Räumt uns doch dieses Recht ein. Mein Fall ist ein sehr trauriger, und ich möchte von Ihnen – wenn Sie so gut sein wollten – erfahren, welches Gesetz mir helfen könnte.«

»Ich will Euch nun was sagen«, bemerkte Bounderby, indem er die Hände in die Tasche steckte. »Es gibt ein solches Gesetz.«

Stephen nickte mit dem Kopf, indem er in seine frühere Ruhe versank und aufmerksam hinhorchte.

»Aber es ist durchaus nichts für Euch. Es kostet Geld. Kostet eine ungeheure Summe.«

»Wie viel würde das sein?« fragte Stephen ruhig.

»Nun, Ihr müsstet zu dem Gerichtshof für Ehesachen mit dem Prozess gehen, dann müsstet Ihr zu dem Common Law mit einem Prozess gehen, und Ihr müsstet zum Oberhaus mit einem Prozess gehen – dann müsstet Ihr einen Berechtigungsschein des Parlaments zu erlangen suchen, daß ihr wieder heiraten dürft. Das würde Euch (wenn der Wind günstig bläst), wie ich glaube, an tausend bis fünfzehnhundert Pfund kosten«, sagte Mr. Bounderby. »Vielleicht die doppelte Summe.«

»Gibt's kein anderes Gesetz?«

»Auf keinen Fall.«

»Nun denn, Sir«, sagte Stephen erblassend und machte mit der rechten Hand eine Bewegung, als gäbe er alles den vier Wänden preis. »Es ist alles Hokuspokus. Es ist alles zusammen nichts als Hokuspokus, und je früher ich sterbe, desto besser ist's.«

(Mrs. Sparsit war jetzt von neuem über die Gottlosigkeit dieser Leute in Betrübnis versetzt.)

»Ach was! sprecht keinen Unsinn, mein Lieber«, sagte Mr. Bounderby, »von Dingen, die Ihr nicht versteht, und nennt die Institutionen Eures Landes nicht Hokuspokus, oder Ihr werdet eines schönen Morgens selbst in ein Hokuspokus geraten. Die Institutionen Eures Landes sind nicht Eure Angelegenheit, und das einzige, worum Ihr Euch zu kümmern habt, ist, Eure Arbeit zu besorgen. Eure Frau ist Euch nicht durch ein betrügerisches Spiel zugefallen, sondern Ihr habt sie aus freien Willen genommen. Wenn sie sich schlecht bewährt – nun, alles was uns zu sagen übrig bleibt, ist, daß sie sich eben besser hätte bewähren sollen.«

»Hokuspokus«, sagte Stephen mit einem Kopfschütteln, als er sich der Tür näherte – »es ist alles Hokuspokus.«

»Ich will Euch nun was sagen«, fuhr Mr. Bounderby in einer Abschiedsermahnung fort. »Mit Euren Gesinnungen, die ich als ruchlos bezeichnen muß, habt Ihr diese Lady vollständig empört, die, wie ich Euch bereits gesagt habe, eine Lady von Geburt ist, und die, wie ich Euch noch nicht gesagt habe, ihre eigenen Unglücksfälle in der Ehe gehabt hat, die sich auf zehntausend Pfund beliefen – auf, sage und schreibe zehntausend Pfund (er wiederholte es mit großem Behagen). Bis jetzt seid Ihr nun eine solide ›Hand‹ gewesen, meine Meinung ist aber, und das will ich Euch geradezu sagen, daß Ihr anfangt, eine schlechte Bahn einzuschlagen. Ihr habt irgendeinem boshaften Fremden oder sonst jemandem Gehör geschenkt – sie sind immer dabei – und das beste, was Ihr tun könnt, ist, Euch das alles aus dem Kopf zu schlagen. Nun, Ihr wisst nun«; hier nahm sein Gesicht einen Ausdruck besonderer Schläue an, »ich kann ebenso tief in einen Schleifstein gucken wie jeder andere – ja, noch tiefer als viele andere Leute, weil mir die Nase in meiner Jugend tüchtig gerieben wurde. Ich wittere etwas von Schildkrötensuppe, Wildbret und goldenen Löffeln. Ja, das tue ich«, rief Mr. Bounderby, den Kopf in seiner hartnäckigen Schlauheit schüttelnd. »Weiß der Himmel, das tue ich.«

Mit einem ganz andern Kopfschütteln und tiefem Seufzer sagte Stephen: »Ich danke Ihnen, Sir. Guten Tag.«

So verließ er Mr. Bounderby, der sich vor seinem Bilde an der Wand aufblähte, als wollte er sich hineinexplodieren. Mrs. Sparsit aber strickte weiter, mit ihrem Fuß im Steigbügel und ganz betrübt über die Laster des Volkes.

Zwölftes Kapitel.

Stephen Blackpool stieg die zwei weißen Stufen herab und schloss die schwarze Tür mit dem metallenen Türschild. Er tat das, indem er das messingene Punktum anzog und gab diesem zum Abschied mit seinem Rockärmel noch eine kleine Politur; denn er merkte, daß es von seiner warmen Hand angelaufen war. Mit zur Erde gesenktem Blick ging er über die Straße und schritt kummervoll dahin, als er sich plötzlich am Arm berührt fühlte.

E« war nicht die Berührung durch die Hand, die er in einem solchen Augenblick am meisten ersehnt hätte – die Berührung, die die aufgeregten Wogen seiner Seele hätte beschwichtigen können, wie die erhobene Hand der höchsten Liebe und Geduld das Toben des Meeres dämpfen konnte – und doch war es die Berührung einer Frauenhand. Seine Augen fielen, als er stillstand und sich umwandte, auf eine alte Frau, die von hoher Gestalt und noch stattlich war, obgleich die Zeit sie schon hatte verblühen lassen. Ihre Kleidung war sehr reinlich und einfach, der Staub der Landstraße haftete an ihren Schuhen – sie musste eben von einer Fußreise gekommen sein. Ihre Aufgeregtheit in dem ungewohnten Straßenlärm – der ärmliche Schal, den sie über dem Arm trug – der schwerfällige Regenschirm und der kleine Korb – die weiten Handschuh, an die ihre Hände nicht gewöhnt waren – alles verriet eine alte Frau vom Lande, die in den einfachen Sonntagskleidern nach Coketown kam, um, wie es gewiß selten geschah, irgend etwas hier zu besorgen.

Stephen Blackpool bemerkte das alles mit der schnellen Beobachtungsgabe seiner Klasse, neigte sein aufmerksames Gesicht – sein Gesicht, das wie die Gesichter so vieler seines Standes, durch anhaltendes Arbeiten mit Augen und Händen inmitten eines ungeheuren Lärms, einen konzentrierten Blick sich angeeignet hatte, den wir im Antlitz tauber Menschen gewöhnlich antreffen – zu ihr nieder, um sie besser zu verstehen.

»Bitte, mein Herr«, sagte die Alte, »Hab' ich Euch nicht aus dem Hause jenes Gentleman kommen sehen?« Dabei deutete sie nach der Besitzung von Mr. Bounderby. »Ich glaube. Ihr wart es, wenn ich nicht das Mißgeschick hatte, mich in der Person zu irren, der ich nachfolgte.«

»Ja, liebe Frau«, erwiderte Stephen, »ich war's.«

»Habt Ihr – entschuldigt gefälligst die Neugier einer alten Frau – habt Ihr den Herrn gesehen?«

»Ja, liebe Frau.«

»Und wie sah er aus, mein Herr? War er bei Kräften, frisch, gesund und munter?«

Sie richtete sich mit dem Kopf in die Höhe, um ihre Gebärden ihren Worten anzupassen. Da durchkreuzte Stephen der Gedanke, daß er diese Frau schon früher gesehen, und daß sie ihm damals unsympathisch gewesen sei.

»O ja«, antwortete er, sie aufmerksamer betrachtend, »er war das alles.«

»Und gesund«, fragte die Alte, »wie der frische Wind?«

»Ja«, entgegnete Stephen, »er aß und trank so vernehmlich und derb wie eine dicke Hummel.«

»Danke«, sagte die Alte mit unendlicher Zufriedenheit. »Danke sehr.«

Er hatte die alte Frau früher wohl nie gesehen. Dennoch schwebte ihm die unbestimmte Erinnerung vor, als habe er schon mehr als einmal von einer ähnlichen alten Frau geträumt.

Sie schritt neben ihm her, und ihre frohe Laune übertrug sich auf ihn. Er bemerkte, daß Coketown ein betriebsamer Ort sei, nicht wahr? Worauf sie zur Antwort gab: »Ei, gewiß, schrecklich betriebsam.« Dann sagte er, sie komme vom Lande, wie er sehe? Das bejahte sie.

»Mit dem Frühschnellzug. Ich kam vierzig Meilen mit dem Frühschnellzug heute, und vierzig Meilen werde ich heute nachmittag wieder zurücklegen. Ich ging heute morgen zu Fuß neun Meilen zu der Eisenbahnstation, und wenn ich auf meinem Weg niemanden finde, der mich mitnimmt, so werde ich dieselben neun Meilen am Abend wieder zurücklegen. Da« ist bei meinem Alter ein schönes Stück Arbeit, Sir!« sagte die alte Frau, mit fröhlich leuchtenden Augen.

»Sicherlich. Aber so oft könnt Ihr das kaum, liebe Frau?«

»Nein, nein. Einmal im Jahr«, antwortete sie kopfschüttelnd, »gebe ich auf diese Weise meine Ersparnisse aus, nur einmal jedes Jahr. Ich komme regelmäßig, um durch die Straßen zu eilen und die Herren zu sehen.«

»Bloß um sie zu sehen?« fragte Stephen.

»Das genügt mir«, antwortete sie mit großem Ernst und merkwürdigem Eifer. »Ich verlange nicht mehr. Ich habe hier auf dieser Seite gestanden, um jenen Herrn«, hier drehte sie den Kopf abermals nach Mr. Bounderbys Wohnung um, »herauskommen zu sehen. Aber er verweilt lange dieses Jahr, und ich habe ihn nicht erblickt. Ihr kamt statt seiner heraus. Wenn ich nun zurückgehen muß, ohne einen Blick auf ihn geworfen zu haben – ich bedarf nur eines Blickes – so hilft das nichts. Ich habe Euch gesehen und ich muß damit zufrieden sein.« Während sie das sagte, betrachtete sie Stephen, als wolle sie sich seine Gesichtszüge einprägen, wobei ihre Augen den früheren Glanz verloren hatten.

So sehr er den verschiedenen Geschmack auch gelten ließ und so unterwürfig er auch gegen die Patrizier von Coketown war, so schien ihm das doch ein außergewöhnliches Interesse zu sein, daß sich jemand wegen solcher Sache so viel Mühe gab. Er ward ordentlich verwirrt davon. Sie kamen gerade an der Kirche vorüber, und da er die Uhr erblickte, beschleunigte er seinen Schritt.

»Es geht wohl zur Arbeit?« fragte die Alte, indem sie leichterweise auch den ihren beschleunigte. Ja, die Zeit war beinahe um. Als er ihr mitteilte, wo er arbeitete, wurde die Alte eine noch seltsamere Alte als früher.

»Seid Ihr nicht glücklich?« fragte sie ihn.

»Nun – es gibt – niemanden, der nicht seine Sorgen hat, Frau«, antwortete er ausweichend: denn die Alte schien es für ausgemacht zu halten, daß er in der Tat sehr glücklich sein müsse, und er hatte nicht das Herz, sie zu enttäuschen. Er wußte, daß es des Ungemachs in der Welt genug gebe, und wenn die Alte schon solange gelebt hatte und darauf rechnen konnte, daß ihm nur so wenig davon zuteil geworden, nun, um so besser für sie und nicht schlimmer für ihn.

»Ja, ja! Ihr habt wohl häuslichen Kummer?« fragte sie.

»Manchmal. Dann und wann eben«, antwortete er leichthin.

»Aber wenn ihr bei einem solchen Herrn in Arbeit steht, so folgt Euch der Kummer doch nicht in die Fabrik?«

»Nein, nein, er folgt mir nicht dahin«, sagte Stephen. »Da ist alles ohne Tadel, alles in Ordnung.« (Er ging nicht soweit, um zu ihrem Vergnügen zu bemerken, daß eine Art göttlichen Rechtes daselbst obwalte: wir haben freilich neuerdings ähnliche herrliche Behauptungen verlauten hören.)

Sie befanden sich nun in der schwarzen Seitengasse, in der Nähe der Fabrik, wohin die »Hände« sich drängten. Die Glocke schellte, und die Schlange war eine Schlange von verschiedenen Windungen, und der Elefant machte sich bereit. Die sonderbare Alte schien selbst von der Glocke entzückt zu sein. Es war die allerschönste Glocke, die sie je vernommen, und klang großartig.

Sie fragte ihn, als er vor seinem Eintreten gutmütig anhielt, um ihr die Hand zu schütteln, wie lange er hier schon arbeite?

»Ein Dutzend Jahre«, sagte er.

»Ich muß die Hand küssen«, sagte sie, »die in dieser schönen Fabrik ein Dutzend Jahre gearbeitet.« Sie zog sie empor, obgleich er sie daran hindern wollte, und führte sie an die Lippen. Die Einfalt ihres Wesens konnte er sich bei ihrem Alter und ihrer Einfachheit nicht erklären; aber selbst in diesem phantastischen Benehmen lag ein gewisses Etwas, das weder für Zeit noch Ort unschicklich war, ein gewisses Etwas, von dem es schien, als ob sonst niemand ein gleiches so ernsthaft und mit so natürlicher und rührender Art hätte tun können.

Eine volle halbe Stunde hatte er, über diese Alte in Nachdenken versunken, an seinem Webstuhl gesessen. Als er nun für irgendeine Zurichtung sich umwenden musste und einen Blick durch das Fenster in der Ecke warf, sah er sie noch vor dem Gebäude in Bewunderung versunken dastehen. Unbekümmert um Rauch, Kälte und Nässe und ihre zwei langen Reisen, staunte sie das Haus an, als ob das schwerfällige Knarren, das aus seinen vielfachen Stockwerken ertönte, wie rauschende Musik in ihren Ohren klänge.

Endlich war sie fort, und der Tag folgte ihr, und die Lichter erglänzten wieder, und der Expresstrain flog angesichts der Feenpaläste über die Schwibbogen in raschem Fluge vorüber: wenig ward inmitten des Maschinengeklappers davon gespürt, und bei dem Krachen und Knarren wurde kaum etwas gehört. Seine Gedanken waren indessen zu seinem trübseligen Zimmer über dem kleinen Laden und zu der schmachvollen Gestalt zurückgeeilt, die schwer auf dem Bette, noch schwerer aber ihm auf dem Herzen lag.

Die Maschinen erschlafften – schlugen schwach wie ein ermattender Puls – hielten inne. Abermals die Glocke – der Lichtschimmer und die Hitze verschwanden – die Fabriken sahen in der schwarzen, nassen Nacht düster darein – und ihre hohen Schornsteine erhoben sich in die Luft gleich den Türmen von Babel.

Es ist wahr, daß er mit Rachael erst am vorigen Abend gesprochen hatte und ein wenig mit ihr gegangen war. Nun lag aber das neue Unglück auf ihm, wobei ihm sonst niemand auch nur für einen Augenblick Trost zu gewähren vermochte. Darum, und auch weil er wußte, daß er eine Besänftigung für seinen zornigen Unmut nötig hatte, und weil er weiter wußte, wie ihn schon ihre Stimme trösten konnte, glaubte er, er dürfe gegen ihren Wink handeln und auf sie warten. Er wartete, aber sie hatte ihn getäuscht. Sie war bereits fort. An keinem Abend des ganzen Jahres kam es ihm so schwer an, ihr sanftes Gesicht zu entbehren.

Oh! Wahrlich besser, keinen häuslichen Herd besitzen, wohin man sein müdes Haupt legen kann, als einen wirklich haben und wegen solcher Gründe sich scheuen, ihn zu betreten. Er aß und trank, denn er war erschöpft – aber er wußte nicht was, noch kümmerte er sich darum. Er irrte in dem kalten Regen umher, immerfort sinnend und sinnend und brütend und brütend.

Kein einziges Wort über eine zweite Heimat war je zwischen ihnen gewechselt worden. Aber Rachael hatte ihm seit Jahren Mitleid bewiesen: und ihr allein hatte er während dieser ganzen Zeit sein gedrücktes Herz über die Ursache seines Elends erschlossen. Er wußte wohl, daß, wenn er um ihre Hand anhalten dürfte, sie ihm diese nicht verweigern würde. Er dachte an den häuslichen Herd, zu dem er im jetzigen Augenblick mit Stolz und Vergnügen geeilt wäre – welch ein anderer Mann er jetzt gewesen, wie leicht es ihm dann um das Herz gewesen wäre, das jetzt so schwer beladen war. Er dachte an die wiederhergestellte Ehre, an Selbstachtung und Ruhe –was jetzt alles zerstört war. Er dachte an den Verlust seiner besten Lebenszeit, an den Wechsel, der in seinem Charakter in jeder Beziehung zum Schlechten stattgefunden, an die schreckliche Art seines Daseins, da er mit Hand und Fuß an ein totes Weib gebunden war, da ihn ein Dämon in ihrer Gestalt folterte. Er dachte an Rachael, wie jung sie war, als sie sich zum ersten Mal unter solchen Umständen begegneten, wie herangereift sie jetzt war, und wie bald sie alt werden sollte. Er dachte an die Mädchen und Jungfrauen, die sie zum Altar hatte schreiten sehen, wie viele Familien sie kannte, in denen die Kinder heranwuchsen; wie sie sich trotz allem zufrieden gab, ihren ruhigen, einsamen Pfad weiterging, nur um seinetwillen. Er erinnerte sich, wie er zuweilen den Schatten der Melancholie über ihr freundliches Gesicht hat schweben sehen, was ihn mit Gewissensqualen und Verzweiflung erfüllte. Er stellte sich ihr Bild neben der schmachvollen Erscheinung von der vergangenen Nacht vor und dachte: Ist es möglich, daß die ganze irdische Laufbahn eines so sanften, guten und sich aufopfernden Wesens von so einem erbärmlichen Geschöpf, wie jene ist, abhängig sein sollte!

Erfüllt von diesen Gedanken – so sehr erfüllt, daß er ein seltsames Gefühl eigenen Zersprengtwerdens empfand, als träte er in eine neue und krankhafte Beziehung zu den Dingen, die ihn umgaben, und als sähe er den Lichtkreis von jedem Nebellicht rot glänzen – ging er Obdach suchend nach Hause.

Dreizehntes Kapitel.

Ein schwacher Lichtschimmer erhellte das Fenster, vor dem die schwarze Leiter schon oft aufgerichtet worden, um das, was einer sich abmühenden Frau und einer Brut hungriger Kinder in dieser Welt am kostbarsten war, darauf heruntergleiten zu lassen. Stephen ward nun bei seinen sonstigen Gedanken auch auf die ernsthafte Betrachtung geleitet, daß von allen zufälligen Ereignissen des irdischen Daseins keines mit so ungleicher Hand ausgeteilt werde, wie der Tod. Die Ungleichheit der Geburt schien ihm nichts dagegen. Denn angenommen, daß das Kind eines Königs und das eines Webers in dieser Nacht im gleichen Augenblick geboren wurden, was war diese Verschiedenartigkeit gegen den Tod eines menschlichen Wesens, das einem zweiten nützlich oder teuer war, wahrend dieses verworfene Weib am Leben blieb!

Von der Außenfront seiner Wohnung trat er düster gestimmt in das Innere derselben, mit angehaltenem Atem und leisen Schritten. Er näherte sich seiner Tür, öffnete sie und trat also ins Zimmer.

Ruhe und Friede herrschten dort. Rachael befand sich da, auf dem Bettrand sitzend.

Sie wandte ihren Kopf, und der Schimmer ihres Gesichtes fiel leuchtend in die Mitternächtigkeit seines Gemüts. Sie saß am Bette bei seiner Frau, wachend und pflegend. Das heißt, er sah jemanden daselbst liegen und er wußte zu gut, daß sie es sein müsse, Rachael hatte jedoch einen Vorhang angebracht, um sie vor seinen Blicken zu verbergen. Ihre elenden Kleidungsstücke waren beseitigt und einige von Rachael lagen an deren Stelle. Alles war an seinem Platz und in Ordnung, wie er es immer gehabt. Das kleine Feuer war sauber geschürt und der Herd frisch gefegt. Es schien ihm, als sähe er all das in Rachaels Gesicht und sah sonst auf nichts. Während er es so betrachtete, verschwand es durch die Tränen der Rührung, die sein Auge erfüllten, vor seinem Blick. – Aber das geschah nicht eher, als bis er gesehen hatte, wie ernsthaft sie ihn anschaute, und wie selbst ihre Augen mit Tränen gefüllt waren.

Sie wandte sich abermals gegen das Bett und sprach, nachdem sie sich gerne überzeugt hatte, daß dort alles ruhig war, mit einer leisen, gelassenen und heiteren Stimme:

»Ich bin froh, daß du endlich nach Hause gekommen bist, Stephen. Du kommst sehr spät.«

»Ich bin auf und ab gegangen.«

»Ich dachte es mir. Aber dazu ist die Nacht zu schlimm. Der Regen ist sehr stark und der Wind weht heftig.«

»Der Wind? Wohl wahr. Er wehte stark. Horch auf das Donnern im Kamin und auf das tobende Gepolter. Bei einem solchen Winde draußen gewesen zu sein und nicht gewußt zu haben, daß er wehte!«

»Ich bin heute schon einmal dagewesen, Stephen. Die Hausfrau holte mich um die Mittagsstunde. ›Jemand ist hier‹, sagte sie, ›der Pflege braucht‹ Und wahrlich, sie hatte recht. Sie phantasiert und ist bewußtlos, Stephen. Auch verwundet und voller Beulen.«

Er ging sacht zu einem Stuhl und setzte sich nieder, indem er den Kopf vor ihr senkte.

»Ich kam um das Wenige zu tun, was in meiner Macht steht, Stephen. Erstens weil wir als Mädchen zusammen arbeiteten, und weil du ihr den Hof machtest und sie heiratetest, als sie meine Freundin war —«

Er stützte die furchenreiche Stirn auf die Hand und stöhnte leise.

»Und dann weil ich dein Herz kenne und es ganz gewiß weiß, daß es zu barmherzig ist, um sie sterben, oder aus Mangel an Hilfe sie auch nur leiden zu lassen. Du kennst wohl den Spruch: ›Der ohne Sünde unter Euch ist, werfe den ersten Stein auf sie.‹ Gar viele haben das getan. Du aber bist nicht der Mann, den letzten Stein auf sie zu werfen, wenn sie so tief gesunken.«

»O Rachael, Rachael!«

»Du hast grausam gelitten, der Himmel belohne dich dafür«, sagte sie in mitleidsvollem Tone. »Ich bin deine arme Freundin mit ganzem Herzen und ganzer Seele.«

Die Wunden, von denen sie gesprochen hatte, schienen am Halse der Trinkerin zu sein. Sie verband sie jetzt, ohne sie seinen Blicken bloßzustellen. Sie tauchte ein Stück Linnen in ein Becken, worin sie etwas Flüssiges aus einer Flasche gegossen hatte und legte es sanft auf die wunde Stelle. Der dreibeinige Tisch war in die Nähe des Bettes gezogen worden und auf ihm befanden sich zwei Flaschen. Die mit der Flüssigkeit war die eine.

Sie stand nicht so weit von ihm entfernt, daß Stephen, der Rachaels Bewegungen mit den Blicken gefolgt war, nicht hätte lesen können, was mit großen Buchstaben darauf gedruckt war.

Totenbleich wandte er sich ab und ein plötzliches Grauen schien ihn zu überkommen.

»Ich will hierbleiben«, sagte Rachael, indem sie ihren Platz wieder ruhig einnahm, »bis die Uhr drei schlagen wird. Um drei muß es wieder vorgenommen werden, dann kann man sie bis zum Morgen allein lassen.«

»Aber deine Ruhe für morgen, Rachael?«

»Ich habe vergangene Nacht gut geschlafen. Ich kann viele Nächte durchwachen, wenn es sein muß. Du aber hast jetzt Ruhe nötig – so bleich und müde. Versuche es doch, in dem Stuhle hier zu schlafen, während ich wache. Du hast die vorige Nacht nicht geschlafen, das kann ich mir wohl denken. Die Arbeit morgen wird dir schwerer fallen als mir.«

Er vernahm das Donnern und Toben von draußen, und es schien ihm, als ob seine frühere düstere Kümmernis ihn wieder übermannen wollte. *Sie* hatte sie ausgetrieben, *sie* wird sie wohl auch ferne halten; er hegte das Vertrauen zu ihr, daß sie ihn vor sich selbst schützen werde.

»Sie kennt mich nicht; sie murmelt nur so schläfrig und stiert umher. Ich habe einige Male ihr zugeredet, aber sie achtete nicht darauf. Es ist auch gut so. Wenn sie wieder zur Besinnung kommt, so werde ich getan haben, was ich konnte, sie aber wird darum nicht besser sein.«

»Wie lang dürfte sie in diesem Zustand bleiben, Rachael?«

»Der Doktor sagte, sie könnte wohl morgen zur Besinnung kommen.«

Seine Augen fielen abermals auf die Flasche, wobei ihn ein Schaudern überkam, das alle seine Glieder erbeben machte.

Sie glaubte, er zittere vor Kälte. »Nein«, sagte er, »es war nicht das. Ich habe einen Schreck bekommen.«

»Einen Schreck?«

»Ja doch! Ja doch! als ich hereintrat. Als ich herumging. Als ich nachdachte. Als ich—«

Es hatte ihn wieder erfaßt – und er erhob sich, indem er sich auf das Kamingesims stützte und das naßkalte Haar mit der Hand, die zitterte, als ob sie lahm wäre, beiseite strich.

»Stephen!«

Sie wollte sich ihm nähern, er streckte jedoch seine Hand aus, um sie zurückzuhalten.

»Nicht! Nicht doch, bitte! Nicht doch! Laß mich dich wieder am Bette sitzen sehen. Laß mich dich sehen, so gut und so vergebend. Laß mich dich sehen, wie ich dich bei meinem Hereintreten sah. Ich kann dich nie besser als so sehen. Niemals, niemals, niemals.«

Ihn befiel wieder ein heftiges Zittern und er sank dann in den Stuhl. Nach einiger Zeit ermannte er sich und, indem er den Ellbogen auf das Knie und den Kopf auf die Hand stützte, konnte er den Blick auf Rachael richten. Wie er sie durch den matten Lichtschimmer mit seinen feuchten Augen anblickte, sah sie aus, als schwebe ein Heiligenschein um ihr Haupt. Er hätte glauben mögen, das sei wirklich der Fall. Er glaubte es, als der Wind von außen die Fenster rüttelte, an der Tür unten rasselte und tobend und klagend um das Haus brauste.

»Wenn sie sich wieder erholt hat, Stephen, dann ist zu hoffen, daß sie dich wieder allein lassen und dir kein Leid mehr zufügen wird. Hoffen wir das wenigstens! Jetzt werde ich aber schweigen; denn ich will, daß du schläfst.«

Er schloß seine Augen, mehr aus Liebe zu ihr als um seinem müden Kopf Ruhe zu gönnen. Wie er jedoch dem Toben des Windes lauschte, hörte er nach und nach auf, ihn zu vernehmen. Das Dröhnen verwandelte sich in das Schnurren seines Webestuhles, oder selbst in die Stimmen, die er am Tage vernommen (die seine mit einbegriffen) die das wiederholten, was wirklich gesagt worden. Selbst dieses unvollkommene Bewußtsein verschwand endlich, und er träumte einen langen, verworrenen Traum.

Er meinte, daß er sich mit einer Person, die ihm schon seit langem teuer war – aber es war nicht Rachael, und das nahm ihn wunder selbst inmitten seines illusorischen Glücks –, in der Kirche befand, um getraut zu werden. Während die Trauung vollzogen wurde, und während er unter den Zeugen manche erkannte, die noch am Leben, und manche, von denen er wußte, daß sie schon tot waren, brach eine Finsternis herein, der ein schreckliches Licht folgte. Es ging aus von *einer* Zeile auf den Tafeln des Gesetzes, und die flammenden Worte erleuchteten das Gebäude. Diese Worte ertönten auch durch die Kirche, als ob die feurigen Buchstaben Stimmen besäßen. Hierauf veränderte sich die ganze Erscheinung ringsum, und nichts war von allem übrig geblieben, außer ihm und dem Geistlichen. Sie standen am hellen Tageslicht vor einer so ungeheuren Menge, daß er meinte, wenn sämtliche Bewohner dieser Welt in einen Raum hätten zusammengebracht werden können, so würden sie nicht zahlreicher erscheinen können. Sie verabscheuten ihn alle, und unter den Millionen, die ihn anstarrten, war nicht ein einziges freundliches oder mitleidvolles Auge für ihn. Er stand auf einem erhöhten Gerüste unter seinem eigenen Webestuhl und betrachtete die Gestalt, die der Webestuhl annahm. Er hörte die Leichenfeier ganz deutlich über sich abhalten und er wußte wohl, daß er sich da befinde, um hingerichtet zu werden. In einem Augenblick war das, worauf er gestanden hatte, unter ihm zusammengebrochen, und es war aus mit ihm.

Durch welches Wunder er zu seiner gewöhnlichen Lebensweise und zu den ihm bekannten Plätzen wieder zurückkehrte, das vermochte er nicht zu enträtseln. Er befand sich aber, der Himmel weiß wie, wieder an jenen Plätzen, aber mit dem Fluch beladen, weder in dieser noch in der andern Welt, durch alle undenkbaren Ewigkeiten hindurch, jemals Rachaels Gesicht wieder zu sehen oder ihre Stimme zu hören. Indem er unaufhörlich hin und her irrte, um ein unbekanntes Etwas aufzusuchen (er wußte bloß, daß er verdammt sei, es aufzusuchen), war er von einem namenlosen fürchterlichen Grauen, einer tödlichen Furcht vor einer gewissen Gestalt beherrscht, die alle Dinge annahmen. Was er immer betrachten mochte, verwandelte sich früher oder später in jene Gestalt. Sein jammervolles Dasein drehte sich einzig darum, zu verhindern, daß nicht jemand von den verschiedenen Leuten, die ihm begegneten, sie erkennen möchte. Vergebliche Mühe! Wenn er sie aus den Zimmern entfernte, wo sie sich befand, wenn er Kasten und Schränke verschloß, wo sie war, wenn er die Neugierigen von den Stellen entfernte, wo er sie verborgen wußte, und sie auf die Straße führte, so nahmen selbst die Schornsteine der Mühlwerke jene Gestalt an und rund um sie stand der Name gedruckt.

Der Wind blies abermals, der Regen schlug auf die Giebel der Häuser und die größeren Räume, die er durchstreift hatte, schrumpften zu den vier Wänden seines Zimmers zusammen. Mit der Ausnahme, daß das Feuer erloschen war, befand sich da alles wie vorher, als er seine Augen geschlossen hatte. Rachael schien auf dem Stuhl am Bette eingeschlummert zu sein. Sie saß in ihrem Schal eingehüllt vollkommen ruhig da. Der Tisch stand an derselben Stelle, dicht beim Bett, und darauf befand sich, mit seinen wirklichen Verhältnissen und in seinem wahren Äußern das, was er so oft geschaut.

Er meinte den Vorhang sich bewegen zu sehen. Er sah abermals hin und war jetzt gewiß, daß er sich bewege. Er nahm jetzt eine Hand wahr, die zum Vorschein kam und ein wenig herumtastete. Dann bewegte sich der Vorhang sichtbarer, das Weib im Bette schob ihn zurück und richtete sich empor. Mit ihren jammervollen Augen, die so graß und wild, so matt und weit offen waren, blickte sie im ganzen Zimmer umher, und streifte den Winkel, wo er auf einem Stuhle schlief. Ihr Blick kehrte wieder zu jenem Winkel und sie hielt die Hand vor die Augen, wie um sie zu beschatten, während sie nach dem Winkel sah. Sie schweiften abermals im Zimmer umher, bemerkten kaum Rachael und kehrten wieder zu jenem Winkel zurück. Er meinte, als sie diese wieder beschattete – nicht sowohl um *auf* ihn zu sehen, als um *nach* ihm zu sehen mit dem tierischen Instinkte, daß er da sei – daß keine einzige Spur von dem Weibe, das er vor achtzehn Jahren geheiratet hatte, in jenen wüsten Zügen oder in dem Geiste, der sich in ihnen kundgab, zurückgeblieben sei. Hätte er sie zu diesem Zustande nicht stufenweise heruntersinken gesehen, so würde er nie haben glauben mögen, daß sie die gleiche sei.

Während dieser ganzen Zeit war er bewegungs- und kraftlos und war nur imstande, sie zu bewachen.

Schläfrig hinbrütend oder mit ihrem trüben Hirn sich über nichts unterhaltend, saß sie eine kurze Weile und hielt die Hände an die Ohren. Alsbald jedoch begann sie wieder herumzustieren. Jetzt ruhten ihre Augen zum erstenmal auf dem Tisch, wo sich die Flaschen befanden. Flugs wandte sie ihre Augen mit herausforderndem Trotz, wie sie ihn vorige Nacht gehabt, zurück nach dem Winkel. Dann streckte sie sehr vorsichtig und sacht ihre schmierige Hand aus. Sie nahm einen Becher zu sich ins Bett und saß eine Weile nachdenkend da, welche von den beiden Flaschen sie wählen sollte. Endlich griff sie unsinnigerweise nach der Flasche, die schnellen und gewissen Tod in sich barg, und riß vor seinen Augen den Stöpsel mit den Zähnen heraus.

Traum oder Wirklichkeit, er war nicht der Stimme mächtig und besaß auch nicht Kraft genug, um sich zu bewegen. Wenn das Wirklichkeit ist und ihre bestimmte Zeit ist noch nicht da, wache, Rachael, wache!

Sie dachte auch daran. Sie blickte Rachael an und goß den Inhalt ganz sachte und höchst vorsichtig ein. Der Trank war an ihren Lippen. Einen Augenblick, und sie wäre rettungslos verloren gewesen, käme auch die ganze Welt mit all ihrer Macht herbei, um über sie zu wachen. In demselben Augenblicke fuhr Rachael mit einem unterdrückten Schrei empor. Die Kreatur rang, schlug sie und faßte sie bei den Haaren; Rachael hatte jedoch den Becher ihr entrissen.

Stephen rief von seinem Stuhle aus: »Rachael, wache oder träume ich in dieser schrecklichen Nacht?«

»Geht alles gut, Stephen. Ich selbst war eingeschlafen! Es ist gleich drei. St! Ich höre die Glocke.«

Der Wind brachte den Schall der Kirchenuhr ans Fenster. Sie horchten auf, und es schlug drei. Stephen blickte sie an, sah wie bleich sie war, bemerkte die Unordnung ihres Haars und die roten Fingerspuren auf ihrer Stirn und war nun gewiß, daß seine Gesicht- und Gehörsinne wach gewesen waren. Sie hielt noch immer den Becher in der Hand.

»Ich dachte, es müsse nah an drei sein«, sagte sie, indem sie den Becher in das Becken ruhig ausleerte und das Linnen wie früher wieder eintauchte. »Ich bin froh, daß ich geblieben bin. Wenn ich das aufgelegt habe, ist alles getan. Da – jetzt ist sie wieder ruhig. Die wenigen Tropfen im Becken will ich ausschütten, das ist zu schlechtes Zeug, um es so herumstehen zu lassen, wenn auch noch so wenig davon.« Während sie das sagte, ließ sie das Becken in die Asche beim Feuer abtropfen und zerbrach die Flasche am Herde.

Sie hatte dann nichts mehr zu tun, als sich in den Schal zu hüllen, ehe sie in Wind und Regen hinausging.

»Du wirst mich doch um diese Stunde mit dir gehen lassen, Rachael?«

»Nein, Stephen, es dauert nur eine Minute, und ich bin zu Hause.«

»Du fürchtest dich nicht«, sagte er mit leiser Stimme, als sie auf die Türe zugingen, »mich mit ihr allein zu lassen!«

Stephen riß sich vom Stuhl los: »Bin ich wach oder träume ich, Rachael, in dieser entsetzlichen Nacht?«

*

Wie sie ihn nun ansah und »Stephen« ausrief, sank er auf den schlichten, ärmlichen Treppen vor ihr auf die Knie nieder und drückte einen Zipfel ihres Schals an die Lippen.

»Du bist ein Engel. Gott mit dir! Gott mir dir!«

»Ich bin, wie ich dir gesagt habe, Stephen, deine arme Freundin. Engel sind nicht wie ich. Zwischen ihnen und einer sündigen Arbeiterin besteht ein tiefer Abgrund. Mein Schwesterlein ist unter ihnen, aber sie ist ganz gewandelt.«

Sie erhob ihre Augen für einen Moment, als sie diese Worte aussprach: dann senkte sie sie wieder mit ihrer ganzen Milde und Sanftheit auf sein Gesicht.

»Du hast mich vom Schlechten zum Guten geleitet. Du erregst in mir den demütig frommen Wunsch, dir mehr gleich zu werden und die Furcht, dich zu verlieren, wenn dieses

Leben vorüber und die ganze Komödie dahin ist. Du bist ein Engel; es dürfte wohl sein, daß du meine Seele bei Lebzeiten gerettet hast.«

Sie blickte ihn an, wie er ihren Schal noch in der Hand hielt und zu ihren Füßen kniete. Der Verweis erstarb auf ihren Lippen, als sie das Zucken seiner Gesichtszüge wahrnahm.

»Ich kam verzweiflungsvoll nach Hause. Ich kam ohne Hoffnung nach Hause, und der Gedanke machte mich wie verrückt, daß, wenn ich eine Klage laut werden ließe, sie mich für eine unverständige »Hand« halten würden. Ich sagte dir, daß ich einen Schrecken gehabt hatte. Es war die Giftflasche auf dem Tisch. Ich habe nie einem lebendigen Geschöpf was zu Leide getan – da ich aber so rasch darauf stieß, dachte ich: Wer weiß, was ich mir selbst oder ihr oder uns beiden angetan hätte!«

Mit schreckensbleichem Gesicht legte sie ihm die Hände auf den Mund, um ihn davon abzuhalten, noch mehr zu sagen. Er nahm ihre Hände in seine freien Hände und hielt sie fest, indem er sich fortwährend an ihren Schal klammerte und hastig ausrief:

»Aber ich sah dich, Rachael, beim Bett sitzen. Ich habe dich während dieser ganzen Nacht gesehen. In meinem unruhigen Schlaf wußte ich auch noch, daß du da bist. Ich werde dich immer da sehen. Ich werde sie niemals sehen oder ihrer gedenken, ohne daß du an ihrer Seite sein wirst. Ich werde niemals etwas sehen, das mich zornig machen kann oder daran denken, ohne daß du, die du um so vieles besser bist als ich, danebenstehen wirst. Und nun will ich versuchen, der Zeit entgegenzusehen, und will auch versuchen, derzeit zu vertrauen, wo du und ich endlich weit dahin gehen werden, jenseits des tiefen Abgrunds, in das Land, wo dein Schwesterlein weilt.«

Er küßte abermals den Zipfel ihres Schals und ließ sie gehen. Sie wünschte ihm mit gebrochener Stimme gute Nacht und ging hinaus auf die Straße. Der Wind blies von der Seite, wo der Tag bald anbrechen sollte, und blies noch immer heftig. Er hatte den Himmel von Wolken freigefegt. Der

Regen hatte sich erschöpft oder zog nach andern Orten, und die Sterne schienen hell. Er stand mit entblößtem Haupte auf der Straße und sah ihr nach, wie sie rasch verschwand. Wie die schimmernden Sterne sich verhielten zum trüben Licht im Fenster, so verhielt sich Rachael in der rauhen Phantasie dieses Mannes zu den gewöhnlichen Erfahrungen seines Lebens.

Vierzehntes Kapitel.

Die Zeit bewegte sich in Coketown wie dessen Maschinen: so viel Stoff verarbeitet, so viel Brennmaterial verbraucht, so viele Kräfte abgenützt und so viel Geld gemacht. Aber weniger unerbittlich als Eisen, Stahl und Messing machte sie ihre veränderlichen Jahreszeiten selbst in dieser Wildnis von Rauch und Ziegelsteinen geltend und brachte die einzige Abwechslung hervor, die jemals in der schrecklichen Einförmigkeit dieses Ortes stattgefunden.

»Luise«, sagte Mr. Gradgrind, »ist beinahe zur Jungfrau gereift.«

Die Zeit mit ihrer unzählbaren Pferdekraft arbeitete fort, unbekümmert darum, was jemand sagen mochte, und stellte den jungen Thomas jetzt um einen Fuß höher hin als damals, wo sein Vater zum letztenmal besondere Notiz von ihm genommen.

»Thomas«, sagte Mr. Gradgrind, »ist beinahe zum jungen Mann gereift.«

Die Zeit brachte unterdessen Thomas in dem Mühlwerke vorwärts, während sein Vater noch darüber nachdachte; und da stand er nun in einem langen Rock mit Schößen und in einem steifen Hemdkragen.

»Wahrhaftig«, sagte Mr. Gradgrind, »die Zeit ist nun da, wo Thomas zu Mr. Bounderby gehen sollte.«

Die Zeit hatte Thomas fest in ihrer Gewalt und versetzte ihn in Mr. Bounderbys Bank; sie machte ihn zu Mr. Bounderbys Hausgenossen, machte den Ankauf des ersten Rasiermessers für ihn erforderlich und übte ihn fleißig in seinen Berechnungen in bezug auf Nummer eins. Derselbe große Fabrikant, fortwährend mit einer unermeßlichen Mannigfaltigkeit von Arbeit in jedem Entwicklungszustande beschäftigt, brachte auch Cili in seinem Mühlwerke vorwärts und arbeitete sie wirklich zu einem ganz hübschen Artikel heraus.

»Ich befürchte, Jupe«, sagte Mr. Gradgrind, »daß dein ferneres Verbleiben in der Schule keinen Zweck mehr hat.«

»Ich befürchte das ebenfalls, Sir«, antwortete Cili mit einem Knix.

»Ich kann es dir nicht verbergen, Jupe«, sagte Mr. Gradgrind mit Stirnrunzeln, »daß ich mich in dem Resultat deiner
Probezeit hier getäuscht sehe, sehr getäuscht sehe. Du hast
unter Mr. und Mrs. M'Choakumchild bei weitem nicht den
Grad von exaktem Wissen erlangt, den ich erwartete. Du bist
äußerst unvollkommen in deinen Tatsachen. Deine Bekanntschaft mit Zahlen ist sehr beschränkt, du bist arg zurückgeblieben und weit vom Ziele.«

»Es tut mir leid, Sir«, antwortete sie, »aber ich weiß, es ist
vollkommen richtig. Und doch habe ich mir große Mühe
gegeben, Sir.«

»Ja«, sagte Mr. Gradgrind, »ich glaube, daß du dir große
Mühe gegeben; ich habe dich beobachtet und finde in dieser
Hinsicht nichts zu tadeln.«

»Ich danke, Sir. Manchmal dachte ich«, Cili sprach hier
äußerst furchtsam, »daß ich mich vielleicht bemühte, zu viel
zu lernen und daß, wenn ich um Erlaubnis gebeten hätte, ein
bißchen weniger zu versuchen – dann dürfte ich wohl –«

»Nein, Jupe, nein«, sagte Mr. Gradgrind, das Haupt in seiner vollkommensten und höchst ausgezeichnet praktischen
Weise schüttelnd. »Nein, den Weg, den du verfolgtest, hast du
nach dem System verfolgt – nach dem System – und dazu läßt
sich überhaupt weiter nichts bemerken. Ich kann bloß der
Vermutung Raum geben, daß die Verhältnisse deines früheren
Lebens für die Entwicklung deines Verstandes zu ungünstig
waren, und daß wir zu spät angefangen haben. Jedenfalls bin
ich in meinen Erwartungen getäuscht worden.«

»Ich wollte, ich wäre imstande gewesen, meine Dankbarkeit, mein Herr, besser zu bezeugen! Ihnen zu danken für Ihre
Güte gegen ein armes, verlassenes Mädchen, das auf solcher-
lei keinen Anspruch hatte und für Ihren Schutz, den Sie mir
gewährten.«

»Nun, weine bloß nicht«, sagte Mr. Gradgrind, »weine
nicht. Ich beklage mich nicht über dich. Du bist ein liebevolles, ernstes, gutes Mädchen und – wir müssen uns damit zufrieden geben.«

»Danke, Sir, danke Ihnen sehr«, sagte Cili mit einem
dankbaren Knix.

»Du bist für Mrs. Gradgrind von Nutzen, und im allgemeinen bist du auch der Familie dienlich gewesen. So sagte mir Luise, und ich habe es in der Tat selbst gemerkt. Ich hoffe daher«, sagte Mr. Gradgrind, »daß du dich in diesem Verhältnis wohl befindest.«

»Mir würde nichts zu wünschen übrig bleiben, Sir, wenn –

« »Ich verstehe, was du meinst«, sagte Mr. Gradgrind, »du kommst immer wieder auf deinen Vater zurück. Ich hörte von Miß Luise, daß du jene Flasche noch immer aufbewahrst. Gut! Wenn deine Erziehung, in der Wissenschaft zu exakten Resultaten zu gelangen, erfolgreicher gewesen wäre, so würdest du in diesem Punkte vernünftiger gewesen sein. Ich will nichts mehr darüber sagen.«

Er hatte in der Tat Cili zu lieb, um sie geringzuschätzen. Im übrigen aber hatte er von ihren rechnerischen Fähigkeiten eine so geringe Meinung, daß er zu einem solchen Urteil kommen mußte. Auf die eine oder andere Weise faßte er die Idee, daß in diesem Mädchen ein Etwas vorhanden sei, das kaum durch tabellarische Formeln errechnet werden könnte. Ihre Definitionsfähigkeit konnte mit einer niedrigen Zahl, ihre mathematische Begabung mit Null bezeichnet werden. Trotzdem war er nicht gewiß, ob er imstande gewesen wäre, sie vollständig zu zensieren, wenn man an ihn die Forderung gestellt hätte, sie in einem Parlamentsberichte genau auseinanderzusetzen.

Der Prozeß der Zeit geht bei manchen Stufen der Produktion in der menschlichen Fabrik äußerst rasch vor sich. Der kleine Thomas und Cili, die sich eben auf dieser Stufe ihrer Ausbildung befanden, erlebten diese Veränderungen in einem oder zwei Jahren – während Mr. Gradgrind selbst in seiner Laufbahn stehen blieb und keine Veränderung erlitt.

Mit Ausnahme von einer *einzigen*, die nicht zu seinem notwendigen Prozesse in dem Mühlwerk gehörte.

Die Zeit drängte ihn in eine geräuschvolle und ziemlich schmutzige Maschine, in einen Winkel, und machte ihn zum Parlamentsmitglied für Coketown – zu einem der geachteten Mitglieder für Maß und Gewicht – zu einem der Repräsentanten für die Multiplikationstafel – zu einem der für alles übrige taub ehrenwerten Gentlemen, blind ehrenwerten Gentlemen, krumm ehrenwerten Gentlemen, tot ehrenwerten Gentlemen. Wozu lebten wir denn sonst in einem christlichen Lande, achtzehnhundert und so und so viel Jahre nach unserem Heiland!

Während dieser ganzen Zeit entwickelte sich Luise so still und verschlossen und hatte sich sehr der Beobachtung der funkensprühenden Asche ergeben, wie sie in der Dämmerung in den Kaminrost hinunterfiel und erlosch, daß sie von der Zeit, wo ihr Vater gesagt hatte, sie reife beinahe zur Jungfrau heran – was erst wie gestern schien – kaum seine Aufmerksamkeit wieder erregt hatte. Nun sah er sie auf einmal wirklich als vollendete Jungfrau vor sich.

»Eine ganze Jungfrau!« sagte Mr. Gradgrind nachsinnend. »Du lieber Himmel!«

Bald nach dieser Entdeckung ward er mehrere Tage hindurch nachdenklicher als gewöhnlich und schien von einem Gegenstande vollständig eingenommen zu sein. Eines Abends, als er eben im Begriffe war auszugehen und Luise vor seinem Weggehen gute Nacht sagen wollte – da er erst spät nach Hause kommen wollte und sie ihn nicht bis zum nächsten Morgen sehen würde –, hielt er sie in den Armen, beobachtete sie in seiner wohlwollendsten Weise und sagte:

»Meine liebe Luise, du bist eine Jungfrau.«

Sie antwortete mit dem alten, flüchtigen und forschenden Blick von jenem Abend, wo sie beim Zirkus getroffen ward: dann schlug sie die Augen nieder. »Ja, mein Vater.«

»Meine Liebe«, sagte Mr. Gradgrind, »ich muß mit dir allein und ernsthaft sprechen. Morgen nach dem Frühstück komm zu mir auf mein Zimmer. Willst du?«

»Ja, mein Vater.«

»Deine Hände sind ja so kalt, Luise. Bist du unwohl?« »Ganz wohl, mein Vater.«

»Und frohen Muts?«

Sie blickte ihn abermals an und lachte in ihrer eigentümlichen Weise. »Ich bin so frohen Mutes, mein Vater, wie ich es gewöhnlich bin und wie ich es gewöhnlich gewesen bin.«

»Das ist recht«, sagte Mr. Gradgrind, damit küßte er sie und ging fort.

Luise kehrte zu dem heiteren Gemach, das wie eine Friseurstube aussah, zurück und sann, indem sie den Ellbogen auf die Hand lehnte, den versprühenden Funken nach, die sich so rasch in Asche verwandelten.

»Bist du hier, Lu?« fragte ihr Bruder, indem er zur Tür hereinguckte. Er war nun ganz ein junger Herr nach der Mode, aber nicht ein ganz einnehmender.

»Lieber Tom«, antwortete sie, sich erhebend und ihn umarmend, »wie lange ist es her, seit du mich nicht gesehen hast!«

»Nun, ich bin in den Abenden anderweitig beschäftigt gewesen, Lu, und während des Tages werde ich von dem alten Bounderby ziemlich streng gehalten. Aber ich ziehe ihn mit dir auf, wenn er mir zu arg kommt, und so bewahren wir ein gutes Einvernehmen. Hör mal! Hat Vater dir heute oder gestern etwas Besonderes mitgeteilt, Lu?«

»Nein, Tom. Aber er sagte mir heute abend, daß er es morgen tun wolle.«

»Ah, das meine ich«, sagte Tom, und mit einem bedeutungsvollen Ausdruck: »Weißt du, wo er heute abend ist?«

»Nein.«

»Dann will ichs dir sagen. Er ist beim alten Bounderby. Sie plaudern regelmäßig zusammen, oben in der Bank. Warum in der Bank, fragst du? Nun, ich will dir auch das sagen. Um Mrs. Sparsits Ohren so fern wie möglich zu halten, glaube ich.«

Die Hand auf die Schulter ihres Bruders legend, stand Luise noch immer da und betrachtete das Feuer. Ihr Bruder sah ihr mit mehr Teilnahme als gewöhnlich ins Gesicht. Er legte seinen Arm um sie und zog sie freundlich an sich.

»Du hast mich recht lieb, Lu, nicht wahr?«

»Das ist wirklich der Fall, obgleich du eine so geraume Zeit dahingehen lassen konntest, ohne mich zu besuchen.«

»Nun gut, meine liebe Schwester«, sagte Tom, »wenn du so sprichst, so kommst du meinen Gedanken nahe. Wir könnten um so viel öfter beisammen sein – nicht wahr? Beinahe immer beisammen – nicht wahr? Es würde für mich von großem Nutzen sein, wenn du dich, ich weiß recht wohl zu was, entschließen würdest, Lu. Das wär was Herrliches für mich. Das wäre ganz prachtvoll.«

Ihre Nachdenklichkeit vereitelte all sein schlaues Forschen. Er konnte aus ihrem Gesicht nichts herauslesen. Er umarmte sie und küßte sie auf die Wangen. Sie erwiderte den Kuß, blickte aber immer ins Feuer.

»Hör mal, Lu! Ich dachte, es sei gut, hierher zu kommen und dir eben einen Wink zu geben von dem, was vorgeht. Ich nahm allerdings an, daß du es wahrscheinlich erraten würdest, selbst wenn du es nicht weißt. Ich kann nicht bleiben, weil ich heute abend mit einigen Kameraden zusammenkomme. Du wirst doch nicht vergessen, wie lieb du mich hast?«

»Nein, lieber Tom, ich werde es nicht vergessen.«

»Du bist ein famoses Mädchen«, sagte Tom.

Sie wünschte ihm herzlich gute Nacht und begleitete ihn bis zur Tür, von wo man die Lichter von Coketown sehen konnte, was der Entfernung einen dunklen Anstrich gab. Sie stand da, blickte diese unverwandt an und horchte auf seine davoneilenden Schritte. Sie waren rasch, als wären sie froh, sich von Stone Lodge zu entfernen – sie aber stand noch immer da, als er bereits fort und alles ruhig war.

Es schien als ob sie – zuerst aus dem Feuer an ihrem eigenen Herd und dann aus dem dichten, feurigen Nebel von draußen – herauszugrübeln versuchte, was für ein Gewebe der alte Zeitengott, dieser größte und von allen am längsten etablierte Weber, aus den Fäden weben würde, die er bereits für ein Frauengemüt gesponnen. Aber seine Faktorei ist ein geheimnisvoller Ort, sein Arbeiten geräuschlos und seine »Hände« sind stumm.

Fünfzehntes Kapitel.

Obgleich Mr. Gradgrind sich nicht wie Blaubart benahm, so war sein Zimmer doch ein vollständig blaues Gemach. Das kam von der großen Menge blauer Bücher, die dort aufgereiht waren. Was sie nur immer beweisen konnten – und sie beweisen ja alles, was man bewiesen haben will –, das bewiesen sie allda in einer Armee, die durch die Ankunft von neuen Rekruten fortwährend Verstärkung erhielt. In diesem Hexenmeisterraum wurden die kompliziertesten sozialen Fragen aufgeworfen, in exakte Summen ausgerechnet und endlich ins reine gebracht – wofern die, die es anging, nur zu deren Verständnis gebracht werden konnten. Wie ein Astronom, der in einer Sternwarte ohne Fenster, das Sternensystem einzig und allein durch Papier, Feder und Tinte regeln würde, so brauchte Mr. Gradgrind in seinem Observatorium (und es gibt gar viele, die diesem gleichen) auf die fruchtbaren Myriaden von menschlichen Wesen nicht erst einen Blick der Beobachtung zu werfen, sondern war imstande, ihre sämtlichen Schicksale auf einer Schiefertafel anzugeben und all ihre Tränen mit einem schmutzigen Stückchen Schwamm abzuwischen.

In diesem Observatorium nun – ein starres Zimmer mit einer grauenhaft-statistischen Uhr, die jede Sekunde mit einem Schlage verkündete, der wie das Pochen auf einem Sargdeckel klang – erschien Luise an dem bestimmten Morgen. Das Fenster sah nach Coketown. Als sie sich zu ihrem Vater an den Tisch setzte, fiel ihr Blick auf die hohen Rauchfänge und die langen Rauchschlangen, die in der trüben Entfernung düster zum Vorschein kamen.

»Meine liebe Luise«, sagte ihr Vater. »Ich bereitete dich gestern abend darauf vor, mir in dem Gespräche, das wir jetzt miteinander haben werden, ernste Aufmerksamkeit zu schenken. Du bist so wohl erzogen worden und du machst, was ich mit Vergnügen gestehe, der Erziehung, die dir zuteil geworden, so viel Ehre, daß ich in deinen Verstand viel Vertrauen setze. Du bist nicht reizbarer oder romantischer Natur. Du bist gewöhnt, alles von dem kräftigen und leidenschaftslosen Standpunkt der Vernunft und der Berechnung zu betrachten.

Ich weiß, du wirst auch nur von diesem Standpunkt den Gegenstand betrachten, den ich dir mitteilen will.«

Er wartete, als hätte es ihn gefreut, wenn sie etwas sagte. Aber sie ließ sich kein Wort verlauten.

»Luise, meine Teure, du bist der Gegenstand eines Heiratsantrages, der mir gemacht worden.«

Er wartete abermals, und abermals antwortete sie mit keiner Silbe. Das überraschte ihn so sehr, daß er sich bewogen fühlte, mit sanfter Stimme zu wiederholen:

»Ein Heiratsantrag, mein teures Kind.«

Darauf antwortete sie ohne die geringste sichtbare Erregung:

»Ich höre, mein Vater. Seien Sie versichert, ich bin aufmerksam«.

»Nun gut«, sagte Mr. Gradgrind, nachdem er einen Augenblick ganz verdutzt dagestanden, »du bist selbst leidenschaftsloser als ich erwartete. Oder bist du vielleicht auf die Mitteilung, die ich dir machen will, nicht unvorbereitet?«

»Ich kann nichts darüber sagen, bis ich sie gehört habe. Vorbereitet oder unvorbereitet, ich will sie nun einmal ganz von Ihnen vernehmen. Ich wünsche, daß Sie mir Ihre Botschaft auseinandersetzen, mein Vater.«

Es klingt sonderbar, aber Mr. Gradgrind war in diesem Augenblick nicht in solcher Fassung wie seine Tochter. Er nahm ein Papiermesser in die Hand, drehte es herum, legte es nieder, hob es wieder auf und selbst dann mußte er, in der Betrachtung wie er fortfahren sollte, die Klinge beschauen.

»Was du da sagst, meine liebe Luise, ist ganz vernünftig. Ich habe es nun übernommen, dich davon in Kenntnis zu setzen, daß Mr. Bounderby mich davon benachrichtigte, daß er deine Fortschritte seit langem mit Vergnügen und besonderer Teilnahme beobachtet hat. Daher hat er schon längst die Hoffnung gehegt, daß die Zeit endlich heranrücken dürfte, wo er dir seine Hand anbieten könnte. Diese Zeit, der er so lange und wahrlich mit so viel Beharrlichkeit entgegengesehen, ist nun gekommen. Mr. Bounderby hat mir den Heiratsantrag mitgeteilt und hat mich dringend gebeten, ihn zu deinen Ohren zu bringen und seine Hoffnung auszudrücken, daß du ihn in freundliche Erwägung ziehen werdest.«

Stillschweigen lagerte sich zwischen sie. Die grauenhaft-statistische Wanduhr klang sehr hohl. Der ferne Rauch ward sehr schwarz und dicht.

»Mein Vater«, sagte Luise, »glauben Sie, daß ich Mr. Bounderby liebe?«

Mr. Gradgrind war durch diese unerwartete Frage ganz verblüfft.

»Aber, mein Kind«, entgegnete er. »Ich – kann – es wahrlich nicht auf mich nehmen, das zu behaupten.«

»Mein Vater«, fuhr Luise ganz in der früheren Stimme fort, »fordern Sie von mir, daß ich Mr. Bounderby liebe?«

»Nein, meine liebe Luise, nein. Ich fordere nichts.«

»Mein Vater«, beharrte Luise, »stellt Mr. Bounderby die Forderung an mich, daß ich ihn liebe?«

»Wirklich, meine Teure«, sagte Mr. Gradgrind, »deine Frage ist schwer zu beantworten.«

»Schwer zu beantworten. Ja oder nein, mein Vater?«

»Gewiß, mein Kind. Weil«, hier gab es etwas zu demonstrieren, was ihn wieder ins rechte Gleise brachte, »weil die Antwort, Luise, so wesentlich von dem Sinne abhängt, in dem wir einen Ausdruck gebrauchen. Nun ist Mr. Bounderby nicht so ungerecht gegen dich und auch nicht gegen sich selbst, daß er auf etwas Schwärmerisches, Phantastisches oder (ich bediene mich synonymer Ausdrücke) etwas Sentimentales Anspruch machte. Mr. Bounderby müßte dich wohl vergeblich unter seinen Augen haben aufwachsen sehen, wenn er geradezu vergessen könnte, was er deinem gesunden Menschenverstand, geschweige gar dem seinen, schuldig ist, und an dich in ähnlicher Absicht sich wenden wollte. Deshalb dürfte selbst der Ausdruck – ich mache dich bloß aufmerksam darauf, mein Kind – ein wenig übel angewandt sein.«

»Was würden Sie mir raten, Vater, an Stelle dieses Ausdrucks zu gebrauchen?«

»Nun, meine liebe Luise«, antwortete Mr. Gradgrind, diesmal mit voller Fassung. »Ich würde, da du mich einmal darum befragst, dir raten, diese Frage so zu betrachten, wie du gewohnt bist, es bei jeder andern Frage zu tun, sie nämlich als ein greifbares Faktum zu betrachten. Die Unwissenden und Leichtsinnigen mögen bei solchen Gegenständen von unnützen Gefühlsduseleien geplagt werden, und auch von ähnlichen Dingen, die gar keine Existenz – vom richtigen Standpunkte aus betrachtet, wirklich gar keine Existenz haben. Daß du die Sache aber besser verstehst, ist nicht einmal ein Kompliment für dich. Nun, was sind denn die Tatsachen in diesem Falle?

Du bist, wir wollen in runden Zahlen sprechen, zwanzig Jahre alt, Mr. Bounderby ist, wir wollen in runden Zahlen sprechen, fünfzig Jahre alt. Es waltet in bezug auf euer Alter einige Ungleichheit vor – aber in euren sonstigen Lebensverhältnissen jedoch ist gar keine vorhanden. Im Gegenteil, in alledem herrscht eine große Gleichförmigkeit. Dann entsteht die Frage: ist eine solche einzige Ungleichheit genügend, um sich als Schranke gegen diese Heirat zu erheben? Bei der Erwägung dieser Frage ist es nicht unwichtig, die Statistik der Heiraten in Berechnung zu ziehen, insofern sie uns in England und Wales bekannt geworden sind. Ich finde, wenn ich die Zahlen zu Rate ziehe, daß eine große Anzahl dieser Heiraten zwischen Parteien von ungleichem Alter geschlossen werden, und daß der ältere Teil bei diesen Parteien, in mehr als drei Viertel ähnlicher Fälle, der Bräutigam ist. Es verdient als merkwürdiger Beweis der Überlegenheit dieses Gesetzes besonders hervorgehoben zu werden, daß unter den Eingebornen in den Britischen Besitzungen beider Indien, wie auch in einem beträchtlichen Teil von China und unter den Kalmücken der Tartarei, nach den besten Berechnungen, die von Reisenden angestellt worden, die gleichen Resultate sich ergeben. Die Ungleichheit, deren ich Erwähnung getan, hört daher beinahe auf, Ungleichheit zu sein und (in der Wirklichkeit) verschwindet sie auch.«

»Was raten Sie mir«, fragte Luise, deren gefaßtes, zurückhaltendes Wesen nicht im geringsten durch diese erhebenden Resultate ergriffen wurde, »an Stelle des von mir verwandten Ausdrucks zu gebrauchen, an Stelle des übel angewandten Ausdrucks?«

»Luise«, entgegnete ihr Vater, »es scheint mir, daß nichts einfacher sein kann. Wenn du dich streng auf die Tatsache beschränkst, so lautet die Frage der Tatsache, die du dir zu stellen hast: ›Macht Mr. Bounderby mir einen Heiratsantrag?‹ Ja, er tut es. Die einzige Frage, die dann noch übrig bleibt ist: ›Soll ich ihn heiraten?‹ Ich glaube, nichts kann einfacher sein als das.«

»Soll ich ihn heiraten?« wiederholte Luise mit tiefem Nachsinnen.

»Ganz richtig. Es erfüllt mich, als deinen Vater, meine gute Luise, mit Befriedigung, wahrzunehmen, daß du bei der Erwägung dieser Frage nicht auf vorhergefaßte Meinungen oder Gewohnheiten zurückkommst, wie sie bei vielen jungen Frauenzimmern gefunden werden.«

»Nein, mein Vater«, entgegnete sie, »das tue ich nicht.«

»Ich überlasse nun die Sache deinem eigenen Urteil«, sagte Mr. Gradgrind, »den Fall habe ich einmal begrifflich umrissen, wie dergleichen Fälle unter praktischen Leuten gewöhnlich begrifflich umrissen werden. Ich habe ihn statuiert, wie der ähnliche Fall zwischen mir und deiner Mutter zu seiner Zeit statuiert worden. Das übrige fällt deiner Entscheidung anheim, meine gute Luise.«

Sie hatte von Anfang, den Blick starr auf ihn geheftet, dagesessen. Als er sich nun jetzt auf seinem Sitz zurücklehnte und die Augen seinerseits auf sie richtete, hätte er vielleicht einen schwankenden Moment bei ihr wahrnehmen können. Denn es trieb sie gewaltsam, sich an seine Brust zu werfen und die verschlossenen Geheimnisse ihres Herzens vor ihm auszuschütten. Um indessen dafür ein Auge zu haben, hätte er mit einem Satze die künstlichen Schranken überspringen müssen, die er seit Jahren zwischen sich und den subtilen Wesenheiten des Menschentums aufgerichtet hatte. Die Unwägbarkeiten aber werden stets der äußersten Gewandtheit der Algebra entwischen, selbst so lange, bis der Schall der letzten Trompete auch die Algebra in den Wind verwehen wird. Die Schranken waren für einen solchen Sprung zu viele und zu hohe. Er hatte kein Auge dafür. Er scheuchte sie mit seinem hartnäckigen, utilitarischen Tatsachengesicht wieder zurück. – Der Augenblick schoß in die grundlose Tiefe der Vergangenheit hinunter, um sich mit all den verlorenen guten Gelegenheiten zu mischen, die dort schon ertrunken waren.

Sie wandte ihre Augen von ihm ab und blickte so lange schweigend nach der Stadt hin, daß er endlich ausrief: »Willst du dir denn bei den Schornsteinen der Gebäude von Coketown Rat holen, Luise?«

»Ich sehe dort nicht«, als öden, einförmigen Rauch, dennoch kommt, wenn die Nacht herniedersinkt, Feuer zum Vorschein«, antwortete sie, sich rasch umdrehend.

»Freilich, das ist mir wohl bekannt, Luise. Ich sehe aber die Nutzanwendung deiner Bemerkung nicht ein.«

Um ihm Gerechtigkeit widerfahren zu lassen, er sah es wirklich nicht ein.

Sie ging darüber mit einer leichten Handbewegung hinweg und sagte, indem sie ihre Aufmerksamkeit wieder auf ihn konzentrierte: »Mein Vater, ich habe oft daran gedacht, daß das Leben so kurz ist.«

Das gehörte so sehr in seinen Bereich, daß er einfiel:

»Ohne Zweifel ist es kurz, mein Kind, dennoch ist es bewiesen, daß die durchschnittliche Dauer des menschlichen Lebens in den letzten Jahren zugenommen hat. Die Berechnungen verschiedener Lebensversicherungsanstalten und Leibrenteninstitute haben mit anderen untrüglichen Berechnungen diese Tatsache bestätigt.«

»Ich spreche von meinem eigenen Leben, mein Vater.«

»O, wirklich?« rief Mr. Gradgrind. »Aber ich brauche doch nicht erst hervorzuheben, daß es denselben Gesetzen unterworfen ist, die das Menschenleben in Summa regieren.«

»Solange es währt, möchte ich das wenige vollbringen, wozu ich imstande und wofür ich geeignet bin. Was ist daran gelegen!«

Mr. Gradgrind war über die Bedeutung der letzten vier Worte in ziemlicher Verlegenheit und rief: »Wie, gelegen? Was, gelegen, mein Kind?«

»Mr. Bounderby«, fuhr sie in gesetzter, gerader Weise fort, »macht mir einen Heiratsantrag. Die Frage, die ich mir dabei zu stellen habe, ist die: ›Soll ich ihn heiraten?‹ Es ist doch so,

Vater, nicht wahr? Sie sagten mir so, mein Vater? Nicht wahr?«

»Gewiß, mein Kind.«

»Also. Da Mr. Bounderby mich in dieser Weise nehmen mag, so bin ich bereit, auf sein Anerbieten einzugehen. Sagen Sie ihm, Vater, sobald es Ihnen gefällig ist, daß dies meine Anwort war. Wiederholen Sie dieselbe Wort für Wort, wenn Sie können. Ich wünsche nämlich, daß er genau weiß, was ich gesagt habe.«

»Es ist ganz recht, mein Kind«, antwortete ihr Vater beifällig, »pünktlich zu sein. Ich werde dein gerechtes Begehren erfüllen. Hast du noch einen Wunsch hinsichtlich der Zeit deiner Vermählung, mein Kind?«

»Keinen, mein Vater. Was ist daran gelegen!«

Mr. Gradgrind hatte seinen Stuhl näher zu ihr gerückt und ihre Hand gefaßt. Die Wiederholung dieser Worte schien ihm denn doch wie ein Mißklang an seine Ohren zu dringen. Er machte eine Pause, um sie zu betrachten und sagte, sie weiter bei den Händen haltend:

»Luise, ich hielt es nicht für wesentlich notwendig, an dich eine gewisse Frage zu richten, weil die Möglichkeit, die mit damit verbunden ist, zu weit hergeholt ist. Aber vielleicht sollte ich es dennoch tun. Du hast doch niemals insgeheim einen andern Antrag empfangen?«

»Mein Vater«, erwiderte sie beinahe zornig, »welch ein Antrag konnte *mir* denn gemacht werden? Wen habe ich gesehen? Wo bin ich gewesen? Was sind die Erfahrungen meines Herzens?«

»Meine gute Luise«, entgegnete ihr Vater ermutigt und zufriedengestellt, »du weisest mich ganz richtig zurecht. Ich wollte mich bloß meiner Pflicht entledigen.«

»Was weiß ich denn, Vater, von Geschmack und Neigung, von Sehnsucht und Herzensneigung? von all dem Teil meines Wesens, in dem dergleichen geringfügige Dinge genährt werden konnten? Welche Abschweifung hatte ich von zu demonstrierenden Problemen und greifbaren Realitäten?«

Indem sie dies sagte, schloß sie unbewußt die Hand, wie um einen festen Körper und öffnete sie dann langsam, als ob sie Staub und Asche losließe.

»Mein Kind«, stimmte ihr ausgezeichnet praktischer Vater bei, »vollkommen wahr, vollkommen wahr.«

»Nun, mein Vater«, fuhr sie fort, »was ist das für eine sonderbare Frage? Der Vorzug, den sich Kinder untereinander zu geben pflegen und von dem ich selbst gehört habe, hat in meiner Brust nie seinen unschuldigen Sitz aufgeschlagen. Sie sind so vorsichtig mit mir gewesen, daß ich nie das Herz eines Kindes besaß. Sie haben mich so wohl erzogen, daß ich niemals den Traum eines Kindes geträumt. Sie sind, mein Vater, von meiner Wiege bis zur gegenwärtigen Stunde so weise mit mir verfahren, daß ich niemals einen kindischen Gauben oder eine kindische Furcht empfand.«

Mr. Gradgrind war von seinem Erfolge und dem ihm also ausgestellten Zeugnisse ganz gerührt. »Meine gute Luise«, sagte er, »du vergiltst mir reichlich meine Sorgfalt. Küsse mich, meine geliebte Tochter!«

Demzufolge küßte ihn seine Tochter. Dann sagte er, indem er sie im Arm hielt:

»Ich kann dir die Versicherung geben, mein Lieblingskind, daß mich der wohlweisliche Entschluß, den du gefaßt hast, glücklich macht. Mr. Bounderby ist ein höchst merkwürdiger Mensch, und was man auch immer von einer Ungleichheit sagen mag, – wenn es überhaupt eine ist – die zwischen euch obwalten dürfte, das erhält durch die Bildung deines Geistes mehr als ein bloßes Gegengewicht. Es war immer mein Streben, dich so zu erziehen, daß du selbst in früher Jugend schon jedes Alter (wenn ich mich so ausdrücken darf) haben könntest. Gib mir noch einen Kuß, Luise. Nun laß uns zu deiner Mutter gehen.«

Demzufolge gingen sie hinunter ins Empfangzimmer, wo die geschätzte Dame mit dem einwandfrei nüchternen Menschenverstand wie gewöhnlich halb liegend dasaß, während Cili bei ihr mit einer Arbeit beschäftigt war. Sie gab einige schwache Zeichen des Auflebens von sich, als sie eintraten:

und gleich darauf zeigte sich ihr mattes Transparent wieder in liegender Stellung.

»Mrs. Gradgrind«, sagte ihr Gatte, der auf die Ausführung dieser Heldentat mit Ungeduld gewartet hatte, »erlauben Sie mir, Ihnen Mrs. Bounderby vorzustellen.«

»Oh!« rief Mrs. Gradgrind. »Ihr habt also die Geschichte in Ordnung gebracht. Nun schön, ich hoffe nur, daß du bei guter Gesundheit bleiben wirst. Wenn nämlich dein Kopf so zu zerspringen anfängt, sobald du verheiratet bist, wie es bei mir der Fall war, so kann ich nicht denken, daß du zu beneiden bist. Natürlich glaubst du ja ohne Zweifel, daß du dies bist, wie es bei allen Mädchen zunächst der Glaube ist. Ich gratuliere dir indessen, mein Kind, und ich hoffe, daß du deine sämtlichen graphologischen Studien gut anwenden wirst – ja, das tue ich ganz gewiß. Ich muß dir einen Gratulationskuß geben, Luise, aber berühre nicht meine rechte Schulter: denn dort rieselt etwas den ganzen Tag herunter. Nun seht nur zu«, winselte Mrs. Gradgrind, indem sie ihre Schals nach der zärtlichen Zeremonie wieder zurechtlegte, »wie ich mich jetzt morgens, mittags und abends abquälen werde, um auszudenken, wie ich ihn nennen soll.«

»Mrs. Gradgrind«, sagte ihr Gatte feierlich, »was meinen Sie?«

»Wie ich ihn denn nennen soll, Mr. Gradgrind, wenn er einmal mit Luise verheiratet ist. Ich muß ihn doch irgendwie anreden. Es ist unmöglich«, sagte Mrs. Gradgrind mit einem aus Höflichkeit und Vorwurf gemischten Gefühl, »ihn immer anzusprechen, ohne ihm einen Namen zu geben. Ich kann ihn nicht Josiah heißen, denn dieser Name ist mir unerträglich. Sie selbst würden nichts von Joe hören wollen, das wissen Sie recht wohl. Oder soll ich meinen Schwiegersohn mit »Herr« anreden? Nicht eher, wie ich glaube, als bis die Zeit herangerückt ist, wo meine Verwandten auf mir, als einer unnützen Kranken mit Füßen herumtreten würden. Nun aber, wie soll ich ihn denn nennen?«

Da niemand zugegen war, der in dieser Bedrängnis ein Auskunftmittel dargeboten hätte, so schied Mrs. Gradgrind für jetzt aus diesem Leben, nachdem sie den folgenden Paragraphen zu den bereits mitgeteilten Bemerkungen hinzugefügt hatte:

»Was die Hochzeit angeht, so ist alles, was ich begehre, Luise – und ich begehre es mit einem Zittern in der Brust, das sich tatsächlich bis zu den Sohlen meiner Füße erstreckt – daß sie bald stattfinde, sonst weiß ich, wird das eines von den Dingen sein, die gar kein Ende nehmen wollen.«

Als Mrs. Bounderby von Mr. Gradgrind ihrer Mutter vorgestellt wurde, hatte Cili den Kopf umgewandt und blickte in Verwunderung, in Bedauern, in Kummer, in Zweifel und in einer Fülle von Empfindungen auf Luise. Luise hatte es gewußt und gesehen, ohne sie anzublicken! von diesem Augenblicke an war sie passiv, stolz und kalt – hielt sich fern von Cili – und war gegen sie wie verwandelt.

Sechzehntes Kapitel.

Als Mr. Bounderby die Kunde von seinem Glücke vernahm, bestand seine erste Verlegenheit in der Zwangslage, dieses Glück Mrs. Sparsit mitzuteilen. Er konnte mit sich selbst nicht darüber einig werden, wie das anzustellen sei, oder was die Folgen eines solchen Schrittes sein dürften. Ob sie sogleich mit Sack und Pack zu Lady Scodgers reisen, oder sich weigern würde, das Haus überhaupt zu verlassen, ob sie sich durch Klagen oder Schmähreden Luft machen, oder ob sie alles zerreißen oder selbst zerrissen sein würde, ob sie ihr Herz oder den Spiegel entzweischlagen würde – das konnte Mr. Bounderby durchaus nicht vorhersehen. Da es aber geschehen mußte, so blieb ihm keine andere Wahl übrig, als es zu wagen. Nachdem er es nun mit mehreren Briefen versucht hatte und sie ihm sämtlich mißlangen, entschloß er sich, mündlichen Vortrag zu halten.

Auf seinem Heimweg an dem Abend, den er zu diesem wichtigen Zweck angesetzt hatte, gebrauchte er die Vorsicht, sich in den Laden eines Apothekers zu begeben und eine Flasche der am allerstärksten riechenden Salzessenzen zu kaufen. »Beim Himmel«, sagte Mr. Bounderby, »wenn sie mir mit einer Ohnmacht kommt, werde ich ihr jedenfalls die Haut von der Nase abreiben.« Trotzdem er nun auf diese Weise gewaffnet war, trat er in sein eigenes Haus mit einer nichts weniger als mutigen Miene und erschien vor dem Gegenstande seiner bangen Besorgnisse wie ein Hund, der es sich bewußt war, direkt aus der Speisekammer zu kommen.

»Guten Abend, Mr. Bounderby.«

»Guten Abend, Ma'am, guten Abend.« Er schob seinen Stuhl vor, Mrs. Sparsit schob den ihrigen zurück, als wollte sie sagen: »Ihr Kamin, Sir. Ich räume es ungehindert ein. Sie können ihn ganz einnehmen, wenn Sie es für billig halten.«

»Wandern Sie doch nicht gleich ganz nach dem Nordpol, Ma'am«, sagte Mr. Bounderby.

»Danke, Sir«, erwiderte Mrs. Sparsit, indem sie zu ihrer früheren Stellung, obgleich nur unbedeutend, vorrückte.

Mr. Bounderby saß da und betrachtete sie, wie sie in ein Stückchen Batist mit einer steifen, scharfen Schere zu einer unerforschlichen Verzierung Löcher ausschnitt. Diese Operation erinnerte, verbunden mit den buschigen Augenbrauen und der römischen Nase, lebhaft an einen Habicht, der sich über die Augen eines zähen Vögelchens hermacht. Sie war so emsig beschäftigt, daß mehrere Minuten verflossen, ehe sie von ihrer Arbeit aufblickte. Als das geschehen war, zog Mr. Bounderby ihre Aufmerksamkeit auf sich, indem er sich mit dem Kopfe vorbog.

»Mrs. Sparsit, Ma'am«, sagte Bounderby und steckte die Hände in die Tasche, sich mit der Rechten überzeugend, daß der Kork des Fläschchens zum Gebrauch bereit sei. »Ich habe es gar nicht nötig, Ihnen zu sagen, daß Sie nicht nur eine Lady von Geburt und Erziehung sind, sondern auch eine verdammt kluge Frau.«

»Sir«, erwidert die Lady, »es ist in der Tat nicht zum ersten Male, daß Sie mich mit ähnlichen Ausdrücken Ihrer guten Meinung beehren.«

»Mrs. Sparsit, Ma'am«, sagte Mr. Bounderby. »Ich werde Sie in Erstaunen setzen.«

»Wirklich, Sir?« entgegnete Mrs. Sparsit fragend und mit der größtmöglichen Ruhe. Sie trug gewöhnlich Fausthandschuhe, und jetzt glättete sie diese, nachdem sie ihre Arbeit niedergelegt hatte.

»Ich bin auf dem Sprunge, Ma'am«, sagte Mr. Bounderby, »Tom Gradgrinds Tochter zu heiraten.«

»Wirklich, Sir? Ich wünsche, daß Sie glücklich sein mögen, Sir.«

Sie sagte das mit so viel Herablassung und mit so großem Bedauern für ihn, daß Bounderby, der jetzt mehr außer Fassung gebracht wurde, als wenn sie ihr Arbeitskistchen an den Spiegel geschleudert hätte oder auf dem Kaminteppich in Ohnmacht gefallen wäre, die Salzessenz in der Tasche wieder fest zustöpselte und dachte: »Nun, hol' der Teufel dieses Weib, wer hätte je gedacht, daß sie es in dieser Weise aufnehmen würde!«

»Ich wünsche es von ganzem Herzen, Sir«, sagte Mrs. Sparsit in einer höchst vornehmen Weise – auf irgendeine Art schien sie in einem Augenblick sich das Recht erworben zu haben, ihn nachher fortwährend zu bedauern – »daß Sie in jeder Beziehung vollkommen glücklich sein mögen.«

»Nun gut, Ma'am«, entgegnete Mr. Bounderby mit einigermaßen empfindlichem Tone, den er unwillkürlich dämpfte. »Ich bin Ihnen sehr verbunden. Ich hoffe, ich werde es sein.«

»Meinen Sie, Sir?« fragte Mrs. Sparsit mit großer Freundlichkeit. »Aber natürlich, meinen Sie es – freilich meinen Sie es.«

Eine höchst verlegene Pause trat auf Mr. Bounderbys Seite ein. Mrs. Sparsit machte sich wieder emsig an die Arbeit und ließ gelegentlich ein leises Husten vernehmen, das wie der Husten der sich selbst bewußten Kraft und Nachsicht klang.

»Aber freilich, Ma'am«, nahm Mr. Bounderby wieder das Wort, »unter solchen Umständen dürfte es für eine Persönlichkeit, wie es die Ihrige ist, nicht angenehm sein, hier weiter zu bleiben, obschon Sie hier höchst willkommen sein werden.«

»O du lieber Himmel, nein! Ich könnte auf keinen Fall daran denken.« Mrs. Sparsit schüttelte noch immer den Kopf in einer höchst vornehmen Weise und veränderte ein wenig den leisen Husten – indem sie hustete, als ob ein prophetischer Geist über sie käme und der Ansicht wäre, es sei besser, ihn hinunter zu husten.

»Es ist indessen, Ma'am«, sagte Bounderby, »in dem Bankhaus eine Wohnung frei, wo eine Lady von Geburt und Erziehung als Hausdame eine vorzügliche Position hätte, und wenn die Bedingungen –«

»Ich bitte um Verzeihung, Sir. Sie waren so gefällig, mir zu versprechen, daß Sie stets die Redensart *jährliches Kompliment* dafür anwenden wollen.«

»Gut, Ma'am, jährliches Kompliment. Wenn dasselbe jährliche Kompliment auch dort annehmbar ist, so sehe ich nicht ein, warum wir scheiden sollten, ausgenommen *Sie* tun es.«

»Sir«, entgegnete Mrs. Sparsit, »der Antrag gleicht Ihnen vollkommen, und wenn die Position, die ich in dem Bankhause einnehmen soll, der Art ist, daß ich sie ausfüllen kann, ohne tiefer auf der gesellschaftlichen Stufenleiter herabzusteigen —«

»Aber, natürlich!« sagte Bounderby. »Sie werden doch nicht denken, daß ich sie einer Lady angeboten hätte, die sich in einer solchen Gesellschaft bewegte, wie das bei Ihnen der Fall war, wenn sie es nicht wäre. Nicht, daß *mir* an solcher Gesellschaft läge! Aber Ihnen liegt daran!«

»Mr. Bounderby, Sie sind äußerst rücksichtsvoll.«

»Sie werden Ihre eigenen Gemächer haben und Sie werden ihre eigenen Kohlen, Kerzen und alles übrige haben. Sie werden auch ihr eigenes Mädchen zur Bedienung haben, und Sie werden Ihren Hausmann zur Beschützung haben, ja, Sie werden sich so daselbst – ich bin so frei zu sagen: köstlich komfortabel befinden«, sagte Bounderby.

»Sir«, erwiderte Mrs. Sparsit, »sagen Sie nichts weiter. Indem ich das mir anvertraute Pflegeamt hier aufgebe, werde ich doch von der Notwendigkeit nicht befreit sein, das Brot der Abhängigkeit zu essen.« Sie hätte wohl sagen mögen, das Zuckerbrot; denn dieser delikate Artikel war eine Lieblingsspeise von ihr, »und ich empfange es lieber aus Ihrer Hand als aus einer andern. Ich nehme daher Ihr Anerbieten, Sir, dankbar und mit vieler aufrichtiger Dankbarkeit für frühere Gunstbezeugungen an. Und ich wünsche, Sir«, sagte Mrs. Sparsit in einem nachdrucksvoll mitleidigen Ton, »ich wünsche es von Herzen, daß Miss Gradgrind all' das sein möge, was Sie erwarten und verdienen.«

Nichts vermochte Mrs. Sparsit von diesem Standpunkt mehr abzubringen. Vergebens gebärdete sich Bounderby geräuschvoll oder versuchte sanft in seiner gewöhnlichen polternden Weise sich auszudrücken. Mrs. Sparsit war entschlossen, ihn als ein Opfer zu bemitleiden. Sie war höflich, gefällig, munter, hoffnungsvoll. Je höflicher, gefälliger, munterer, hoffnungsvoller und überhaupt je bestimmter sie war, ein desto unglücklicheres Schlachtopfer war er. Sie hatte eine solche Zärtlichkeit für sein tragisches Geschick, daß sein volles rotes Gesicht gewöhnlich in kalten Schweiß ausbrach, sobald sie ihn anblickte.

Inzwischen ward festgesetzt, daß die Hochzeitsfeier in acht Wochen stattfinden sollte, und Mr. Bounderby begab sich jeden Abend als ein anerkannter Freier nach Stone Lodge. Die Liebe ward daselbst in der Gestalt von Armbandgeschenken betont und nahm bei allen Anlässen während des Brautstandes einen fabrikmäßigen Anstrich an. Kleider wurden gemacht, Schmucksachen wurden gemacht, Kuchen und Handschuhe wurden gemacht und ein ausgedehntes Warenlager von Tatsachen machte dem Eheschließungskontrakte alle Ehre. Die ganze Angelegenheit war eine Tatsache von Anfang bis zu Ende. Die Stunden schwanden nicht inmitten jener rosigen Ereignisse dahin, von denen törichte Poeten zu solchen Zeiten zu träumen pflegen. Auch gingen die Uhren um nichts schneller oder langsamer als zu den anderen Perioden. Der grauenhaft-statistische Zeitmesser in dem Gradgrindischen Observatorium schlug jeder Sekunde auf den Kopf, sobald sie geboren wurde und begrub sie mit der herkömmlichen Regelmäßigkeit.

So rückte dieser Tag heran, wie alle Tage den Leuten heranrücken, die sich bloß an die Vernunft halten, und als er da war, wurden in der Kirche »mit den Schnörkelbeinen« – dieser beliebt gewordenen Bauart – Josiah Bounderby Esquire von Coketown und Luise, die älteste Tochter von Thomas Gradgrind Esquire von Stone Lodge, M. P.) für den Flecken, miteinander vermählt. Und als sie in heiliger Ehe verbunden waren, begaben sie sich zum Frühstück nach dem vorerwähnten Stone Lodge.

Zur Feier des Tages war eine Gesellschaft versammelt, die genau wußte, woraus alles, was gegessen und getrunken wurde, zubereitet war, wie hoch sich Import und Export des betreffenden Artikels beliefen, ob das in fremden oder einheimischen Schiffen geschah, kurz, sie wußten über alles Bescheid. Von den Brautjungfern angefangen bis zu der kleinen Jane Gradgrind waren sie sämtlich, vom intellektuellen Standpunkte aus betrachtet, ganz geeignete Gehilfinnen für den Oberrechenmeister, und niemand von der Gesellschaft hatte etwas an sich, das über Tatsachenvernunft hinausragte.

Nach dem Frühstück redete sie der junge Ehemann in folgender Weise an:

»Ladies und Gentlemen! Ich bin Josiah Bounderby von Coketown. Da Sie mir und meiner Frau die Ehre antaten, auf unsere Gesundheit und unser Glück zu trinken, so muß ich wohl auf diese erwidern. Sie werden ja freilich, da Sie mich alle kennen und wissen, was ich bin und was mein Ursprung war, keine Rede von einem Manne erwarten, der, wenn er einen Postwagen sieht, sagt: ›das ist ein Postwagen‹, und wenn er eine Pumpe sieht, sagt: ›das ist eine Pumpe‹, und der nicht dahin gebracht werden kann, einen Postwagen eine Pumpe, und eine Pumpe einen Postwagen, oder eines von beiden einen Zahnstocher zu nennen. Wenn Sie gegenwärtig eine Rede wollen, nun, mein Freund und Schwiegervater, Tom Gradgrind, ist Parlamentsmitglied, und Sie wissen, wo eine gehörige Rede zu haben ist. Dazu bin ich nicht der Mann. Wenn ich jedoch ein wenig das Gefühl der Unabhängigkeit empfinde, da ich meinen Blick um diesen Tisch schweifen lasse und bedenke, wie wenig ich daran gedacht habe, Tom Gradgrinds Tochter zu heiraten, als ich ein zerlumpter Straßenjunge war, der sich das Gesicht nur an den Pumpen wusch, und das nicht öfter als einmal in vierzehn Tagen, so wird man mich hoffentlich entschuldigen. Demnach hoffe ich nun, daß Sie meinen Stolz auf meine Unabhängigkeit billigen werden; tun Sie es nicht, so kann ich nichts dafür. Ich fühle mich unabhängig. Nun habe ich erwähnt, und auch Sie haben dessen Erwähnung getan, daß ich heute mit Tom Gradgrinds Tochter vermählt worden. Es freut mich sehr, daß dies der Fall ist. Es war schon längst mein Wunsch, daß dies der Fall sein möge. Ich habe ihre Erziehung genau beobachtet und ich glaube, sie ist meiner würdig. Zu gleicher Zeit glaube ich – um Sie alle nicht zu täuschen – daß ich ihrer würdig bin. Demnach danke ich Ihnen in unser beider Namen gemeinschaftlich für die Güte, die Sie gegen uns an den Tag legten, und der beste Wunsch, den ich dem unverheirateten Teil dieser Gesellschaft geben kann, ist der: Ich wünsche, daß jeder Junggeselle eine solche Frau finden möge, wie ich sie gefunden. Und ich wünsche, daß jede Jungfer einen so guten Mann finden möge, wie meine Frau ihn bekommt.«

Kurz nach dieser Rede war dieses glückliche Paar – da sie eine Hochzeitsreise nach Lyon machten, damit Mr. Bounderby die Gelegenheit habe, sich zu überzeugen, wie es mit den »Händen« daselbst steht, und ob sie auch verlangen, mit goldenen Löffeln gespeist zu werden – zur Eisenbahn gefahren. Die Braut fand, als sie in den Reisekleidern hinabstieg, Tom – dessen Gesicht entweder von Aufregung oder von dem rebensaftigen Teile des Frühstücks gerötet war – wie er auf sie wartete.

»Was du doch für ein spaßiges Mädchen bist, daß du eine so vortreffliche Schwester gewesen, Lu«, lispelte Thomas.

Sie schmiegte sich an ihn an, wie sie sich an diesem Tage an ein weit besseres Wesen hätte anschmiegen sollen, und zum ersten Male war jetzt ihre steife Zurückhaltung erschüttert.

»Der alte Bounderby ist fix und fertig«, sagte Tom. »Es ist gerade Zeit, Adieu. Ich werde dich aufsuchen, wenn du zurückkommst. Hör' mal, meine gute Lu! Ist das jetzt nicht alles ganz außerordentlich nett?«

Siebzehntes Kapitel.

Ein sonnengoldener Sommertag. Sogar in Coketown gab es dergleichen. Bei solcher Witterung von der Ferne betrachtet, lag Coketown in seinem eigenen Nebeldunste eingehüllt, den kein Sonnenstrahl durchbrach. Man wußte nur, daß sich die Stadt daselbst befindet, weil man gewiß war, daß ohne Stadt kein ähnlicher Schmutzflecken sich dem Anblick bieten konnte. Ein Qualm von Dunst und Rauch, der bald diese, bald jene Richtung nahm, bald zum Himmelsgewölbe sich emporschwang, bald düster längs der Erde hinkroch, je nachdem der Wind sich erhob, oder sich senkte, oder die Richtung veränderte – ein dichtes, unförmliches Gemisch mit plötzlich aufblitzenden Lichtstreifen, die nur dunkle Massen sichtbar werden ließen – und Coketown gab sich schon von der Ferne kund, obgleich kein einziger Ziegelstein zu sehen war.

Das Wunder bestand darin, daß Coketown überhaupt vorhanden war. Es war schon so oft zugrunde gerichtet worden, daß es Erstaunen erregen musste, wie es so viele schwere Unglücksfälle ertragen konnte. Es gab sicher nie so zarte Porzellanware wie die, aus der die Spinnfabrikanten von Coketown gemacht waren. Man mochte sie noch so vorsichtig anfassen, sie brachen mit einer Leichtigkeit in Stücke, daß man vermuten konnte, sie hätten vorher schon einen Sprung gehabt. Sie schwanden dahin, als man von ihnen verlangte, sie sollten die arbeitenden Kinder in die Schule schicken: sie schwanden dahin, als Inspektoren beauftragt wurden, ihre Arbeiten zu untersuchen; sie schwanden dahin, als solche Inspektoren es für zweifelhaft hielten, ob sie ein Recht hätten, mit ihren Maschinen ihre Arbeiter in Stücke reißen zu lassen; und sie schwanden vollends dahin, als man ihnen einen Wink gab, daß sie vielleicht nicht immer so viel Rauch zu machen brauchten. Außer Mr. Bounderbys goldenem Löffel, der in Coketown wie ein Evangelium galt, war noch ein anderes herrschendes Märchen daselbst populär. Dasselbe nahm die Gestalt einer Drohung an. Sobald nur ein Coketowner Fabrikherr sich übel behandelt glaubte, d. h. sobald man ihn nicht allein gewähren ließ, und der Vorschlag gemacht wurde, ihn für die Folgen seiner Handlungen verantwortlich zu machen – so trat er gewiß mit der schrecklichen Drohung hervor, »daß er lieber sein Vermögen in den Atlantischen Ozean schleudern wollte«. Das hatte den Minister des Innern bei verschiedenen Gelegenheiten in eine wahre Todesangst gejagt.

Die Coketowner waren jedoch am Ende so patriotisch, daß sie ihr Vermögen noch nie in den Atlantischen Ozean geschleudert hatten, ja sie waren freundlich genug, es ganz gehörig in Verwahrung zu nehmen. Dort lag nun dies Vermögen in den Nebeldunst eingehüllt, und es nahm zu und vermehrte sich.

Die Straßen waren an dem Sommertag heiß und staubig, und der Sonnenschein war so hell, daß er sogar durch den dicken Dunst, der Coketown einhüllte, und den man nicht anhaltend mit den Augen aushalten konnte, hindurchschien. Heizer tauchten aus den tiefen unterirdischen Gängen der Fabriköfen auf, setzten sich auf Stufen, Pfosten und Geländer, rieben ihre rußgeschwärzten Gesichter und betrachteten die Kohlen. Die ganze Stadt schien in Öl zu braten. Allenthalben war ein erstickender Dunst von heißem Öl. Die Dampfmaschinen glänzten davon. Die Anzüge der »Hände« waren damit beschmutzt; die Fabriken in ihren vielen Stockwerken flossen und troffen davon. Die Atmosphäre dieser Feenpaläste war wie der heiße Hauch des Wüstenwindes, und ihre Bewohner, vor Hitze schier vergehend, arbeiteten schlaff und träge in dieser Wüste. Aber kein Wechsel der Temperatur machte die melancholisch-wahnsinnigen Elefanten wahnsinniger oder vernünftiger. Ihre langweiligen Köpfe wackelten stets in demselben Grade auf und nieder, in heißem und kaltem, feuchtem und trockenem, schönem und häßlichem Wetter. Die abgemessene Bewegung ihrer Schatten an den Wänden war der Ersatz, den Coketown für den Schatten rauschender Wälder aufzuweisen hatte, während es anstatt des Gesummes der Sommerkäfer das ganze Jahr hindurch, von dem ersten Tagesgrauen des Montags bis zur Nacht des Sonnabends das Schnurren der Triebstangen und Räder bot.

Schläfrig schnurrten sie jenen ganzen Sommertag hindurch, den Wanderer nur noch schläfriger und heißer machend, wenn er an den tönenden Wänden der Fabriken vorüberging. Markisen und Sprengwasser kühlten die Hauptstraßen und die Geschäfte ein wenig. Aber die Fabrikgebäude und Höfe und Gassen wurden gebacken in grimmiger Hitze. Unten auf dem Fluße, der schwarz war von dem dicken Abfluß der Farbstoffe, steuerten einige Jungen von Coketown, die unbeschäftigt waren, – ein seltener Anblick in diesem Orte – ein altes Boot, das, wie es sich so dahinschleppte, eine trübschlammige Furche auf dem Wasser zog, während jeder Stoß der Ruder ekle Gerüche aufstörte. Aber der Sonnenschein selbst, obwohl so allgemein wohltuend, zeigte sich in Coketown ungnädiger als strenge Kälte und blickte selten eine Zeitlang anhaltend auf eine dieser eingepferchten Regionen, ohne mehr Tod als Leben zu erzeugen. So wird das Auge des Himmels selbst ein schlimmes Auge, wenn ungeschickte oder schmutzige Hände sich vor die Dinge legen, auf die es segnend blickt.

Mrs. Sparsit saß in ihrem Nachmittagszimmer in der Bank, an der schattigen Seite der sonnengeschmorten Straße. Die Geschäftsstunde war vorüber, und just zu jener Tageszeit pflegte sie bei warmem Wetter das Tagungszimmer, das sich über dem Direktorzimmer befand, mit ihrer lieblichen Gegenwart zu schmücken. Ihr Privatgemach war ein Stockwerk höher, und an dem Fenster dieses Beobachtungspostens saß sie jeden Morgen, bereit, Mr. Bounderby, der die Straße heraufkam, mit jenem, für ein Opfer angemessenen, faszinierenden Blick zu begrüßen. Er war bereits ein Jahr verheiratet, und Mrs. Sparsit hatte ihn noch keinen Augenblick von ihrem beharrlichen Bedauern erlöst.

Die Bank natürlich tat der gesunden Einförmigkeit der Stadt keine Gewalt an. Es war nur ein Haus aus roten Ziegeln mehr, mit schwarzen Läden und grünen Jalousien, einem schwarzen Eingangstor über zwei weißen Stufen, einem messingenen Schild an der Tür und einem Schlußpunkt von ehernem Türdrücker. Es war bedeutend größer als Mr. Bounderbys Haus, während andere Häuser wiederum um die Hälfte oder mehr kleiner waren. In allen übrigen Einzelheiten aber war es strikt nach der Regel.

Mrs. Sparsit war sich sehr wohl bewußt, daß ihre Erscheinung des Abends unter den Pulten und Schreibgeräten eine gewisse weibliche, um nicht zu sagen aristokratische Grazie über die Geschäftsstube verbreite. Wenn sie mit ihrem Nähzeug oder Netzrahmen am Fenster saß, beschlich sie stets eine Art selbstgefälligen Gefühls, daß sie durch ihre ladyartige Haltung das rohgeschäftliche Aussehen des Orts etwas verbessere. Erhoben von diesem Eindruck ihrer interessanten Persönlichkeit betrachtete sich Mrs. Sparsit gewissermaßen als die Fee der Bank. Die Stadtleute dagegen, wenn sie vorbeipassierend Mrs. Sparsit so dasitzen sahen, erblickten in ihr den Drachen der Bank, der die Schätze der Anstalt bewachte.

Worin diese Schätze bestanden, das wußte Mrs. Sparsit ebensowenig wie es die Stadtleute wußten. Gold- und Silbermünzen, kostbare Papiere, Geheimnisse, deren Enthüllung ungeahntes Verderben über ungeahnte Persönlichkeiten bringen konnte (doch gewöhnlich Leute, die sie nicht leiden konnte). Das waren die Hauptpartien in ihrem Idealkontobuch.

Im übrigen wußte sie, daß sie nach den Geschäftsstunden über das ganze geschäftliche Mobiliar und über ein wohlverwahrtes Zimmer mit drei Schlössern, vor dessen Tür der Laufbursche jede Nacht auf einem Rollbett, das mit dem Hahnenschrei verschwand, seinen Kopf legte, mit Allgewalt herrschte. Ferner herrschte sie als allgebietende Dame über gewisse Räume in dem unterirdischen Geschoß, scharf verwahrt vor jeder Verbindung mit der räuberischen Welt. Außerdem über Überreste der laufenden Tagesarbeit, bestehend aus Tintenklecksen, abgenutzten Federn, Oblaten-Fragmenten und Papierfetzen, die in so kleine Stücke zerrissen waren, daß es Mrs. Sparsit niemals gelingen wollte, etwas Interessantes daraus zu entziffern. Endlich war sie Hüterin einer kleinen Rüstkammer von Säbeln und Revolvern, die drohend über einem der Kontorkamine hingen, und über jenes altehrwürdige Herkommen, das sich niemals vom Geschäftslokal trennen läßt, wofern dieses überhaupt auf den Anstrich von Reichtum Anspruch macht: über eine Reihe von Feuereimern – Gefäße, die aber gar nicht für eventuelles

Löschen da hingen, sondern nur deshalb, weil sie einen imponierenden Eindruck auf die meisten Besucher machten, einen Eindruck, der fast dem der Gold- und Silberbarren gleichkam.

Eine taube Dienstmagd und der Laufbursche vollendeten Mrs. Sparsits Herrschaftsbereich. Von der tauben Dienstmagd murmelte man, daß sie wohlhabend sei, und ein Gerücht war schon seit Jahren in den niederen Klassen von Coketown umgegangen, daß sie gewiß einmal in der Nacht nach Bankschluß ihres Geldes wegen würde ermordet werden.

Man betrachtete sie in der Tat schon längst als pflichtschuldigst dem Tode verfallen; allein sie bewahrte Leben und Stellung mit einer übel angebrachten Zähigkeit, die viel Anstoß und Ärgernis erregte.

Mrs. Sparsits Tee war soeben für sie auf ein zierliches Tischchen gesetzt; dieses ward mit seinen drei Beinen herein- und aufgestellt, wenn das Geschäft beendigt war, und geriet in die Gesellschaft des düstern, lederbeschlagenen, langen Speisetisches, der die Mitte des Zimmers einnahm. Der Bürodiener setzte das Teegeschirr darauf, seine Stirn zum Zeichen der Huldigung tief duckend.

»Danke, Bitzer«, sagte Mr«. Sparsit.

»Danke Ihnen«, erwiderte der Bürodiener. Er war in der Tat wie zum Bürodiener geschaffen, so federleicht und leichtfüßig, wie in den Tagen, da er blinzelnd für das Mädchen Nummer Zwanzig ein Pferd definierte.

»Alles verschlossen, Bitzer?« fragte Mrs. Sparsit.

»Alles verschlossen, Ma'am.«

»Und was«, fragte Mrs. Sparsit, ihren Tee einschenkend, »gibt es heute neues? Etwas von Belang?«

»In der Tat, Ma'am, nichts Besonderes das ich wüßte. Unsere Leute sind ein böses Pack, Ma'am; aber das ist zum Unglück keine Neuigkeit.«

»Was treibt denn das unruhige Gesindel wieder?« fragte Mrs. Sparsit.

»Sie treiben es nur so fort in der alten Weise, Ma'am. Vereinigen sich, verbinden sich, verpflichten sich, es miteinander zu halten.«

»Es ist sehr zu bedauern«, sagte Mrs. Sparsit, und ihre gewaltige Strenge ließ ihre Nase nur noch römischer und ihre Brauen noch pompöser erscheinen, »es ist sehr zu bedauern, daß der Verein der Fabrikherren nur irgend solche Klassenverschwörungen gestattet.«

»Ja, Ma'am«, sagte Bitzer.

»Da sie doch selbst verbunden sind, so sollten sie einer wie alle sich darauf steifen, keinen Mann in Arbeit zu nehmen, der mit einem andern verbündet ist«, sagte Mrs. Sparsit.

»Das haben sie getan, Ma'am«, entgegnete Bitzer, »aber — das Unternehmen ist ihnen ins Wasser gefallen, Ma'am.«

»Ich behaupte nicht, etwas von diesen Dingen zu verstehen«, sagte Mrs. Sparsit mit Würde, »da mein Lebenslos eigentlich in einer ganz andern Sphäre gelegen war und Mr. Sparsit als eine Powler außerhalb des Bereiches solcher Bagatellen gestellt war. Ich weiß nur, daß man dieses Volk unterkriegen muß, und daß es hohe Zeit ist, daß es geschehe, ein für allemal.«

»Ja, Ma'am«, erwiderte Bitzer mit großer Respektbezeigung für Mrs. Sparsits orakelmäßige Autorität. »Sie hätten es nicht klarer ausdrücken können, sicherlich nicht, Ma'am.«

Da dies seine gewöhnliche Zeit war, wo er mit Mrs. Sparsit ein bißchen vertraulich schwatzte und er einen Blick von ihr auffing, aus dem hervorging, daß sie ihm eine Frage vorlegen wollte, so stellte er sich, als brächte er die Lineale, Tintenfäßer und so weiter in Ordnung, während unsere Lady sich mit ihrem Tee beschäftigte und durch das Fenster flüchtige Blicke auf die Straße warf.

»War heute viel zu tun?« fragte Mrs. Sparsit.

»Nicht besonders, Mylady. Ungefähr ein Durchschnittstag.«

Zuweilen sagte er Mylady, den Titel für adlige Damen, an Stelle von Ma'am, was eine unwillkürliche Anerkennung von Mrs. Sparsits persönlicher Würde und ihrer Ansprüche auf Ehrerbietung sein sollte.

»Die Kommis«, sagte Mrs. Sparsit, indem sie von dem linken Handschuh ein unmerkliches Butterbrotkrümchen abbürstete, »sind natürlich zuverlässig, pünktlich und fleißig?«

»Ja, Ma'am, so ziemlich, Ma'am. Mit der gewöhnlichen Ausnahme.«

Er bekleidete das ehrenhafte Amt eines allgemeinen Spions und Angebers in dem Etablissement. Für diesen freiwilligen Dienst erhielt er zu Weihnachten außer seinem gewöhnlichen Wochengehalt noch ein Geschenk. Er war zu einem äußerst helldenkenden, vorsichtigen und klugen jungen Mann herangewachsen, der sicher war, in der Welt sein Glück zu machen. Sein Verstand war so exakt reguliert, daß er weder Neigungen noch Leidenschaften hegte. All sein Tun und Lassen war das Resultat der klarsten und kältesten Berechnung. Mit Recht bemerkte daher Mrs. Sparsit von ihm, daß sie nie einen jungen Mann gekannt, der seinen Grundsätzen so treu geblieben wie er. Als er sich beim Tod seines Vaters vergewissert hatte, daß seine Mutter in Coketown heimatberechtigt sei, machte der ausgezeichnete junge Ökonom dieses Recht für sie mit standhafter Anhänglichkeit an dem Motiv der Rechtslage geltend: er brachte sie ins Armenhaus. Es muß noch erwähnt werden, daß er ihr jährlich ein halbes Pfund Tee gestattete, was eine Schwäche von ihm war: erstens, weil alle Gaben unvermeidlich dahin locken, den Empfänger an die Erhaltung von Almosen zu gewöhnen; zweitens, weil seine einzige vernünftige Berührung mit der Ware eigentlich darin hätte bestehen sollen, sie so billig wie möglich zu kaufen und so teuer wie möglich zu verkaufen. Denn es ist von Philosophen klar dargetan worden, daß darin die ganze Pflicht des Menschen begriffen sei – nicht ein Teil der menschlichen Pflicht, sondern die ganze.

»So ziemlich, Ma'am. Mit der gewöhnlichen Ausnahme, Ma'am«, antwortete Bitzer.

»A – ch!« sagte Mrs. Sparsit, indem sie den Kopf über der Teetasse schüttelte und einen langen Schluck nahm.

»Mr. Thomas, Ma'am. Ich habe einigen Verdacht gegen Mr. Thomas, Ma'am. Seine Manieren gefallen mir durchaus nicht.«

»Bitzer«, sagte Mrs. Sparsit mit vielem Nachdruck, »erinnerst du dich, daß ich dir zu dieser Persönlichkeit etwas sagte?«

»Ich bitte um Verzeihung, Ma'am. Es ist vollkommen richtig, daß Sie sich gegen die Erwähnung von Namen erklärten, und es ist auch stets das beste, niemanden beim Namen zu nennen.«

»Erinnere dich gefälligst, daß ich hier ein Amt bekleide«, sagte Mrs. Sparsit in ihrer gebieterischen Vornehmheit. »Ich versehe hier ein Vertrauensamt, Bitzer, im Auftrage von Mr. Bounderby. Wie unwahrscheinlich wir beide, Mr. Bounderby und ich es vor Jahren würde gedacht haben, daß er je mein Gönner sein sollte, indem er mir ein jährliches Kompliment macht, so muß ich ihn doch als solchen betrachten. Von Mr. Bounderby habe ich jede denkbare Anerkennung meiner gesellschaftlichen Stellung und jede Rücksicht auf meine Familienabstammung erfahren, die ich möglicherweise erwarten konnte. Noch mehr, weit mehr. Ich muß daher gegen meinen Gönner gewissenhaft treu sein. Und ich glaube nicht und mag nicht glauben und kann nicht glauben«, sagte Mrs. Sparsit mit einem sehr ausgedehnten Warenvorrat von Ehre und Moralität, »daß ich gewissenhaft treu sein *würde*, wenn ich es gestattete, daß man unter diesem Dache Namen nennte, die unglücklicherweise, höchst unglücklicherweise – daran ist kein Zweifel – mit dem seinen in Verbindung stehen.«

Bitzer duckte sich abermals und bat abermals um Verzeihung.

»Nein, Bitzer«, fuhr Mrs. Sparsit fort, »sage ein Individuum und ich will dich anhören; sagst du Mr. Thomas, so mußt du mich entschuldigen.«

»Mit der gewöhnlichen Ausnahme, Ma'am«, sagte Bitzer, der es wieder gutmachen wollte, »eines Individuums.«

»A – ch!« Mrs. Sparsit wiederholte den Ausruf, das Kopfschütteln über der Teetasse und den langen Schluck, um das Gespräch wieder bei dem Punkt anzuknüpfen, wo es unterbrochen worden war.

»Ein Individuum, Ma'am«, sagte Bitzer, »das niemals das gewesen ist, was es sein sollte, seitdem es sich an diesem Platz befindet. Er ist ein liederlicher, verschwenderischer Bursche. Er ist das Salz nicht wert, das er genießt. Er würde es nicht bekommen, Ma'am, wenn er nicht einen Freund und Verwandten bei Hofe hätte.«

»A – ch!« sagte Mrs. Sparsit mit einem abermaligen melancholischen Kopfschütteln.

»Ich will nur hoffen«, fuhr Bitzer fort, »daß die ihm befreundete und verwandte Person ihn nicht mit Mitteln versieht, es so fortzutreiben. Sonst wissen wir wohl, Ma'am, ans welcher Tasche *das* Geld kommt.«

»A – ch!« seufzte Mrs. Sparsit abermals, mit einem abermaligen Kopfschütteln.

»Er ist zu bedauern. Die letzte Person, auf die ich anspielte, ist zu bedauern, Ma'am«, sagte Bitzer.

»Ja, Bitzer«, sagte Mrs. Sparsit. »Ich habe immer diese Verblendung bedauert – immer.«

»Was dieses Individuum betrifft«, sagte Bitzer, der die Stimme senkte und näher trat, »so ist es so unbedachtsam, wie nur irgendwer unserer Stadtbewohner. Und Sie wissen, Ma'am, wie groß die Unbedachtsamkeit hier ist. Niemand brauchte es besser zu wissen, als eine Lady von Ihrer hohen Stellung es weiß.«

»Sie täten wohl daran«, versetzte Mrs. Sparsit, »sich ein Beispiel an dir zu nehmen, Bitzer.«

»Danke sehr, Ma'am. Da Sie sich aber auf mich beziehen, so betrachten Sie mich einmal. Ich habe schon etwas beiseite gelegt, Ma'am. Jenes Geschenk, das ich zu Weihnachten erhalte, berühre ich nie. Ich verbrauche nicht einmal meinen ganzen Lohn, obgleich er nicht hoch ist, Ma'am. Warum können sie es nicht machen wie ich, Ma'am? Was der eine kann, das kann der andere doch auch.«

Das gehörte ebenfalls zu den Dogmen von Coketown. Jeder dortige Kapitalist, der sich durch sechs Pence sechzigtausend Pfund erworben, wunderte sich stets darüber, daß die nächsten sechzigtausend »Hände« nicht ebenfalls sechzigtausend Pfund durch sechs Pence sich erwarben, und warf es jedem von ihnen mehr oder minder vor, daß sie solche Kleinigkeit nicht fertigbrächten. Was ich getan, das kannst du auch tun. Warum gehst du also nicht hin und tust es?

»Was ihre Bedürfnisse für Erholungen betrifft, Ma'am«, sagte Bitzer, »so ist es dummes Zeug und Unsinn. Ich brauche keine Erholungen. Ich hatte sie nie nötig und werde sie nie nötig haben: ich mag sie nicht. Was ihre enge Vereinigung betrifft – so gibt es ohne Zweifel viele unter ihnen, die hier und da durch gegenseitiges Bewachen und Angeben eine Kleinigkeit, sei es an Geld oder Wohlwollen, sich erwerben könnten, wodurch sie ihre Lage verbessern würden. Warum also verbessern sie diese nicht, Ma'am? Es ist das Streben jedes vernünftigen Geschöpfes, und sie behaupten doch, auch ihre Lage verbessern zu wollen.«

»Jawohl, sie behaupten es allerdings«, sagte Mrs. Sparsit.

»Wahrlich, wir müssen fort und fort das Geschwätz über ihre Weiber und Kinder hören, bis es schließlich ganz ekelhaft wird«, sagte Bitzer. »Nun, betrachten Sie mich einmal, Ma'am! Ich brauche weder Weib noch Kind. Warum denn diese?«

»Weil sie unbedachtsam sind«, sagte Mrs. Sparsit.

»Jawohl, Ma'am«, versetzte Bitzer. »Da steckt eigentlich der Haken. Wenn sie bedachtsamer und weniger verderbt wären, Ma'am, was würden sie tun? Sie würden sagen: ›Solange mein Hut meine ganze Familie bedeckt‹ oder ›solange meine Haube meine ganze Familie bedeckt‹ – je nachdem der Fall wäre, Ma'am – ›so brauche ich nur einen zu ernähren, und das ist die Person, die ich am liebsten ernähre‹.«

»Ganz gewiß«, stimmte Mrs. Sparsit bei, indem sie ein Stück Milchbrot aß.

»Danke sehr, Ma'am«, sagte Bitzer, abermals sich duckend als Erkenntlichkeit für die Gunst der Teilnahme an Mrs. Sparsits feiner Unterhaltung. »Wünschten Sie vielleicht noch etwas heißes Wasser oder kann ich Ihnen sonst etwas holen?«

»Nichts für den Augenblick, Bitzer.«

»Sehr verbunden, Ma'am. Ich würde Sie nicht gern bei Ihrem Essen stören, Ma'am, besonders beim Tee nicht, da ich Ihre Vorliebe für diesen kenne«, sagte Bitzer, indem er sich ein wenig emporschraubte, um von der Stelle, wo er sich befand, nach der Straße zu sehen – »aber da unten hat ein Herr ungefähr eine Minute heraufgesehen, Ma'am, und er ging dann über die Straße, als wollte er anklopfen. Das ist *sein* Klopfen an die Tür – ohne Zweifel, Ma'am.«

Er ging zum Fenster, und nachdem er hinausgesehen und den Kopf wieder zurückgezogen, bestätigte er es mit den Worten: »Ja, Ma'am. Wollen Sie, daß ich den Herrn hereinführe?«

»Ich weiß nicht, wer es sein kann«, sagte Mrs. Sparsit, indem sie sich den Mund abwischte und die Handschuhe in Ordnung brachte.

»Augenscheinlich ein Fremder, Ma'am.«

»Welcher Fremde um diese Abendstunde etwas in der Bank hier zu tun haben kann, wenn er nicht wegen eines Geschäftes kommt, wofür es schon zu spät ist, das wüßte ich wahrlich nicht«, sagte Mrs. Sparsit, »aber ich habe in diesem Etablissement von Mr. Bounderby ein Vertrauensamt übernommen und ich will mich ihm nicht entziehen. Wenn es zu meiner Pflicht gehört, ihn zu sehen, so will ich ihn sehen. Handle, wie du es für gut hältst, Bitzer.«

Der Besucher wiederholte hier, völlig unbekannt mit der großmütigen Äußerung von Mrs. Sparsit, das Klopfen an der Tür so laut, daß der Bürodiener hinuntereilte, um diese zu öffnen; Mrs. Sparsit gebrauchte unterdessen die Vorsicht, das Tischchen mit all seinem Zubehör darauf in einen Speiseschrank zu verbergen und brach dann nach dem oberen Stockwerk auf, um, falls notwendig, mit größerer Würde aufzutreten.

»Wenn's beliebt, Ma'am, der Herr wünscht Sie zu sprechen«, sagte Bitzer, durch Mrs. Sparsits Schlüsselloch guckend. Mrs. Sparsit, die den Augenblick benutzt hatte, um ihre Haube zurechtzusetzen, begab sich mit ihrem klassischen Antlitz wieder nach dem unteren Stockwerk und trat in den Sitzungsraum wie eine römische Matrone, die sich außerhalb des Stadtgebietes begab, um mit einem General zu unterhandeln, der mit einem Einfall gedroht hat.

Der Besucher, der zum Fenster hingeschlendert war und gerade sich damit beschäftigte, nachlässig hinauszugucken, blieb bei dem nachdrucksvollen Eintritt so unbewegt, wie es nur ein Mensch sein konnte. Er stand da und pfiff mit aller erdenklichen Gemütsruhe vor sich hin, den Hut noch immer auf dem Kopf. Er schien etwas erschöpft, was teils von der übermäßigen Hitze und teils von seiner persönlichen außerordentlichen Vornehmheit herrührte. Denn man konnte es ihm mit einem flüchtigen Blick gleich ansehen, daß er durch und durch ein Gentleman war, ganz nach dem Modell der Zeit geformt; der Welt überdrüssig und so wenig etwas glaubend wie Luzifer.

»Wie ich denke, Sir«, sprach Mrs. Sparsit, »wünschten Sie mich zu sprechen.«

»Ich bitte um Verzeihung«, sagte er, indem er sich umwandte und den Hut abnahm, »bitte, entschuldigen Sie mich.«

»Hm!« dachte Mrs. Sparsit, während sie eine stattliche Verbeugung machte, »fünfunddreißig, gut aussehend, gute Figur, gute Zähne, gute Stimme, gute Erziehung, gut gekleidet, dunkles Haar und kühne Augen.«

Das alles hatte Mrs. Sparsit in ihrer Frauenmanier – gleich dem Sultan, der seinen Kopf in einen Eimer Wasser getaucht – bloß beim Untertauchen und Emporkommen bemerkt.

»Bitte Platz zu nehmen, Sir«, sagte Mrs. Sparsit.

»Danke sehr. Erlauben Sie.« Er rückte einen Stuhl für sie herbei, blieb aber selbst nachlässig an den Tisch gelehnt stehen.

»Ich ließ meinen Diener bei der Eisenbahn, um mein Gepäck zu besorgen – ein langer Zug und kolossal voll der Gepäckwagen – und schlenderte fort, um mich ein wenig umzusehen. Ein höchst merkwürdiger Ort. Wollen Sie mir die Frage erlauben, ob er *stets* so schwarz aussieht wie heute?«

»Im allgemeinen noch schwärzer«, erwiderte Mrs. Sparsit in ihrer gesetzten Weise.

»Ist es möglich! Bitte um Entschuldigung, Sie sind doch kein hiesiges Stadtkind, wie ich vermute?«

»Nein, Sir«, entgegnete Mrs. Sparsit. »Ich war einst so glücklich oder so unglücklich, je nachdem man es nehmen will, mich – ehe ich Witwe geworden – in einer ganz andern Sphäre zu bewegen. Mein Mann war ein Powler.«

»Bitte um Verzeihung, wirklich!« rief der Fremde. »War ein –?«

Mrs. Sparsit wiederholte: »Ein Powler«.

»So, er hieß Powler?« sagte der Fremde nach einigem Nachdenken. Mrs. Sparsit nickte beistimmend. Der Fremde schien noch ein wenig müder als zuvor.

»Sie müssen hier viel Langeweile haben?« sagte er als Schlußfolgerung auf das Gehörte.

»Ich bin die Sklavin der Verhältnisse, Sir«, sagte Mrs. Sparsit, »und ich habe mich schon längst der Macht gefügt, die mein Leben regiert.«

»Sehr philosophisch«, versetzte der Fremde, »und sehr exakt und lobenswürdig und –« es schien ihm nicht einmal der Mühe wert, den Satz zu vollenden, und spielte deshalb achtlos mit der Uhrkette.

»Darf ich mir die Frage erlauben, Sir«, sagte Mrs. Sparsit, »welchem Umstände ich die Gunst zuzuschreiben habe –«

»Sicherlich«, sagte der Fremde. »Bin sehr verbunden, für die Erinnerung. Ich bin der Überbringer eines Empfehlungsschreibens, an den Bankier Mr. Bounderby. Indem ich, während das Diner für mich in dem Hotel bereitet wird – durch diese furchtbar schwarze Stadt spazierte, fragte ich einen Kerl, dem ich begegnete – einer von den Arbeitern, der ein Schauerbad von etwas Schmierigem genommen zu haben schien, was, wie ich vermute, das Rohmaterial sein muß –«

Mrs. Sparsit nickte.

»– Unverarbeiteter Stoff sein muß – wo Mr. Bounderby wohne. Worauf er mich, wahrscheinlich durch das Wort Bankier irregeführt, zur Bank wies. Das Ergebnis ist nun, wie ich vermute, daß Mr. Bounderby, der Bankier, nicht in dem Hause wohnt, wo ich die Ehre habe, diese Erklärung zu geben?«

»Nein, Sir«, entgegnete Mrs. Sparsit, »er wohnt nicht hier.«

»Danke sehr. Ich hatte nicht die Absicht, den Brief augenblicklich abzugeben, auch habe ich ihn jetzt nicht. Da ich aber zur Bank schlenderte, um die Zeit zu töten, und das Glück hatte am Fenster« – wohin er träge mit der Hand hinwinkte und sich dann leichthin verneigte – »eine Lady von höchst vornehmem und angenehmem Äußern zu bemerken, so dachte ich nichts besseres tun zu können, als mir die Freiheit zu nehmen, jene Lady zu fragen, wo Mr. Bounderby, der Bankier, eigentlich wohnt. Das erlaube ich mir demgemäß mit allen gehörigen Entschuldigungen zu tun.

Die Lässigkeit und Nonchalance seiner Manieren waren in Mrs. Sparsits Augen genugsam durch eine natürliche Galanterie gemildert, die auch ihr huldigte. So lehnte er jetzt an der Tischkante, neigte sich dabei zugleich aber zu ihr hin, als ob er in ihr einen Reiz anerkannte, der sie – in ihrer Weise – bezaubernd erscheinen ließ.

»Die Banken sind, wie ich weiß, stets mißtrauisch und müssen es auch offiziell sein«, sagte der Fremde, dessen leichte und glatte Redeweise zugleich angenehm war – und die weit mehr Humor und Gefühl vermuten ließ als sie wirklich enthielt. – »Ich erlaube mir daher zu bemerken, daß mein Brief – hier ist er – von dem Parlamentsmitgliede für diesen Ort – von Mr. Gradgrind – ist, dessen Bekanntschaft ich das Vergnügen hatte, in London zu machen.«

Mrs. Sparsit, die die Handschrift erkannte, beteuerte, daß solche Bestätigung durchaus nicht nötig sei und gab Mr. Bounderbys Adresse nebst allen noch erforderlichen Anweisungen und Aufschlüssen an.

»Tausend Dank«, sagte der Fremde. »Sie kennen natürlich den Bankier sehr gut?«

»Ja, Sir«, versetzte Mrs. Sparsit, »ich kenne ihn in meinem abhängigen Verhältnisse bereits zehn Jahre.«

»Eine ganze Ewigkeit! Ich glaube, er hat Gradgrinds Tochter geheiratet?«

»Ja«, sagte Mrs. Sparsit, plötzlich den Mund zusammen, pressend. »Er hatte diese – Ehre.«

»Die Dame ist ganz Wissenschaft, wie man mir sagt?«

»In der Tat, Sir« – rief Mrs. Sparsit. »Ist sie das?«

»Entschuldigen Sie meine unbescheidene Neugier«, fuhr der Fremde fort, indem er mit versöhnendem Blicke über Mrs. Sparsits Augenbrauen hinflatterte, »aber Sie kennen die Familie und kennen die Welt. Ich bin daran, die Bekanntschaften der Familie zu machen und dürfte mit ihr in lebhaften Verkehr kommen. Ist denn die Lady gar so alarmierend? Ihr Vater bringt sie in den Ruf so schrecklicher Hartköpfigkeit, daß ich vor Begierde brenne, sie kennenzulernen. Ist sie absolut unnahbar? Abstoßend und erstaunlich gescheit? Ich sehe aus Ihrem bedeutungsvollen Lächeln, daß Sie nicht diese Meinung teilen. Sie haben Balsam in mein besorgtes Gemüt gegossen. Nun zum Alter. Vierzig? Fünfunddreißig?«

Mrs. Sparsit lachte laut auf.

»Ein Backfisch«, sagte sie. »Bei ihrer Verheiratung war sie nicht ganz zwanzig.«

»Ich versichere Sie auf Ehre, Mrs. Powler«, versetzte der Fremde, sich vom Tische erhebend, »daß ich all mein Lebtag nicht so erstaunt gewesen bin.«

Das Gehörte schien in der Tat Eindruck auf ihn zu machen, soweit überhaupt solches bei ihm möglich war. Er sah Mrs. Sparsit eine Viertelminute starr an und schien während der ganzen Zeit ganz verdutzt zu sein.

»Ich versichere Sie, Mrs. Powler«, sagte er darauf sehr erschöpft, »daß die Manieren des Vaters mich auf eine grimmige und steinharte alte Dame vorbereiteten. Ich bin Ihnen für alles verbunden, daß Sie meinen groben Irrtum berichtigten. Bitte, entschuldigen Sie meine Zudringlichkeit. Vielen Dank. Guten Tag.«

Unter Verbeugungen entfernte er sich und Mrs. Sparsit, die sich hinter einem Fenstervorhang verborgen, sah ihn, von allen Leuten draußen angestarrt, auf der schattigen Seite der Straße nachlässig hinschlendern.

»Was hältst du von dem Herrn, Bitzer?« fragte sie den Bureaudiener, als er abzuräumen kam.

»Gibt viel Geld für Kleider aus, Ma'am.«

»Man muß gestehen«, sagte Mrs. Sparsit, »daß sie sehr geschmackvoll sind.«

»Ja, Ma'am«, versetzte Bitzer, »wenn das allein das Geld wert ist.«

»Außerdem, Ma'am«, fuhr Bitzer fort, indem er den Tisch blank rieb, »sieht er mir aus, als ob er spielt.«

»Spielen ist unmoralisch«, sagte Mrs. Sparsit.

»Es ist zudem lächerlich, Ma'am«, sagte Bitzer, »weil die Chancen gegen die Spieler sind.«

Ob es die Hitze war, die Mrs. Sparsit am Arbeiten hinderte, oder ob sie nicht mehr im Zuge war, kurz, jenen Abend arbeitete sie nicht. Sie saß hinter dem Fenster, als die Sonne hinter dem Rauch unterging; sie saß da, als der Rauch glührot erschien, als er die Farbe verlor, als Dunkelheit langsam aus der Erde sich zu erheben schien und emporstieg, empor bis zu den Giebeln der Häuser, bis zum Kirchturm, bis zu den Spitzen der Fabrikrauchfänge und bis zum Himmel. Ohne Licht im Zimmer saß Mrs. Sparsit am Fenster, die Hände in den Schoß gelegt und wenig bekümmert um die Abendklänge, um das Geschrei der Kinder, das Bellen der Hunde, das Gepolter der Räder, die Stimmen und Schritte der Vorübergehenden, die schrillen Straßenausrufe, das Getön der Holzschuhe auf dem Pflaster, als deren Zeit kam, und um das Schließen der Ladentüren. Nicht eher, als bis der Bürodiener ankündigte, daß ihr Abendessen bereit sei, erwachte Mrs. Sparsit aus ihren Träumereien und beförderte ihre dichten schwarzen Augenbrauen – jetzt durch Nachsinnen so sehr in Falten gelegt, daß sie des Bügeleisens zu bedürfen schienen – nach dem obern Stockwerk.

»O du Narr!« sagte Mrs. Sparsit, als sie allein bei ihrem Essen saß. Wen sie eigentlich meinte, sagte sie nicht; sie konnte jedoch kaum das Süßbrot damit gemeint haben.

Achtzehntes Kapitel.

Die Partei der Gradgrinds bedurfte des Beistandes bei der Ermordung der Grazien. Sie gingen auf Rekrutierung aus, und wo konnten sie leichter Rekruten finden, als unter den seinen Gentlemen, die, da sie sich überzeugt, daß alles und jedes nichts wert sei, gleichfalls zu allem bereit sein würden?

Außerdem besaßen diese munteren Geister, die sich zu dieser erhabenen Höhe emporgeschwungen, für gar viele aus der Gradgrindischen Schule zu große Anziehungskraft. Sie waren für die feinen Gentlemen eingenommen; sie behaupteten, daß dies nicht der Fall sei, aber es war doch so. Sie erschöpften sich in Nachahmungen von ihnen; ihnen gleich gackerten sie im Sprechen, und mit einer schlaffen Manier kramten sie die winzigen schimmligen Portionen von Staatsökonomie aus, mit denen sie ihre Jünger erquickten. Eine so wunderbar bastardartige Rasse, wie die auf diese Weise erzeugte, war früher nie auf Erden gesehen worden.

Unter den feinen Gentlemen, die nicht förmlich zu der Gradgrindischen Schule gehörten, befand sich einer aus guter Familie und mit noch besserem Äußern, der einen glücklichen Anstrich von Humor besaß. Dieser Humor bewährte sich großartig im Unterhaus, als er dieses mit seiner Ansicht (und mit der des Direktoren-Ausschusses) über einen Eisenbahnunfall unterhielt, bei dem die umsichtigsten Beamten, die man jemals gekannt, angestellt von den edelsten Vorstehern, von denen man jemals gehört, unterstützt durch die kunstvollsten mechanischen Erfindungen, die je erdacht wurden und zwar auf der besten Bahn, die jemals gebaut worden, durch einen Zufall, ohne den das ganze System durchaus unvollständig gewesen wäre, fünf Personen töten und zweiunddreißig verwunden ließen. Unter den Getöteten befand sich eine Kuh, und unter den zerstreuten Gepäckstücken, die keinen Eigentümer hatten, war die Haube einer Witwe. Das ehrenwerte Mitglied hatte nun besagtes Unterhaus (das einen delikaten Sinn für Humor hat), indem er der Kuh die Haube aufsetzte, so amüsiert, daß er wegen einer ernsthaften Untersuchung des Coroners in Ungeduld geriet und die Eisenbahn unter Beifallsrufen und Gelächter ad acta legte.

Dieser Gentleman hatte nun einen jüngeren Bruder von noch besserem Äußeren als das seine war. Dieser hatte das Leben eines Cornets bei den Dragonern versucht und es langweilig gefunden. Darauf hatte er es in dem Gefolge eines englischen Ministers im Auslande versucht und es auch da langweilig gefunden. Hierauf war er nach Jerusalem getrollt und langweilte sich auch da wieder. Dann war er mit Jachtschiffen in der Welt umhergesegelt und fand sich überall gelangweilt. Zu diesem sagte nun das ehrenwerte und spaßhafte Mitglied eines Tages in brüderlicher Weise: »Jem, unter den Anhängern der trockenen Tatsachen bietet sich gute Aussicht, und sie brauchen Leute. Es wundert mich, daß du nicht unter sie gehst, um ihre Statistik zu studieren.«

Jem, der von der Neuheit der Idee ziemlich eingenommen war und der, weil er gar keine Abwechslung hatte, sich recht unglücklich fühlte, zeigte sich ebenso bereit, auf »Statistik auszugehen« wie auf irgend was anderes. Demnach ging er nun darauf aus.

Er machte sich mit einem oder zwei Blue Books auf die Reise, und sein Bruder sprengte es unter den Anhängern der trockenen Tatsachen aus und sagte: »Wenn ihr für irgendeinen Wahlkreis einen famosen Kerl auftreiben wollt, der euch eine verflucht gute Rede fabrizieren kann, so wendet euch an meinen Bruder Jem; denn er ist der Mann dazu.«

Nachdem man durch Volksversammlungen einigen Lärm geschlagen, erklärten sich Mr. Gradgrind und ein Rat von politischen Weisen für Jem; und es wurde beschlossen, ihn nach Coketown zu senden, damit er dort und in der Nachbarschaft bekannt werde. Daher kam der Brief, den Jem vorigen Abend Mrs. Sparsit gezeigt hatte und den Mr. Bounderby jetzt in der Hand hielt – mit der Überschrift: »An Josiah Bounderby, Esquire. Bankier.

Coketown. Betrifft besonders die Empfehlung von James Harthouse, Esquire. Thomas Gradgrind.«

»Eine Stunde nach dem Empfang dieser Botschaft und einer Karte von Mr. James Harthouse, setzte sich Mr. Bounderby den Hut auf und ging nach dem Hotel. Er fand dort Mr. James Harthouse in einem so trostlosen Gemütszustand zum Fenster hinaussehend, daß dieser schon halb bereit gewesen sein mußte, auf etwas anderes »auszugehen«.

»Mein Name, Sir«, sagte der Besucher, »ist Josiah Bounderby von Coketown.«

Mr. James Harthouse schätzte sich in der Tat sehr glücklich (obwohl er kaum danach aussah), ein Vergnügen zu haben, das er so lange erwartet hatte.

»Coketown, Sir«, sagte Bounderby, sich in seiner unbekümmerten Art einen Stuhl nehmend, »gehört nicht zu den Orten, an die Sie gewöhnt sein dürften. Ich will Ihnen daher, wenn Sie erlauben – oder ob Sie es erlauben oder nicht erlauben, denn ich bin ein Mann ohne Umstände – etwas darüber sagen, ehe wir weiterschreiten.«

Mr. Harthouse war entzückt.

»Seien Sie dessen nicht zu gewiß«, sagte Bounderby, »ich verspreche es Ihnen nicht. Vor allem betrachten Sie unsern Rauch. Der ist Speise und Trank für uns. Er ist das Gesündeste von der Welt in jeder Hinsicht, besonders aber für die Lungen. Wenn Sie zu denen gehören, die verlangen, daß wir ihn beseitigen sollen, so bin ich nicht Ihrer Meinung. Wir werden den Boden unserer Dampfkessel wegen all der Humanitätsduselei in Großbritannien und Irland nicht schneller vernichten, als es jetzt geschieht.«

Er wolle sich gleich völlig in die Arme der Partei werfen, erwiderte Mr. Harthouse. »Mr. Bounderby, ich kann Ihnen die Versicherung geben, daß ich ganz und gar Ihrer Ansicht bin. Aus Überzeugung.«

»Das freut mich zu hören«, sagte Bounderby. »Sie werden ohne Zweifel viel Geschwätz über das Arbeiten in unseren Fabriken gehört haben. Nicht wahr? Nun schön. Ich werde Ihnen das Tatsächliche darüber mitteilen. Es ist die beste Arbeit, die existiert, es ist die leichteste Arbeit, die existiert, und es ist die bestbezahlte Arbeit, die existiert. Was noch mehr ist, wir könnten die Fabriken in keinen bessern Zustand versetzen, es sei denn, daß wir den Fußboden mit türkischen Teppichen belegten. Das können wir aber nicht tun.«

»Sehr richtig, Mr. Bounderby.« »Und nun«, sagte Bounderby, »zu unseren Arbeiten. Es gibt keine ›Hand‹ in unserer Stadt, Sir, sei sie Mann, Weib oder Kind, die nicht einen letzten besonderen Lebenszweck sich setzte. Dieser Lebenszweck ist, Schildkrötensuppe und Wildbret mit goldenen Löffeln essen zu können. Nun werden sie es wohl nie erleben, – keiner von ihnen – daß sie Schildkrötensuppe und Wildbret mit goldenen Löffeln essen. Jetzt kennen Sie den Ort.«

Mr. Harthouse gestand, durch den gedrängt kurzen Auszug der ganzen Coketowner Frage, im höchsten Grade belehrt und erbaut zu sein.

»Nun, sehen Sie«, versetzte Mr. Bounderby, »es ziemt sich für meine Stellung, im vollsten Einverständnis mit einem Manne zu stehen, dessen Bekanntschaft ich mache, besonders, wenn es eine Persönlichkeit ist, die dem öffentlichen Leben angehört. Ich habe Ihnen nur noch eines mitzuteilen, Mr. Harthouse, bevor ich Ihnen die Versicherung gebe, mit welchem Vergnügen ich, unter Anwendung all meiner geringen Fähigkeiten, dem Empfehlungsschreiben meines Freundes Tom Gradgrind nachkommen werde. Sie sind ein Mann aus guter Familie. Lassen Sie sich keinen Augenblick durch den Glauben täuschen, daß ich ein Mann von guter Herkunft sei. Ich bin in der Gasse groß geworden und ein echtes Exemplar vom Janhagel.

Wenn irgend was Jems Interesse für Mr. Bounderby erhöhen konnte, so würde es gerade dieser Umstand gewesen sein. Wenigstens sagte er so.

»Nun denn«, sagte Bounderby, »jetzt können wir, auf gleichem Fuß stehend, uns die Hände schütteln. Ich sage auf gleichem Fuß. Ich weiß zwar, woher ich stamme und kenne genau die Tiefe des Pfuhls, aus dem ich mich emporgeschwungen habe, besser wie jeder andere. Aber darum bin ich doch voll ebensoviel Selbstbewußtsein, wie Sie selbst. Ich bin gerade so stolz wie Sie. Nachdem ich nun meine Unabhängigkeit in gehöriger Weise dargetan, so darf ich wohl zur Frage kommen: Wie befinden Sie sich? Ich hoffe recht wohl.«

»Besser als sonst«, gab ihm Mr. Harthouse zu verstehen, während sie sich die Hände schüttelten, »infolge der gesunden Luft von Coketown.«

Mr. Bounderby nahm die Antwort gnädig auf.

»Vielleicht wissen Sie«, sagte er, »oder vielleicht wissen Sie es nicht, daß ich Tom Gradgrinds Tochter geheiratet habe. Wenn Sie nichts Besseres vorhaben, als mit mir einen Gang zu machen, so würde es mich freuen, Sie Tom Gradgrinds Tochter vorzustellen.«

»Mr. Bounderby«, sagte Jem, »Sie kommen meinen aufrichtigen Wünschen zuvor.«

Sie gingen fort, ohne weiter das Gespräch fortzusetzen, und Mr. Bounderby steuerte mit seiner neuen Bekanntschaft, die gegen ihn so sehr abstach, dem ziegelroten Privatwohnsitz zu mit den schwarzen Außenschaltern, den grünen Läden und der schwarzen Straßentür oberhalb der zwei weißen Stufen. Im Empfangszimmer dieses Herrschafthauses trat ihnen das merkwürdigste Frauengeschöpf entgegen, das Mr. James Harthouse jemals gesehen. Sie erschien so gezwungen und doch so sorglos, so zurückhaltend und doch so aufmerksam – so kalt und stolz und doch so zart verschämt über ihres Manne« großprahlerische Demut – vor der sie zurückbebte, als wäre jede Probe davon ein Stich oder Schlag – daß es für ihn etwas ganz Neues war, sie zu betrachten. Ihr Gesicht war nicht weniger merkwürdig, als ihr Wesen. Ihre Züge waren schön; aber ihr natürliches Spiel war derart unterdrückt und abgeschlossen, daß es unmöglich schien, ihren ursprünglichen Ausdruck zu erraten. Ganz und gar gleichgültig, vollständig selbstsicher, niemals in Verlegenheit und doch niemals behaglich – mit ihrer Gestalt in der Gesellschaft anwesend, mit dem Geist jedoch offenbar abwesend – war es fruchtlos auf das Verständnis dieses Frauengeschöpfes schon jetzt »auszugehen«, denn sie machte allen Scharfsinn zu Schanden.

Von der Herrin des Hauses ließ der Gast den Blick auf das Haus selbst schweifen. Kein stilles Zeichen der Weiblichkeit war in dem Zimmer sichtbar. Keine anmutige kleine Verzierung, kein warmherziges, wenn auch noch so schlichtes, kleines Zeichen, verkündete hier den Einfluß einer Frau.

Ohne Heiterkeit und unbehaglich, mit prahlerischem und mürrischem Pomp ausgeschmückt, glotzte das Zimmer, nicht durch die leiseste Spur einer weiblichen Hand gemildert und verschönt, die Anwesenden an. In derselben Weise, wie Mr. Bounderby seinen Standpunkt in der Mitte seiner Hausgötter einnahm, umgaben diese unnachgiebigen Gottheiten mit ihren Stellungen Mr. Bounderby, und sie waren einander würdig und paßten zusammen.

»Das ist«, sagte Bounderby »meine Frau, Mrs. Bounderby, Tom Gradgrinds älteste Tochter. Lu, Mr. James Harthouse. Mr. Harthouse hat sich der Parteifahne deines Vaters zugesellt. Wenn er echt in kurzem Tom Goadgrinds Kollege sein wird, so werden wir, wie ich glaube, von ihm wenigstens in Verbindung mit einer der benachbarten Städte hören. Sie sehen wohl, Mr. Harthouse, daß meine Frau die jüngere von uns beiden ist. Ich weiß nicht, was sie in mir gesehen haben mochte, als sie mich heiratete. Aber sie muß doch, wie ich vermute, etwas in mir gesehen haben, sonst hätte sie mich nicht geheiratet. Sie hat eine Menge Wissenschaften studiert, Sir, sowohl in politischer wie in sonstiger Beziehung. Wenn Sie etwas nachschlagen wollen, so würde ich in Verlegenheit sein, sollte ich Ihnen ein besseres Sachregister empfehlen, als Lu Bounderby ist.«

Einem angenehmeren lebenden Nachschlagewerk, einer Dame, von der man leichter etwas hätte lernen können, konnte Mr. Harthouse gar nicht anvertraut werden.

»Nur zu!« sagte Mr. Bounderby, »wenn Sie sich aufs Komplimentemachen verlegen, so werden Sie hier gut ankommen, denn Sie stoßen auf keine Konkurrenz. Es war nie meine Gewohnheit Komplimente zu studieren und ich verstehe auch nicht die Kunst, welche zu machen. Es ist Tatsache, daß ich sie verachte. Aber Ihre Erziehung war verschieden von der meinen – ich bin, weiß der Himmel, durch das Leben erzogen worden. Sie sind ein Gentleman, und ich behaupte nicht, ein solcher zu sein. Ich bin Josiah Bounderby von Coketown und das genügt mir. Obwohl ich mich zwar von Stand und Sitten nicht beeinflussen lasse, so mag das doch der Fall bei Lu Bounderby sein. Sie hatte nicht dieselben

Vorteile wie ich – Sie werden es Nachteile nennen, ich aber nenne es Vorteile – Sie werden daher, wenn ich so sagen darf, Ihre Kräfte nicht verschwenden.«

»Mr. Bounderby«, sagte Jem, sich lächelnd an Luise wendend, »ist ein edles Roß, sozusagen in Naturzustand und ganz frei von dem Geschirr, in dem ich als konventioneller Gaul mich abarbeiten muß.«

»Sie hegen viel Achtung vor Mr. Bounderby«, erwiderte sie ruhig. »Es ist natürlich, daß Sie es tun.«

Als ein Gentleman, der so vieles in der Welt gesehen hatte, war er schmählich aus dem Sattel geschleudert und dachte: »Nun, wie soll ich das eigentlich nehmen?«

»Sie wollen sich dem Dienste Ihres Vaterlandes widmen, wie ich aus dem folgere, was Mr. Bounderby mir mitgeteilt hat. Sie haben sich entschlossen«, sagte Luise, die sich noch immer auf derselben Stelle befand, wo sie zuerst vor ihm stehen geblieben war – mit all dem sonderbaren Widerspruch ihrer Selbstbeherrschung und ihres offenbar unbehaglichen Zustandes – »der Nation einen Ausweg aus allen ihren Schwierigkeiten zu zeigen?«

»Mrs. Bounderby«, versetzte er lachend, »das denn doch nicht, bei meiner Ehre. Ich will Ihnen gegenüber nicht darauf Anspruch machen. Ich habe hier und da, dies- und jenseits etwas gesehen und ich habe gefunden, daß alles wertlos ist, wie jeder es gefunden, und wie manche es gestehen und andere es wieder nicht gestehen. Ich stehe ein für die Ansichten Ihres geschätzten Vaters – weil ich in der Tat keine andere Wahl habe und möchte sie, wie sonst irgend was, unterstützen.«

»Haben Sie denn keine eigene Meinung?« fragte Luise.

»Mir ist nicht einmal die leiseste Vorliebe übrig geblieben. Ich versichere Sie, daß ich keiner Ansicht, welche es auch je sein mag, die geringste Bedeutung beimesse. Das Ergebnis der verschiedenen langweiligen Lebensetappen, die ich durchlitten, ist die Überzeugung (es sei denn, daß das Wort Überzeugung zu bedeutend ist für das träge Gefühl, das ich für diesen Gegenstand empfinde), daß die *eine* Reihe von Ansichten gerade soviel Nutzen bringen wird, wie eine andere Reihe von Ansichten und just ebensoviel Nachteil, wie jede andere Reihe. Es gibt eine englische Familie mit einem ausgezeichneten italienischen Sinnspruch: ›Was sein wird, da wird sein!‹ Das ist die einzige gangbare Wahrheit.«

Dieses lasterhafte Bekenntnis seiner Ehrlichkeit in der Unehrlichkeit – ein Laster, das so gefährlich, so tödlich und so allgemein ist – schien, wie er bemerkte, einigermaßen einen günstigen Eindruck bei ihr hervorzubringen. Er verfolgte seinen Vorteil, indem er in der angenehmsten Weise, die ihm zur Verfügung stand, und der sie viel oder wenig Wert beilegen mochte, wie ihr beliebte, noch hinzufügte: »die Partei, die alles mit einem Schlage von Einheiten, Zehnern, Hunderten und Tausenden beweisen kann, diese scheint mir, Mrs. Bounderby, den meisten Spaß zu machen. Bei ihr dürfte man am ehesten sein Glück machen. Ich fühle mich so anhänglich an diese Partei, als ob ich an sie glaubte. Ich bin ganz bereit, für diese einzustehen, in demselben Umfange, als wenn ich an sie glaubte. Und was könnte ich möglicherweise denn mehr tun, wenn ich wirklich an sie glaubte?«

»Sie sind ein sonderbarer Politiker«, sagte Luise.

»Bitte um Verzeihung! Ich habe nicht einmal dieses Verdienst. Wir bilden, ich versichere Sie, Mrs. Bounderby, die größte Partei im Staate, sobald wir nur alle aus dem adoptierten Stande hervortreten und ohne Unterschied der äußeren Stellung geprüft und gemustert würden.«

Mr. Bounderby, der in Gefahr gewesen war vor Stillschweigen zu bersten, fiel hier mit dem Vorschlage ein, das Familiendiner auf halb sieben zu verschieben und mit Mr. James Harthouse in der Zwischenzeit eine Reihe von Besuchen bei den politischen und einflußreichen Persönlichkeiten von Coketown und Umgegend zu machen. Die Reihe von Besuchen ward erledigt; und Mr. James Harthouse kam vermittels eines bescheidenen Gebrauches der Studien, die er in den amtlichen Protokollen gemacht hatte, glücklich durch, mit Triumph, wenn auch mit einem starken Anflug von Langeweile.

Abends fand er den Mittagstisch für vier gedeckt, sie setzten sich aber nur zu drei an den Tisch. Das war eine passende

Gelegenheit für Mr. Bounderby, um den Geschmack der geschmorten Aale zu besprechen, die er als achtjähriger Knabe in der Straße um einen halben Penny gekauft, und ebenso den des schlechten Wassers, das eigentlich zum Staublöschen verwendet wird, womit er die Mahlzeit hinuntergeschwemmt. Er unterhielt seinen Gast gleichfalls, während man Suppe und Fische genoß, mit der Berechnung, daß er (Bounderby) in seiner Jugend mindestens drei Pferde in der Gestalt von Fleisch und Blutwürsten gegessen.

Diese Erzählungen nahm Jem hier und da mit einem matten »Was Sie nicht sagen!« entgegen; und sie würden ihn wahrscheinlich zum Entschluß gebracht haben, den folgenden Morgen sich wieder nach Jerusalem aufzumachen, wenn er nicht um Luises willen so neugierig gewesen wäre.

»Gibt es denn nichts«, dachte er, indem er einen flüchtigen Blick auf sie warf, wie sie an der Spitze des Tisches so dasaß, wo ihre jugendliche Gestalt, die klein und schmächtig, aber äußerst anmutig war, ebenso hübsch sich ausnahm, als sie nicht am rechten Platz war, »gibt es denn nichts, das in dieses Gesicht Bewegung bringen könnte?«

Ja! Beim Jupiter, es gab so etwas, und hier stand es in unerwarteter Gestalt. Tom erschien. Sie veränderte sich, als die Tür aufging, und ließ ein strahlendes Lächeln sehen.

Ein schönes Lächeln. Mr. James Harthouse würde nicht so viel Wesens davon gemacht haben, wenn er sich nicht so sehr über ihr starres Gesicht gewundert hätte. Sie streckte ihre Hand aus – ein hübsches, zartes Händchen – und ihre Finger umschlossen die ihres Bruders, als wollte sie diese an ihre Lippen führen.

»Ei, ei«, dachte der Gast, »dieser Bengel ist das einzige Geschöpf, an dem ihr was gelegen ist. So, so!«

Der Bengel ward vorgestellt und nahm seinen Sitz ein. Die Benennung war nicht schmeichelhaft, aber nicht unverdient.

»Als ich in deinem Alter war, junger Mann«, sagte Bounderby, »war ich pünktlich, sonst bekam ich nichts zu essen.«

»Als Sie in meinem Alter waren«, versetzte Tom, »hatten Sie keine falsche Bilanz in Ordnung zu bringen und sich dann für das Diner anzuziehen.« »Sprechen wir denn von etwas anderm«, sagte Bounderby.

»Schön«, murrte Tom. »So fangen Sie nicht an.«

»Mrs. Bounderby«, sagte Harthouse, der den dumpfen Ton gleich ganz richtig auffaßte, wie er sich hören ließ, »das Gesicht Ihres Bruders ist mir wohlbekannt. Kann ich ihn im Ausland gesehen haben? Oder in irgendeiner öffentlichen Schule?«

»Nein«, antwortete sie mit vielem Interesse, »er ist noch nie im Ausland gewesen und ist hier zu Hause erzogen worden. Tom, Lieber, ich sage eben Mr. Harthouse, daß er dich nie im Ausland gesehen haben kann.«

»Nein, ich hatte noch nicht das Vergnügen, Sir«, sagte Tom.

Tom hatte wahrlich wenig Anziehendes an sich, um ihr Gesicht aufzuheitern. Er war ein mürrischer Junge und in seinem Benehmen selbst gegen sie unfreundlich, um so größer muß die Einsamkeit ihres Herzens und ihr Bedürfnis, es auf jemanden zu richten, gewesen sein.

»Um so vielmehr ist dieser Bengel das einzige Geschöpf, an dem ihr je was gelegen war«, dachte Mr. James Harthouse hin und her überlegend, »Um so vielmehr. Um so vielmehr!«

Der Bengel gab sich keine Mühe, gegen Mr. Bounderby sowohl in der Gegenwart seiner Schwester, als auch nachdem sie das Zimmer verlassen, seine Verachtung zu verbergen. So oft er Gelegenheit fand, schnitt er unbemerkt von diesem unabhängigen Mann saure Gesichter oder zwinkerte mit dem Auge.

Ohne auf diese telegraphischen Mitteilungen einzugehen, ermutigte ihn Mr. Harthouse im Verlaufe des Abends und offenbarte eine ungewöhnliche Vorliebe für ihn. Als er sich endlich erhob, um sich nach seinem Hotel zu begeben und einigen Zweifel ausdrückte, ob er des Nachts den Weg finden werde, bot der Bengel augenblicklich seine Dienste als Führer an und ging mit ihm fort, um ihn dahin zu begleiten.

Neunzehntes Kapitel.

Es war sehr merkwürdig, daß ein junger Mann, der nach einem konsequenten System unnatürlichen Zwanges erzogen worden, ein Heuchler geworden sein sollte; und doch war das unzweifelhaft bei Tom der Fall. Es war höchst sonderbar, daß ein junger Mann, der sich seiner eigenen Leitung nie auf fünf Minuten hintereinander überlassen war, unfähig sein sollte, sich selbst zu beherrschen. Aber so erging es Tom. Es war ganz und gar unerklärbar, daß ein junger Mann, dessen Phantasie schon in der Wiege erdrosselt worden, dennoch von ihrem Gespenste in der Form grob sinnlicher Leidenschaften heimgesucht werden sollte; aber ein solcher Mensch war ohne Zweifel Tom.

»Rauchen Sie?« fragte Mr. James Harthouse, als sie nach dem Hotel kamen.

»Das will ich meinen!« sagte Tom.

Er konnte nichts weniger tun, als Tom zu sich einladen, und Tom konnte nichts weniger tun, als diese Einladung annehmen. Teils durch ein kühles Getränk, das der Witterung angemessen aber nicht so schwach wie kühl war, und teils durch einen selteneren Tabak, als er in jenem Orte zu haben war, befand sich Tom bald in einem höchst freien und behaglichen Zustand an dem einen Ende des Sofas, und mehr als je geneigt, seinen neuen Freund am andern Ende zu bewundern.

Tom blies, nachdem er eine kleine Weile geraucht hatte, den Rauch beiseite und unterwarf seinen Freund einer genaueren Betrachtung. »Er scheint sich um seine Toilette nicht zu kümmern«, dachte Tom, »und doch, wie famos hat er sie aufgemacht. Was für ein eleganter Knabe er ist!«

Mr. James Harthouse, der Toms Blick zufällig auffing, bemerkte, daß er gar nichts trinke und füllte dessen Glas mit seiner eigenen lässigen Hand.

»Danke«, sagte Tom, »danke. Nun, ich hoffe, Mr. Harthouse, Sie haben heute Abend eine gehörige Dosis vom alten Bounderby genossen.« Tom sagte das, indem er ein Auge wieder schloß, und warf einen schlauen Blick über sein Glas nach seinem Gesellschafter.

»Ein sehr tüchtiger Mann, wahrhaftig«, versetzte Mr. Harthouse.

»Das ist Ihre Meinung, nicht wahr?« fragte Tom und kniff wieder das Auge zusammen.

Mr. James Harthouse lächelte. Er lehnte sich an das Kamingesims, rauchte und stand vor dem leeren Feuerplatze Tom gegenüber, so daß er auf diesen herabblickte. Dann bemerkte er: »Was für ein komischer Schwager Sie sind!«

»Ich glaube. Sie meinen wohl, was für ein komischer Schwager der alte Bounderby ist!«

»Sie sind boshaft, Tom«, warf Mr. James Harthouse ein.

Es lag so etwas Angenehmes darin, mit einer solchen Weste so intim zu sein, von einer solchen Stimme Tom genannt zu werden – und mit einem solchen Schnurrbart in so kurzer Zeit auf einem so vertrauten Fuße zu stehen, daß Tom mit sich selbst sehr zufrieden war.

»Oh, kümmern Sie sich nicht um die Bezeichnung des alten Bounderby«, sagte er, »wenn Sie das meinen. Ich habe ihn immer den alten Bounderby genannt, wenn ich von ihm sprach oder an ihn dachte. Ich werde jetzt des alten Bounderby wegen nicht anfangen, höflich zu werden. Das wäre etwas zu spät am Tage.«

»An mich brauchen Sie sich nicht zu kehren«, entgegnete James, »aber Sie sollen sich in Gegenwart seiner Frau in acht nehmen.«

»Seiner Frau?« rief Tom. »Meiner Schwester Lu? O, freilich!« Er lachte und nahm einen Schluck von dem kühlenden Getränk.

James Harthouse verharrte weiter in derselben lässigen Stellung auf dem gleichen Platze, rauchte die Zigarre in seiner eigenen leichten Manier und sah den Bengel vergnügt an, als ob er sich als eine Art angenehmen Dämon betrachtete, der nur über ihn zu schweben brauche, um ihm nötigenfalls seine ganze Seele aufzureißen. Es schien wirklich, als ob sich der Bengel seinem Einfluß füge. Er betrachtete seinen Gesellschafter schlau, er betrachtete ihn verwundernd, er betrachtete ihn dreist und legte ein Bein auf da« Sofa.

»Meine Schwester Lu?« sagte Tom. »Sie kümmerte sich nie um den alten Bounderby.«

»Das ist die vergangene Zeit, Tom«, versetzte Mr. James Harthouse, indem er die Asche der Zigarre mit dem kleinen Finger abstreifte. »Jetzt befinden wir uns aber in der gegenwärtigen Zeit.«

»Rückbezügliches Zeitwort: sich nicht kümmern. Anzeigende Art: Präsens. Erste Person, Singular: Ich kümmere mich nicht. Zweite Person, Singular: Du kümmerst dich nicht. Dritte Person, Singular: Sie kümmert sich nicht«, erwiderte Tom.

»Gut. Sehr geistreich«, sagte sein Freund, »obgleich Sie nicht dieser Meinung sind.«

»Aber es *ist* meine Meinung«, rief Tom. Bei meiner Ehre! Wie, Sie wollen mir doch nicht sagen, daß Sie wirklich annehmen, meine Schwester Lu kümmere sich um den alten Bounderby?«

»Lieber Junge«, versetzte der andere, »was soll ich denn denken, wenn ich sehe, daß ein Ehepaar in Glück und Frieden zusammen lebt?«

Tom hatte mittlerweile beide Beine auf das Sofa gelegt. Wenn sein zweites Bein sich nicht schon daselbst befunden hätte, als er »lieber Junge« genannt worden, so würde er es bei diesem erhebenden Abschnitt de« Gespräches emporgezogen haben. Da er jedoch alsdann fühlte, daß er etwas tun müsse, streckte er sich noch besser aus, und während er sich mit der Rückseite des Kopfes an das Ende des Sofas lehnte und eine unendlich lässige Manier im Rauchen annahm, wandte er sich mit seinem gemeinen Gesicht und seinen nicht zu nüchternen Augen gegen das Gesicht, das auf ihn so nachlässig und doch so mächtig herabblickte.

»Sie kennen unsern alten Herrn, Mr. Harthouse«, sagte Tom, »und brauchen daher nicht überrascht zu sein, daß Lu den alten Bounderby geheiratet. Sie hatte nie einen Liebhaber, und unser alter Herr schlug den alten Bounderby vor, und sie nahm ihn.«

»Das ist außerordentlich gehorsam von Ihrer interessanten Schwester«, sagte Mr. James Harthouse.

»Ja, aber sie würde nicht so gehorsam gewesen sein und die Sache wäre nicht so leicht zustande gekommen«, versetzte der Bengel, »wenn es nicht meinetwegen geschehen wäre.«

Der Besucher zog bloß seine Augenbrauen in die Höhe; aber der Bengel sah sich genötigt fortzufahren.

»Ich beredete sie«, sagte er mit einer erbaulichen Überlegenheitsmiene. »Ich ward in die Bank des alten Bounderby gepflanzt (wo ich nie sein mochte), und ich wußte, daß ich daselbst in die Klemme geraten würde, wenn sie dem alten Bounderby einen Korb gäbe. Ich teilte ihr daher meine Wünsche mit und sie erfüllte sie. Sie würde alles mögliche für mich tun. Das war sehr spaßhaft von ihr, nicht wahr?«

»Es war charmant, Tom.«

»Nicht, daß es ganz und gar so wichtig für sie war, als für mich«, fuhr Tom gleichmütig fort, »denn meine Freiheit und meine Behaglichkeit und vielleicht gar mein Weiterkommen hingen davon ab, und sie hatte keinen Liebhaber. Zu Hause bleiben war wie im Gefängnis sein – besonders wenn ich fort war. Es war nicht dies, daß sie einen andern Liebhaber für den alten Bounderby aufgab. Es war aber immerhin hübsch von ihr.«

»Ganz herrlich. Und sie erträgt es so gelassen.«

»Oh«, versetzte Tom mit verächtlicher Schutzherrnmiene. »Sie ist ein richtiges Mädel. So ein Mädel kann überall fortkommen. Sie hat sich fürs Leben gebunden und ihr ist's einerlei. Dieses Leben behagt ihr ebensogut wie jedes andere. Außerdem, obwohl Lu ein Mädel ist, so ist sie doch kein gewöhnliches Mädel. Sie kann sich in sich selbst verschließen und nachdenken – wie ich sie oft sitzen und das Feuer betrachten sah – eine volle Stunde.«

»Wirklich, wirklich? Sie findet Trost und Stärkung bei sich selber?« fragte Mr. Harthouse, ruhig fortrauchend.

»Nicht so viel wie Sie vermuten mögen«, entgegnete Tom, »denn unser alter Herr hat sie mit allerhand dürren Knochen und Sägespänen vollgepfropft. Da« ist so sein System.«

»Formte seine Tochter nach seinem eigenen Modell?« erläuterte Harthouse.

»Seine Tochter? Ach, und alle Welt sonst. Nun, er modellierte auch *mich* auf diese Weise«, sagte Tom.

»Unmöglich!«

»Doch, er tat es«, sagte Tom, kopfschüttelnd. »Glauben Sie mir, daß, als ich zuerst das väterliche Haus verließ und zu dem alten Bounderby kam, war ich so flach wie eine Bettflasche und wußte nicht mehr als eine Auster vom Leben.«

»Gehen Sie, Tom. Das kann ich gar nicht glauben. Sie scherzen.«

»Bei meiner Seele«, sagte der Bengel. »Ich rede ernsthaft, wirklich ernsthaft.« Er rauchte eine Weile mit großer Würde und Gelassenheit. Dann fügte er in äußerst gefälligem Ton hinzu: »aber ich habe seitdem was gelernt. Das bestreite ich nicht. Doch ich tat es allein und habe dem Herrn Papa nichts dafür zu danken.«

»Und Ihre intelligente Schwester?«

»Meine intelligente Schwester ist ungefähr noch auf demselben Standpunkt, wo sie früher stand. Sie pflegte sich zu beklagen, daß ihr dergleichen Vergnügungen mangeln, wie Mädchen sie gewöhnlich haben, und ich weiß wirklich nicht, wie sie darüber hinauskommen konnte. Aber *ihr* ists einerlei«, fügte er scharfsinnig hinzu, die Zigarre abklopfend. »Mädchen können überall auf irgendeine Weise ausdauern.«

»Als ich gestern abend in der Bank nach Mr. Bounderbys Adresse fragte, fand ich daselbst eine altmodische Dame, die viel Bewunderung für Ihre Schwester zu hegen scheint«, bemerkte Mr. James Harthouse und warf den letzten Rest der Zigarre fort, die er jetzt aufgeraucht hatte.

»Mutter Sparsit?« fragte Tom. »Was! Sie haben sie also schon gesehen?«

Sein Freund nickte bejahend. Tom nahm die Zigarre aus dem Mund, um das Auge (das ganz unlenksam geworden war) mit mehr Ausdruck zusammenzukneifen und mit dem Finger mehrere Male hintereinander sich auf die Nase klopfen zu können.

»Mutter Sparsit Gefühl für Lu ist, ich sollte meinen, mehr als Bewunderung«, sagte Tom. »Sagen Sie lieber Wohlwollen und Ergebung. Mutter Sparsit hatte nie nach Bounderby geangelt, als er noch Junggeselle war. Oh, nein!«

Die letzten Worte wurden von dem Bengel ausgesprochen, ehe ihn noch eine schwindlige Schläfrigkeit überfiel, der vollständige Vergessenheit nachfolgte. Aus diesem Zustand ward er durch den unangenehmen Traum geweckt, vermittels eines Stiefels aufgeschreckt zu werden, während eine Stimme rief: »Auf! Es ist spät! Wir müssen fort!«

»Gut«, sagte er, indem er von dem Sofa herunterkrabbelte. »Ich muß doch Abschied von Ihnen nehmen. Ich glaube wohl. Ihr Tabak ist sehr gut. Nur zu schwach ist er.«

»Ja, er ist zu schwach«, versetzte sein Gesellschafter.

»Er ist – ist lächerlich schwach«, sagte Tom. »Wo ist die Tür? Gute Nacht!«

Er hatte einen zweiten seltsamen Traum, von einem Kellner durch einen Nebel geführt zu werden, der, nachdem er ihm Mühe und Schwierigkeit in den Weg gelegt, sich in die Hauptstraße verwandelte, in der er jetzt allein stand. Er ging dann ziemlich leicht nach Hause, obwohl nicht ganz frei von dem Eindruck der Gegenwart und dem Einflüsse seines neuen Freundes – als ob er noch in derselben nachlässigen Stellung irgendwo in der Luft lehnte, ihn mit demselben Blick betrachtend.

Der Bengel ging nach Hause und legte sich schlafen. Wenn er irgendein Gefühl davon gehabt hätte, was er in jener Nacht angerichtet, und weniger Bengel und mehr Bruder gewesen wäre, so würde er sich plötzlich auf der Straße umgewandt haben, wäre zu dem übelriechenden Flusse, der schwarz gefärbt war, hinabgegangen, hätte sich daselbst für immer schlafen gelegt, und hätte sich den Kopf für alle Zeiten mit des Flusses schmutzigen Wellen bedeckt.

Zwanzigstes Kapitel.

»Oh, meine Freunde, ihr mit Füßen getretenen Arbeiter von Coketown! Oh, meine Freunde und Mitbürger, ihr Sklaven eines eisernen und zermalmenden Despotismus! Oh, meine Freunde und Leidensgenossen und Arbeitsgenossen und Mitgenossen! Ich sage euch, daß die Stunde geschlagen, wo wir uns zu einer festen Macht vereinigen müssen, um die Unterdrücker zu Staub zu zerreiben, die sich nur zu lange gemästet haben an der Ausbeutung unserer Familien, an dem Schweiß unserer Stirne, an der Arbeit unserer Hände, an der Kraft unserer Nerven, an der Mißachtung der gottgeborenen, glorreichen Rechte der Humanität und an der Unterdrückung der heiligen und ewigen Privilegien der Brüderlichkeit!«

»Gut!« »Hört, hört, hört!« »Hurra!« und ähnliche Ausrufe ertönten von vielen Stimmen aus der dichtgedrängten und zum Ersticken vollen Halle, in der der Redner – der sich auf einem Gerüst aufgepflanzt hatte – das soeben Mitgeteilte – und was er sonst noch an Schall und Rauch in sich hatte, von sich gab. Er hatte sich selbst in hitzigen Eifer hineindeklamiert und war ebenso heiser als erhitzt. Während die blendenden Gasflammen ihren Geruch ausströmten, brüllte er aus voller Kehle, ballte die Fäuste, runzelte die Stirn, knirschte mit den Zähnen, arbeitete mit den Armen und hatte sich nun dermaßen erschöpft, daß er nicht mehr weiter konnte und nach einem Glas Wasser rief.

Wie er so dastand und versuchte, das glühende Gesicht mit einem Trunk Wasser zu kühlen, fiel der Vergleich zwischen ihm, dem Redner, und der Menge aufmerksam ihm zugewandter Gesichter, sehr zu seinem Nachteil aus. Nach seiner augenfälligen Persönlichkeit zu urteilen, erhob er sich nur durch das Gerüst, auf dem er stand, ein wenig über die Masse empor. In vielen anderen Beziehungen stand er ihr wesentlich nach. Er war nicht so rechtlich, nicht so männlich und nicht so gutmütig. Er setzte Durchtriebenheit an die Stelle der Einfachheit, Leidenschaftlichkeit und ihres geraden gesunden Verstandes. Als schlechtgebauter, hochschulteriger Mann mit eingesunkenen Augenbrauen und mit Gesichtszügen, die gewöhnlich einen sauertöpfischen Ausdruck annahmen, bildete er selbst in seinem buntscheckigen Anzug einen ungünstigen Kontrast zu der großen Schar seiner Zuhörer in ihren einfachen Arbeiteranzügen.

Ist schon der Anblick jeder Versammlung seltsam, die sich dem Eindruck einer beliebten Person – Lord oder Unterhausmitglied – demütig unterwirft, eines Menschen, den Dreiviertel der Zuhörer durch kein menschliches Mittel aus dem Schlamm der Nichtigkeit zu ihrer eigenen geistigen Höhe erheben könnten, so war es unendlich seltsam, ja sogar unendlich rührend, diese Menge von ernsten Gestalten, deren Rechtlichkeit im allgemeinen von keinem kompetenten, vorurteilsfreien Beobachter bezweifelt werden konnte, durch einen solchen Führer aufgeregt zu sehen.

Gut! Hört, hört! Hurra! Die eifrige Spannung und Aufmerksamkeit, die sich auf jedem Antlitze kundgab, gewährte einen eindrucksvollen Anblick. Da gab sich keine Unachtsamkeit, keine Mattigkeit und keine eitle Neugier kund. Kein einziger Schatten der Gleichgültigkeit, der man in allen andern Versammlungen begegnete, war hier auch nur auf einen einzigen Augenblick sichtbar. Daß jedermann fühlte, wie seine Lage auf die eine oder andere Weise schlimmer sei, als sie sein sollte; daß jedermann es als seine ihm obliegende Pflicht betrachtete, sich mit den übrigen zu vereinigen, um Verbesserungen hervorzurufen; daß jedermann seine einzige Hoffnung in den Anschluß an seine Kameraden setzte, von denen er umgeben war, und daß die gesamte Menge in diesem Glauben, sei er begründet oder unbegründet (unglücklicherweise war er damals das letztere) in feierlichem, tiefem und aufrichtigem Ernst begriffen war – muß jedem, der das Vorhandene sehen mochte, ebenso deutlich sichtbar geworden sein, wie das kahle Balkenwerk des Daches und die geweißten Ziegelwände. Ein ähnlicher Beobachter konnte sich auch der inneren Überzeugung nicht erwehren, daß diese Männer selbst in ihren Irrtümern große Eigenschaften offenbarten, die dafür empfänglich waren, auf das beste und vorteilhafteste ausgebildet zu werden: und daß die Behauptung (auf prahlerische Axiome gegründet, wie sie immer auch zugestutzt und ge-

173

formt sein mochten), daß sie ohne alle Ursache und bloß aus unvernünftigem Eigenwillen irre Wege einschlugen, der Behauptung gleich war, daß es Rauch ohne Feuer gebe, Tod ohne Geburt, Ernte ohne Saat, und daß alles und jedes aus nichts geschaffen werden könne.

Nachdem der Redner die Erfrischung genommen, wischte er sich die Stirn mit einem wulstartig-gefalteten Taschentuche mehrere Male von links nach rechts und konzentrierte seine erfrischten Lebenskräfte alle in ein Hohnlächeln der Verachtung und Bitterkeit.

»Aber, oh, meine Freunde und Brüder! Oh, Bürger und Briten, ihr mit Füßen getretenen Arbeiter von Coketown! Was sollen wir von jenem Manne sagen – von jenem Arbeiter – oh, daß ich gezwungen bin, diesen glorreichen Namen so sehr zu beschimpfen – der mit den Beschwerden und Unbilden, die ihr, der Kern und das Mark unseres Vaterlandes, zu erleiden habt, in praktischer Weise gar wohl vertraut ist und der euch mit einer edlen und majestätischen Einstimmigkeit, die Tyrannen erzittern machen wird, den Entschluß fassen hörte, für den Fond der Streikverbandkasse zu zeichnen und an allen Beschlüssen festzuhalten, die von jener Körperschaft zu eurem Wohle ausgehen mögen – was, frage ich euch, werdet ihr von dem Arbeiter – da ich ihn als solchen doch anerkennen muß – urteilen, der zu solcher Zeit seinen Posten verläßt und seine Fahne verkauft – der zu solcher Zeit zum Verräter, zum Feigling und zum Abtrünnigen wird – der nicht vor Schmach vergeht, euch das memmenhafte und entwürdigende Geständnis zu machen, daß er sich ferne halten will und nicht zu denen gehören mag, die sich zu dem heroischen Kampf für Freiheit und für Recht vereinigt haben?«

Die Versammlung war über diesen Punkt uneinig. Hier und da ertönte Gezisch und Murren; das allgemeine Ehrgefühl war jedoch zu stark, um einen Mann ungehört zu verdammen. »Wenn ihr nur Recht habt, Slackbridge.« »Laßt ihn hinaufsteigen.« »Laßt uns ihn hören.« Solche Ausrufe ließen sich von vielen Seiten vernehmen. Endlich rief eine starke Stimme aus: »Ist der Mann hier? Wenn der Mann hier ist,

Slackbridge, so laßt uns ihn statt Euch hören.« Diese Worte fanden allgemeinen Beifall.

Slackbridge, der Redner, blickte mit trockenem Lächeln um sich, streckte die Hand (nach Art aller Slackbridge) der ganzen Länge des Armes nach aus, um die tobende See zu beruhigen, und wartete, bis tiefe Stille herrschte.

»Oh, meine Freunde und Mitbürger«, rief Slackbridge mit zornigem Kopfschütteln. »Ich wundere mich nicht, daß ihr, die zertretenen Kinder der Arbeit, die Existenz eines solchen Mannes mit ungläubigem Auge betrachtet, aber der, der seine Erstgeburt für ein Gericht Speisen verkaufte, existierte, und Judas Ischariot existierte, und Castlereagh[8] existierte, und auch dieser Mann existiert!«

Ein kurzes Drängen und verworrenes Durcheinander, das in der Nähe der Rednerbühne entstanden war, endigte mit der Erscheinung des Mannes selbst an der Seite des Redners vor dem Gedränge. Sein Gesicht war blaß und zeigte Spuren von Aufregung – was sich besonders auf seinen Lippen kundgab; er stand jedoch ruhig da mit der linken Hand am Kinn und wartete, bis er Gehör erlangte. Es war ein Präsident da, den Geschäftsgang zu leiten, und dieser Beamte nahm jetzt die Sache selbst in die Hand.

»Meine Freunde!« rief er, »kraft meines Amtes als euer Präsident, fordere ich unsern Freund Slackbridge auf, der in dieser Angelegenheit sich zu sehr ereifert haben mag, seinen Platz wieder einzunehmen, während dieser Mann hier, Stephen Blackpool, das Wort erhält. Ihr kennt ihn schon lange durch sein Unglück und seinen guten Namen.«

Mit diesen Worten schüttelte ihm der Präsident herzlich die Hand und setzte sich wieder nieder. Slackbridge setzte sich ebenfalls, indem er sich die glühende Stirn abwischte – immer von links nach rechts und niemals umgekehrt.

»Meine Freunde«, begann Stephen inmitten einer Totenstille. »Ich habe gehört, was von mir gesagt worden ist, und

---

[8] Henry Castlereagh (1769-1822), englischer Staatsmann, half dabei, Pitts Unterdrückungssystem gegen die Iren, seine eigenen Landsleute, durchzusetzen.

wahrscheinlich werde ich nichts dazu noch davon tun. Aber ich möchte lieber, daß ihr die Wahrheit über mich von mir selbst hörtet, als von einem andern, obgleich ich nie vor so einer großen Menge sprechen konnte, ohne verwirrt und verlegen zu werden.«

Slackbridge schüttelte mit dem Kopf, als wollte er ihn in seiner Erbitterung abschütteln.

»Ich bin die einzige ›Hand‹ in Bounderbys Faktorei – von allen die hier versammelt sind – der mit den vorgeschlagenen Verhaltungsmaßregeln nicht übereinstimmt. Ich kann nicht mit ihnen übereinstimmen. Meine Freunde, ich zweifle daran, daß sie für euch vorteilhaft sind. Sie könnten euch vielmehr schädlich sein.«

Slackbridge lachte, schränkte die Arme ineinander und sah spöttisch drein.

»Aber das ist es nicht allein, warum ich mich ausschließe. Wenn das alles wäre, so würde ich mich den übrigen verbinden. Seht, ich habe meine Gründe – meine eigenen – die mich verhindern. Nicht bloß jetzt, sondern immer – immer – all mein Leben lang.«

Slackbridge fuhr auf und stellte sich neben ihn knirschend und wütend. »Oh, meine Freunde, habe ich euch nicht das alles gesagt? Oh, meine Mitbürger, habe ich euch nicht diese Warnung zugerufen? Und wie erscheint euch dieses verräterische Benehmen an einem Mann, von dem man weiß, daß ihn die Ungleichheit der Gesetze so schwer betroffen? Oh, ihr Engländer, ich frage euch, wie erscheint euch diese Verleitung bei einem Manne, der euresgleichen ist, und der seine Einwilligung gibt zu seinem Verderben und dem eurigen – zu dem eurer Kinder und Kindeskinder?«

Einiger Beifall ließ sich hören mit einigen Ausrufen: »Pfui, über diesen Kerl!« Die Mehrheit der Zuhörer war indessen ruhig. Sie betrachteten Stephens verstörtes Gesicht, das durch die natürliche Aufregung, die es kundgab, einen feierlicheren Anblick gewährte, und waren bei der Güte ihres Herzens mehr zum Mitleid als zur Entrüstung geneigt.

»Es ist das Geschäft dieses Abgeordneten, zu sprechen«, sagte Stephen, »er wird dafür bezahlt, und er versteht sein

Handwerk. Dabei laßt ihn bleiben. Er soll sich nicht darum kümmern, was ich nicht dulden sollte. Das geht ihn nichts an. Das geht niemanden etwas an außer mich.«

Es herrschte ein gewisser Anstand, um nicht zu sagen Würde in diesen Worten, wodurch die Zuhörer noch stiller und aufmerksamer wurden. Die frühere starke Stimme rief aus: »Slackbridge, laß den Mann sprechen und halt' selbst das Maul!« worauf eine wunderbare Stille eintrat.

»Meine Brüder«, sagte Stephen, dessen leise Stimme deutlich vernommen ward, »und meine Arbeitsgenossen – denn das seid ihr für mich, obwohl, wie ich gut weiß, nicht für diesen Abgeordneten hier – ich habe euch bloß ein Wort zu sagen, und ich könnte euch nicht mehr sagen, wenn ich bis zum andern Morgen spräche. Ich weiß wohl, was mich erwartet. Ich weiß wohl, daß ihr alle entschlossen seid, nichts mehr mit einem Manne zu tun zu haben, der in dieser Angelegenheit nicht mit euch geht. Ich weiß wohl, daß, wenn ich auf der Gasse bettelnd verenden müßte, ihr es für recht halten würdet, an mir wie an einem Fremden und Ausländer vorüberzugehen. Nun, was mein Schicksal ist, damit muß ich zufrieden sein.«

»Stephen Blackpool«, sagte der Vorsitzende, indem er sich erhob, »überlege es dir noch einmal. Überlege es dir nochmals, mein Junge, ehe du von all deinen alten Freunden gemieden wirst.«

Ein allgemeines Murmeln gab sich zur Bekräftigung dessen kund, obgleich niemand ein Wort verlauten ließ. Alle Augen waren auf Stephens Gesicht geheftet. Wenn er einen Entschluß bereute, so würde er eine schwere Last von ihren Gemütern abwälzen. Er blickte um sich und wußte, daß dieses der Fall war. Nicht ein Funke von Zorn loderte in ihren Herzen, er kannte sie tiefer als ihre oberflächlichen Schwächen und Irrtümer reichten – wie niemand außer ihrem Arbeitsgenossen sie kennen konnte.

»Ich habe es mir überlegt, genau überlegt, Sir. Ich kann einfach nicht beitreten. Ich muß den Weg einschlagen, der vor mir liegt. Ich muß von euch allen hier Abschied nehmen.«

Er machte ihnen eine Art Reverenz, indem er die Arme emporhielt und verharrte einen Augenblick in dieser Stellung. Er sprach nicht wieder, bis sie ihm ein wenig zur Seite traten.

»Sehr viele freundliche Worte sind von manchen der Anwesenden mit mir gewechselt worden; sehr viele Gesichter sehe ich hier, die ich sah, als ich noch jung und heiterer war als jetzt. Ich habe, seitdem ich geboren, nie mit einem der Anwesenden einen Streit gehabt, und Gott weiß, ich habe auch jetzt keinen Streit durch meine Schuld. Ihr werdet mich Verräter und wer weiß wie noch schelten, ich meine Euch damit – sich an Slackbridge wendend – aber es ist leichter, jemanden schelten als beweisen. Und damit habe ich genug gesagt.«

Er war einen oder zwei Schritte vorgetreten, um die Tribüne zu verlassen, als er sich an etwas erinnerte, das er noch zu sagen hatte, und nochmals umkehrte.

»Vielleicht«, sagte er, und wandte sein gefurchtes Gesicht langsam im Halbkreis, um anzudeuten, daß er seine Worte an sämtliche Zuhörer, sowohl die nahen wie die fernen, persönlich richten wolle. »Vielleicht, wenn diese Frage abgetan und erörtert sein wird, daß ihr dann mit Arbeitniederlegung droht, wenn man mir erlaubt, unter euch weiter zu arbeiten. Ich hoffe, daß ich eher sterben werde, als daß diese Zeit wirklich kommt, und ich werde abgesondert unter euch arbeiten, bis das geschehen wird. Wirklich, ich muß das tun, meine Freunde; nicht euch zum Trotze, sondern um leben zu können. Ich habe nichts als meine Arbeit, wovon ich leben kann, und wohin kann ich mich noch wenden, ich, der ich hier in Coketown von Kindesbeinen an gearbeitet habe? – Ich beklage mich nicht darüber, daß ich so weit gebracht worden, daß ich verstoßen und verachtet bin für die Zukunft. Aber ich hoffe, man wird mich arbeiten lassen. Wenn ich überhaupt auf irgendein Recht Anspruch machen kann, so ist es eben darauf, meine ich.«

Kein Wort ließ sich vernehmen. Kein Laut ließ sich im ganzen Gebäude hören, nur das leise Rauschen der beiseite tretenden Leute, die in der Mitte des Saals einen Gang freimachten, um den Mann hindurchzulassen, dem sie die Kameradschaft aufgekündigt hatten. Ohne jemanden anzusehen, doch mit anspruchsvoller Festigkeit, verließ der alte Stephen, mit all seinem Kummer auf dem Herzen, den Schauplatz.

Hierauf schickte sich Slackbridge, der den oratorischen Arm während seines Hinausgehens ausgestreckt hielt, als wollte er mit unendlicher Sorgfalt und vermittels einer wunderbar moralischen Macht die heftigen Leidenschaften der Menge unterdrücken, wieder an, ihre Gemüter aufzurichten. – »Hatte nicht Brutus, der Römer, oh, meine britischen Mitbürger, seinen Sohn zum Tode verurteilt, und hatten nicht, oh, meine bald triumphierenden Freunde, spartanische Mütter ihre fliehenden Kinder den scharfen Schwertern des Feindes entgegengetrieben? – War es also nicht die heilige Pflicht der Männer von Coketown, mit den Vorfahren vor ihnen – mit der bewundernden Mitwelt im Verein mit ihnen – und mit der Nachwelt nach ihnen – war es nicht ihre heilige Pflicht, frage ich, die Verräter aus den Zelten zu treiben, die sie in einer heiligen und Gott wohlgefälligen Sache aufgerichtet hatten? Die Lüfte des Himmels antworteten: ›Ja‹, und trugen dieses Ja nach Osten, Westen, Süden und Norden. Und darum ein dreimaliges Hoch! für das vereinigte Arbeiter-Tribunal!«

Slackbridge machte den Chorführer und schlug den Takt. Die Menge mit skeptischen Mienen (mit dem Ausdruck der Gewissensunruhe) lebte bei dem Tone neu auf und stimmte ein. Das Privatgefühl muß der allgemeinen Sache weichen. Hurra! Das Dach zitterte noch von dem Beifallsgeschrei, als die Versammlung sich zerstreute.

Stephen Blackpool führte nun das einsamste Leben – das Leben der Einsamkeit unter einer vertrauten Menge. Der Fremde im Lande, der in zehntausend Gesichter starrt, um einen teilnehmenden Blick zu erhaschen und ihm niemals begegnet, ist im Vergleich mit ihm, der täglich an zehn abgewandten Gesichtern vorübergeht, die früher sämtlich das Antlitz so vieler Freunde waren, noch in erheiternder Gesellschaft. Diese Erfahrung sollte nun Stephen in jedem wachen Augenblick seines Lebens machen – bei der Arbeit, auf seinem Wege zu und von dieser, vor seiner Tür, an seinem Fenster – überall – In gemeinschaftlichem Einverständnis vermie-

den sie selbst die Seite der Straße, die er gewöhnlich ein-
schlug, und von sämtlichen Arbeitern ging er allein auf dieser.

Er war viele Jahre lang ein ruhiger, stiller Mann gewesen,
hatte sich nur wenig zu andern gesellt und war an die Gesellschaft seiner eigenen Gedanken gewöhnt. Er hatte früher nie
gewußt, wie stark das Bedürfnis seines Herzens nach einem
Zunicken, einem Blick oder Wort war, und ebenso wußte er
nicht, wie unendlich groß der Trost war, den er durch solche
unbedeutenden Dinge tropfenweise einschlürfte. Es fiel ihm
selbst schwerer, als er es für möglich hielt, das Verlassensein
von seinen Gefährten in seinem Bewußtsein von einem
grundlosen Gefühl der Schande und des Schimpfes zu trennen.

Die ersten vier Tage seiner Leidenszeit waren so lang und
düster, daß er selbst vor dem, was ihm bevorstand, zu erschrecken begann. Nicht nur, daß er während der ganzen Zeit
nichts von Rachael sah; er vermied auch jede Gelegenheit, sie
zu sehen. Obgleich er zwar wußte, daß das Verbot sich noch
nicht auf die Arbeiterinnen der Fabriken erstreckte, so merkte
er doch, daß einige von ihnen, mit denen er bekannt war, nun
ganz verändert gegen ihn waren. Er fürchtete nun, bei andern
die gleiche Erfahrung zu machen. Er bebte vor dem Gedanken zurück, daß selbst Rachael von den übrigen gemieden
werden würde, wenn man sie in seiner Gesellschaft sähe. So
brachte er denn vier Tage ganz allein zu und hatte mit niemanden ein Wort gesprochen, als er eines Abends beim
Nachhausegehen von der Arbeit von einem jungen Manne
mit äußerst heller Gesichtsfarbe in der Straße angesprochen
wurde.

»Ihr heißt Blackpool, nicht wahr?« sagte der junge Mann.

Stephen errötete darüber, daß er sich plötzlich mit dem
Hute in der Hand sah, und zwar aus Dankbarkeit wegen der
Anrede, oder weil sie so unerwartet geschah, oder aus beiden
Gründen zugleich. Er stellte sich, als ob er das Futter in Ord-
nung brächte und sagte: »Ja.«

»Ihr seid der Arbeiter, den man nach Coventry[9] geschickt hat, nicht wahr?« sagte Bitzer, denn dieser war der erwähnte junge Mann mit heller Gesichtsfarbe.

Stephen bejahte abermals.

»Dann geht nur gefälligst gleich hin!« sagte Bitzer. »Ihr werdet erwartet und braucht dem Diener bloß zu sagen, daß Ihr es seid. Ich gehöre zur Bank. Wenn Ihr nun ohne mich geradeswegs hinaufgeht (ich bin geschickt worden, um Euch zu holen), so erspart Ihr mir einen Gang.«

Stephen, dessen Weg in der entgegengesetzten Richtung lag, wandte sich um und begab sich, seiner Pflicht gemäß, in das rote Backsteinschloß des Riesen Bounderby.

---

[9] Offiziere, die sich eines für das Kriegsgericht nicht geeigneten Vergehens schuldig gemacht hatten, wurden in der englischen Armee auf bestimmte Zeit von jeder gemeinsamen Unterhaltung ausgeschlossen. Derjenige, der auch nur ein Wort mit dem Verurteilten wechselte, zog sich dieselbe Strafe zu, die herkömmlich »nach Coventry schicken« genannt ward, wahrscheinlich mit Bezug auf ein anderes strenges, militärisches Gesetz, das den Namen Coventry-Gesetz führt.

Einundzwanzigstes Kapitel.

»Nun, Stephen«, rief Bounderby in seiner aufgeblasenen Weise, »was für Dinge hör' ich? Was haben diese Pestbeulen der Erde denn mit Euch gemacht? Kommt herein und sprecht.«

Damit ward er in das Empfangszimmer geladen. Ein Teetisch war gedeckt, und Mr. Bounderbys junge Frau sowie ihr junger Bruder und ein großer Gentleman aus London waren noch zugegen. Stephen machte ihnen seine Verbeugung, schloß die Tür und blieb mit dem Hut in der Hand in deren Nähe stehen.

»Das ist der Mann, von dem ich Ihnen gesprochen habe, Harthouse«, sagte Mr. Bounderby. Der Gentleman, an den er sich wandte und der mit Mrs. Bounderby in einem Gespräch begriffen auf dem Sofa saß, stand auf und sagte in lässigem Tone: »Oh, wirklich?« Dabei schlenderte er nach dem Kamin, bei dem Mr. Bounderby stand.

»Nun«, sagte Bounderby, »sprecht nur gerade heraus!«

Nach den vier verlebten Tagen klang diese Ansprache rauh und unwirsch an Stephens Ohr. Abgesehen davon, daß sie in brutaler Weise sein verwundetes Gemüt berührte, schien sie anzunehmen, daß er wirklich der selbstsüchtige Abtrünnige sei, den man ihn gescholten.

»Was ist es, Sir«, sagte Stephen, »was Sie von mir wünschen?«

»Nun, ich habe es Euch gesagt«, erwiderte Bounderby. »Sprecht heraus wie ein Mann, da Ihr doch ein Mann seid und erzählt uns von Euch und dieser Arbeiterverbindung.

»Entschuldigen Sie, Sir«, sagte Stephen Blackpool. »Ich habe darüber nichts mitzuteilen.«

Mr. Bounderby, der stets mehr oder weniger einem Winde glich, fing, da ihm hier etwas im Wege stand, sogleich an, dieses Etwas anzuhauchen.

»Nun, sehen Sie einmal, Harthouse«, rief er, »hier ist ein Muster von diesen Leuten. Als der Mann schon früher einmal hier war, warnte ich ihn vor den unheilbringenden Fremden, die stets geschäftig sind – und die man hängen sollte, wo man sie nur findet – und ich sagte diesem Mann, daß er einen falschen Weg einschlägt. Können Sie nun glauben, daß er, obgleich seine Kameraden ihn in dieser Weise gebrandmarkt haben, ihnen noch immer so sklavisch unterworfen ist, daß er sich scheut, den Mund über sie aufzutun?«

»Ich sagte, daß ich nichts mitzuteilen habe, Sir; nicht, daß ich mich fürchtete, den Mund aufzutun.«

»Das sagtet Ihr. Ah, ich weiß, was Ihr sagtet; und seht, was noch mehr ist, ich weiß, was Ihr denkt. Zum Donnerwetter! Was man sagt und was man denkt, ist nicht immer ein und dasselbe. Oft ganz verschiedene Dinge. Sagt uns lieber gleich heraus, daß jener Kerl, der Slackbridge, nicht in der Stadt ist, um das Volk zur Meuterei aufzuhetzen, und daß er nicht ein regelrecht qualifizierter Volksführer ist – das heißt ein ganz verfluchter Schurke! Sagt das lieber gleich heraus; Ihr könnt mich nicht täuschen. Das wollt Ihr uns sagen. Warum tut Ihr es nicht?«

»Es tut mir ebenso leid wie Ihnen, wenn die Führer des Volkes schlecht sind«, sagte Stephen kopfschüttelnd. »Man nimmt die, die sich anbieten. Vielleicht ist es nicht das geringste Unglück, daß das Volk keine besseren Führer haben kann.«

Der Wind fing an, noch heftiger zu hauchen.

»Nun, Sie werden denken, das klingt recht hübsch, Harthouse«, sagte Mr. Bounderby. »Sie werden denken, das ist ziemlich stark. Sie werden sagen, bei meiner Seele, das ist eine nette Kostprobe davon, womit meine Freunde zu tun haben. Aber das ist noch nichts, Sir! Hören Sie mich einmal an diesen Mann eine Frage stellen. Bitte sehr, Mr. Blackpool« – der Wind sprang jetzt äußerst heftig auf – »darf ich mir die Freiheit nehmen, Sie zu fragen, wie es kommt, daß Sie sich weigerten, an diesem Bündnis teilzunehmen?«

»Wie es kommt?«

»Jaja!« sagte Mr. Bounderby, mit den Daumen in den Ärmeln seines Rockes, den Kopf zurückgeworfen und mit den Augen der gegenüberliegenden Wand vertraulich zublinzelnd, »wie es kommt?«

»Ich möchte es lieber nicht berühren; da Sie aber einmal die Frage an mich stellen, und ich nicht unhöflich sein will, so werde ich antworten. Ich habe ein Versprechen gegeben.«

»Nicht mir, wie Ihr wissen werdet«, sagte Bounderby. (Stürmisches Wetter mit trügerischer Stille jetzt vorherrschend.)

»O nein, Sir. Nicht Ihnen.«

»Was mich betrifft, so hat die Rücksicht auf mich dabei nicht das mindeste zu tun«, sagte Bounderby, immer noch vertraulich der Wand sich zukehrend. »Wenn Josiah Bounderby von Coketown bloß im Spiele gewesen wäre, so würdet Ihr beigetreten sein und Euch kein Gewissen daraus gemacht haben?«

»Jawohl, Sir. Das ist richtig.«

»Obwohl er weiß«, sagte Mr. Bounderby, jetzt in einen Sturm ausbrechend, »daß sie eine Bande von Spitzbuben und Rebellen sind, für die Deportation noch zu gut ist. Nun, Mr. Harthouse, Sie sind ein wenig in der Welt herumgekommen. Sind Sie jemals einem Manne wie diesem in unserm gesegneten Lande begegnet?« Mr. Bounderby wies hier auf ihn mit zornigem Finger.

»Nein, Ma'am«, sagte Stephen Blackpool, gegen solche Worte lebhaft protestierend, und richtete seine Worte instinktmäßig an Luise, auf deren Züge er einen raschen Blick geworfen. »Keine Rebellen und auch keine Spitzbuben. Nichts dergleichen, Ma'am, nichts dergleichen. Meine Kameraden haben mir, meinem Wissen und Gefühle nach, Ma'am, nichts Gutes erwiesen. Aber es gibt kein Dutzend Männer unter ihnen, Ma'am – ein Dutzend? nicht sechs gibt es unter ihnen, die nicht glauben, daß sie selbst und die übrigen ihre Schuldigkeit getan. Gott bewahre, daß ich, der ich mein ganzes Leben lang diese Männer aus Erfahrung kenne – ich, der ich mit ihnen gegessen und getrunken habe, mich mit ihnen plagte und sie liebte – mich weigern sollte, mit ihnen für die Wahrheit einzustehen, mögen sie mir auch getan haben, was sie wollen!«

Er sprach mit dem rauhen Ernst seines Standes und Charakters – der vielleicht durch das stolze Bewußtsein erhöht, daß er seiner eigenen Klasse treu geblieben war, trotzdem sie ihm mißtraut hatten. Er vergaß jedoch keinen Augenblick, wo er war und erhob nicht einmal die Stimme. »Nein, Ma'am, nein. Sie sind einander treu, sind sich gut und ergeben bis zum Tode. Man sei arm, krank oder mit Kummer beladen unter ihnen – aus einer der vielen Ursachen, die den Gram zur Pforte des Armen führen – und sie begegnen einem liebevoll, freundlich, teilnehmend und christlich. Dessen können Sie gewiß sein, Ma'am. Sie würden sich eher in Stücke reißen lassen, als daß sie anders sein möchten.«

»Kurz«, sagte Mr. Bounderby, »bloß weil sie so voll guter Eigenschaften sind, haben sie Euch aufs Trockene gesetzt. Erzählt nun vollends, weil Ihr gerade im Zuge seid. Heraus damit!«

»Wie es kommt, Ma'am«, sagte Stephen, dem Luises Gesicht wie eine natürliche Zufluchtsstätte erschien, »daß gerade das, was das Beste an unsern Leuten ist, stets zu unserm Unglück und zu unserer Verwirrung ausschlägt, das kann ich nicht sagen. Aber es ist einmal so. Ich weiß das so gewiß, wie ich weiß, daß über mir, hinter dem Rauche, der Himmel ist. Wir sind auch geduldig und wollen im allgemeinen nur das Rechte tun. Und ich kann nicht glauben, daß der Fehler nur auf unserer Seite liegt.«

»Nun, mein Freund«, sagte Mr. Bounderby, den er, obgleich es ganz absichtslos geschah, durch nichts mehr hätte aufbringen können, als dadurch, daß er sich an eine andere Person wandte. »Wenn Ihr mir für eine halbe Minute Eure Aufmerksamkeit gönnen wollt, so würde ich gerne ein oder zwei Worte mit Euch sprechen. Ihr sagtet eben, daß Ihr uns über diese ganze Angelegenheit nichts mitzuteilen hättet. Seid Ihr dessen ganz gewiß? sprecht, ehe wir weiter fortfahren.«

»Sir, ich bin dessen gewiß.«

»Hier ist ein Herr aus London«, Mr. Bounderby machte eine Bewegung mit dem Rücken der Hand und deutete mit dem Daumen auf Mr. James Harthouse, »ein Parlamentsmitglied. Ich möchte, daß er ein kurzes Zwiegespräch zwischen Euch und mir anhört, statt bloß den Inhalt an sich – denn ich weiß im voraus nur zu wohl, was es sein wird. Niemand weiß es besser als ich, das merkt Euch wohl – anstatt daß er es von mir auf Treu und Glauben hinnehmen muß.«

Stephen verneigte sich gegen den Herrn aus London und zeigte mehr Verwirrung als gewöhnlich. Er wandte die Augen unwillkürlich nach der früheren Zufluchtsstätte; aber ein ausdrucksvoller kurzer Blick von dieser Seite hieß ihn, seine Augen auf Mr. Bounderbys Gesicht zu richten.

»Nun, worüber beklagt Ihr Euch?« fragte Mr. Bounderby.

»Ich bin nicht hierher gekommen«, erinnerte ihn Stephen, »mich zu beklagen. Ich kam, weil man nach mir geschickt hat.«

»Worüber«, wiederholte Mr. Bounderby, indem er die Arme kreuzte, beklagt ihr Leute euch im allgemeinen?«

Stephen betrachtete ihn eine Weile mit einiger Unentschlossenheit; dann schien er einen Entschluß gefaßt zu haben.

»Sir, ich mochte mich niemals darüber auslassen, obwohl ich mein Teil mitgelitten habe. Wir stecken in der Tat in tiefer Wirrnis, Sir. Blickt in der Stadt umher – so reich sie auch ist – und betrachtet die Zahl der Leute, die nur dazu geboren scheinen, um zu weben und Wolle zu krempeln, und die das Leben, alle in gleicher Weise, fristen – von ihrer Wiege bis zu ihrem Grab. Seht doch, wie wir leben, wo wir leben und in welcher Anzahl, unter welchen Aussichten und mit welcher Gleichförmigkeit! Seht nur, wie die Maschinen immerfort arbeiten, und wie sie uns doch nie einem fernen Gegenstande näher bringen – außer stets dem Tode. Seht nur, wie ihr uns beurteilt und über uns schreibt und sprecht und unsertwegen eure Deputationen zum Staatssekretär schickt, und wie ihr stets Recht habt und wir stets Unrecht, und wie wir keinen Funken Verstand in uns haben, seitdem wir geboren wurden. Seht nur, wie das zugenommen hat, Sir, stärker und stärker, immer weiter und weiter und immer schwerer und schwerer, von Jahr zu Jahr, von Generation zu Generation. Wer kann das alles betrachten, Sir, und einem Manne kühn sagen, daß es kein trauriger Zustand ist?«

»Ohne Zweifel«, sagte Mr. Bounderby. »Vielleicht wollt Ihr nun dem Herrn mitteilen, wie man aus diesem traurigen Zustand (wie Ihr es zu nennen beliebt) herauskommen kann?«

»Das weiß ich nicht, Sir. Das kann man von mir nicht erwarten. Es ist nicht meine Aufgabe, die Sache in Ordnung zu bringen, Sir. Das kommt denen zu, die über mir stehen und über allen andern von uns. Weshalb haben sie die Sache übernommen, Sir, wenn nicht, um sie in Ordnung zu bringen?«

»Ich will Euch ein Mittel sagen, das auf jeden Fall hilft«, versetzte Mr. Bounderby. »Wir wollen an einem halben Dutzend Slackbridges ein Exempel statuieren. Wir werden diese Lumpenkerle wegen Hochverrat verklagen und sie in die Strafkolonien transportieren lassen.«

Stephen schüttelte ernst den Kopf.

»Sagt mir nicht, Mann, daß wir es nicht tun werden«, sagte Mr. Bounderby, in einen Orkan ausbrechend, »denn ich sage Euch, daß wir es tun werden.«

»Sir«, entgegnete Stephen mit dem ruhigen Vertrauen vollkommener Sicherheit, »wenn Sie hundert Slackbridges nehmen – alle die existieren, und ihre Anzahl noch zehnfach vergrößert gedacht – und Sie diese in einzelne Säcke nähen und sie in den tiefsten Ozean versenken würden, der vor der Erschaffung des festen Landes vorhanden war, so würde der traurige Zustand doch bleiben wie er ist. Unheilbringende Fremde«, fügte Stephen mit einem unruhigen Lächeln hinzu, »wann hätten wir wohl, soweit unsere Erinnerung reicht, von diesen unheilbringenden Fremden nicht gehört! Aber nicht durch sie sind die Unruhen hervorgerufen worden, und nicht durch sie haben sie begonnen. Ich habe keine Vorliebe für sie – ich habe keinen Grund, ihnen gewogen zu sein – aber es ist unnütz und hoffnungslos, davon zu träumen, sie ihrem Gewerbe zu entreißen, anstatt das Gewerbe ihnen zu entreißen. Alles, was in diesem Zimmer um mich ist, war hier, bevor ich kam und wird hier sein, wenn ich fort bin. Nehmen Sie jene Standuhr und versenden Sie sie nach den Norfolkinseln, so wird die Zeit doch wie früher ihren Lauf fortsetzen. So ist es aufs Haar mit den Slackbridges.«

Ein schneller Blick nach seiner früheren Zufluchtsstätte ließ ihn bemerken, wie Luise ihre Augen warnend nach der Tür bewegte. Er trat zurück und legte die Hand auf das Schloß. Aber er hatte nicht nach seinem eigenen Wunsch und Willen gesprochen, und er fühlte in seinem Innern, daß es eine edle Vergeltung für die jüngst empfangene ungerechte Behandlung sei, denen, die ihn zurückgestoßen, bis zuletzt treu zu bleiben. Er blieb, um zu vollenden, was ihm noch am Herzen lag.

»Sir, bei meinen geringen Kenntnissen und meiner schlichten Weise kann ich dem Herrn nicht sagen, wodurch das alles gebessert werden kann – obgleich manche Arbeiter aus unserer Stadt, die mir überlegen sind, es tun könnten – aber ich bin imstande, ihm zu sagen, wodurch es *nicht* geschehen kann. Die Hand der Gewalt wird es niemals tun können. Sieg und Triumph werden es niemals zustande bringen. Das Übereinkommen, der einen Partei unnatürlicherweise für immer und ewig Recht zu geben, und der andern Partei unnatürlicherweise für immer und ewig Unrecht, wird es nie und nimmer zustande bringen. Auch damit wird man nichts ausrichten, daß man sie sich allein überläßt. Laßt Tausende über Tausende allein – und die gleiche Lebensweise führen und in denselben Schlamm versinken, und diese Tausende werden immer für sich stehen und ihr für euch, und es wird eine dunkle, undurchdringliche Nacht zwischen euch bleiben, die gerade eine so lange oder kurze Zeit währt, wie dergleichen Elend dauern kann. Auch dadurch, daß man sich den Leuten nicht nähert – mit Güte, Geduld und Freundlichkeit – die gewohnt sind, sich in ihrem Unglück so eng aneinander anzuschließen, und sich in ihrem Ungemach gegenseitig so liebgewinnen – wie, nach meiner bescheidenen Meinung, der Herr auf all seinen Reisen keine Leute sah, von denen sie übertroffen würden – auch dadurch wird man nichts ausrichten, bis die Sonne sich in Eis verwandeln würde. Und schließlich dadurch, daß man sie als eine gewisse Kraft abschätzt, und sie so reguliert, als wären sie bloß Zahlen in einer Summe oder bloße Maschinen – ohne Lust und Liebe, ohne Erinnerungen und Neigungen, ohne Seelen, die erschlaffen und in Hoffnung aufleben können – dadurch, daß man, wenn alles ruhig ist, mit ihnen verfährt, als gehörten sie nicht zur Menschheit, und wenn es wieder unruhig wird, ihnen den Mangel an menschlichen Gefühlen in ihrem Betragen gegen euch vorwirft – dadurch wird niemals was ausgerichtet werden, Sir, bis einmal Gottes Werk zugrunde geht!«

Stephen stand mit der offenen Tür in der Hand und wartete, um zu erfahren, ob man noch etwas von ihm zu wissen verlangte.

»Bleibt nur noch einen Augenblick«, sagte Mr. Bounderby, außerordentlich rot im Gesicht. »Ich sagte Euch, als Ihr jüngst mit einer Beschwerde hier waret, daß Ihr Euch lieber die Sache aus dem Kopfe schlagen möchtet. Und ich sagte Euch auch, daß ich die Aussicht auf den goldenen Löffel wohl gemerkt habe.«

»Ich habe nicht danach gestrebt, Sir; dessen kann ich Sie versichern.«

»Nun ist es mir klar«, sagte Mr. Bounderby, »daß Ihr zu jenen sauberen Kunden gehört, die stets eine Beschwerde haben. Und Ihr treibt Euch damit herum, sie zu verbreiten und Lärm zu schlagen. Das ist das Geschäft Eures Lebens, mein Freund.«

Stephen schüttelte den Kopf, als wollte er stillschweigend dagegen protestieren, da er in der Tat einen andern Lebensruf hatte.

»Ihr seid ein solcher Zänker und Stänker«, sagte Mr. Bounderby, »und ein so nichtsnutziger Bursche, daß selbst Euer Verein, dessen Mitglieder Euch am besten kennen werden, mit Euch nichts zu tun haben will. Ich dachte nie daran, daß jene Burschen in etwas recht haben könnten, aber ich will Euch etwas sagen! der Neuigkeit wegen gehe ich jetzt insofern mit ihnen, daß auch ich mit Euch nichts mehr zu tun haben will.«

Stephen heftete die Augen rasch auf sein Gesicht.

»Ihr könnt die Arbeit vollenden, an der Ihr gerade seid«, sagte Mr. Bounderby mit einem bedeutsamen Kopfnicken, »und dann anderswo hingehen.«

»Sir, Sie wissen recht gut,«, sagte Stephen mit Nachdruck, »daß, wenn ich nicht bei Ihnen Arbeit bekomme, mir sonst keine gegeben wird.«

Die Antwort lautete: »Was ich weiß, das weiß ich, und Ihr wißt, was Ihr wißt. Mehr habe ich nicht zu sagen.«

Stephen warf wieder einen Blick auf Luise, ihre Augen waren jedoch nicht mehr auf die seinen gerichtet. Er entfernte sich daher mit einem Seufzer und rief mit stockendem Atem: »Der Himmel steh uns allen bei in dieser Welt!«

Zweiundzwanzigstes Kapitel.

Es dunkelte, als Stephen Mr. Bounderbys Haus verließ. Die Schatten der Nacht waren so dicht herabgesunken, daß Stephen nicht um sich blickte, während er die Tür zumachte, sondern sich gerade die Straße hinabschleppte. Nichts lag seinen Gedanken ferner als die sonderbare Alte, der er bei seinem früheren Besuche in demselben Hause begegnet war, als er einen wohlbekannten Schritt hinter sich hörte und sich umwendend diese in Rachaels Gesellschaft erblickte.

Er sah Rachael jetzt erst, da er sie vorher nur gehört hatte.

»Ach, meine gute Rachael! Liebe Frau, Sie mit ihr!«

»Jawohl, und nun seid Ihr sicherlich überrascht, und ich muß sagen, mit Recht«, entgegnete die Alte. »Hier bin ich wieder, wie Ihr seht.«

»Aber, wieso mit Rachael?« fragte Stephen. Er schloß sich ihnen an und ging, von einer zur andern blickend, zwischen beiden.

»Nun, ich traf dieses hübsche, gute Mädchen, als ich auf Euch gestoßen war«, sagte die Alte, in munterem Ton antwortend. »Meine Besuchszeit fällt dieses Jahr später als gewöhnlich, denn ich war von Atemnot geplagt und verschob daher die Reise, bis das Wetter gut und warm geworden. Aus demselben Grunde lege ich die Reise nicht an ein und demselben Tage zurück, sondern verteile sie auf zwei Tage, und übernachte heute im Kaffeehaus bei der Eisenbahn (ein hübsches, reinliches Haus das), und fahre morgen früh um sechs Uhr wieder mit dem Parlamentszug zurück. ›Nun, was hat das alles aber mit diesem guten Mädchen zu tun?‹ fragt Ihr. Das will ich Euch sagen. Ich habe gehört, daß sich Mr. Bounderby verheiratet hat. Ich las es in der Zeitung, wo es sich großartig ausnahm – oh, es nahm sich prachtvoll aus!« die Alte verweilte bei diesem Gedanken mit sonderbarer Begeisterung, »und ich möchte seine Frau sehen. Ich habe sie noch nie gesehen. Nun stellt Euch nur vor, seit heute mittag hat sie das Haus nicht verlassen. Um sie aber nicht zu leicht aufzugeben, wartete ich noch ein letztes Weilchen, als ich an diesem guten Mädchen zwei- oder dreimal vorüberging, und sie so freundlich ausschaute, so sprach ich sie an und wir kamen in eine Unterhaltung. Da habt Ihr's nun!« sagte die Alte zu Stephen, »das übrige könnt Ihr selbst erraten, und wie ich glaube, um vieles rascher, als ich es sagen kann.«

Stephen mußte abermals einen instinktmäßigen Widerwillen gegen diese Frau überwinden, obgleich ihr Benehmen so anständig und einfach wie nur möglich war. Mit einem Wohlwollen, das ihm und, wie er wußte, auch Rachael so natürlich war, blieb er bei dem Gegenstand, der sie in ihrem Alter noch so interessierte.

»Nun, Frauchen«, sagte er, »ich habe die Dame gesehen, und sie ist ebenso jung als schön. Sie hat schöne, dunkle und verständige Augen und ein stilles Wesen, Rachael, wie ich nie etwas Ähnliches erblickt habe.«

»Jung und schön. Ja«, rief die Alte ganz entzückt. »So lieblich wie eine Rose. Und was für eine glückliche Frau!«

»Freilich, liebe Frau, ich vermute, sie ist es«, sagte Stephen, warf jedoch einen zweifelhaften Blick auf Rachael.

»Ihr vermutet, daß sie es sei? Sie muß es sein. Sie ist die Frau Eures Herrn«, versetzte die Alte.

Stephen nickte beistimmend. »Obwohl, was den Herrn anbelangt«, sagte er, einen flüchtigen Blick auf Rachael werfend, »mein Herr gewesen. Es ist aus zwischen mir und ihm.«

»Hast du die Arbeit bei ihm verlassen?« fragte Rachael besorgt und schnell.

»Nun, Rachael«, antwortete er, »ob ich die Arbeit verlasse oder ob die Arbeit mich verläßt, kommt auf eins heraus. Seine Arbeit und ich sind geschieden. Es ist auch gut so – besser noch – dachte ich, als daß du mit mir hättest gehen müssen. Es hätte mir nur Verdruß verursacht, wenn ich geblieben wäre. Vielleicht ist's gar eine Wohltat für mich. Jedenfalls muß es geschehen. Ich muß nun Coketown den Rücken kehren und mein Glück suchen, Liebe, indem ich von vorne anfange.«

»Wohin willst du gehen, Stephen?«

»Ich weiß noch nicht heute nacht«, sagte er, indem er den Hut lüftete und sich das dünne Haar mit der flachen Hand glättete. »Aber ich gehe noch nicht heute nacht fort, Rachael, auch morgen nicht. Es ist nicht so leicht zu wissen, wohin ich mich wenden soll, doch werden mir schon gute Gedanken kommen.«

Auch hier kam ihm seine Natur, uneigennützig zu *denken*, wieder zu Hilfe. Bevor er noch Mr. Bounderbys Haustür zugemacht hatte, war ihm der Gedanke gekommen, daß es wenigstens für sie gut sei, wenn er nun gehen müsse, da sie dadurch der Möglichkeit entgehe, in seine Angelegenheit mit hineingezogen zu werden, bloß weil sie zu ihm hielt. Obwohl es ihm viel Schmerz verursachen mußte, sie zu verlassen, und obwohl er keinen Ort wußte, wohin seine Verfehmung ihn nicht verfolgen würde, so war es vielleicht gegen die Schwierigkeiten und Drangsale, die ihm bevorstanden, noch eine Erleichterung, die Leiden der verflossenen vier Tage aufgeben zu müssen.

Darum sagte er auch mit voller Wahrheit: »Es ist mir wohler dabei, Rachael, als ich gedacht hätte.« Sie mochte nicht seine Last schwerer machen. Sie antwortete mit ihrem trostreichen Lächeln, und die drei setzten ihren Weg fort.

Das Alter findet, besonders wenn e« sich bestrebt, selbstvertrauend und munter zu erscheinen, viel Rücksicht bei den Armen. Die alte Frau war so anständig und machte so wenig Umstände mit ihren Gebrechen, obwohl diese seit ihrer ersten Zusammenkunft mit Stephen sich noch vermehrt hatten, daß sie beide Interesse für sie faßten.

Sie war zu lebhaft, um zu dulden, daß sie ihretwegen langsamer gingen. Aber sie nahm es dankbar auf, daß man mit ihr sprach, und sie sprach selbst gern und ausführlich wie immer. Als die beiden nun ihr Stadtviertel erreichten, war die Alte munterer und lebhafter als je.

»Kommt mit in meine bescheidene Wohnung, Frau«, sagte Stephen, »und trinkt etwas Tee. Rachael wird auch kommen, und dann will ich Euch nach Eurem Reisehotel bringen. Es dürfte lange dauern, Rachael, eh ich wieder die Gelegenheit habe, in deiner Gesellschaft zu sein.«

Sie sagten zu, und alle drei begaben sich nach dem Hause, wo er wohnte. Als sie in die enge Straße kamen, warf Stephen einen flüchtigen Blick nach dem Fenster mit einer Angst, die seine trostlose Wohnung stets umschwebte. Es war jedoch offen, so wie er es verlassen hatte, und niemand befand sich daselbst. Der Dämon seines Lebens war seit einigen Monaten wieder verschwunden, und seitdem hatte er nichts von ihr vernommen. Das einzige Zeugnis von ihrer letzten Wiederkehr gaben die spärlicheren Möbel seines Zimmers und die grauer gewordenen Haare seines Kopfes.

Er zündete ein Licht an, machte ein Teebrett zurecht, holte warmes Wasser von unten und brachte von dem nächsten Kaufladen kleine Portionen Tee und Zucker, einen Laib Brot und etwas Butter. Das Brot war neubacken und krustig, die Butter frisch und der Zucker natürlich weiß – als Bestätigung der apodiktischen Behauptung der Coketowner Magnaten, daß »diese Leute wie die Prinzen leben«. *Rachael* bereitete den Tee (eine so große Gesellschaft machte das Borgen einer Tasse nötig) und der Gast genoß ihn mit vielem Vergnügen. Es war der erste Strahl gesellschaftlicher Freuden, der dem Wirt seit langer Zeit zuteil geworden. Auch er, vor dem die Welt wie eine weite Wüste dalag, erfreute sich des bescheidenen Mahles – wieder ein Beispiel zur Bekräftigung des Magnatenausspruches, daß es »diesen Leuten an aller und jeder Berechnung fehlt«.

»Ich hab' noch nicht daran gedacht, Mistreß«, sagte Stephen, »Euch nach Eurem Namen zu fragen.«

Die alte Frau stellte sich als »Mrs. Pegler« vor.

»Witwe vermutlich?« fragte Stephen.

»Oh, seit langen Jahren.« – Mrs. Peglers Mann (einer der besten, die es je gegeben) war, nach Mrs. Peglers Berechnung, schon tot, als Stephen geboren wurde.

»Das war auch ein schlimmes Schicksal, einen so guten Mann zu verlieren«, sagte Stephen. »Sind Kinder da?«

Mrs. Peglers Obertasse rasselte, wie sie diese in der Hand hielt, gegen die Untertasse und deutete auf ihre nervöse Aufregung. »Nein«, sagte sie. »Nicht jetzt, nicht jetzt.«

»Tot, Stephen«, deutete Rachael mit sanfter Stimme an.

»Es tut mir leid, daß ich davon gesprochen«, sagte Stephen. »Ich hätte daran denken sollen, daß ich eine wunde Stelle berühren würde. Ich – ich muß mich selbst tadeln.«

Während er sich entschuldigte, rasselte die Tasse der alten Frau immer mehr. »Ich hatte einen Sohn«, sagte sie mit seltsamer Betrübnis, die nicht den gewöhnlichen Schmerzäußerungen gleichkam, »dem es wohl, wunderbar wohlging. Aber, bitte, schweigen wir davon. Er ist —«, indem sie die Tasse niederstellte, machte sie eine Bewegung mit der Hand, wie um ihren Worten Nachdruck zu verleihen, »tot«. Dann rief sie laut: »Ich habe ihn verloren!«

Stephen hatte sich noch nicht darüber beruhigt, der alten Frau Schmerz verursacht zu haben, als die Hauswirtin die enge Treppe heraufgestolpert kam, ihn an die Tür rief und ihm etwas ins Ohr flüsterte. Mrs. Pegler war durchaus nicht taub, denn sie griff das Wort auf, so wie es ausgesprochen wurde.

»Bounderby«, rief sie mit gedämpfter Stimme, indem sie vom Tische aufsprang. »Oh, verbergt mich. Laßt mich um alle Welt nicht gesehen werden. Laßt ihn nicht herauf, bis ich fort bin. Bitte, bitte sehr!« Sie zitterte und war über die Maßen aufgeregt. Als Rachael sie zu beruhigen suchte, verbarg sie sich hinter dieser und schien nicht zu wissen, was sie anfangen sollte.

»Aber hört doch, liebe Frau, hört doch«, sagte Stephen erstaunt. »Es ist nicht Mr. Bounderby. Es ist seine Frau. Ihr werdet Euch doch vor ihr nicht fürchten. Ihr waret ja kaum vor einer Stunde noch ganz beglückt von ihr.«

»Seid Ihr aber gewiß, daß es die Lady und nicht der Herr ist?« fragte sie noch immer zitternd.

»Vollkommen gewiß.«

»Nun denn, bitte, sprecht nicht mit mir und nehmt auch keine Notiz von mir«, sagte die Alte. »Überlaßt mich ganz mir selbst in dieser Ecke.«

Stephen nickte zustimmend und sah Rachael fragend an. Aber auch sie konnte ihm keine Erklärung geben. Dann nahm er das Licht, ging hinunter und kehrte nach einigen Augenblicken, Luisen ins Zimmer leuchtend, wieder zurück. Der Bengel folgte ihr nach.

Rachael hatte sich erhoben und stand abseits mit ihrem Schal und Hut in der Hand, als Stephen, durch diesen Besuch höchst überrascht, das Licht auf den Tisch setzte. Dann stand er da, die Hände auf einem nahen Tische übereinandergelegt und harrte, was sie begehre.

Luise hatte zum erstenmal in ihrem Leben eine der Wohnungen der Coketowner Arbeiter besucht, und zum ersten Male in ihrem Leben erschienen ihr diese mit einer Art Individualität behaftet. Sie wußte von deren Existenz zu Hunderten und Tausenden. Sie wußte, welche Resultate eine gegebene Zahl derselben in einem bestimmten Zeiträume an Arbeitsmengen leisten würde. Sie wußte, wie diese in Massen, gleich Ameisen und Käfern, von oder zu ihren Nestern sich bewegten.

Etwas, das so und so viel Arbeit liefern muß und mit so und so viel bezahlt wird und dann endigt! etwas, das unfehlbar nach den Gesetzen von Angebot und Nachfrage reguliert werden muß – zugleich aber etwas, das stets gegen diese Gesetze verstößt und sich in Verlegenheiten stürzt; etwas, das ein bißchen hungert, wenn Weizen teuer ist und sich überißt, wenn Weizen wohlfeil ist: etwas das mit so viel Prozent sich vermehrt, und wieder so viel Prozent in Verbrechen und so viel Prozent an Verarmung und Verelendung abwirft: etwas, das ein Handelsartikel im großen ist, wodurch schon unermeßliche Reichtümer erworben wurden: etwas, das gelegentlich gleich der See steigt und viel Schaden und Nachteil (vorzüglich sich selbst) verursacht und darauf wieder fällt – das war alles, was sie über die Coketowner Arbeiter wußte. Sie hatte jedoch kaum mehr daran gedacht, diese Massenbegriffe in Einheiten aufzulösen, wie die See selbst in die Tropfen, aus denen sie zusammengesetzt ist, zu teilen.

Einige Augenblicke stand sie da und blickte sich im Zimmer um. Von den wenigen Stühlen, den wenigen Büchern, den billigen Kupferstichen und dem Bett warf sie einen flüchtigen Blick auf die beiden Frauen und auf Stephen.

»Ich kam, um Euch wegen des soeben Vorgefallenen zu sprechen. Ich möchte mich Euch gern nützlich erweisen, wenn Ihr nichts dagegen habt. Ist das Eure Frau?«

Rachael erhob ihre Augen, die genugsam die Frage verneinten, und ließ sie dann wieder sinken.

»Ich besinne mich«, sagte Luise, über den Mißgriff errötend, »ich besinne mich, von Eurem häuslichen Unglück sprechen gehört zu haben, obwohl ich damals den Einzelheiten keine besondere Aufmerksamkeit schenkte. Es lag nicht in meiner Absicht, eine Frage zu stellen, die einem der Anwesenden Schmerz verursachen könnte. Sollte ich eine andere Frage tun, die das gleiche Resultat hervorbringen könnte, so bitte ich Euch, mir zu glauben, daß es nur aus Unwissenheit geschieht, wie ich mit Euch zu sprechen habe.«

So wie Stephen sich erst vor kurzem instinktmäßig an sie gewandt hatte, so wandte sie sich jetzt instinktmäßig an Rachael. Ihr Benehmen war kurz und abgebrochen und doch unsicher und furchtsam.

»Er hat Euch gesagt, was zwischen ihm und meinem Manne vorgegangen war. Ihr müßt wohl, wie ich glaube, seine erste Zuflucht sein?«

»Ich habe das Ende davon gehört, junge Dame«, sagte Rachael.

»Verstand ich recht, daß er, wenn er von *einem* Arbeitgeber zurückgewiesen ist, wahrscheinlich von allen zurückgewiesen werden dürfte? Ich glaube, er sagte das ungefähr?«

»Die Aussicht ist sehr gering, junge Dame, beinahe gleich Null für einen Mann, der einen schlechten Ruf unter ihnen erlangt hat.«

»Was muß ich unter dem Ausdruck »schlechten Ruf« verstehen?«

»Den Ruf, ein unruhiger Kopf zu sein.«

»Er ist also durch die Vorurteile seines eigenen Standes und durch die Vorurteile des andern auf gleiche Weise aufgeopfert worden? Sind diese beiden Stände in unserer Stadt so sehr geschieden, daß sich zwischen ihnen für einen redlichen Arbeiter kein Platz vorfindet?«

Rachael schüttelte stillschweigend mit dem Kopf.

»Er fiel«, sagte Luise, »bei seinen Arbeitsgenossen in Verdacht, weil er das Versprechen geleistet, ihnen nicht beizutreten. Ich glaube, er muß Euch das Versprechen gemacht haben. Darf ich fragen, warum das geschah?«

Rachael brach in Tränen aus. »Ich habe ihn nicht dazu gedrängt, den Armen. Ich bat ihn, zu seinem eigenen Besten alle Unannehmlichkeiten zu vermeiden und dachte wenig daran, daß er durch mich dazu kommen werde. Aber ich weiß, daß er eher hundertmal sterben würde, als daß er sein gegebenes Wort bräche. Dafür kenne ich ihn zu gut.«

Stephen hatte in seiner gewöhnlichen, nachdenklichen Stellung, mit der Hand am Kinn, in stiller Aufmerksamkeit dagestanden. Er sprach jetzt mit einer etwas minder ruhigen Stimme als gewöhnlich.

»Niemand außer mir kann wissen, welche Ehrfurcht, welche Liebe und Achtung ich für Rachael fühle – oder aus welcher Ursache das geschieht. Als ich jenes Versprechen leistete, hielt ich sie wirklich für den Schutzgeist meines Lebens. Es war ein feierliches Versprechen. Ich habe es geleistet für immer.«

Luise wandte sich mit dem Kopfe gegen ihn und neigte ihn mit einer Ehrerbietung, die neu an ihr war. Sie blickte von ihm auf Rachael, und ihre Züge nahmen einen milderen Ausdruck an.

»Was wollt Ihr beginnen?« fragte sie ihn. Ihre Stimme war ebenfalls milder geworden.

»Nun, Ma'am«, sagte Stephen, der gute Miene zum bösen Spiel machte, mit einem Lächeln, »wenn ich mit der Arbeit zu Ende bin, dann muß ich diesen Ort verlassen und es an einem andern versuchen. Glücklich oder unglücklich – der Mensch kann nichts tun, als versuchen. Man soll nichts lassen, ohne es versucht zu haben – außer das Sichniederlegen und Sterben.«

»Wie wollt Ihr reisen?«

»Zu Fuß, meine gute Lady, zu Fuß.«

Luise errötete, während eine Geldbörse in ihrer Hand sichtbar wurde. Das Rauschen einer Banknote ließ sich hören, während sie eine entfaltete und auf den Tisch legte.

»Wollt Ihr ihm sagen, Rachael – denn Ihr wißt, wie es ohne Beleidigung anzustellen sei – daß dies ihm ganz zu Gebote steht, um ihm die Reise zu erleichtern? Wollt Ihr ihn inständig bitten, es anzunehmen?«

»Ich kann es nicht, junge Frau«, antwortete sie, sich mit dem Kopfe abwendend. »Gott segne Sie, daß Sie mit so viel Güte an den armen Mann denken. Aber er muß sein Herz selber kennen und wissen, was demgemäß recht ist.«

Luise sah teils ungläubig, teils erschrocken und teils von schneller Sympathie ergriffen aus, als dieser Mann von so vieler Selbstbeherrschung, der so einfach und gesetzt während der kürzlichen Unterredung gewesen war, seine Fassung in einem Augenblick verlor, und nun mit der Hand vor dem Gesicht dastand. Sie streckte die ihrige aus, wie um ihn zu berühren – dann bezwang sie sich und blieb ruhig.

»Nein, selbst Rachael«, sagte er, als er wieder mit unbedecktem Gesicht dastand, »könnte ein so liebreiches Anerbieten nicht mit liebreicheren Worten machen. Um zu zeigen, daß ich kein Mann ohne Verstand und Dankbarkeit bin, will ich zwei Pfund nehmen. Ich will sie als Darlehen annehmen und sie wieder zurückbezahlen. Und die Arbeit soll mir die süßeste sein, die ich je verrichtet: denn sie soll mich in den Stand setzen, noch einmal meine ewige Dankbarkeit für Ihre heutige Tat zu erkennen zu geben.«

Sie mußte gern oder ungern die Banknote wieder zurücknehmen und die viel kleinere Summe, die er genannt hatte, an deren Stelle setzen. Stephen war weder höflich, noch hübsch, noch pathetischer Geste: und doch lag in der Art, wie er das Geld annahm und seinen Dank ohne viel Worte ausdrückte, eine Anmut, die Lord Chesterfield seinem Sohne in einem ganzen Jahrhundert nicht hätte beibringen können.[10]

Tom hatte, bis der Besuch in dieses Stadium getreten war, auf dem Bett gesessen: er schwang mit ziemlicher Gleichgültigkeit einen Fuß hin und her und lutschte an seinem Spazierstock. Als er seine Schwester zum Aufbrechen bereit sah, stand er ziemlich rasch auf und rief:

»Warte nur einen Augenblick, Lu. Ehe wir fortgehen, möchte ich ihn auf einen Moment sprechen. Es fällt mir

---

[10] Philipp Graf von Chesterfield (1694–1773), englischer Staatsmann, bekannt durch seine »Briefe an seinen Sohn« (London 1694, später noch oft herausgegeben), in denen er äußere Liebenswürdigkeit, aber wenig Herzensliebe fordert.

gerade was ein. Wenn Ihr mit mir auf die Treppe hinausgehen wollt, Blackpool, so will ich's Euch sagen. Wir brauchen kein Licht, Mann.« Tom war in merkwürdiger Ungeduld, als sich Stephen nach dem Speiseschrank hin wandte, um eines zu holen. »Man braucht kein Licht dazu.«

Stephen folgte ihm nach und Tom machte die Zimmertür zu und hielt das Schloß in der Hand.

»Hört einmal!« flüsterte er. »Ich glaube, Euch einen guten Dienst erweisen zu können. Fragt mich nicht, was es ist, weil vielleicht nichts daraus werden dürfte. Aber es schadet nichts, wenn ich's versuche.« Sein Atem wehte, einer Feuerflamme gleich, Stephens Ohren an, so heiß war er.

»Es war unser Bürodiener auf der Bank, der Euch diesen Abend die Botschaft hinterbracht hatte«, sagte Tom. »Ich heiße ihn unsern Bürodiener, weil ich auch zur Bank gehöre.«

Stephen dachte: »Was für Eile er hat!« Tom sprach auch wirklich ganz konfus.

»Nun, laßt einmal hören«, fuhr Tom fort. »Wann ist Eure Arbeitszeit hier endgültig aus?«

»Heute ist Montag«, erwiderte Stephen nachdenkend. »Nun, Sir, Freitag oder Samstag ungefähr.«

»Freitag oder Samstag«, sagte Tom. »Nun seht einmal. Ich bin nicht gewiß, ob ich Euch den guten Dienst erweisen kann, den ich beabsichtige – wißt, das ist meine Schwester, die in Eurem Zimmer ist – aber ich dürfte imstande sein, es zu tun, und sollte ich es nicht sein, so ist doch kein Schaden dabei. Darum will ich Euch was sagen. Würdet Ihr unsern Bürodiener wiedererkennen?«

»Ganz gewiß«, sagte Stephen.

»Sehr gut«, versetzte Tom. »Wenn Ihr eines Abends, zwischen heute und Eurer Abreise zu arbeiten aufhört, dann wartet doch ungefähr ein Stündchen bei der Bank. Wollt Ihr das? Laßt keine Absicht merken, wenn er Euch dort warten sieht; denn ich werde ihn nicht beauftragen, mit Euch zu sprechen, außer ich kann Euch den Dienst erweisen, den ich beabsichtige. In diesem Falle würde er einen Zettel oder eine Botschaft für Euch haben, sonst nicht. Also gebt acht! Ihr habt mich doch richtig verstanden?«

Er hatte in der Dunkelheit einen Finger in das Knopfloch von Stephens Rock gezwängt und drehte in einer ungewöhnlichen Weise jenen Winkel des Kleidungsstückes zu einem Knäuel zusammen.

»Ich verstehe wohl, Sir«, sagte Stephen.

»Nun, seht einmal«, wiederholte Tom. »Seid gewiß, daß Ihr Euch nicht irrt und vergeßt nichts. Ich werde meiner Schwester im Nachhausegehen sagen, was ich beabsichtige, und ich weiß, sie wird es billigen. Nun, seht einmal, die Sache ist doch in Ordnung, nicht wahr? Ihr versteht alles davon? Sehr gut also. Komm fort, Lu!«

Er stieß die Tür auf, während er sie rief, kehrte jedoch nicht mehr ins Zimmer zurück und wartete auch nicht, bis man ihr die engen Treppen hinunterleuchtete. Er war schon unten, als sie herabstieg, und befand sich schon auf der Straße, ehe sie seinen Arm nehmen konnte.

Mrs. Pegler blieb in ihrem Winkel, bis das Geschwisterpaar fort war und Stephen mit dem Licht in der Hand zurückkam. Sie befand sich in einem Zustand unaussprechlicher Bewunderung für Mrs. Bounderby, und weinte wie eine höchst seltsame Alte, »weil sie so ein liebes Wesen sei«. Zugleich war sie aber in solcher Angst, daß der Gegenstand ihrer Bewunderung zurückkehren oder sonst jemand kommen könnte, daß es mit ihrer Fröhlichkeit für heute abend vorbei war. Es war auch spät für Leute, die früh aufstanden und hart arbeiteten. Die Gesellschaft brach daher auf, und Stephen und Rachael begleiteten ihre rätselhafte Bekanntschaft bis an die Tür des Passagierhotels, wo sie sich von ihr verabschiedeten.

Sie gingen zusammen bis zur Ecke der Straße zurück, in der Rachael wohnte, und je näher sie dieser kamen, desto schweigender wurden sie. Als sie zu der dunklen Straßenecke gelangten, wo ihre seltenen Zusammenkünfte gewöhnlich endeten, hielten sie, noch immer schweigend, inne, als ob beide sich scheuten zu sprechen.

»Ich werde versuchen, dich noch einmal zu sehen, Rachael, bevor ich gehe, wo nicht aber —«

»Du wirst das nicht tun, Stephen, ich weiß es. Es ist besser, wir entschließen uns, offen gegeneinander zu sein.«

»Du hast immer recht. Es ist kühner und besser. Ich dachte daran, Rachael, daß es besser ist, wenn man dich nicht mit mir sieht, meine Liebe, da es doch nur einen oder zwei Tage dauern wird. Es könnte dir nur, ohne irgendeinen Nutzen, Unannehmlichkeiten verursachen.«

»Deshalb hätte ich nichts dagegen, Stephen. Aber du kennst unsere frühere Übereinkunft. Und das ist die Ursache.«

»Gut, gut«, sagte er. »Es ist besser so, wie es auch immer sei.«

»Du wirst mir schreiben, Stephen, und mir alles mitteilen, was vorfällt?«

»Ja. Was kann ich aber nun mehr sagen, als: Gott sei mit dir, Gott segne dich, Gott belohne dich und vergelte dir's!«

»Möge er auch dich segnen, Stephen, auf all deinen Wegen und dir endlich Frieden und Ruhe schenken!«

»Ich sagte dir, Liebste«, versetzte Stephen Blackpool, »an jenem Abend – daß ich nichts sagen oder denken wollte, was meinen Zorn reizte, ohne daß du zu meinem Besten im Geiste bei mir stehen würdest. Du stehst mir auch jetzt zur Seite. Du läßt es mich mit gelassenem Blick ansehen. Gott segne dich. Gute Nacht. Leb' wohl!«

Es war ein rascher Abschied auf der gewöhnlichen Straße, und doch blieb er für diese beiden gewöhnlichen Leute eine heilige Erinnerung. Ihr Staatsökonomen und Nützlichkeitstheoretiker, ihr Schulmeistergerippe, eleganten und abgenützten Ungläubigen, ihr Prediger so mancher armseligen Glaubensbekenntnisse, die Armen sind immer euch nahe! Pflegt in ihnen, während es noch Zeit ist, alle Gaben der Phantasie und des Herzens, um ihr Leben damit zu schmücken, das so sehr der Schönheit bedarf, oder die Wirklichkeit wird, in dem Augenblicke eures Triumphes – wo die Romantik aus ihrer Seele gänzlich verscheucht ist und sie kahler Existenz euch von Angesicht zu Angesicht gegenüberstehen, einen wolfsartigen Charakter annehmen und euch ein Ende machen.

Stephen arbeitete den nächsten Tag und den folgenden, ohne von jemanden mit einem Wort erfreut zu werden. Er blieb wie früher in seinem Tun und Lassen von allen gemieden. Am Ende des zweiten Tages erblickte er Land, und am Ende des dritten stand sein Webstuhl leer.

An jedem der ersten zwei Abende hatte er länger als eine Stunde vor der Bank gewartet, aber nichts war vorgefallen, weder Gutes noch Schlimmes. Damit er jedoch nicht seinerseits nachlässig erscheine, entschloß er sich, in der dritten und letzten Nacht volle zwei Stunden zu warten.

Er sah die Dame, die einst den Haushalt von Mr. Bounderby besorgte, wie früher am Fenster des ersten Stockwerkes sitzen, und auch der Bürodiener befand sich dort, der zuweilen mit ihr sprach, zuweilen über das Firmenschild herabsah, wo »Bank« geschrieben stand, und zuweilen vor die Tür kam und sich auf die Stufen stellte, um frische Luft zu schöpfen. Als er zuerst herauskam, meinte Stephen, er suche ihn und ging nahe an ihm vorbei; der Bürodiener warf ihm aber nur einen blinzelnden Blick zu, sagte indessen nichts. Zwei Stunden wartend herumstreifen war nach der langen Tagesarbeit eine starke Anstrengung. Stephen setzte sich auf eine Haustürstufe, lehnte sich an die Mauer eines Schwibbogens, schlenderte hin und her, lauschte den Schlägen der Turmuhr, hielt inne und betrachtete die spielenden Kinder auf der Gasse. Es ist aber natürlich, daß jeder Wartende eine bestimmte Absicht hat, daß ein bloßer Faulenzer immer sonderbar aussieht und sich auch so fühlt. Als die erste Stunde um war, fing selbst Stephen an, von einem unbehaglichen Gefühl beschlichen zu werden, daß er für den Augenblick eine schimpfliche Rolle spiele.

Dann erschienen der Lampenanzünder und zwei sich verlängernde Lichtstreifen längs der ganzen Perspektive der Straße, bis sie sich in der Ferne vermengten und verloren. Mrs. Sparsit schloß das Fenster des ersten Stockwerkes, ließ die Jalousien herab und ging in das obere Stockwerk. Ein Licht folgte ihr gleich nach, indem es auf seinem Weg nach oben zuerst an dem fächerartigen Türfenster und an den beiden Treppenfenstern vorüberschwebte. Bald darauf geriet eine Ecke der Jalousie im zweiten Stockwerk in Bewegung, als ob Mrs. Sparsits Blick sich dahinter befände; ebenso die zweite Ecke, als ob das Auge des Bürodieners an dieser Stelle wäre. Dennoch erhielt Stephen keine Mitteilung. Um vieles erleichtert, als die zwei Stunden endlich vorüber waren, ging er, um die verlorene Zeit wieder einzuholen, raschen Schrittes nach Hause.

Er hatte nur noch von der Hauswirtin Abschied zu nehmen und sich dann auf das improvisierte Lager auf dem Boden niederzulegen; denn sein Bündel war für den folgenden Tag schon geschnürt und alles für seine Abreise vorbereitet. Er beabsichtigte, die Stadt frühzeitig zu verlassen – noch ehe die »Hände« sich in den Straßen zeigten.

Es war kaum Tagesanbruch, als er das Zimmer verließ, nachdem er einen Abschiedsblick um sich geworfen und traurig darüber nachdachte, ob er es je wiedersehen werde. Die Stadt lag so öde da, als ob deren Einwohner sie lieber verlassen hätten, als mit ihm Gemeinschaft zu pflegen. Alles hatte einen blaßtrüben Anstrich um diese Stunde. Selbst die aufgehende Sonne erschien blaß und öde am Himmel – wie ein trübes Meer.

Vorbei an dem Hause, wo Rachael wohnte, obgleich es nicht in seiner Wegrichtung lag – durch die ziegelroten Straßen – vorbei an den großen stillen Fabriken, die noch nicht erzitterten – vorbei an der Eisenbahn, wo die Signallichter in dem heller werdenden Tag erblichen – vorbei an der unordentlichen Umgebung der Eisenbahn, die halb niedergerissen und halb wieder aufgebaut war – vorbei an den zerstreuten, ziegelroten Landhäusern, wo das rauchgeschwärzte Immergrün mit schmutzigem Staub gesprenkelt war, gleich unsauberen Schnupfern – vorbei an kohlenbestaubten Wegen und einem großen Durcheinander von häßlichen Dingen – gelangte Stephen auf die Spitze eines Hügels, von wo aus er zurücksah.

Die Sonne ergoß ihren hellen Schimmer über die Stadt, und die Glocken läuteten zur Morgenarbeit. Noch brannte kein Herdfeuer, und den hohen Schornsteinen gehörte noch der Himmel, den sie bald genug bedeckten, wenn sie ihre giftigen Massen emporbliesen. Für eine halbe Stunde jedoch erglänzten die Fenster von manchen Häusern golden, Fenster, die den Coketownern durch rauchgeschwärztes Glas eine ständig verfinsterte Sonne zeigten.

Es ist so sonderbar, von den Kaminen zu den Vögeln zu gelangen – so sonderbar, den Straßenstaub anstatt der Kohlenschlacken unter den Füßen zu haben – so sonderbar, solange schon gelebt zu haben und doch an diesem Sommermorgen wie ein Schulknabe wieder zu beginnen! Mit diesen Betrachtungen im Kopf und mit dem Bündel unter dem Arm, wandte Stephen sein gedankenvolles Gesicht längs der Landstraße. Und die Bäume wölbten sich über ihm und flüsterten ihm zu, daß er ein treues, liebevolles Herz zurückgelassen.

Dreiundzwanzigstes Kapitel.

Mr. James Harthouse widmete sich voller Hingebung seiner Partei und war bald bei ihr gut angeschrieben. Mit Hilfe von etwas vermehrtem Phrasengepäck für die politischen Kannegießer, von etwas vermehrter eleganter Lässigkeit gegen die allgemeine Gesellschaft und einem leidlichen Zurschautragen äußerer Ehrlichkeit bei innerer Unehrlichkeit – dieser höchst wirksamen und höchst begünstigten aller seinen Todsünden – wurde er bald als ein vielversprechender Mann betrachtet. Daß er nicht von Ernsthaftigkeit geplagt wurde, fiel nur als günstiger Umstand für ihn ins Gewicht; denn es ermöglichte ihm, sich unter die Herren der harten Tatsachen mit solchem Geschick zu mengen, als wäre er ein Eingeborener ihrer Sekte, und so konnte er dabei alle übrigen Sekten als bewußte Betrüger über Bord werfen.

»Lauter Leute, denen keiner von uns Glauben schenkt, meine teure Mrs. Bounderby, und die sich nicht einmal selbst Glauben schenken. Der einzige Unterschied, der zwischen uns und den Professoren der Tugendlehre, der Wohlfahrt und der Humanität – der Name tut nichts zur Sache – obwaltet, besteht darin, daß wir wohl wissen, alles ist Phrase, und es auch eingestehen, während sie es ebenfalls wissen, aber niemals das Geständnis davon ablegen wollen.«

Warum sollte ihr diese Lehre Ärgernis einflößen oder ihr als Abschreckungsmoment dienen? Solche Behauptungen waren den Grundsätzen ihres Vaters und ihrer ersten Erziehung recht verwandt, daß sie darob nicht zu erschrecken brauchte. Wo lag der Unterschied zwischen den beiden Schulen, da beide sie an die materielle Wirklichkeit schmiedeten und ihr für nichts sonst Glauben ließen? Was war in ihrer Seele für James Harthouse noch zu zerstören übriggeblieben, die Thomas Gradgrind im Zustand der Unschuld ehedem also großgezogen?

Diese Lage war aber um so schlimmer für sie, als in ihrem Geiste – in sie eingepflanzt, ehe ihr ausgezeichnet praktischer Vater ihn zu bilden begann – zwei Neigungen miteinander kämpften: ihre Ahnung von einer höheren und umfassenderen Menschlichkeit lag ständig im Kampf mit ihrer Skepsis und ihrem zweifelnden Groll. Mit Zweifeln, weil das Streben damit in ihrer Jugend erstickt worden. Mit grollenden Empfindungen, der Unbilden halber, die ihr zugefügt worden, als wären sie in der Tat Einflüsterungen der Wahrheit. Einer an Selbstunterdrückung seit langer Zeit gewöhnten Natur, die so zerrissen und mit sich selbst zerworfen war, erschien die Harthousische Philosophie als Trost und Rechtfertigung. Da doch alles hohl und wertlos war, so hatte sie nichts verloren und nichts aufgeopfert. ›Was liegt daran‹, sagte sie zu ihrem Vater, als er ihr ihren Gatten vorschlug. ›Was liegt daran‹, sagte sie noch immer. Mit »die Welt verachtender Bitterkeit« fragte sie sich selbst: ›Was ist überhaupt an allem gelegen‹, und blieb sie auf dem eingeschlagenen Wege.

Wohin? Schritt für Schritt, vorwärts und abwärts, einem Ziele zu, und doch so allmählich, daß sie selbst glaubte, still zu stehen. Was Harthouse anbelangt, so wußte er es weder, noch kümmerte er sich darum, wohin ihn seine Richtung führte. Vor ihm lag kein besonderer Entwurf, kein Plan; kein zielkräftig böses Tatverlangen störte ihn aus seiner Mattigkeit auf. Augenblicklich unterhielt und interessierte er sich gerade so viel, wie es für einen so feinen Gentleman schicklich war, vielleicht noch etwas mehr, als zu gestehen mit seinem Rufe sich vertragen hätte. Bald nach seiner Ankunft schrieb er einen lässigen Brief an seinen Bruder, das ehrenwerte und witzige Parlamentsmitglied, daß die Bounderby's ihm »viel Spaß« machten, und ferner, daß Frau Bounderby, anstatt die Gorgone zu sein, die er vermutet hatte, jung und auffallend hübsch sei. Später schrieb er nicht mehr von ihnen, und widmete seine freie Zeit vorzüglich ihrem Hause. Er fand sich während seiner Streifereien und Besuche im Coketowner Distrikt sehr oft bei ihnen ein, wozu er von Mr. Bounderby aufgemuntert worden. Es lag ganz in Mr. Bounderbys Windmanier, vor seinen sämtlichen Bekannten damit zu prahlen, daß *er* sich um vornehme Leute durchaus nicht schere, daß aber, wenn seine Frau, Tom Gradgrind's Tochter, es tue, sie in ihrem Kreise willkommen sei.

Mr. James Harthouse geriet auf den Gedanken, daß es für ihn einen neuen Reiz ausmachen müsse, wenn Luises Gesicht, das sich so schön für den Bengel veränderte, sich auch für ihn verändern würde.

Er war rasch genug im Beobachten, er besaß ein gutes Gedächtnis, und vergaß kein Wort von den Enthüllungen des Bruders. Er verwob die Worte mit allem, was er von der Schwester sah, und fing an, sie zu verstehen. Der bessere und tiefere Teil ihres Charakters lag wahrlich nicht im Bereich seiner Auffassung; denn die Naturen gleichen hierin dem Meer, in dessen Tiefen nur die Tiefe des Himmels sich abspiegelt – das übrige jedoch begann er bald mit dem Auge des Gelehrten zu lesen.

Mr. Bounderby hatte ein Haus mit Zubehör an Grund und Gelände in Besitz genommen, das ungefähr fünfzehn Meilen von der Stadt entfernt und in einer oder zwei Stunden von der nächsten Eisenbahnstation zu erreichen war. Die Eisenbahn rollte auf mehreren Schwibbogen über eine wüste Gegend hin, die von öden Kohlengruben unterminiert und des Nachts von Feuern und den dunklen Formen der Maschinen gefleckt war. Diese Gegend verlor nach Mr. Bounderby's Ruhesitz hin allmählich an Härte und nahm daselbst einigermaßen den Schmelz einer Landschaft an, die zur Frühlingszeit golden von Heidekraut und schneeig von Hagedorn, und zur Sommerszeit zitternd von Blattlaub und deren Schatten erschien. Die Bank hatte auf dem so lieblich gelegenen Landsitz eine Hypothek gehabt, die von einem Coketowner Magnaten aufgenommen worden war. Dieser hatte sich entschlossen, einen rascheren Sprung als gewöhnlich zur Erwerbung eines enormen Vermögens zu machen und sich daher mit ungefähr zweimal hunderttausend Pfund verspekuliert. Dergleichen Fälle trugen sich zuweilen in den bestregulierten Familien von Coketown zu, obgleich die Bankrotteure in gar keiner Verbindung mit sonst liederlichen Gesellschaftsklassen standen.

Es gewährte Mr. Bounderby die höchste Befriedigung, sich auf diesem eingefriedeten, kleinen Grundbesitz häuslich einzurichten und daselbst in dem Blumengarten Kohl anzubauen. Es ergötzte ihn, inmitten der eleganten Möbel ein Barackenleben zu führen, und er übertäubte selbst die Gemälde mit seiner Herkunft. »Nun, Sir«, pflegte er zu einem Gaste zu sagen, »man sagte mir, daß Nickit, der frühere Eigentümer, siebenhundert Pfund für jenes Strandgemälde zahlte. Um aufrichtig zu sagen, so wird es schon viel sein, wenn ich in meinem ganzen Leben es siebenmal anblicke, was hundert Pfund für den Blick macht. Nein, Donnerwetter! Ich will nicht vergessen, daß ich Josiah Bounderby von Coketown bin! Jahrelang waren die einzigen Bilder, die ich besaß, oder die ich bekommen konnte, ohne sie stehlen zu müssen, in dem Bilde von dem Mann, der sich im glänzend gewichsten Stiefel spiegelt, und in den Etiketten von Stiefelwichs-Büchsen. Ich war froh, wenn ich solche Etiketten beim Schuhwichsen bekam und verkaufte sie dann mit Vergnügen für ein Viertelpency.«

Dann sprach er Mr. Harthouse in ähnlicher Weise an: »Harthouse, Sie haben da unten ein paar Pferde. Bringen Sie noch ein halbes Dutzend und es wird sich Platz für sie finden. Hier gibt es Stallungen für ein Dutzend Pferde, und wenn man Nickit nicht verleumdet hat, so hielt er diese runde Zahl. Ein rundes Dutzend, Sir. Als Knabe besuchte jener Mann die Westminster Schule. Ging als königlicher Stipendiat in die Westminster Schule, während ich hauptsächlich von Wildbretgedärmen lebte und in Marktkörben schlief. Nun, wenn ich ein Dutzend Pferde halten müßte – was ich aber nicht zu tun brauche, eins ist genug für mich – so könnte ich ihren Anblick in den Ställen hier nicht ertragen, ohne dabei denken zu müssen, was meine eigene Wohnung zu sein pflegte. Ich könnte sie nicht ansehen, ohne sie gleich 'nauszuschmeißen. Aber so ändern sich die Dinge. Sie sehen diesen Ort. Sie wissen, was für ein Ort es ist. Sie wissen wohl, daß es keinen vollkommeneren Ort von seinem Umfange in diesem Königreiche oder anderwärts gibt – Es ist mir auch einerlei wo – und hier befindet sich in seiner Mitte, wie die Made im Speck – Josiah Bounderby. Während Nickits (wie ein Mann, der gestern in mein Büro kam, mir berichtete), der in den lateinischen Stücken der Westminster Schule mitzuspielen pflegte, wobei ihn die Hauptautoritäten und der Adel unseres Landes solange beklatschen, bis sie schwarz im Gesichte wurden – in diesem Augenblicke halb blödsinnig ist – halb blödsinnig, Sir, und das im fünften Stock in einer düsteren, engen Gasse in Antwerpen!

Es war in den langen schwülen Sommertagen unter den Blätterschatten dieses Ruhesitzes, wo Mr. Harthouse seine Experimente mit dem Gesicht begann, dessen erster Anblick ihn so außerordentlich berührte und versuchte, ob es sich nicht für ihn verändern würde.

»Mrs. Bounderby, ich halte es für einen sehr glücklichen Zufall, daß ich Sie hier allein finde. Ich hege seit einiger Zeit den besonderen Wunsch, Sie zu sprechen.«

Es war nicht durch einen wunderbaren Zufall, daß er sie gefunden, da es um jene Tageszeit war, wo sie sich immer allein befand und dieser Platz ihren Lieblingsaufenthalt bildete. Es war eine Lichtung im dunklen Hain, wo einige gefällte Bäume umherlagen, und wo sie zu sitzen pflegte, um das abgefallene Laub vom vergangenen Jahre zu beobachten, sowie sie im elterlichen Hause die fallende Asche beobachtete.

Er setzte sich neben sie, indem er einen flüchtigen Blick auf ihr Gesicht warf.

»Ihr Bruder, mein junger Freund Tom –«

Ihre Züge klärten sich auf, und sie wandte sich gegen ihn mit einem teilnahmsvollen Blick. »Nie in meinem Leben«, dachte er, »sah ich etwas so Merkwürdiges und Einnehmendes als das Aufstrahlen jener Zügel« Sein Gesicht verriet seine Gedanken – vielleicht ohne ihn zu verraten, denn es mochte wohl auf diese Wirkung eingeschult gewesen sein.

»Verzeihen Sie. Der Ausdruck Ihrer schwesterlichen Teilnahme ist so schön – Tom sollte stolz darauf sein. – Ich weiß, dies ist nicht zu entschuldigen – aber ich kann nicht umhin, Sie zu bewundern –«

»Bei Ihrer Empfänglichkeit?« sagte sie ruhig.

»Nein, Mrs. Bounderby, Sie wissen, ich heuchle nicht vor Ihnen. Sie wissen, ich bin ein grobes Stück von Menschennatur, bereit, mich zu jeder Zeit für jede vernünftige Summe zu verkaufen, und durchaus jedes arkadischen Benehmens unfähig.«

»Sie wollten mir wohl von meinem Bruder etwas sagen«, entgegnete sie.

»Sie sind sehr streng gegen mich, und ich verdiene es. Ich bin ein so unwürdiger Hund, wie man nur einen finden kann, mit der Ausnahme, daß ich nicht falsch bin – durchaus nicht falsch. Aber Sie überraschten mich und entfernten mich von einem Gegenstand, der Ihren Bruder betrifft. Ich fühle Interesse für ihn.«

»Fühlen Sie überhaupt für etwas Interesse, Mr. Harthouse?« fragte sie halb ungläubig und halb dankbar.

»Hätten Sie mich das bei meinem ersten Besuche gefragt, so würde ich Nein geantwortet haben. – Jetzt aber muß ich – selbst auf die Gefahr hin, anspruchsvoll zu erscheinen, und gerechterweise Ihre Ungläubigkeit zu erwecken – Ja antworten.«

Sie machte eine leichte Bewegung, als ob sie zu sprechen versuchte, und die Stimme ihr versagte. Endlich sagte sie: »Mr. Harthouse, ich traue es Ihnen zu, sich für meinen Bruder zu interessieren.«

»Ich danke Ihnen. Ich glaube dies zu verdienen. Sie wissen, auf wie wenig Verdienste ich Anspruch machen kann. Diese will ich aber behaupten. Sie haben so viel für ihn getan. Sie haben ihn so lieb. Ihr ganzes Leben – Mrs. Bounderby legt eine so reizende Selbstvergessenheit seinethalben an den Tag – bitte abermals um Verzeihung, ich entferne mich zu sehr von dem Gegenstände. Ich interessiere mich um seinetwillen für ihn.« Sie hatte eben eine ganz leise Bewegung gemacht, als wollte sie sich rasch erheben, um sich zu entfernen. Er aber änderte in demselben Augenblick den Ton des Gesprächs, und sie blieb.

»Mrs. Bounderby«, fuhr er in einer leichteren Weise fort, wobei man ihm jedoch die Mühe anmerkte, die er sich gab, und die noch ausdrucksvoller als jene Taktik war, die er soeben fallen ließ, »es ist bei einem jungen Mann, von dem Alter Ihres Bruders, kein unverzeihliches Vergehen, unbesonnen, unbedachtsam und verschwenderisch zu sein: ja selbst ein wenig liederlich, wie man so sagt. Das ist doch bei ihm der Fall, nicht wahr? Ist er's?«

»Ja.«

»Erlauben Sie mir offen zu reden. Glauben Sie, daß er überhaupt spielt?«

»Ich glaube, er pflegt zu wetten.«

Da Mr. Harthouse wartete, als ob dies nicht die ganze Antwort sei, fügte sie hinzu: »Ich weiß, er tut es.«

»Natürlich verliert er?«

»Ja.«

»Jedermann, der wettet, verliert. Darf ich auf die Wahrscheinlichkeit hindeuten, daß Sie ihn zu diesen Zwecken zuweilen mit Geld versehen?«

Sie saß mit niedergeschlagenen Augen da, erhob diese jetzt aber ein wenig forschend und beleidigt.

»Halten Sie meine Neugier nicht für zudringlich, meine teure Mrs. Bounderby. Ich meine, Tom müßte allmählich in Verlegenheit geraten, und ich möchte ihm aus der Tiefe meiner sündhaften Erfahrung eine helfende Hand entgegenstrecken. Muß ich abermals sagen, seinetwillen? Ist das notwendig?«

Sie schien eine Antwort zu suchen, konnte aber nichts hervorbringen.

»Um alles aufrichtig zu gestehen, was mir einfiel«, sagte James Harthouse, indem er abermals mit dem gleichen Anschein von Anstrengung in seine leichtere Weise überging, »so will ich Ihnen meine Zweifel mitteilen, daß er vielen Vorteil gehabt. Ob – entschuldigen Sie meine Geradheit – ob es wahrscheinlich ist, daß ein großes Vertrauen zwischen ihm und seinem höchst ehrenwerten Vater obwaltete.«

»Ich«, antwortete Luise errötend, »halte es nicht für wahrscheinlich.«

»Oder zwischen ihm – ich darf doch sicherlich Ihrem vollständigen Verständnis meiner Meinung vertrauen – und seinem hochgeschätzten Schwager?«

Sie errötete immer tiefer, und war glühend rot, als sie mit einer gedämpfteren Stimme antwortete: »Ich halte auch das nicht für wahrscheinlich.«

»Mrs. Bounderby«, sagte Harthouse nach kurzem Still-schweigen »darf ein besseres Vertrauen zwischen uns beste-hen? Tom hat wohl eine beträchtliche Summe von Ihnen geliehen?«

»Sie werden wohl begreifen, Mr. Harthouse«, entgegnete sie nach einiger Unschlüssigkeit – sie war während des Ge-sprächs mehr oder weniger unsicher und verwirrt gewesen, hatte aber im ganzen ihre Selbstbeherrschung beibehalten – »Sie werden wohl begreifen, daß, wenn ich Ihnen sage, was Sie zu erfahren wünschen, dieses nicht auf dem Wege der Beschwerde oder des Bereuens geschieht. Ich würde mich nie über etwas beklagen, und was ich tat, das bereue ich nicht im geringsten.«

»So geistreich noch dazu«, dachte James Harthouse.

»Als ich heiratete, fand ich, daß mein Bruder eben damals schwer verschuldet war – schwer für ihn, meine ich, schwer genug, um mich zum Verkaufe einiger Schmucksachen zu zwingen. Das war für mich kein Opfer, ich verkaufte sie sehr gerne. Ich legte ihnen keinen Wert bei, sie waren ganz unnütz für mich.«

Entweder, sie sah es ihm am Gesichte an, daß er es wußte, oder sie fürchtete bloß in ihrem Gewissen, daß es ihm be-kannt sei, sie habe von den Geschenken ihres Mannes ge-sprochen. Sie hielt inne und errötete abermals. Wenn er es nicht früher gewußt hätte, so würde es ihm nun klar gewor-den sein, selbst wenn er noch flacheren Geistes gewesen wäre, als er wirklich war.

»Inzwischen gab ich meinem Bruder zu verschiedenen Zeiten alles Geld, das ich entbehren konnte. Kurz, alles Geld, das ich besaß. Da ich Ihnen im Vertrauen auf das Interesse, das Sie für ihn äußern, volles Zutrauen schenke, so will ich es nicht halb tun. Seitdem Sie uns hier zu besuchen pflegen, brauchte er selbst die Summe von hundert Pfund. Ich bin nicht imstande gewesen, sie ihm zu geben. Ich fühlte mich unbehaglich wegen der Folgen seiner Verschuldung, ich habe diese Geheimnisse jedoch bis jetzt bewahrt, wo ich sie Ihrer Ehre anvertraue. Ich habe niemanden in mein Vertrauen

eingeweiht, weil – Sie haben den Grund soeben angegeben.« –
Hierauf brach sie rasch ab.

Er war ein gewandter Mann, nahm die Gelegenheit wahr
und ergriff sie, ihr jetzt unter der leichten Verkleidung ihres
Bruders ihr eigenes Bild vorzustellen.

»Mrs. Bounderby, obschon ich ein unwürdiger Mensch
auf dieser irdischen Welt bin, so empfinde ich doch die auf-
richtige Teilnahme – dessen versichere ich Sie – für Ihre
Mitteilung. Ich kann unmöglich streng gegen Ihren Bruder
urteilen. Ich begreife und teile die kluge Anschauung, mit der
Sie seine Fehler betrachten. Bei allem möglichen Respekt,
sowohl für Mr. Gradgrind als für Mr. Bounderby, glaube ich
doch zu bemerken, daß seine Erziehung keine glückliche war.
Zum Nachteil für die Gesellschaft erzogen, in der er eine
Rolle zu spielen hat, stürzt er auf seine eigene Rechnung in
diese Extreme aus entgegengesetzten Extremen, die man –
ohne Zweifel mit den besten Absichten – seit langer Zeit ihm
aufgedrungen. Mr. Bounderbys ausgezeichnet barsche, englische Geradheit, obwohl sie eine höchst anziehende Charakte-
ristik gewährt, ist nicht geeignet – und darüber sind wir einverstanden – Vertrauen einzuflößen. Wenn ich wagen dürfte,
zu bemerken, daß jener Mangel an Zartgefühl am wenigsten
geeignet ist, einem verirrten Jüngling, einem schlechtverstan-
denen Charakter und übelgeleiteten Fähigkeiten Trost und
Halt zu gewähren – so drücke ich ungefähr aus, was meine
eigene Ansicht ist.«

Wie sie dasaß, gerade vor sich hinblickend, mitten durch
das auf dem Grase spielende Licht in die Dunkelheit des
Gehölzes hinein, nahm er in ihrem Gesicht die Wirkung
seiner deutlich gesprochenen Worte und deren Anwendung
auf ihre eigene Person wahr. »Man muß«, fuhr er fort, »jede
Nachsicht walten lassen. Eines Fehlers muß ich jedoch Tom
zeihen, den ich ihm nicht vergeben kann, und für welchen ich
ihn schwer zur Rechenschaft ziehe.« – Luise sah ihn an und
fragte, worin dieser Fehler bestünde?

»Vielleicht«, entgegnete er, »habe ich genug gesagt. Vielleicht wäre es im ganzen besser gewesen, wenn gar keine
Anspielung darauf mir entwischt wäre.«

»Sie erschrecken mich, Mr. Harthouse, lassen Sie es mich wissen.«

»Um Sie von unnützer Furcht zu befreien – und da dieses Vertrauen hinsichtlich Ihres Bruders – das ich über alles in der Welt hochschätze, zwischen uns begründet werden – gehorche ich. Ich kann es ihm nicht vergeben, daß er nicht in jedem Worte, Blicke, in jeder Handlung seines Lebens sich empfänglicher für die Neigung seiner besten Freundin zeigt. Für die Ergebenheit seiner besten Freundin, für ihre Uneigennützigkeit, für ihre Aufopferung. Die Erkenntlichkeit, die er ihr, meiner Beobachtung gemäß, erweist, ist eine sehr armselige. Für das, was sie für ihn getan, sollte er ihr ewige Liebe und Dankbarkeit, nicht aber die üble Laune und Grillenhaftigkeit zuteil werden lassen. Ein so unbedachtsamer Mensch ich auch bin, so bin ich doch, Mrs. Bounderby, nicht so unempfindlich, daß ich diesen Fehler in Ihrem Bruder nicht beachten oder geneigt sein sollte, ihn als ein verzeihliches Unrecht anzusehen.«

Das Gehölz schwamm vor ihren Augen, die sich mit Tränen füllten. Sie entsprangen einer tiefen, lang verborgenen Quelle. Ihr Herz war vom stechenden Schmerz überfüllt, das keinen Trost in ihnen fand.

»Mit einem Worte, ich strebe hauptsächlich danach, Mrs. Bounderby, Ihren Bruder hierin zu bessern. Meine bessere Bekanntschaft mit seinen Verhältnissen, meine Leitung und meine Ratschläge, um ihn aus seinen Schwierigkeiten herauszuziehen – hoffentlich von einigem Wert, da dies alles von einem großzügigen Taugenichts kommt – wird mir einigen Einfluß über ihn verschaffen, und meinen ganzen Vorteil werde ich gewiß zu diesem Zweck benutzen. Ich habe genug gesagt und mehr als genug. Es scheint, ich wolle mich für einen guten Kerl ausgeben, da ich doch, bei meiner Ehre, nicht die geringste Absicht hege, dergleichen zu beteuern und offen erkläre, daß ich nichts dergleichen bin. Dort zwischen den Bäumen«, fügte er hinzu, nachdem er die Augen erhoben und um sich geblickt hatte; denn bis jetzt beobachtete er nur Luise, »ist Ihr Bruder selbst – der ohne Zweifel eben gekommen ist. Da er in dieser Richtung herzuschlendern scheint, so dürfte es wohl gut sein, ihm entgegenzugehen, um ihm in den Weg zu treten. Seit kurzem ist er still und düster geworden. Vielleicht ist sein brüderliches Gewissen erwacht, wenn es ein Ding wie ein Gewissen überhaupt gibt. Freilich, ich höre, bei meiner Ehre, ich höre zuviel davon, um daran zu glauben.« Er half ihr beim Aufstehen, worauf sie seinen Arm nahm und sie zusammen vorschritten, um ihrem Bruder zu begegnen. Dieser schlug trägerweise die Zweige, wie er so herschlenderte, oder blieb mißmutig stehen, um mit seinem Stock das Moos von den Bäumen zu reißen. Er schrak auf, als sie auf ihn zukamen, während er mit diesem Zeitvertreib beschäftigt war, und wechselte die Farbe.

»Hallo«, stammelte er, »ich wußte nicht, daß ihr da seid.«

»Tom«, sagte Mr. Harthouse, indem er die Hand auf seine Schulter legte und ihn herumzog, worauf sie alle drei dem Hause zugingen, »wessen Namen haben Sie in die Bäume geschnitten?«

»Wessen Namen?« erwiderte Tom. »Oh! Sie meinen was für einen Mädchennamen?«

»Sie haben das verdächtige Aussehen, den Namen eines holden Wesens in die Rinde geschnitten zu haben, Tom.«

»Schwerlich, Mr. Harthouse. Es sei denn, daß irgendein Engel mit einem namhaften Vermögen, das zu seiner eigenen Verfügung steht, mich auf einmal liebgewänne. Sie könnte auch ebenso häßlich wie reich sein, ohne meinen Verlust zu befürchten. Dann würde ich ihren Namen, so oft sie wollte, einschneiden.«

»Ich fürchte, Sie sind geldsüchtig, Tom.«

»Geldsüchtig?« erwiderte Tom, »wer ist nicht geldsüchtig? Fragen Sie meine Schwester.«

»Hast du einen Beweis, daß dies mein Fehler ist, Tom?« sagte Luise, die nichts weiter über seine Mißlaune und Bosheit äußerte.

»Du mußt am besten wissen, Lu, ob diese Anspielung auf dich paßt«, entgegnete ihr Bruder mürrisch, »wenn sie es tut, so kannst du sie hinnehmen.«

»Tom ist heute Menschenhasser, wie zuweilen alle Leute, wenn sie Sorgen haben«, sagte Mr. Harthouse. »Glauben Sie ihm nicht, Mrs. Bounderby, er weiß es viel besser. Ich werde einige von seinen Urteilen über Sie preisgeben, die er mir privatim mitgeteilt, wenn er nicht ein bißchen aufgeräumter wird.«

»Jedenfalls können Sie, Mr. Harthouse«, sagte Tom, indem er aus Respekt vor seinem Gönner milder ward, aber doch düster den Kopf schüttelte, »ihr nicht sagen, daß ich sie je deshalb gelobt, weil sie geldsüchtig ist. Ich mag sie des Gegenteils wegen gelobt haben, und ich würde es abermals tun, wenn ich guten Grund dazu hätte. Lassen wir aber das jetzt gut sein. Das ist für sie nicht sehr interessant, und mich ekelt die Sache an.«

Sie gingen dem Haus zu, wo Luise den Arm ihres Gastes losließ und hineintrat. Er stand da und betrachtete sie, als sie die Treppe hinaufging und im Dunkel der Tür verschwand. Dann legte er wieder die Hand auf die Schulter ihres Bruders und lud ihn mit einem vertraulichen Nicken zu einem Spaziergang in den Garten ein.

»Tom, mein lieber Junge, ich habe ein Wort mit Ihnen zu sprechen.«

Sie blieben in einer Wildnis von Rosen stehen – es machte einen Teil von Mr. Bounderby's Demut aus, Nickits Rosen in vernachlässigtem Zustande zu halten, und Tom setzte sich auf eine Rasenbank, pflückte Knospen ab und zerriß sie in Stücke, während sein gewaltiger Schutzgeist über ihm mit einem Fuße auf der Rasenbank stand und sein Körper leicht auf dem Arm ruhte, der von dem gebogenen Knie gestützt war. Sie waren just von ihrem Fenster aus sichtbar; vielleicht wurden sie von ihr gesehen.

»Tom, was gibt es?«

»Oh, Mr. Harthouse«, sagte Tom stöhnend, »mir geht's schlimm, und ich weiß nicht mehr aus noch ein.«

»Mein guter Junge, so geht's auch mir.«

»Ihnen?« entgegnete Tom. »Sie sind das leibhaftige Bild der Unabhängigkeit. Mr. Harthouse, ich befinde mich in einer schrecklichen Patsche. Sie haben keinen Begriff davon, in welche Lage ich mich gestürzt habe, – aus welcher Lage meine Schwester mich erretten könnte, wenn sie es nur tun wollte.«

Er fing jetzt an, die Rosenknospen zu zerbeißen, und er riß sie aus seinen Zähnen mit einer Hand, die wie die eines alten kranken Mannes zitterte. Nach einem scharf forschenden Blick auf ihn nahm sein Gesellschafter sein leichtestes Wesen an.

»Tom, Sie erwarten zu viel von Ihrer Schwester, Sie haben Geld von ihr erhalten, Sie Taugenichts, das wissen Sie wohl.«

»Gut, Mr. Harthouse, ich weiß es. Wo sollte ich es sonst hernehmen? Hier ist der alte Bounderby, der stets damit groß tut, daß er in meinem Alter mit zwei Pence monatlich, oder so etwas, gelebt hat. Da ist mein Vater, der, wie er's so zu nennen beliebt, eine Linie zieht und mich mit Kopf und Fuß von Kindheit an daran bindet. Dort ist meine Mutter, die nie etwas besitzt, außer ihren Beschwerden. Was soll man nun tun, um Geld zu erlangen, und wo soll ich's herkriegen, wenn nicht von meiner Schwester?«

Er weinte beinahe und warf die Knospen zu Dutzenden umher. Mr. Harthouse faßte ihn besänftigend bei seinem Rock.

»Aber, mein lieber Tom, wenn Ihre Schwester nichts mehr hat?«

»Nichts mehr hat, Mr. Harthouse? Ich sage ja nicht, daß sie welches hat. Ich dürfte wohl mehr brauchen, als sie wahrscheinlich besitzt. Aber dann sollte sie sich welches verschaffen. Sie könnte es sich verschaffen. Nach dem, was ich Ihnen bereits mitgeteilt habe, ist es ganz unnütz, aus diesen Dingen ein Geheimnis machen zu wollen. Sie wissen, daß sie den alten Bounderby nicht ihret- oder seinetwegen, sondern meinetwegen geheiratet hat. Warum bemüht sie sich also nicht, meinetwegen das aus ihm herauszukriegen, was ich brauche? Sie ist nicht genötigt, anzugeben, was sie damit anfangen will. Sie ist gescheit genug. Sie könnte es leicht durch Liebkosungen von ihm erlangen, wenn sie nur wollte. Warum aber will sie nicht, wenn ich ihr sage, wie wichtig es für mich ist? Aber nein. Da sitzt sie wie ein Stein in seiner Gesellschaft, anstatt sich liebenswürdig zu zeigen und es leicht zu bekommen. Ich weiß nicht, was Sie davon halten, ich meinerseits halte es für ein unnatürliches Benehmen.«

Ein kleiner Teich befand sich dicht bei der Rasenbank und Mr. Harthouse empfand große Lust, Thomas Gradgrind jun. hineinzuschleudern, ähnlich, wie die beleidigten Männer von Coketown gedroht hatten, ihr Eigentum in den atlantischen Ozean zu schleudern. Er behielt jedoch seine leichte Stimmung bei, und nichts Solideres flog über die steinerne Balustrade, als die aufgehäuften Rosenknospen, die jetzt auf der Oberfläche, eine kleine Insel bildend, umherschwammen.

»Mein lieber Tom«, sagte Harthouse, »lassen Sie mich versuchen. Ihr Bankier zu sein.«

»Um Gottes willen«, rief Tom plötzlich aus, »sprechen Sie nicht von Bankier.« Dabei sah er im Kontraste zu den Rosen sehr bleich aus. Äußerst bleich.

Mr. Harthouse konnte als ein wohlerzogener Mann, der an die beste Gesellschaft gewöhnt war, nicht überrascht werden – er hätte ebenso leicht in Rührung geraten können – er erhob jedoch um ein weniges die Augenlider, als wären sie durch eine leise Berührung der Überraschung gelüpft worden. Trotzdem war es ebenso den Vorschriften seiner Schule, wie den Dogmen der Gradgrinds-Erziehung zuwider, sich zu wundern.

»Wieviel brauchen Sie jetzt, Tom? Drei Ziffern? Heraus damit. Nennen Sie den Betrag.«

»Mr. Harthouse«, entgegnete Tom, der jetzt wirklich weinte, wobei seine Tränen viel besser waren als seine Schmähungen, wie kläglich er auch immer dabei aussah. »Es ist zu spät. Das Geld ist für mich jetzt ganz nutzlos. Ich hätte es früher haben müssen, wenn es mir nützen sollte. Aber ich bin Ihnen sehr verbunden. Sie sind ein treuer Freund.«

Ein treuer Freund! »Bengel! Bengel!« dachte Harthouse träge. »Was du für ein Esel bist!«

»Ich betrachte Ihr Anerbieten als einen großen Freundschaftsdienst«, sagte Tom, indem er seine Hand ergriff. »Als einen besonderen Freundschaftsdienst, Mr. Harthouse.«

»Gut«, entgegnete der andere, »vielleicht kann ich Ihnen bald später einmal von Nutzen sein. Und wenn Sie, mein guter Freund, Ihre verwünschten Verlegenheiten mir mitteilen wollen, sobald sie Ihnen zu dick kommen, so dürfte ich Ihnen einen besseren Ausweg zeigen, als Sie selbst finden können.«

»Danke«, sagte Tom, trübselig den Kopf schüttelnd und Rosenknospen kauend. »Ich wollte, ich hätte Sie früher gekannt, Mr. Harthouse.«

»Nun, sehen Sie«, sagte Mr. Harthouse schließlich, indem er einige Rosen als Beitrag zu der Insel fortschleuderte, die immer zu der Mauer trieb, als wollte sie sich dem festen Land verbinden, »jedermann ist in allem, was er tut, eigennützig, und ich bin gerade so wie meine übrigen Nebenmenschen. Ich bin verzweifelt darauf erpicht«, dabei war die Schlaffheit seiner Verzweiflung vollkommen tropisch, »daß Sie Ihr Betragen gegen Ihre Schwester gefälligst bessern. Daß Sie künftig ein liebevollerer und angenehmerer Bruder seien – was Ihre Schuldigkeit ist.«

»Ich werde es tun, Mr. Harthouse.«

»Nichts geht über das Heute. Fangen Sie sogleich an.«

»Das werde ich gewiß, und meine Schwester Lu soll es selbst bezeugen.«

»Da wir nun diesen Handel abgeschlossen haben, Tom«, sagte Harthouse, indem er ihm abermals auf die Schulter in einer Weise klopfte, die es ihm freistellte, daraus zu folgern – wie der arme Tropf es auch tat – daß diese Bedingung ihm aus bloßer anspruchsloser Gutmütigkeit auferlegt worden, um ihm das Gefühl seines zu Dank Verpflichtetseins zu mindern, »so wollen wir uns bis zur Tischzeit trennen.«

Als Tom vor Essenszeit erschien, riß er sich zusammen, obgleich sein Gemüt noch gedrückt genug war – er war auch erschienen, ehe Mr. Bounderby eintrat. »Ich habe es nicht böse gemeint, Lu«, sagte er, indem er ihr die Hand reichte und sie küßte. »Ich weiß, du hast mich lieb, und du weißt, daß ich auch dich lieb habe.

Nach diesem Vorgang schwebte auf Luises Gesicht diesen ganzen Tag ein Lächeln für einen andern. Ach, für einen andern!

»Um so weniger ist der Bengel das einzige Geschöpf, an dem sie Anteil nimmt«, dachte James Harthouse, indem er

jetzt das Gegenteil von dem dachte, was er beim ersten Anblick ihres hübschen Gesichtes gedacht hatte. »Um so weniger! Um so weniger!«

Vierundzwanzigstes Kapitel.

Der nächste Morgen war zu schön zum Schlafen, und James Harthouse stand früh auf und saß in einem schönen Bogenfenster seines Ankleidezimmers, den feinen Tabak rauchend, der einen so wohltätigen Einfluß auf seinen jungen Freund gehabt. Im Sonnenlicht ruhend, umgeben von den Wohlgerüchen seiner morgenländischen Pfeife, deren träumerischer Rauch in der von den Düften des Sommers erfüllten milden Luft verschwand, berechnete er seinen Vorteil, wie ein ruhiger Gewinner seinen Gewinn berechnen dürfte. Er war in diesem Augenblick gar nicht gelangweilt und konnte dieser Berechnung seine ganze Aufmerksamkeit schenken.

Er hatte ein Vertrauensverhältnis mit ihr hergestellt, von dem ihr Gatte ausgeschlossen war. Er hatte ein Vertrauensverhältnis mit ihr hergestellt, das sich ganz auf ihre Gleichgültigkeit gegen ihren Gatten und auf den gegenwärtigen und zu allen Zeiten bestehenden Mangel irgendwelcher Seelenverwandtschaft zwischen den Ehegatten begründete. Er hatte ihr fein aber deutlich erklärt, daß er ihr Herz in seinen geheimsten Falten kenne; er hatte sich ihr durch ihre schwache Seite der Liebe zum Bruder so sehr genähert: er hatte sich mit diesem Gefühl verbunden; und die Schranke, hinter der sie lebte, war gefallen. Alles sehr seltsam, aber sehr befriedigend.

Und dennoch hatte er, selbst jetzt nicht, eine ernstlich schlechte Absicht. Es wäre besser für das Zeitalter, in dem er lebte, wenn im öffentlichen und im Privatleben, er und die Legion, deren einer er war, absichtlich schlecht wären, anstatt indifferent und ziellos. Es sind die treibenden Eisberge, die sich, je nach der Strömung, irgendwo ansetzen, an denen die Schiffe scheitern.

Wenn der Teufel gleich einem brüllenden Löwen umhergeht, so geht er in einer Gestalt um, durch die nur einige wenige Wilde und Jäger angezogen werden. Aber wenn er, nach der Mode geschmückt, gefirnist und poliert ist, wenn er ermüdet vom Laster und ermüdet von der Tugend, abgenützt selbst gegen Leiden und abgenützt selbst gegen Freuden ist, dann ist er, ob er sich mit dem Servieren von Spirituosen oder mit dem Anfachen von Spirituellem abgibt, der wahre Teufel.

So lehnte James Harthouse, indolent rauchend, in dem Fenster und berechnete die Schritte, die er auf dem Wege getan, auf dem er sich zufällig bewegte. Das Ende, wohin er führte, war ihm ziemlich klar, aber er beunruhigte sich durch keinerlei Berechnungen desselben. Was kommen mußte, würde kommen. Da er an diesem Tage einen ziemlich langen Ritt zu machen hatte, – es galt nämlich eine öffentliche Versammlung in einiger Entfernung mitzumachen, wobei sich eine ziemlich gute Gelegenheit darbot, sich den Gradgrind-Parteimännern zu zeigen – so kleidete er sich früh an und ging zum Frühstück hinab. Er war begierig zu sehen, ob nicht, seit dem vorhergehenden Abend, ein Rückfall bei ihr stattgefunden. – Nein. – Er fuhr fort, wo er aufgehört hatte. Sie hatte wieder einen Blick der Teilnahme für ihn.

Er kam über diesen Tag so sehr (oder so wenig) zu seiner Befriedigung weg, wie man es unter so ermüdenden Umständen erwarten konnte, und kam gegen sechs Uhr nach Hause geritten. Es war eine Strecke von etwa einer halben Meile zwischen dem Torweg und dem Haus, und er ritt langsamen Schrittes über den weichen Sand dahin, der einst Nickit gehörte, als Mr. Bounderby mit solcher Heftigkeit aus dem Gebüsch hervorbrach, daß sein Pferd scheu über den Weg sprang.

»Harthouse«, schrie Bounderby, »haben Sie gehört?«

»Gehört, was?« sagte Harthouse, sein Pferd beruhigend und innerlich Herrn Bounderby nicht mit den besten Wünschen beehrend. »So haben Sie nicht gehört?«

»Ich habe Sie gehört, und das Tier hat dies auch getan. Sonst habe ich nichts gehört.«

Mr. Bounderby, rot und erhitzt, pflanzte sich in der Mitte des Weges vor des Pferdes Kopf auf, um seine Bombe mit mehr Erfolg platzen zu lassen.

»Die Bank ist ausgeplündert.«

»Sie sprechen nicht im Ernst.«

»Vergangene Nacht ausgeplündert, Sir. In außerordentlicher Weise ausgeraubt. Mit einem falschen Schlüssel ausgeraubt.«

»Um viel?«

Mr. Bounderby schien bei seinem Wunsch, soviel wie möglich daraus zu machen, wirklich betrübt, zu einer Auskunft genötigt zu sein. »Nein, nicht um sehr viel. – Aber es hätte viel sein können.«

»Um wieviel?«

»O, was die Summe betrifft, – wenn Sie auf der Summe bestehen, so ist's nicht mehr als hundertundfünfzig Pfund«, sagte Bounderby ungeduldig. »Aber es handelt sich nicht um die Summe, es handelt sich um das Faktum, um die Tatsache, daß die Bank ausgeraubt worden, das ist der wichtige Umstand. Ich bin erstaunt, daß Sie das nicht einsehen.«

»Mein lieber Bounderby«, sagte James, absteigend und den Zaum seinem Diener gebend, »ich sehe ein und bin so bestürzt, wie Sie es nur immer wünschen können, durch das, was ich hören muß. Trotzdem hoffe ich, daß Sie mir erlauben werden, Ihnen Glück zu wünschen, und ich tue es von ganzem Herzen, daß sie keinen größeren Verlust erlitten haben.«

»Danke«, sagte Bounderby kurz und unfreundlich. »Aber ich will Ihnen nur sagen, es hätten zwanzigtausend Pfund sein können.«

»Ich vermute, es hätte so sein können.«

»Vermuten es? Bei Gott, Sie mögen es vermuten. Zum Donnerwetter!« sagte Mr. Bounderby, mit ständigem drohendem Nicken und Schütteln seines Kopfes. »Man kann nicht wissen, was es hätte sein können, oder was es nicht hätte sein können, da es nur soviel war, weil die Kerle gestört wurden.«

Luise, Mrs. Sparsit und Bitzer waren währenddem hinzugekommen.

»Hier ist Tom Gradgrinds Tochter, sie weiß ziemlich gut, was es hätte sein können, wenn Sie es nicht wissen«, polterte Mr. Bounderby. »Sie sank um, Sir, wie von einer Kugel getroffen, als ich's ihr sagte. Habe sie vorher nie so gesehen. Macht ihr Ehre unter den Umständen in meiner Meinung.«

Sie sah immer noch schwach und blaß aus. James Hart-house bat sie, seinen Arm zu nehmen, und fragte, als sie langsam weitergingen, wie der Diebstahl sich zugetragen.

»Nun, ich will es Ihnen erzählen«, sagte Mr. Bounderby, gereizt Mrs. Sparsit seinen Arm anbietend. »Wenn Sie nicht so außerordentlich auf die Summe versessen gewesen wären, so würde ich damit angefangen haben, es Ihnen vorhin zu erzählen. Sir kennen diese Lady (denn es ist eine Lady) Mrs. Sparsit?«

»Ich habe schon die Ehre gehabt.«

»Gut denn, und diesen jungen Mann, Bitzer, Sie sahen ihn bei der gleichen Gelegenheit?« Mr. Harthouse neigte sein Haupt bejahend, und Bitzer duckte seine Stirne.

»Gut denn, beide wohnen in der Bank. Sie wissen vielleicht, daß sie in der Bank wohnen? Also gut. Gestern nachmittag, beim Schluß der Geschäftsstunden, wurde alles wie gewöhnlich beiseite geschafft. In dem eisernen Gemach, vor dem dieser junge Bursche schläft, war – es ist einerlei, wieviel. In der kleinen Kasse, in des jungen Toms Kabinet, der Kasse, die für Kleinigkeiten benützt wird, waren hundert und einige fünfzig Pfund.«

»Hundertvierundfünfzig Pfund, sieben Schilling, ein Penny«, sagte Bitzer.

»Laß das gut sein«, entgegnete Bounderby, sich wie ein Rad zu ihm umdrehend, »lasse uns keine deiner Unterbrechungen hören. Es ist genug, bestohlen zu werden, während du schnarchst, weil du zu bequem bist, ohne daß man noch mit deinen vier Pfund, sieben Schilling und ein Pence behelligt wird. Ich schnarchte nicht, als ich in deinem Alter war, das kann ich dir sagen. Ich hatte nicht Lebensmittel genug, um zu schnarchen. Und ich sagte nicht vier, sieben, eins. Nicht daß ich's wüßte!«

Bitzer duckte wieder seine Stirn in der kriechenden Art und schien augenblicklich von dem Beispiel, das Mr. Bounderby zuletzt von seiner moralischen Enthaltsamkeit angeführt, eine eindrückliche und niederdrückende Wirkung zu empfinden.

»Hundertfünfzig und einige Pfunde«, fuhr Bounderby fort. »Diese Summe schloß der junge Thomas in seine Kasse, keine sehr starke Kasse, aber das ist jetzt von keinem Belang. Alles befand sich in guter Ordnung. In der Nacht, während der Bursche schnarchte – Mrs. Sparsit, Ma'am, Sie sagen, Sie haben ihn schnarchen hören?«

»Sir«, erwiderte Mrs. Sparsit, »ich kann nicht sagen, daß ich ihn gerade habe schnarchen hören, und vermag deshalb nicht diese Behauptung aufzustellen. Aber an Winterabenden, wenn er an seinem Tisch eingeschlafen war, habe ich es, was ich als engbrüstiges Atmen am liebsten bezeichnen möchte, bei ihm wahrgenommen. Ich habe ihn bei solchen Gelegenheiten Töne hervorbringen hören, ähnlich denen, die man manchmal bei holländischen Uhren vernimmt. – Nicht«, sagte Mrs. Sparsit, im stolzen Bewußtsein, ein wahrhaft getreues Zeugnis abzulegen, »als ob ich irgendeinen Tadel gegen seinen moralischen Charakter vorbringen wollte. Im Gegenteil. Ich habe Bitzer immer für einen jungen Mann von den biedersten Grundsätzen gehalten, und in dieser Weise bitte ich Sie mein Zeugnis aufzufassen.«

»Gut«, sagte der erbitterte Bounderby, »während er schnarchte oder erstickte, oder wie eine holländische Uhr schnarrte, oder das eine oder das andere tat, während er schlief, kamen irgendwie einige Kerle herbei – ob vorher im Hause versteckt oder nicht, wissen wir nicht – sie fielen über des jungen Toms Kasse her, erbrachen sie und entwendeten ihren Inhalt. Da sie hierbei gestört wurden, machten sie sich davon; sie gingen zur Haupttür hinaus, und verschlossen sie doppelt. Die Tür war nämlich doppelt verschlossen gewesen, und der Schlüssel unter Mrs. Sparsits Kissen. Also sie verschlossen mit einem falschen Schlüssel, der heute gegen zwölf Uhr in der Nähe der Bank auf der Straße gefunden worden. Kein Alarm findet statt, bis dieser Mensch, Bitzer, heute morgen aufsteht, um die Kontore für das Geschäft zu öffnen und in Ordnung zu bringen. Als er dabei nach Toms Kasse sah, fand er die Tür offen, das Schloß erbrochen und das Geld fort.«

»Wo ist Tom eigentlich?« fragte Harthouse, um sich schauend.

»Er hat der Polizei geholfen und ist länger in der Bank geblieben. Ich wollte, diese Kerle hätten versucht, mich zu berauben, als ich in seinem Alter war. Sie hätten dabei Verluste gehabt, und wenn sie auch nur achtzehn Pence für die Sache ausgelegt hätten. Das kann ich Sie versichern.«

»Hat man Verdacht auf jemanden?«

»Verdacht?« Ich sollte meinen, daß man Verdacht auf jemanden hat, zum Donnerwetter!« sagte Bounderby, Mrs. Sparsits Arm loslassend, um seinen erhitzten Kopf abzutrocknen. »Josiah Bounderby von Coketown wird nicht ausgeplündert, ohne daß man Verdacht auf jemanden hat. – Nein, danke Ihnen schönstens.«

»Dürfte Mr. Harthouse wohl fragen, wer verdächtig ist?«

»Nun«, sagte Bounderby stillstehend und sich so stellend, daß er sie alle sich gegenüber hatte, »es soll nirgends davon gesprochen werden, damit die in Frage stehenden Schurken (es ist eine ganze Bande) nicht gewarnt werden, auf ihrer Hut zu sein. So hören Sie dies im Vertrauen. Nun, warten Sie ein wenig.« Mr. Bounderby trocknete seinen Kopf von neuem. »Was würden Sie sagen, wenn es« – heftig losplatzend – »eine ›Hand‹ wäre?«

»Ich hoffe«, sagte Harthouse lässig, »nicht unser Freund Blackpot?«

»Sagen Sie Pool anstatt Pot«, erwiderte Bounderby, »und Sie haben den Mann.«

Luise äußerte leise einige Worte des Zweifels und des Erstaunens.

»O ja, ich weiß«, sagte Bounderby, augenblicklich den Ton auffangend. »Ich weiß, ich bin daran gewöhnt. Ich weiß alles darüber. Sie sind das schlaueste Volk von der Welt, diese Gesellen. Sie haben die Gabe der Rede, das haben sie. Sie wollen nur ihr Recht erklärt haben, das wollen sie. Aber ich will Ihnen etwa« sagen. Zeigen Sie mir eine unzufriedene ›Hand‹ und ich will Ihnen einen Mann zeigen, der zu allem erdenkbar Schlechtem fähig ist.«

Eine neue von den beliebten Fabeln über die Coketowner, die auszusprengen man sich einige Mühe genommen, und die bei einigen Personen wirklich Glauben fand.

»Aber ich kenne diese Gesellen«, sagte Bounderby, »ich kann in ihnen lesen, wie in Büchern, Mrs. Sparsit, Ma'am, ich berufe mich auf Sie. Welche Warnung gab ich diesem Gesellen, als er das erstemal seinen Fuß in das Haus setzte, und der ausgesprochene Grund seines Besuches war zu wissen, wie er die Religion niederschlagen und die bestehende Kirche über den Haufen werfen könne? Mrs. Sparsit, in bezug auf vornehme Verwandtschaft, stehen Sie auf einer Höhe mit der Aristokratie – sagte ich, oder sagte ich nicht zu diesen Gesellen, Ihr könnt die Wahrheit nicht vor mir verbergen. Ihr seid nicht von dem Schlage, den ich leiden mag! Ihr werdet zu nichts Gutem kommen?«

»Gewiß, Herr«, erwiderte Mrs. Sparsit, »das taten Sie. Sie gaben ihm diese Warnung in einer sehr eindringlichen Weise.«

»Als er Sie beleidigte, Ma'am«, sagte Bounderby, »als er Ihre Gefühle verletzte?«

»Ja, Herr«, erwiderte Mrs. Sparsit, mit einem demütigen Kopfschütteln, »er tat dies wirklich. Obgleich ich nicht sagen will, daß meine Gefühle in solchen Punkten vielleicht empfindlicher, törichter wären – wenn dieser Ausdruck vorgezogen werden sollte – als sie sonst sein würden – wenn ich mich stets in meiner gegenwärtigen Lage befunden hätte.«

Mr. Bounderby starrte Mr. Harthouse mit emporsprudelndem Stolz an, der so viel sagen wollte als: »Ich bin der Eigentümer dieser Frau, und mich dünkt, sie ist deiner Beachtung würdig«, worauf er wieder in dem Gespräch fortfuhr.

»Sie können sich wohl erinnern, Harthouse, was ich dem Mann sagte, als Sie ihn sahen. Ich machte mit ihm keine Umstände. Ich mache keine Geschichten mit diesen Leuten, ich kenne sie sehr gut, Sir. Drei Tage darauf riß er aus, ging fort. Niemand weiß wohin, wie es mein Mutter mit mir in der Kindheit machte, nur mit dem Unterschiede, daß er womöglich noch ein schlechteres Subjekt ist, als meine Mutter. Was tat er, ehe er fortging? Was sagen Sie dazu«. Mr. Bounderby, der den Hut in der Hand hielt, gab bei jedem kleinen Absätze seiner Worte einen Schlag auf den Deckel, als wäre derselbe ein Tambourin, »daß er – Nacht für Nacht – bei der Bank herumstreichend gesehen worden? – daß er dort – nach Dunkelwerden – umherschlich? – daß Mrs. Sparsit auf den Gedanken kam, daß er nichts Gutes im Sinne haben müsse – daß sie Bitzers Aufmerksamkeit auf ihn lenkte – daß sie beide Notiz von ihm nahmen – daß es sich heute auf Erkundigungen ergeben, er sei gleichfalls von der Nachbarschaft bemerkt worden?« – Nachdem Mr. Bounderby zu dieser Steigerung gelangt war, setzte er sich, gleich einem Tänzer des Orients, das Tambourin auf.

»Verdächtig«, sagte James Harthouse, »sicherlich.«

»Das will ich meinen, aber es sind noch mehrere von ihnen im Spiele. Auch eine alte Frau ist dabei. Man hört nie von diesen Dingen, bis das Unglück geschehen ist. Erst wenn das Pferd gestohlen worden, findet man allerhand Fehler an der Stalltür. Jetzt taucht ein altes Weib auf. Eine Alte, die zuweilen auf einem Besenstiel nach der Stadt geflogen zu sein scheint. Sie besichtigt die Bank während eines ganzen Tages, ehe der Kerl beginnt, und an dem Abend, wo man ihn sah, schleicht sie sich mit ihm davon, pflegt mit ihm Rat – wahrscheinlich um ihm zu berichten von dem, was sie beobachtet hat, die verdammte Alte.«

»An jenem Abend fand sich eine solche Person im Zimmer, und sie scheute sich, bemerkt zu werden«, dachte Luise.

»Das sind noch nicht alle, von denen wir wissen«, sagte Bounderby, den Kopf mehrere Male bedeutungsvoll schüttelnd. »Aber ich habe für jetzt genug gesagt. Haben Sie nur die Güte, die Sache geheim zu halten und sie vor niemandem zu erwähnen. Es mag noch einige Zeit dauern, aber wir werden sie schon kriegen. Man muß ihnen klugerweise erst freien Spielraum lassen, und dagegen ist nichts einzuwenden.«

»Sie werden natürlich nach der äußersten Strenge des Gesetzes bestraft werden«, entgegnete James Harthouse, »und es geschieht ihnen schon recht. Kerle, die auf Bankraub ausgehen, müssen sich schon die Folgen gefallen lassen. Wenn es keine Folgen gäbe, so würden wir alle auf Bankraub ausgehen.« – Er hatte in sanfter Weise Luisen den Sonnenschirm aus der Hand genommen und öffnete ihn für sie. Sie ging unter seinem Schatten dahin, obgleich die Sonne auf dieser Seite nicht schien.

»Für den Augenblick, Lu Bounderby«, sagte ihr Mann, »muß Mrs. Sparsit gepflegt werden. Mrs. Sparsits Nerven sind durch diese Geschichte angegriffen worden, und sie wird sich hier einen oder zwei Tage aufhalten. Richte es ihr daher bequem ein.«

Danke Ihnen sehr, Sir«, bemerkte diese bescheidene Lady, »aber bitte, halten Sie meine Bequemlichkeit nicht der Beachtung wert. Für mich wird alles gut sein.«

Es ergab sich bald, daß wenn Mrs. Sparsit in diesem Hause unbequem wurde – so war es bloß deshalb, weil sie um sich selbst gänzlich unbekümmert war, und um andere sich so sehr bekümmerte, daß es lästig werden mußte. Als man sie auf ihr Zimmer führte, war sie über dessen Komfort so ergriffen, daß sie zu der Annahme berechtigte, sie hätte die Nacht über lieber im Waschhause auf der Rolle geschlafen. »Es ist wahr, daß die Powlers und Scadgers an Pracht gewohnt waren, – aber es ist meine Pflicht, mich zu erinnern«, pflegte sie gerne mit stolzer Anmut zu bemerken – besonders wenn jemand von der Dienerschaft gegenwärtig war – »daß ich nicht mehr bin, was ich gewesen. In der Tat«, sagte sie, »wenn ich ganz und gar die Erinnerung ausmerzen könnte, daß Mrs. Sparsit eine Powler war, oder daß ich selbst mit der Scadgers-Familie in Verwandtschaft stehe – oder wenn ich selbst dies Faktum zunichte machen und mich in eine Person von niedriger Herkunft und gewöhnlichen Verbindungen verwandeln könnte, so würde ich es gerne tun. Ich würde es unter den obwaltenden Umständen für recht halten, so zu handeln.« – Derselbe asketische Geisteszustand veranlaßte sie auch auf besonders lecker bereitete vornehme Gerichte und Wein bei Tisch zu verzichten, bis Mr. Bounderby ihr geradezu gebot, diese Dinge anzunehmen, wobei sie sagte: »Sie sind wirklich sehr gütig, Sir.« Dann gab sie den Entschluß auf, den sie formell und offiziell verkündigt hatte, auf einfaches Hammelfleisch warten zu wollen. Sie war ebenfalls voll Entschuldigungen, wenn sie Salz gerührt haben wollte, und da sie die angenehme Verpflichtung fühlte, Mr. Bounderbys Hymnus auf ihre Nerven-schwäche in vollem Maße zu bestätigen, pflegte sie sich zu-weilen in ihrem Stuhle zurückzulegen und im stillen zu wei-nen. Dabei konnte man eine höchst umfangreiche Träne, groß wie ein kristallener Ohrring, sehen, oder vielmehr man mußte den Tränentropfen sehen (denn sie bestand auf öffent-liche Aufmerksamkeit), wie er ihre römische Nase hinabglitt.

Mrs. Sparsits Hauptstärke bestand jedoch in ihrem Ent-schluß, Mr. Bounderby zu bedauern. Es gab Momente, wo sie ihn betrachtete und zugleich den Kopf in einer Weise schüt-telte, als wollte sie sagen: »Ach, armer Yorick!« Nachdem sie also ihre Rührung verraten hatte, zwang sie sich zu flüchtiger Heiterkeit, ward plötzlich munter und sagte: »Sie sind immer noch heiterer Laune, Sir, Gott sei Dank!« Sie schien es als wahren Segen zu betrachten, daß Mr. Bounderby so gelassen sein Joch ertrug. Eine Merkwürdigkeit, für die sie sich öfters entschuldigte, konnte sie außerordentlich schwer besiegen; sie hatte einen besonderen Hang, Mrs. Bounderby Miß Grad-grind zu heißen, und gab demselben während des Abends einige Dutzend Male nach.

Jedesmal, wenn ihr der Irrtum passierte, hüllte sie sich in bescheidene Verwirrung, – aber wirklich, sagte sie, es scheine ihr so natürlich, Miß Gradgrind zu sagen, während sie's bei-nahe für unmöglich hielt, sich zu überreden, daß die junge Lady, die sie das Glück hatte von Kindheit an zu kennen, in der Tat und Wirklichkeit Mrs. Bounderby sei. Eine weitere Eigenheit in dieser merkwürdigen Sache war, daß es ihr, je mehr sie darüber nachdachte, desto unmöglicher erschien, da ihre Verschiedenheiten, wie sie bemerkte, zu groß seien. –

Nach dem Essen stellte Mr. Bounderby im Gesellschafts-zimmer über den Diebstahl eine gerichtliche Untersuchung an, verhörte die Zeugen, notierte ihre Aussagen, fand die verdächtigten Personen schuldig und verurteilte sie zur äu-ßersten gesetzlichen Strafe. Nachdem dies vorüber war, wur-de Bitzer in die Stadt geschickt, um Tom zu bestellen, er möge mit dem Postzug nach Hause kommen.

Als Lichter gebracht wurden, murmelte Mrs. Sparsit: »Sei-en Sie nicht niedergeschlagen, Sir! Gönnen Sie mir die Freude,

Sie fröhlich zu sehen, wie ich es gewohnt bin.« Mr. Bounderby, auf den diese Trostworte derart wirkten, daß er in ochsige, abgeschmackte Sentimentalität verfiel – seufzte wie ein Seeungeheuer. – »Ich kann es nicht ertragen, Sie so zu sehen, Sir«, sagte Mrs. Sparsit, »versuchen Sie eine Partei Back-Gammon[11], Sir, wie Sie es zu tun pflegten, als ich noch die Ehre hatte, unter Ihrem Dache zu leben.«

»Ich habe seit jener Zeit kein Back-Gammon gespielt«, sagte Mr. Bounderby.

»Nicht, Sir?« sagte Mrs. Sparsit gütig, »ich weiß, daß Sie es nicht getan. Ich weiß, daß Miß Gradgrind für dieses Spiel kein Interesse hat. Ich werde mich aber glücklich schätzen, wenn Sie sich herbeilassen wollten.«

Sie spielten in der Nähe eines Fensters, das auf den Garten ging. Es war eine schöne Nacht – nicht mondhell, aber warm und duftig. Luise und Mr. Harthouse schlenderten in dem Garten, von wo man ihre Stimmen, jedoch nicht ihre Worte vernehmen konnte. Mrs. Sparsit strengte von ihrem Platze bei dem Back-Gammon-Brett aus dauernd die Augen an, um draußen die Schatten zu durchdringen.

»Was gibt's, Ma'am?« fragte Mr. Bounderby. »Sie sehen doch wohl kein Feuer?«

»O, du lieber Himmel, nein! Sir!« entgegnete Mrs. Sparsit, »ich dachte bloß an den Tau.«

»Was geht Sie der Tau an, Ma'am?« fragte Mr. Bounderby.

»Es ist nicht meinetwegen«, entgegnete Mrs. Sparsit, »ich fürchte bloß, Miß Gradgrind werde sich erkälten.«

»Sie erkältet sich niemals«, sagte Mr. Bounderby.

»Wirklich, Sir?« fragte Mr«. Sparsit, und hatte darauf einen Anfall von Husten.

Als die Zeit zum Schlafengehen heranrückte, trank Mr. Bounderby ein Glas Wasser.

»O, Sir«, rief Mrs. Sparsit, »keinen warmen Sherry mit Zitronenschale und Muskatnuß?«

---

[11] Ein mit Steinen und Würfeln gespieltes Brettspiel, das noch heute in England sehr beliebt ist.

»Nun, ich bin jetzt aus der Gewohnheit herausgekommen, das vor dem Schlafengehen zu nehmen«, sagte Mr. Bounderby.

»Um so mehr ist es zu bedauern«, sagte Mrs. Sparsit. »Sie entwöhnen sich all' ihrer guten Gewohnheiten. Seien Sie nicht so asketisch, Sir! Wenn Miß Gradgrind es mir gestattet, will ich gern den Trank für Sie bereiten, wie ich es oft getan.«

Da Miß Gradgrind bereit war, Mrs. Sparsit gern alles zu gestatten, was sie nur tun wollte, so bereitete diese aufmerksame Lady das Getränk und reichte es Mr. Bounderby. »Das wird Ihnen gut bekommen, Sir. Es wird Ihnen das Herz erwärmen. E« ist gerade das, was Sie brauchen und nehmen sollen, Sir.«

Und als Mr. Bounderby sagte: »Ihre Gesundheit, Ma'am!« antwortete sie mit tiefem Gefühl: »Danke Ihnen, Sir! Ihnen ein gleiches und viel Glück!« Endlich wünschte sie ihm mit vielem Pathos gute Nacht. Und Mr. Bounderby ging zu Bett mit der benebelten Überzeugung, daß er in einer zarten Angelegenheit benachteiligt worden, obgleich er für sein Leben nicht hätte sagen können, um was es sich eigentlich handle.

Lange nachdem Luise sich entkleidet und niedergelegt hatte, wachte und wartete sie auf die Rückkehr ihres Bruders. Diese konnte erst, das wußte sie wohl, eine Stunde nach Mitternacht stattfinden – in der ländlichen Stille jedoch, die die Aufregung ihrer Gedanken durchaus nicht beruhigen konnte, schlich die Zeit langsam dahin. Als endlich die Dunkelheit und Stille stundenlang sich gegenseitig zu vergrößern schienen, hörte sie die Hausglocke. Es war ihr, als hätte sie es mit Vergnügen hören können, wenn diese bis Tagesanbruch fortschellte. Sie hörte aber auf, und das Erklingen des letzten Tones verbreitete sich schwach und weit in der Luft, worauf alles wieder totenstill ward.

Sie wartete nach ihrer Berechnung noch eine Viertelstunde. Dann erhob sie sich, warf ein weites Kleid um, verließ im Dunkeln ihr Zimmer und begab sich die Treppe hinauf zu dem ihres Bruders. Da die Tür des Zimmers zugemacht war, öffnete sie diese leise und sprach zu ihm, während sie sich seinem Bett mit geräuschlosem Schritt näherte.

Sie kniete neben dem Bett nieder, schlang den Arm um seinen Nacken und zog sein Gesicht an das ihrige. Sie wußte, er stellte sich bloß, als ob er schliefe, sagte aber nichts darüber.

Er fuhr bald darauf empor, als wäre er eben erwacht, fragte, wer es sei und was es gäbe?

»Tom, hast du mir etwas zu sagen? Wenn du mich je in deinem Leben lieb hattest und du etwas hast, das du vor allen übrigen verbirgst, so sage es mir.«

»Ich weiß nicht, was du meinst, Lu. Du mußt geträumt haben.«

»Mein teurer Bruder!« Sie legte ihren Kopf auf sein Kopfkissen nieder, und ihr Haar wallte über ihn, als ob sie ihn vor allen andern verbergen wollte. »Hast du mir denn gar nichts zu sagen? Gibt es nichts, das du mir sagen könntest, wenn du wolltest? Du kannst mir nichts sagen, das mich gegen dich verändern könnte. O, Tom, sag' mir die Wahrheit!«

»Ich weiß nicht, was du meinst, Lu!«

»Wie du, mein teurer Bruder, hier in der dunklen Nacht allein liegst, so wirst du einst irgendwo allein liegen, wo selbst ich, wenn ich noch am Leben sein sollte, dich werde verlassen haben. Wie ich hier bei dir bin, barfuß, entkleidet, unerkennbar in der Dunkelheit, so werde ich liegen müssen während der ganzen Nacht meiner Verwesung, bis ich zu Staub geworden. Im Namen jener Zeit, Tom, sage mir nun die Wahrheit!«

»Was willst du denn eigentlich wissen?«

»Du kannst gewiß sein«, – in der Gewalt der Liebe drückte sie ihn, einem Kinde gleich, an ihre Brust – »daß ich dir keinen Vorwurf machen werde. Du kannst gewiß sein, daß ich mitleidsvoll und treu gegen dich sein werde. Du kannst gewiß sein, daß ich dich um jeden Preis retten werde. O, Tom, hast du mir nichts zu sagen? Flüstere es ganz leis, sage bloß ›Ja‹, und ich werde dich verstehen.« Sie wandte ihr Ohr gegen seine Lippen, er aber verharrte in mürrischem Schweigen.

»Nicht ein Wort, Tom?«

»Wie kann ich ›Ja‹, oder wie kann ich ›Nein‹ sagen, wenn ich nicht weiß, was du meinst? Lu, du bist ein liebes, gutes Mädchen, und wie ich zu glauben anfange, eines besseren

Bruders würdig. Ich habe aber nichts mehr zu sagen, geh' schlafen, geh' schlafen.«

»Du bist müde«, flüsterte sie gleich darauf, mehr in ihrer gewöhnlichen Weise.

»Ja, ich bin schrecklich müde.«

»Du hast heute so viel Unruh' und Mühe gehabt. Sind neue Entdeckungen gemacht worden?«

»Bloß die, von denen du schon gehört hast. Von – ihm.«

»Tom, hast du jemandem mitgeteilt, daß wir jene Leute besuchten, und daß wir die drei beisammensahen?«

»Nein. Hast du es mir nicht besonders aufgetragen, die Sache geheim zu halten, als du mich auffordertest, mit dir hinzugehen?«

»Ja.«

»Aber damals wußte ich nicht, was vorfallen würde.«

»Auch ich nicht. Wie könnt' ich auch?«

Er war mit dieser Antwort sehr rasch gegen sie.

»Sollte ich nach dem, was vorgefallen ist, sagen«, frug seine Schwester, die jetzt bei seinem Bette stand – sie hatte sich allmählich zurückgezogen und erhoben – »daß ich jenen Besuch machte, soll ich es sagen? muß ich es sagen?«

»Du lieber Himmel, Lu!« entgegnete ihr Bruder, »du bist nicht gewohnt, mich um Rat zu fragen. Sage, was dir beliebt. Wenn du es verschweigst, so will ich es auch verschweigen, wenn du es aufdeckst, so hat die Geschichte ein Ende.«

Es war für beide zu dunkel, das Gesicht des andern zu sehen. Jedes schien jedoch höchst aufmerksam zu sein und genau zu bedenken, was zu sprechen sei.

»Tom, glaubst du, daß der Mann, dem ich das Geld gab, bei diesem Verbrechen wirklich beteiligt ist?«

»Ich weiß nicht. Ich sehe es nicht ein, warum er es nicht sein sollte.«

»Er schien mir ein redlicher Mann.«

»Ein anderer mag dir ehrlos erscheinen, und ist es doch nicht.«

Eine Pause trat ein, denn er zögerte und hielt inne. »Kurz«, fuhr Tom fort, als ob er einen Entschluß gefaßt hätte, »wenn du darauf zurückkommst, so bin ich vielleicht durchaus nicht in seiner Gunst gestanden, weil ich ihn vor die Tür rief, um ihm zu sagen, daß er sich glücklich schätzen mag, zu einem solchen guten Fund durch meine Schwester gelangt zu sein, und ich hoffe, er werde einen guten Gebrauch davon machen. Du wirst dich erinnern, ob ich ihn hinausrief oder nicht. Ich will nichts gegen den Mann sagen – er mag nach dem, was ich von ihm weiß, ein ehrlicher Kerl sein: ich will hoffen, er ist es.«

»War er durch deine Worte beleidigt?«

»Nein. Er nahm sie ziemlich gut auf. Er war höflich genug. Wo bist du, Lu?« Er richtete sich im Bett empor und küßte sie. »Gute Nacht, meine Liebe, gute Nacht!«

»Du hast mir nichts mehr zu sagen?«

»Nein. Was sollte ich sagen? Du willst doch nicht, daß ich dir eine Lüge sage?«

»Ich wollte nicht, du tätest es diese Nacht, Tom, vor allen andern Nächten deines Lebens«, deren du, wie ich hoffe, noch viele und glücklichere haben wirst.«

»Ich danke dir, meine gute Lu. Ich bin so müde, daß es mich wirklich wundern sollte, wenn ich nicht alles Mögliche sage, um nur schlafen zu können. Geh' schlafen, geh' schlafen!«

Indem er sie abermals küßte, drehte er sich um, zog sich die Decke über den Kopf und lag so still, als ob jene Zeit schon gekommen wäre, bei der sie ihn beschworen. Sie stand ein wenig bei dem Bett still, ehe sie sich langsam zurückzog. An der Tür verweilte sie, blickte still zurück, nachdem sie dieselbe geöffnet hatte, und frug ihn, ob er sie gerufen. Aber er lag still, und sie schloß sachte die Tür und kehrte in ihr Zimmer zurück.

Der elende Junge blickte jetzt vorsichtig auf und sah, daß sie fort war, schlich aus dem Bett, schloß die Tür und warf sich wieder auf sein Lager, wobei er sich das Haar zerraufte, trotzig weinte, mit widerwilliger Liebe ihrer gedachte, sich selbst voll Haß aber unbußfertig verachtete, und ebenso haßerfüllt und zwecklos alles Gute in der ganzen Welt verachtete.

Fünfundzwanzigstes Kapitel.

Indem sich Mrs. Sparsit ruhig verhielt, um die Spannkraft ihrer Nerven auf Mr. Bounderbys Ruhesitz wieder zu erlangen, paßte sie unter ihren Corolianischen Augenbrauen Tag und Nacht äußerst wachsam auf. Ihre Augen hätten wie ein Paar Leuchttürme an einer mit eisernen Reifen versehenen Küste, alle vorsichtigen Seeleute vor jenen kühnen Felsen ihrer römischen Nase und der düsteren und holperigen Region in ihrer Nachbarschaft warnen müssen, wenn ihr Benehmen nicht so sanft gewesen wäre. Man konnte schwerlich anderes glauben, als daß sie sich nur der Form wegen in der Nacht zurückzog, – so weit offen standen ihre klassischen Augen und so unmöglich schien es, daß ihre strenge Nase einem erschlaffenden Einfluß nachgeben könnte. Aber war doch ihre Weise zu sitzen, und ihre unbequemen, um nicht zu sagen kratzigen Handschuhe zu glätten, (sie waren nach dem kühlenden Prinzip eines Fleischschranks gebaut) oder mit ihrem Fuß in dem Steigbügel von Baumwollgarn hinzubaumeln – so vollkommen harmlos, daß die meisten Beobachter sie für eine Taube hätten halten müssen. Für eine Taube, die durch eine Laune der Natur in den irdischen Körper eines Vogels von dem Habichtschnabelgeschlecht verkörpert worden.

Ihre Art, im Haus umherzustreifen, war höchst sonderbar. Wie sie von Stockwerk zu Stockwerk geriet, war ein unlösbares Rätsel. Eine Lady, die an und für sich selbst so anständig und so vornehm war, konnte nicht in den Verdacht geraten, über die Geländer zu setzen oder diese hinunterzugleiten, und dennoch mußte ihre außerordentliche Leichtigkeit in ihren Bewegungen auf diese kühne Idee führen. Ein zweiter bemerkenswerter Umstand bei Mrs. Sparsit war, daß sie nie in übermäßiger Eile erschien, sie schoß mit vollkommener Geschwindigkeit vom Dache zur Halle, und war, sobald sie unten anlangte, dennoch im vollen Besitze ihres Atems und ihrer Würde. Auch hatte kein menschliches Auge sie große Schritte machen sehen.

Sie benahm sich sehr freundlich gegen Mr. Harthouse und hatte bald nach ihrer Ankunft ein angenehmes Gespräch mit ihm. Sie machte ihm eines Morgens vor dem Frühstück in dem Garten ihre Staatsaufwartung.

»Es scheint mir, als wäre es erst gestern gewesen, Sir«, sagte Mrs. Sparsit, »daß ich die Ehre hatte, Sie in der Bank zu empfangen. Damals wünschten Sie liebenswürdigerweise Mr. Bounderby's Adresse zu erfahren.«

»Gewiß, ein Ereignis, das von mir im Verlauf der Zeiten nicht vergessen werden wird«, sagte Mr. Harthouse, indem er mit möglichster Lässigkeit den Kopf vor Mrs. Sparsit verneigte.

»Wir leben in einer sonderbaren Welt, Sir«, sagte Mr«. Sparsit.

»Durch eine Begegnung, auf die ich stolz bin, habe ich die Ehre gehabt, eine dem Sinn nach gleiche Beobachtung zu machen. Nur daß ich sie nicht, wie Sie, in so epigrammatischer Kürze ausdrücken kann.«

»In einer sonderbaren Welt, möchte ich sagen, Sir«, fuhr Mrs. Sparsit fort, nachdem sie für das Kompliment mit einer Neigung ihrer dunklen Augenbrauen gedankt, deren Ausdruck nicht ganz so mild war, wie ihre süßtönende Stimme. »Ich meine, eine sonderbare Welt hinsichtlich der Bekanntschaften, die wir zu einer Zeit mit Personen machen, die uns zu anderen Zeiten ganz unbekannt waren. Ich erinnere mich, Sir, daß Sie damals so weit gingen, zu gestehen, daß Sie vor Miß Gradgrind wirkliche Furcht hätten.«

»Ihr Gedächtnis erweist mir mehr Ehre, als mein unbedeutendes Wesen verdient. Ich machte von Ihren gefälligen Andeutungen Gebrauch, um meine Schüchternheit zu überwinden, und ich brauche nicht hinzuzufügen, daß Ihre Winke völlig richtig waren; Mrs. Sparsits Talent für – in der Tat für alles, was Genauigkeit bedarf, mit einer Kombination von Geistesstärke – und Familie – ist zu gewohnheitsmäßig entwickelt, um noch bezweifelt zu werden.«

Er war über diesem Kompliment beinahe eingeschlafen – so lange dauerte es, bis er sich durchwand; sein Geist war laß und abschweifend.

»Sie finden Miß Gradgrind – ich kann sie wirklich nicht Mrs. Bounderby nennen – das ist höchst dumm von mir – so jugendlich, wie ich sie beschrieben?« fragte Mrs. Sparsit in süßlichem Tone.

»Sie zeichneten ihr Porträt vollkommen«, sagte Mr. Harthouse, »stellten ihr leibhaftes Bild dar.«

»Sehr liebenswürdig, Sir?« fragte Mrs. Sparsit, indem sie ihre Handschuhe langsam umeinander drehte.

»Ganz außerordentlich.«

»Man meinte immer«, sagte Mrs. Sparsit, »daß es Miß Gradgrind an Lebhaftigkeit fehle – aber ich gestehe, es scheint mir, als hätte sie in dieser Hinsicht höchst bedeutende und auffallende Fortschritte gemacht. – Ja, und in der Tat, hier kommt Mr. Bounderby!« rief Mrs. Sparsit, indem sie mit dem Kopfe vielmals nickte, als ob sie über niemand anders gesprochen oder gedacht hätte.

»Wie geht es Ihnen heute morgen, Sir? Bitte, zeigen Sie sich uns fröhlich, Sir.«

Diese beharrlichen Besänftigungen seines Elends und Erleichterungen seiner Bürde, fingen nun an, die Wirkung zu haben, daß Mr. Bounderby milder als je gegen Mrs. Sparsit und härter als gewöhnlich gegen alle übrigen, von seiner Frau abwärts, war. Als daher Mrs. Sparsit mit erzwungener Gemütsruhe bemerkte: »Sie warten auf Ihr Frühstück, Sir, – ich glaube jedoch, daß Miß Gradgrind sich bald einfinden wird, um bei Tisch die Hausfrau zu stellen«, antwortete Mr. Bounderby: »Wenn ich warten wollte, bis meine Frau sich um mich bekümmerte, Ma'am, so wissen Sie recht gut, daß ich dann wohl bis zum jüngsten Tag warten müßte. Ich möchte Sie daher bitten, den Tee zu servieren.«

Mrs. Sparsit fügte sich und nahm ihre einstige Position bei Tische ein. Auch hierbei zeigte sich die treffliche Frau höchst sentimental. Sie war bei alledem so demütig, daß sie sich erhob, als Luise erschien, und dabei beteuerte, jetzt wirklich nicht mehr an jenem Platz sitzen zu können, so oft sie auch die Ehre gehabt habe, Mr. Bounderby's Frühstück zu bereiten – ehe Miß Gradgrind – sie bitte um Verzeihung – sie wollte sagen: Mrs. Bounderby – sie hoffe, man werde sie entschuldigen, aber sie könne sich wirklich noch nicht darein finden — obwohl sie die Hoffnung hege, bald daran gewöhnt zu sein — ihre gegenwärtige Stellung eingenommen hatte. Es geschah bloß (bemerkte sie) weil Miß Gradgrind sich ein wenig verspätete, und Mr. Bounderbys Zeit so kostbar sei. Sie wisse es von früher, wie wesentlich es für ihn sei, pünktlich zu frühstücken. Da habe sie sich die Freiheit genommen, seinem Ersuchen zu willfahren; denn *sein* Wille wäre seit langem für sie Gesetz.

»Bleiben Sie nur, wo Sie sind, Ma'am«, sagte Mr. Bounderby; bleiben Sie nur, wo Sie sind. Ich glaube, Mrs. Bounderby wird sich freuen, der Mühe überhoben zu sein.«

»Sagen Sie das nicht, Sir«, entgegnete Mrs. Sparsit beinahe mit Strenge, »denn das klingt sehr ungütig für Mrs. Bounderby; und ungütig sein, sieht Ihnen nicht gleich.«

»Sie können sich beruhigen, Ma'am. Du kannst es doch ruhig mit ansehen, nicht wahr, Lu?« sagte Mr. Bounderby in polternder Weise zu seiner Frau.

»Natürlich, die Sache hat keine Bedeutung, warum sollte sie für mich von Wichtigkeit sein?«

»Warum sollte sie überhaupt für jemand von Wichtigkeit sein, Mrs. Sparsit, Ma'am?« sagte Mr. Bounderby mit aufgeblasener Verachtung. »Sie legen diesen Dingen zu viel Wichtigkeit bei, Ma'am, zum Donnerwetter! Manche Ihrer Begriffe werden hier zurechtgewiesen werden. Sie sind noch altmodisch, Ma'am, Sie sind hinter der Zeit von Gradgrinds Kindern zurück.«

»Was fehlt Ihnen?« fragte Luise mit kaltblütigem Erstaunen. »Was hat Sie beleidigt?«

»Beleidigt?« wiederholte Bounderby. »Glauben Sie, wenn ich beleidigt worden wäre, ich würde dazu schweigen und nicht darauf dringen, daß es gutgemacht würde? Ich bin, wie ich glaube, ein gerader Mann, ich brauche nicht auf Nebenwegen zu schleichen.«

»Ich glaube, niemand ist je veranlaßt worden, Sie für zu schüchtern oder zu zartfühlend zu halten«, antwortete ihm Luise gefaßt. »Ich habe Ihnen nie diesen Vorwurf gemacht, weder als Kind, noch als Frau. Ich begreife nicht, was Sie haben wollen.«

»Haben?« erwiderte Mr. Bounderby, »nichts. Weißt du, Lu Bounderby, denn nicht recht gut, daß ich, Josiah Bounderby von Coketown, es sonst auch haben würde?«

Sie sah ihn, wie er auf den Tisch schlug und die Teetassen klirren machte, mit flammender Nöte im Gesichte an, die nach der Meinung von Mr. Harthouse eine neue Nuance seines Wesens war.

»Sie sind heute morgen unbegreiflich«, sagte Luise, »bitte bemühen Sie sich nicht weiter, sich zu erklären, ich bin nicht neugierig, Ihre Meinung zu wissen. Was ist daran gelegen?«

Es wurde über diesen Gegenstand nichts weiter gesprochen, und Mr. Harthouse unterhielt sich bald in lässiger Lustigkeit über gleichgültige Gegenstände. Von diesem Tage an wurden jedoch Luise und James Harthouse durch den Sparsit-Einfluß auf Mr. Bounderby enger aneinander geknüpft. Das verstärkte Luises gefährliche Entfremdung von ihrem Manne und das vertrauliche Verhältnis mit einem anderen gegen ihn. Sie war in dieses Verhältnis auf so seine Weise geraten, daß sie die Spuren, wie alles gekommen, trotz ihrer Versuche nicht aufzufinden vermochte. Ob sie es aber je versucht hatte oder nicht, lag in ihrem eigenen verschlossenen Herzen verborgen.

Mrs. Sparsit aber war von diesem Vorgang so sehr ergriffen, daß sie nach dem Frühstück Mr. Bounderby den Hut reichte und während ihres Alleinseins in der Halle ihm einen keuschen Kuß auf seine Hand drückte, indem sie murmelte: »Mein Wohltäter!« worauf sie sich von Schmerz überwältigt zurückzog. Dennoch bleibt nach dem Zeugnis dieser Geschichte folgendes eine unzweifelhafte Tatsache: fünf Minuten, nachdem er das Haus mit demselben Hut verlassen, schwang das Familienmitglied der Scadgers und Powlers den Handschuh ihrer rechten Hand gegen sein Porträt, schnitt eine verächtliche Grimasse gegen jenes Kunstwerk, und rief: »Geschieht dir schon recht, du Esel, und ich freue mich darüber!«

Mr. Bounderby war noch nicht lange fort, als Bitzer erschien. Bitzer war mit einem Sonderzug von Stone Lodge herabgekommen. Dieser Zug war pfeifend und rasselnd über die lange Schwibbogenlinie dahingefahren, die sich in jener wilden Gegend ehemaliger und jetziger Kohlengruben erhebt. Er brachte die eilige Botschaft für Luise, daß Mrs. Gradgrind sehr krank sei. Sie hatte sich, wie ihrer Tochter bekannt war, nie wohl befunden, seit den letzten Tagen jedoch hatte sie sehr abgenommen und war in der Nacht schwächer und schwächer geworden; jetzt war sie dem Tode so nahe, wie es ihre beschränkte Fähigkeit, in einem Zustand zu schweben, nur irgend gestattete, der den Schatten einer Absicht in sich schlösse, seiner ledig zu werden.

Begleitet von dem strohköpfigsten aller Laufburschen – einem geeigneten farblosen Portier an der Todespforte, wo Mrs. Gradgrind anklopfte – rasselte Luise nach Coketown, über die ehemaligen und jetzigen Kohlengruben hinweg, und wurde in den rauchgefüllten Rachen der Stadt hineingewirbelt. Sie überließ den Boten seinen eigenen Geschäften und fuhr ihrem elterlichen Hause zu.

Seit ihrer Verheiratung war sie selten dagewesen. Ihr Vater befand sich gewöhnlich bei seinem parlamentarischen Kehrichthaufen in London, sichtend und sichtend (ohne daß man ihn je viele kostbare Dinge aus dem Quarke herausfinden sah), und war sehr emsig in dem nationalen Schutt- und Müll-Abfuhrplatz beschäftigt. Ihre Mutter hätte es mehr als Störung betrachtet, wenn man sie besuchte, während sie auf dem Sofa ruhte. Als junge Person fühlte sich Luise ganz ungeschickt dazu; Cili hatte sich seit jener Nacht, wo des Landstreichers Kind die Augen zu Mr. Bounderbys künftiger Frau erhob, nie freundlich genähert. So hatte sie keine Veranlassung, zurückzugehen, und tat es auch selten.

Auch wurden keine schönen Eindrücke des Schauplatzes ihrer Kindheit in ihr rege, als sie sich jetzt dem Vaterhause näherte. Ihre Träume der Kindheit – ihre lustigen Märchen; ihre anmutigen, schönen, menschlichen, unmöglichen Freuden einer reichen Welt, an die einmal zu glauben so wohltuend ist, und so süß sich deren zu erinnern, wenn wir erwachsen sind! Denn dann wird die bescheidenste Erinnerung an jene Welt zur Stätte erbarmender Liebe im Herzen, wo Kinder eintreten dürfen, und mit ihren reinen Händen inmitten der steinigen Pfade dieses Lebens einen Garten pflegen; allwo, in vertrauensvoller Einfachheit, fern allem Welttreiben, sich öfter zu sonnen, für alle Adamskinder weit besser wäre – was wußte sie von alledem! Erinnerungen an eine Zeit, wo sie dem Wenigen, was sie wußte, auf dem Zauberpfade entgegengewandert war, auf dem Pfade des Lebens, das sie und Millionen unschuldiger Geschöpfe erhoffte. Jenes Kinderparadies, in dem man beim Erwachen des Verstandes im duftigen Licht der Phantasie zuerst den liebenden Gott sah, der sich vor anderen, gleich großen Gottheiten beugte: keinen grimmigen Götzen, grausam und kalt, der seine Opfer an Händen und Füßen fesselt und der als stumpfe dumpfe Masse geistlos ins Leere von so und soviel Pferdekräften umzurechnen ist – was für Teil hatte sie daran? – Ihre Erinnerungen an Elternhaus und Kindheit waren Erinnerungen an das Austrocknen jeder Quelle und jedes Brunnens in ihrem jungen Herzen, wie sie hervorströmten. Die goldenen Fluten befanden sich nicht dort. Sie flossen, um das Land fruchtbar zu machen, wo Trauben von Dornen und Feigen von Disteln eingesammelt werden.

Sie trat mit schwerem, verhärtetem Gram in das Hau und in das Zimmer ihrer Mutter. Seitdem sie das Elternhaus verlassen, hatte Cili neben der übrigen Familie gleichberechtigt gestanden. Cili saß neben ihrer Mutter, und ihre Schwester Jane, die jetzt zehn bis zwölf Jahre alt war, befand sich auch im Zimmer. Es kostete viel Mühe, ehe man es Mrs. Gradgrind begreiflich machen konnte, daß ihr ältestes Kind da sei. Sie sank zurück und stützte sich aus bloßer Gewohnheit auf ein Kissen, und das alles in ihrer frühern gewöhnlichen Stellung, die ein so hilfloses Geschöpf annehmen konnte. Sie hatte sich entschieden geweigert, sich zu Bett zu begeben, und zwar aus dem Grunde, daß, wenn sie es täte, die Sache kein Ende nehmen würde. Ihre schwache Stimme klang so entfernt aus ihrem Bündel Schals, und der Klang einer andern Stimme, die sie ansprach, schien so lange Zeit zu gebrauchen, bis sie an ihr Ohr gelangte, als hätte sie im Grund eines Brunnens gelegen.

Die arme Frau befand sich näher der Wahrheit als je, was viel heißen wollte. Als man ihr sagte, Mrs. Bounderby sei da, antwortete sie im Geiste des Widerspruchs, daß sie *ihm* nie diesen Namen gegeben, seit er Luise geheiratet; daß sie, unentschieden in der Wahl eines passenden Namens, ihn bloß J nannte; und daß sie jetzt von dieser Regel nicht abweichen könne, da sie keinen andern zur Verfügung habe. Luise hatte bei ihr einige Minuten gesessen und das Gesagte mehrfach wiederholt, ehe sie es klar begreifen konnte, wer es sei. Hierauf schien sie es auf einmal zu begreifen. »Gut denn, mein Kind«, sagte Mrs. Gradgrind, »ich hoffe, du bist ganz zufrieden. Dein Vater allein hat es getan. Er hat darauf bestanden. Er muß es wissen, warum.«

»Ich will von dir hören, Mutter, und nicht von mir.«

»Von mir willst du hören, mein Kind? das ist gewiß etwas Neues, wenn jemand von mir hören will; es geht mir durchaus nicht gut, Luise, sehr schwach und schwindelig.«

»Fühlst du Schmerz, liebe Mutter?«

»Ich glaube, es befindet sich ein Schmerz irgendwo im Zimmer«, sagte Mrs. Gradgrind, aber ich kann nicht behaupten, daß ich ihn habe.«

Nach diesen sonderbaren Worten lag sie einige Zeit still. Luise ergriff ihre Hand, konnte aber keinen Puls fühlen. Als sie die Mutter aber küßte, spürte sie einen leichten, dünnen Lebensfaden in unruhiger Bewegung.

»Du siehst deine Schwester sehr selten«, sagte Mrs. Gradgrind. »Sie wächst auf gleich dir, ich wünsche, daß du dich ihrer annimmst. Cili, bringe sie her.«

Sie ward herbeigeführt und stand da, ihre Schwester bei der Hand haltend. Luise hatte sie ihren Arm um Cilis Nacken schlingen gesehen, und sie fühlte den Unterschied dieser Annäherung.

»Siehst du die Ähnlichkeit, Luise?«

»Ja, Mutter, ich sollte denken, sie ist mir gleich, aber —«

»Nun? ich sage es ja immer, sagte Mrs. Gradgrind mit unerwarteter Raschheit. »Und das erinnert mich. – Ich habe etwas mit dir zu sprechen, mein Kind. Cili, mein gutes Mädchen, laß uns einen Augenblick allein.«

Luise hatte die Hand losgelassen, dachte, daß das Gesicht ihrer Schwester schöner und heiterer sei, als ihres je gewesen, – sah in diesem Gesicht nicht ohne ein aufkeimendes Gefühl der Bitterkeit selbst hier zu dieser Stunde etwas von Sanftheit des anderen Gesichtes in dem Zimmer, des Gesichtes mit den vertrauensvollen Augen, das durch das reiche dunkle Haar blässer erschien, als es durch Wachen und teilnehmenden Kummer geschah.

Mit ihrer Mutter allein gelassen, sah Luise, wie diese dalag, mit einer trüben Schläfrigkeit auf ihrem Gesicht, gleich jemandem, der widerstandslos auf einem weiten Wasser dahinschwimmt, damit zufrieden, den Strom hinuntergetragen zu werden. Sie führte den Schatten einer Hand abermals an ihre Lippen und weckte sie aus ihrer Ohnmacht.

»Du wolltest mit mir sprechen, Mutter.«

»Ei! Ja gewiß, mein Kind. Du weißt, dein Vater ist fast immer abwesend, und deshalb muß ich ihm darüber schreiben.«

»Worüber, Mutter? Beunruhige dich nicht; worüber denn?«

»Du wirst dich erinnern, mein Kind, daß, wenn ich irgend etwas über einen Gegenstand gesagt hatte, man mich nie damit gelten ließ, deshalb habe ich seit langer Zeit unterlassen, überhaupt etwas zu sagen.«

»Ich höre dich wohl, Mutter«, aber sie konnte nur dadurch, daß sie ihr Ohr neigte und gleichzeitig die Lippen betrachtete, wie sie sich bewegten, dergleichen schwache und abgebrochene Töne in zusammenhängende Verbindung bringen.

»Du hast sehr viel gelernt, Luise, und ebenso dein Bruder, allerhand Ologien[12], von morgens bis abends. Wenn es noch irgendeine Ologie gibt, die in diesem Haus nicht zersetzt worden ist, so kann ich nur davon sagen, ich hoffe, nie ihren Namen zu hören.«

---

[12] Mrs. Gradgrind meint hiermit die Wissenschaften, deren Namen auf »ologie« endigen, wie »Geologie«, »Anthropologie« usw.

»Ich kann dich hören, Mutter, wenn du nur Kraft hast, fortzufahren.« Das sagte sie, um sie vom Davonschwimmen abzuhalten.

»Aber es gibt etwas, durchaus keine Ologie – das dein Vater unterlassen oder vergessen hat, Luise. Ich weiß nicht, was es ist. Ich habe oft daran gedacht, wenn Cili neben mir dasaß, ich werde mich jetzt seines Namens nicht erinnern. Aber dein Vater kennt es, es macht mich unruhig, ich will ihm darüber schreiben, damit er um des Himmels willen ausfinde, was es ist. Gib mir eine Feder! Gib mir eine Feder!«

Selbst die Kraft der Unruhe war verschwunden, ausgenommen von dem armen Kopfe, der sich gerade von einer Seite auf die andere drehen konnte.

Sie bildete sich aber ein, daß ihre Bitte erfüllt worden, und daß die Feder, die sie nicht halten konnte, sich in ihrer Hand befinde. Es ist wenig daran gelegen, welche Gestalten wunderbaren Unsinns sie auf ihren Umschlagetüchern zu zeichnen begann. Die Hand hielt bald mitten in der Bewegung inne. Das Licht, das hinter dem schwachen Lampenschirm immer matt und dunkel gewesen, ging aus; und selbst Mrs. Gradgrind, die aus dem Schatten heraustrat, in dem der Mensch wandelt und vergebens sich abmüht, nahm die grauenhafte Feierlichkeit der Weisen und Patriarchen an.

Sechsundzwanzigstes Kapitel.

Da Mrs. Sparsits Nerven nur sehr langsam ihre Spannkraft wiedererlangten, so blieb die würdige Frau mehrere Wochen auf Mr. Bounderbys Ruhesitz. Dort ergab sie sich, trotz ihrer Vorliebe für Einsamkeit, die auf dem schicklichen Bewußtsein ihres veränderten Standes beruhte, mit edler Stärke darein, sozusagen im Füllhorn des Überflusses zu leben und am Fett des Landes zu zehren. Während der ganzen Zeit dieser Zurückgezogenheit von der Bewachung der Bank, benahm sich Mrs. Sparsit als ein Muster von Standhaftigkeit, indem sie fortfuhr, Mr. Bounderby derart ins Gesicht zu bemitleiden, wie das nur selten einem Manne widerfährt, und zugleich sein Porträt »Esel« ins Gesicht zu heißen, mit der größten Bitterkeit und Verachtung.

Mr. Bounderby hatte es nun in sein explodierendes Wesen als Axiom aufgenommen, daß Mrs. Sparsit überlegen genug sei, um wahrzunehmen, wie er jenes allgemeine Kreuz in seiner Einsamkeit trage. Er hatte nur noch nicht herausgefunden, was er war. Ferner war ihm klar geworden, daß Luise sie nicht als ständigen Besuch haben möchte, wofern sich solcher Widerspruch überhaupt an sein, Bounderbys, Größe heranwagte; darum beschloß er erst recht, Mrs. Sparsit in seiner Umgebung zu behalten. Als daher ihre Nerven soweit gespannt waren, daß sie wieder Kalbsmilch in der Einsamkeit genießen konnte, sagte er zu ihr während des Mittagessens am Tage vor ihrer Abreise: »Ich will Ihnen was sagen, Ma'am. Sie müssen, solange es schönes Wetter gibt, am Samstag zu uns herkommen und bis Montag bleiben.« Worauf Mrs. Sparsit, in der Tat, obwohl nicht mohammedanischen Glaubens, erwiderte: »Hören ist gehorchen.«

Nun, Mrs. Sparsit war kein poetisches Weib, aber sie faßte doch eine Idee, die ins Reich allegorischer Phantasien gehörte. Sie beobachtete Luise sorgfältig und bewachte deren undurchdringliches Betragen beharrlich. Dadurch war ihre eigene Geistesschärfe gewetzt und geschliffen; sie hatte auf dem Weg der Inspiration sozusagen einen Schwung erhalten. Sie schuf also in ihrem Geist eine gewaltige Treppe, die in einen düstern Schlund von Schande und Verderben mündete; und diese Treppe sah sie von Tag zu Tag und von Stunde zu Stunde Luisen hinuntersteigen.

Es machte nun Mrs. Sparsits Lebensgeschäft aus, diese Treppe zu betrachten und Luise herabsteigen zu sehen; zuweilen langsam, zuweilen mehrere Staffeln mit einem Satze, zuweilen innehaltend, aber niemals umwendend. Wenn sie einmal umgewandt hätte, so würde Mrs. Sparsit aus Verdruß und Schmerz den Tod davon erlitten haben.

Sie war beharrlich heruntergestiegen, bis zu dem Tag, wo Mr. Bounderby die obenerwähnte wöchentliche Einladung ergehen ließ. Mrs. Sparsit war in guter Laune und geneigt, ein Gespräch anzuknüpfen.

»Nun bitte, Sir«, sagte sie, »wenn ich wagen darf, eine Frage über etwas zu stellen, über das Sie Stillschweigen beobachten – was wohl kühn von mir ist; denn ich weiß recht gut, daß Sie einen Grund haben für alles, was Sie tun – haben Sie hinsichtlich des Diebstahls Nachrichten erhalten?«

»Nein, Ma'am, nein, noch nicht! Unter den Umständen habe ich es noch nicht erwartet. Rom wurde nicht in *einem* Tag erbaut, Ma'am.«

»Sehr wahr, Sir«, sagte Mrs. Sparsit kopfschüttelnd.

»Auch in einer Woche nicht, Ma'am.«

»Nein, in der Tat nicht«, entgegnete Mrs. Sparsit mit einem Anstrich von Wehmut.

»Auf ähnliche Weise«, sagte Bounderby, »kann ich auch warten, wie Sie wissen. Wenn Romulus und Remus warten konnten, kann Josiah Bounderby auch warten. Sie waren indessen in ihrer Jugend besser daran als ich. Sie hatten eine Wölfin zur Amme, ich hatte bloß eine Wölfin zur Großmutter, sie gab mir keine Milch, Ma'am, sie gab mir Prügel. Sie war in dieser Beziehung eine vollständige Alderney.«

»Ach!« seufzte Mrs. Sparsit und schauderte.

»Nein, Ma'am«, fuhr Mr. Bounderby fort, »ich habe nichts weiter darüber gehört. Man ist aber damit beschäftigt, und der junge Tom, der im Geschäft jetzt ziemlich fleißig arbeitet – was etwas Neues bei ihm ist, er hat nicht *meine* Schule durchgemacht – ist dabei tätig. Mein Bescheid ist, sich bei dieser

Sache ruhig zu verhalten und ihr den Anschein der Vergessenheit zu geben. Alles, was man tun will, muß geheim geschehen, und nichts darf durch irgendein Zeichen verraten werden, sonst sammelt sich gleich ein halbes Hundert von diesem Gelichter und hilft jenem Kerl zu entwischen, daß man seiner nicht mehr habhaft werde. Man verhalte sich nur ruhig, und die Diebe werden nach und nach Vertrauen fassen, worauf wir sie schon kriegen werden.«

»Sehr klug, in der Tat, Sir«, sagte Mrs. Sparsit, »sehr interessant. Die alte Frau, deren Sie Erwähnung getan, Sir —«

»Die alte Frau, deren ich erwähnte, Ma'am«, sagte Bounderby, die Sache kurz abmachend, da nichts dabei aufzuschneiden war, »ist noch nicht eingefangen worden. Aber sie kann Gift darauf nehmen, daß es geschehen wird, wenn das ihre Lasterseele beruhigt. Unterdessen, Ma'am, bin ich der Meinung, wenn Sie mich überhaupt um meine Meinung fragen, daß es desto besser ist, je weniger man davon spricht.«

Am gleichen Abend sah Mrs. Sparsit von dem Fenster ihres Zimmers aus, als sie vom Einpacken ausruhte, auf ihre große Treppe und sah Luise immer abwärts steigen.

Sie saß neben Mr. Harthouse in einer Gartenlaube in leises Gespräch vertieft. Er lehnte sich über sie, wie sie zusammen flüsterten, und sein Gesicht berührte beinahe ihr Haar. »Warum nicht ganz!« sagte Mrs. Sparsit, indem sie ihre Falkenaugen aufs äußerste anstrengte. Mrs. Sparsit war zu entfernt, um ein Wort ihres Gesprächs zu vernehmen oder um auch nur zu wissen, daß sie leise sprachen, außer was sie nach dem Ausdruck ihrer Gebärden schloß; was sie aber sprachen, war folgendes:

»Sie erinnern sich des Mannes, Mr. Harthouse?«

»O, vollkommen!«

»Seines Gesichtes, seines Benehmens, und dessen, was er sagte?«

»Vollkommen! und er erschien mir auch als eine unendlich trübselige Person. Langweilig und prosaisch über die Maßen. Er war sehr gewandt darin, in der demütig-tugendhaften Schule der Beredsamkeit einem voranzuleuchten. Ich kann Sie indessen versichern, daß ich gleich damals dachte: mein lieber Mann, Sie übertreiben die Geschichte.«

»Es fiel mir sehr schwer, von jenem Manne schlecht zu denken.«

»Meine teure Luise – wie Tom sagt« – was er eigentlich nie tat – »Sie wissen doch selbst nichts Gutes von jenem Burschen?«

»Nein, gewiß nicht.«

»Auch nicht von einer anderen ähnlichen Person?«

»Wie vermöchte ich«, antwortete sie, mehr mit jenem sonstigen Ausdrucke, als er seit kurzem bei ihr bemerkt, »da ich überhaupt nichts von ihnen weiß, von Männern oder Frauen?«

»Meine teure Mrs. Bounderby! So gestatten Sie denn den untertänigen Vortrag ihres ergebenen Freundes entgegenzunehmen, der etwas von den verschiedenen Klassen seiner ausgezeichneten Nebenmenschen weiß – denn ausgezeichnet sind sie, daran zweifle ich nicht, trotz ähnlicher kleiner Schwächen, die darin bestehen, sich das anzueignen, was sie können. Jener Bursche macht Redensarten. Gut, das tun sie alle. Sein Gerede von sittlichen Grundsätzen verdient nur einen Augenblick Beachtung, sofern sie gerade ein sehr verdächtiger Umstand ist. Alle Heuchler bekennen sich zur Moralität, von dem Unterhaus bis zum Zuchthaus, ausgenommen Leute unseres Schlages. Es ist in der Tat jene Ausnahme, die unsere Leute so angenehm macht. Sie haben den Fall gesehen und gehört. Hier war ein gewöhnlicher Mann, der durch meinen geschätzten Freund Mr. Bounderby sehr scharf angefaßt worden war. Bounderby besitzt, wie wir wohl wissen, nicht jenes Zartgefühl, das eine so harte Hand milder machen könnte. Der gewöhnliche Mann war verletzt und verließ, zur Verzweiflung getrieben, murrend das Haus, begegnete jemanden, der ihm anbot, an diesem Bankraub aktienweise beteiligt zu sein. Er ging darauf ein, steckte etwas in die Tasche, wo früher sich nichts befand, und fühlte sein Gemüt dadurch höchst erleichtert. Er müßte in der Tat ein ungewöhnlicher, statt ein gewöhnlicher Mann gewesen sein, wenn er eine solche Gelegenheit nicht benutzt hätte. Oder er hätte es doch getan, wenn er nur die Geschicklichkeit dazu besessen. Ebenfalls wahrscheinlich.«

»Es dünkt mich, als wäre es schlecht von mir«, erwiderte Luise nach einer gedankenvollen Pause, »so schnell bereit zu sein, mit Ihnen übereinzustimmen und mein Gemüt durch Ihre Worte so erleichtert zu fühlen.«

»Ich sage nur, was vernunftgemäß ist; nichts Schlimmeres. Ich habe die Sache mehr als einmal mit meinem Freunde Tom besprochen – ich befinde mich natürlich immer auf vollkommen vertrautem Fuße mit Tom, und er ist ganz meiner Meinung, wie ich ganz der seinen bin. Wollen Sie einen Spaziergang machen?«

Sie schlenderten fort durch die schmalen Wege zwischen den Hecken, die jetzt in der Dämmerung undeutlich zu werden anfingen – sie stützte sich auf seinen Arm – und dachte wenig daran, wie sie immer hinab, hinab die Treppe von Mrs. Sparsit ging.

Tag und Nacht stand vor Mrs. Sparsit diese Treppe. Wenn Luise einmal am Boden angelangt und in dem Abgrund verschwunden war, so konnte sie auch über ihr zusammenstürzen; bis dahin jedoch mußte sie aufrechtstehen, als ein Gebäude vor Mrs. Sparsits Augen. Luise befand sich immer auf derselben. Sie glitt immer hinunter, hinunter, hinunter.

Mrs. Sparsit sah James Harthouse kommen und gehen; sie hörte von ihm hie und da; sie sah die Veränderungen des Gesichtes, das er studiert hatte; sie bemerkte ebenfalls mit peinlicher Genauigkeit, wie und wann es sich umwölkte, wie und wann es sich erheiterte; sie hielt ihre schwarzen Augen weit offen, ohne einen Zug der Teilnahme, ohne Aufregung, ganz in Interesse versunken, doch in das Interesse zuzusehen, wie jene, ohne von ihr aufgehalten zu werden, dem Abgrund jener neuen Riesentreppe immer näher kam. Bei aller Achtung vor Mr. Bounderby, der sich durch verschiedene Eigenschaften vor seinem Bilde so sehr auszeichnete, hatte Mrs. Sparsit nicht die geringste Absicht, das Herabsteigen zu hindern. Begierig, dieses vielmehr vollendet zu sehen, und doch geduldig, sah sie dem letzten Fall wie der Reife und Fülle der Ernte ihrer Hoffnungen erwartungsvoll entgegen. Und in Erwartung eingelullt, heftete sie den vorsichtigen Blick auf die Treppe, und sehr selten schwang sie nur leise den rechten Handschuh (mit der Faust in diesem) gegen die niedersteigende Gestalt.

Siebenundzwanzigstes Kapitel.

Die Gestalt kam die große Treppe herab, Schritt für Schritt; und neigte sich fortwährend, gleich einer Last im tiefen Wasser, dem schwarzen Schlund im Abgrunde zu.

Mr. Gradgrind, von dem Hinscheiden seiner Frau in Kenntnis gesetzt, kam von London herüber und begrub sie in geschäftsmäßiger Weise. Mit Pünktlichkeit kehrte er dann wieder zum nationalen Aschenhaufen zurück und nahm das Sichten seines Quarkes wieder auf. Er begann wieder Sand in die Augen jener Leute zu streuen, die ihren eigenen Quark traten. Kurz, er lag wieder seinen parlamentarischen Pflichten ob.

Mrs. Sparsit hielt indessen rastlos Wache. Während der ganzen Woche von ihrer Treppe geschieden, durch die Länge des Eisenbahnweges, der Coketown von dem Landhause trennte, setzte sie dennoch ihre katzenartige Beobachtung Luises fort. Sie besorgte das durch deren Mann, durch deren Bruder, durch James Harthouse, durch die Adressen der Pakete und Briefe, durch alles Lebendige und Leblose, das sich irgend der Treppe näherte: »Ihr Fuß ruht auf der letzten Stufe, Mylady«, sagte Mrs. Sparsit, die herunterkommende Gestalt mit Beihilfe ihres drohenden Handschuhs begrüßend, »und all Ihre Kunst wird mich nicht täuschen!«

Sei es indessen Kunst oder Natur, der angeborene Grundzug von Luises Charakter, oder die Umstände, die diesem eingeimpft wurden – ihre besondere Verschlossenheit machte selbst den Scharfsinn einer Mrs. Sparsit zuschanden, während sie ihn herausforderte. Es gab Zeiten, wo Mr. James Harthouse an ihr irre ward. Es gab Zeiten, wo er in dem Gesicht nicht lesen konnte, das er so lange studiert hatte, und wo dieses alleinstehende Frauengeschöpf für ihn ein größeres Geheimnis war, als irgendein Weib in der Welt, das einen Kreis von schützenden Rittern um sich hat.

So verging die Zeit, bis es sich fügte, daß Mr. Bounderby, durch ein Geschäft, das seine Gegenwart anderwärts notwendig machte, für drei oder vier Tage abgerufen ward. Es war an einem Freitag, wo er dieses Mrs. Sparsit in der Bank mitteilte und hinzufügte:

»Sie werden morgen hinüberfahren, Ma'am, ganz wie sonst. Sie werden hinüberfahren, gerade als wenn ich da wäre. Das wird für Sie keinen Unterschied machen.«

»Bitte, Sir«, entgegnete Mrs. Sparsit vorwurfsvoll, »darf ich Sie bitten, dergleichen nicht zu sagen. Ihre Abwesenheit wird für mich einen mächtigen Unterschied machen, Sir, wie Sie, glaube ich, recht wohl wissen.«

»Gut, Ma'am, dann müssen Sie sich in meiner Abwesenheit so gut behelfen, wie Sie können«, sagte Bounderby nicht ungehalten.

»Mr. Bounderby«, entgegnete sie, »Ihr Wille ist für mich Gesetz, Sir; sonst wäre ich geneigt, gegen Ihre freundlichen Befehle zu protestieren. Denn ich weiß nicht, ob es Miß Gradgrind so angenehm sei, mich zu empfangen, wie das bei Ihrer großmütigen Gastfreundschaft der Fall ist. Sprechen Sie jedoch nichts mehr darüber, Sir, ich werde auf Ihre Einladung gehen.«

»Nun, wenn ich Sie in mein Haus einlade, Ma'am«, sagte Bounderby, die Augen aufreißend, »so sollte ich meinen, daß keine andere Einladung mehr nötig ist.«

»Wahrlich nicht, Sir«, erwiderte Mrs. Sparsit. »Ich sollte meinen, nein. Sprechen Sie nicht mehr darüber, Sir. Ich wollte, Sir, ich könnte Sie wieder fröhlich sehen.«

»Was meinen Sie, Ma'am?« schnaubte Bounderby.

»Sir«, entgegnete Mrs. Sparsit, »es pflegte sonst eine Elastizität in Ihrem Wesen zu herrschen, die ich mit Betrübnis vermisse. Kopf hoch, Sir.«

Mr. Bounderby konnte vor dem Bann dieser wunderlichen Verschwörung, die von ihrem mitleidsvollen Blick unterstützt war, sich bloß in einer schwachen und lächerlichen Weise den Kopf kratzen, und später sich schon von weitem bemerklich machen, indem er den ganzen Morgen in seinen Geschäften polterte und rumorte.

»Bitzer«, sagte Mrs. Sparsit an jenem Nachmittag, als ihr Gönner die Reise antrat und die Bank geschlossen wurde, »bring' meine Empfehlungen dem jungen Mr. Thomas, und

frage ihn, ob er heraufkommen könnte, um Lammsschnitt-
chen mit Champignonsoße nebst einem Glas India-Ale zu
genießen.« Der junge Mr. Thomas, der für so etwas immer zu
haben war, sandte eine freundliche Antwort zurück und folgte
ihr auf den Fersen. »Mr. Thomas«, sagte Mrs. Sparsit, »dieses
einfache Mahl, so meinte ich, könnte Ihnen zusagen.«

»Danke, Mrs. Sparsit«, sagte der Bengel. Und fiel mürri-
schen Blickes darüber her.

»Wie geht es Mr. Harthouse, Mr. Tom?« fragte Mrs. Sparsit.

»O! dem geht's gut!« sagte Tom.

»Wo mag er jetzt sein?« fragte Mrs. Sparsit in einer leichten Gesprächsweise, nachdem sie den Bengel in Gedanken zu
allen Furien gewünscht hatte, weil er so unmitteilsam war.

»Er befindet sich auf der Jagd in Yorkshire«, sagte Tom.
»Schickte gestern an Lu einen Korb, halb so groß wie eine
Kirche.«

»Der liebe Mann!« sagte Mrs. Sparsit süß; »man möchte
wetten, er ist ein guter Schütze.«

»Und ob!« sagte Tom.

Tom hatte sich längst nicht mehr dadurch ausgezeichnet,
den Leuten gerade in die Augen zu sehen. Aber jetzt hatte
diese Eigenart so zugenommen, daß er jemandem nicht drei
Minuten hinter einander ins Gesicht sehen konnte. Mrs. Sparsit hatte demgemäß reiche Gelegenheit, seine Blicke zu beobachten, wenn sie sich dazu aufgelegt gefühlt hätte.

»Mr. Harthouse ist ein besonderer Liebling von mir«, sagte
Mrs. Sparsit, »wie er es auch wahrlich bei den meisten Leuten
ist. Dürfen wir hoffen, ihn bald wieder zu sehen, Mr. Tom?«

»Nun, ich erwarte ihn morgen wieder«, erwiderte der Bengel.

»Wie schön!« rief Mrs. Sparsit freudig.

»Ich soll ihn heute abend von der Bahn abholen«, sagte
Tom, »und ich werde dann, denke ich, mit ihm essen. Er
kommt eine Woche oder so was nicht zu Nickits hinunter, da
er anderwärts beschäftigt ist. Wenigstens sagt er's; ich würde
mich aber nicht wundern, wenn er über den Sonntag hier
bliebe und sich dorthin verliefe.«

»Das erinnert mich an was!« sagte Mrs. Sparsit. »Wollten Sie Ihrer Schwester eine Botschaft überbringen, Mr. Tom, wenn ich Sie darum bäte?«

»O ja, wenn sie nicht zu lang ist«, entgegnete der unwillige Bengel.

»Sie besteht bloß in meinem ehrerbietigen Gruß«, sagte Mrs. Sparsit, »und daß ich sie wahrscheinlich diese Woche mit meiner Gesellschaft nicht belästigen würde, da ich noch ein wenig nervös bin, und besser mit meinem armen Selbst allein bleibe.«

»O! wenn es nur das ist«, bemerkte Tom, »daran wäre nicht viel gelegen, selbst wenn ich's vergessen sollte, denn Lu dürfte schwerlich an Sie denken, bis Sie vor ihr erscheinen.«

Nachdem er für das Genossene mit diesem angenehmen Kompliment gedankt hatte, verfiel er in ein mürrisches Stillschweigen, bis kein India-Ale mehr übrig war, worauf er sagte: »Nun, Mrs. Sparsit, ich muß fort«, und fortging.

Sonnabends, am nächsten Tage, saß Mrs. Sparsit die ganze Zeit über am Fenster und betrachtete die Kunden, die ein- und ausgingen. Sie beobachtete die Briefträger, überblickte den Handel und Wandel auf der Straße, überlegte viele Dinge in ihren Gedanken; vor allem aber richtete sie ihre Aufmerksamkeit auf ihre Treppe.

Als der Abend kam, nahm sie Hut und Schal und ging ruhig aus, wobei sie ihre Gründe hatte, verstohlenerweise um den Bahnhof zu streichen, wo ein Passagier von Yorkshire ankommen sollte. Sie zog es vor, hinter Säulen und Ecken und von den Fenstern des Wartezimmers für Frauen aus Umschau zu halten, als sich frei in den Gängen zu zeigen.

Tom wartete und schlenderte umher, bis der erwartete Zug ankam. Er brachte keinen Mr. Harthouse. Tom wartete, bis die Menge sich zerstreute und der Lärm vorüber war. Dann wandte er sich zu den angeschlagenen Plänen der Züge und erkundigte sich bei den Gepäckträgern. Nachdem er dies getan, schlenderte er träge fort, hielt in der Straße inne, betrachtete dieselbe nach oben und unten, nahm den Hut ab und setzte ihn wieder auf, gähnte, reckte sich und stellte alle Symptome sterblicher Langeweile zur Schau, die man bei jemandem erwarten kann, der bis zur Ankunft des nächsten Zuges eine Stunde und vierzig Minuten harren muß.

»Das ist eine List, um ihn nicht als Augenzeuge zu haben«, sagte Mrs. Sparsit, indem sie von dem trüben Bureaufenster aufschoß, von wo sie ihn zuletzt bewacht hatte. »Harthouse ist jetzt bei seiner Schwester.«

Es war die Eingebung eines inspirierten Augenblickes, und sie eilte mit äußerster Schnelligkeit davon, die Eingebung ausführend. Der Bahnhof für das Landhaus befand sich am entgegengesetzten Ende der Stadt. Die Zeit war kurz, der Weg beschwerlich, allein sie bemächtigte sich rasch eines leeren Wagens, sprang rasch hinein, zahlte ihr Geld, ergriff ihr Billett und stürzte in den Zug, daß sie längs der Schwibbogen, die über das Land mit den ehemaligen und gegenwärtigen Kohlengruben sich aufspannten, so schnell weggeführt wurde, als ob sie in eine Wolke gehüllt und fortgewirbelt worden wäre. Während der ganzen Reise hatte Mrs. Sparsit ihre Treppe mit der herabsteigenden Gestalt unbeweglich in der Luft, obwohl nie zurückbleibend, deutlich vor den dunklen Augen ihres Geistes, wie sie die elektrischen Drähte, die am Himmel gleich den Linien auf Notenpapier sich dahinzogen, deutlich vor den dunklen Augen ihres Körpers hatte. Schon sehr nahe am Boden. Am Rande des Abgrundes.

Ein trüber Septemberabend sah bei einbrechender Nacht unter seinem sinkenden Augenlide Mrs. Sparsit aus ihrem Wagen gleiten, die hölzernen Stufen der kleinen Eisenbahnstation in eine steinige Straße hinuntergehen, von dieser in einen grünen Heckenweg sich begeben und daselbst unter Blättern und Zweigen verschwinden. Ein oder zwei verspätete Vögel, die schläfrig in ihren Nestern zirpten, und eine Fledermaus, die langsam auf sie zu und wieder zurückflog, und die Dunstwolke, die sich wie Samt anfühlte – das war alles, was Mrs. Sparsit hörte oder sah, bis sie sehr leise ein Gitter schloß.

Sie ging auf das Haus zu, sich immer im Gesträuch haltend, umkreiste es und lauschte zwischen den Blättern hindurch nach den niedrigen Fenstern. Die meisten derselben waren offen, wie gewöhnlich bei solchem warmen Wetter; es waren aber noch keine Lichter sichtbar, und es war alles still. Sie versuchte es mit dem Garten ohne besseren Erfolg. Sie dachte an das Gehölz und stahl sich dorthin, unbekümmert um das hohe Gras und die Sträucher, die Würmer, die nackten Gartenschnecken und all die kriechenden Geschöpfe. Mit den dunklen Augen und der Habichtsnase als Vorhut, arbeitete sich Mrs. Sparsit leise durch das dicke Unterholz. Sie war so erpicht auf ihre Beute, daß sie wahrscheinlich nichts weniger getan haben würde – wenn das Gehölz aus Nattern bestanden hätte.

Horch!

Die kleineren Vögel hätten aus ihren Nestern purzeln können, bezaubert von Mrs. Sparsits im Dunkeln schimmernden Augen, während diese Dame selbst stehenblieb und lauschte.

Leise Stimmen dicht in der Nähe. Seine Stimme und die ihre. Die Bestellung nach dem Bahnhof war also wirklich nur eine List, um den Bruder fern zu halten! Dort saßen sie, bei dem gefällten Baume.

Mrs. Sparsit schritt näher an sie heran, indem sie sich in das taubenetzte Gras niederbeugte. Dann richtete sie sich empor und stand hinter einem Baume, wie Robinson Crusoe in seinem Hinterhalte gegen die Wilden. Sie war ihnen jetzt so nahe, daß sie mit einem Sprung, und das nicht mit einem großen, die beiden hätte erreichen können. Er war heimlicherweise da und hatte sich nicht im Hause gezeigt. Er war zu Pferde gekommen und mußte die benachbarten Felder passiert haben; denn sein Pferd war auf der Wiesenseite der Hecke, nur einige Schritt entfernt, festgebunden.

»Mein liebstes Lieb«, sagte er, »was sollte ich machen?« War es für mich möglich, fernzubleiben, da ich dich allein wußte?«

»Du magst immerzu den Kopf hängen lassen, um dich anziehender zu machen – ich weiß nicht, was die Männer an dir sehen, wenn du ihn emporhältst«, dachte Mrs. Sparsit, »du denkst aber wenig daran, mein liebstes Lieb, welche Augen dich bewachen.«

Daß sie den Kopf hängen ließ, war gewiß. Sie drang in ihn, sich zu entfernen, sie befahl ihm, sich zu entfernen, aber sie wandte ihr Gesicht nicht gegen ihn und erhob es auch nicht. Dennoch war es merkwürdig, daß sie so ruhig saß, wie das liebenswürdige Weib im Hinterhalt sie zu jeder Zeit ihres Lebens hatte sitzen sehen. Ihre Hände ruhten ineinander, gleich den Händen einer Statue, und selbst ihre Redeweise war nicht hastig. »Mein liebes Kind«, sagte Harthouse; Mrs. Sparsit bemerkte mit Entzücken, daß er sie mit einem Arm umschlang, »willst du meine Gesellschaft nicht für kurze Weile erlauben?«

»Nicht hier.«

»Wo, Luise.«

»Nicht hier.«

»Aber wir haben so wenig Zeit für so vieles, und ich bin so weit hergekommen und bin zugleich so ergeben und verzweifelt. Es gab nie einen Sklaven, der zu gleicher Zeit so ergeben und von seiner Gebieterin so schlecht behandelt wurde. Es ist wahrhaft herzzerreißend, herbeigeeilt zu sein, um deinen sonnigen Gruß, der mir neues Leben gewährt, zu empfangen, und in deiner frostigen Weise aufgenommen zu werden.«

»Soll ich es abermals sagen, daß ich hier allein sein muß?«

»Aber wir müssen wieder zusammenkommen, meine liebe Luise. Wo sollen wir zusammenkommen?«

Sie fuhren beide empor. Die Lauscherin fuhr schuldbewußt ebenfalls empor; denn sie glaubte, es befinde sich noch jemand lauschend zwischen den Bäumen. Es war aber bloß der Regen, der in schweren Tropfen stark niederzuströmen begann.

»Soll ich in einigen Minuten nach dem Hause reiten, in der unschuldigen Voraussetzung, daß der Herr sich daselbst befinde und entzückt sein werde, mich zu empfangen?«

»Nein!«

Deine grausamen Befehle müssen blindlings befolgt werden, obgleich ich, wie ich glaube, der unglücklichste Mensch in der Welt bin, allen übrigen Frauen gegenüber unempfindlich gewesen zu sein, und endlich gedemütigt zu den Füßen der schönsten, anziehendsten und zugleich herrschsüchtigsten zu fallen. Meine teure Luise, ich kann es meinet- und deinetwillen nicht gestatten, daß du mit deiner Macht einen solchen Mißbrauch treibst.«

Mrs. Sparsit sah, wie er sie mit seinen Armen umschlang und zurückhielt. Sie hörte mit ihren gierigen Ohren, wie er ihr gestand, daß er sie liebte, und wie sie der Preis sei, für den er alles, was er besitze, mit glühender Leidenschaft aufs Spiel setzen würde. Alles, womit er sich kürzlich beschäftigt, stelle sich neben ihr als wertlos heraus – den Erfolg, der beinah in seiner Hand war, schleuderte er fort, da er im Vergleich mit ihr ein Nichts wäre. Aber er wollte dem Erfolg auf seiner Laufbahn weiter nachgehen, wenn er dadurch in ihrer Nähe bleiben könne. Er wolle auf ihn verzichten, wenn diese Laufbahn ihn von ihr entferne. Wenn sie mit ihm fliehe, wolle er fliehen. Er wolle völlig schweigen, wenn sie es ihm gebiete. Jedes Geschick, jedes Los solle ihm recht sein, wenn sie ihm nur angehören wolle. Ihm, dem Mann, der gesehen, wie verkannt sie sei, dem sie bei ihrer ersten Begegnung eine Bewunderung eingeflößt habe, wie er sich deren für unfähig hielt, dem sie ihr Vertrauen schenkte, der ihr ergeben sei und sie anbete – das alles und noch mehr prägte sich in Mrs. Sparsits Gedanken ein, während seiner Hast und der ihren, in dem Wirbel ihrer eigenen befriedigten Bosheit, in dem Schrecken entdeckt zu werden, bei dem rasch sich vergrößernden Getöse des Regens zwischen den Blättern und des heranziehenden Gewitters. Darauf eilte sie mit so großer Verwirrung und Unklarheit fort, daß sie, als er endlich über die Hecke klomm und sein Pferd wegführte, durchaus nicht gewiß war, wo und wann sie sich treffen sollten. Nur das hatte sie noch aufgeschnappt, daß sie bestimmt hatten, es solle noch in derselben Nacht geschehen.

Aber eine der beiden Gestalten blieb noch in der Dunkelheit vor ihr; und während sie deren Spuren folgte, mußte sie zurechtkommen. »O! mein liebstes Lieb!« dachte Mrs. Sparsit, »du denkst wohl wenig daran, wie gut beobachtet du bist!«

Mrs. Sparsit sah sie das Gehölz verlassen und in das Haus treten. Was sollte sie zunächst tun? Der Regen goß in Strömen. Mrs. Sparsits weiße Strümpfe spielten viele Farben, wobei die grüne vorherrschend war. In ihre Schuhe hatte sie Stachel bekommen. Raupen schlangen sich in selbstgewebten Hängematten von den Falten ihrer Kleider. Kleine Bäche strömten von ihrem Hute und von ihrer römischen Nase. In einem solchen Zustande befand sich Mrs. Sparsit verborgen in dem Dickicht, nachdenkend, was zu tun sei.

Sieh, Luise kommt aus dem Hause, in Hast eingehüllt und vermummt, sich wegstehlend. Sie läuft davon, sie stürzt von der letzten Stufe und wird von dem Abgrund verschlungen!

Gleichgültig gegen den Regen schlug sie mit raschem, entschlossenen Schritte einen Seitenweg ein, der mit dem Gebüsch in gleicher Richtung lief. Mrs. Sparsit folgte, nur in kurzer Entfernung, in dem Schatten der Bäume, denn es war nicht leicht, eine Gestalt im Gesicht zu behalten, die durch die schattenreiche Dunkelheit rasch dahineilte.

Als sie innehielt, um die Seitentür ohne Geräusch zu schließen, hielt auch Mrs. Sparsit inne; wie sie sich fortbewegte, bewegte sich auch Mrs. Sparsit fort. Sie schlug denselben Weg ein, auf dem Mrs. Sparsit gekommen war, verließ den grünen Heckenweg, ging über die steinige Straße und stieg die hölzernen Treppen zur Station hinauf. Mrs. Sparsit wußte, daß ein Zug nach Coketown augenblicklich ankommen mußte – sie wußte daher auch, daß Coketown ihr nächster Bestimmungsort sei.

Bei Mrs. Sparsits feuchtem und strömendem Zustande waren keine besonderen Vorsichtsmaßregeln nötig, um ihr gewöhnliches Aussehen zu verändern – sie blieb jedoch unter dem Schatten einer Mauer stehen, warf ihr Tuch in eine neue Form und band es um ihren Hut. Auf diese Weise verkappt, hatte sie keine Furcht, erkannt zu werden, als sie ihr auf den Stufen der Station nachfolgte und ihre Fahrkarte am Schalter bezahlte. Luise saß wartend in einer Ecke. Beide lauschten dem Donner, der laut dahinrollte, und dem Regen, der auf dem Dache plätscherte und auf die Brustwehren der Schwibbogen niederbrauste. Zwei bis drei Lampen waren von Wind und Regen ausgegangen, sie konnten daher beide vollkommen den Blitz wahrnehmen, wie er sich im Zickzack längs der eisernen Gleise hinschlängelte.

Ein plötzliches Zittern, das über die Eisenbahnstation kam, das sich bis zum Herzweh steigerte, kündete das Nahen des Zuges an. Feuer, Dampf, Rauch, rotes Licht, ein Zischen, ein Krachen, Schellen und ein greller Pfiff – Luise ward in einen Wagen geschoben, Mrs. Sparsit in einen andern, und die kleine Station war ein öder Fleck im Gewitter.

Mrs. Sparsit frohlockte, obgleich ihr die Zähne vor Nässe und Kälte im Munde klapperten. Die Gestalt war in den Abgrund hinabgesunken, und sie hatte das Gefühl, als bestatte sie den Leib. Konnte sie, die so tätig war, um den Leichenpomp herbeizuschaffen, weniger tun als frohlocken? Sie wird lange vor ihm in Coketown sein, so gut sein Pferd auch immer sein mag. Wo wird sie ihn erwarten? Und wohin werden sie zusammen gehen? Geduld! wir werden sehen.

Der fürchterliche Regen verursachte ein endloses Durcheinander, als der Zug an seinem Bestimmungsort hielt. Wasserrinnen und Brunnenröhren waren geplatzt, die Abteilungsgräben ausgetreten, und die Straßen standen unter Wasser. In dem ersten Augenblick des Aussteigens hatte Mrs. Sparsit ihre Augen auf die wartenden Kutschen geheftet, nach denen man sehr begehrte. »Sie wird in eine derselben steigen«, überlegte sie. »und wird davon sein, ehe ich in einer andern nachfolgen kann. Selbst auf die Gefahr hin überfahren zu werden, muß ich die Nummer sehen und den Befehl vernehmen, der dem Kutscher gegeben wird.«

Mrs. Sparsit hatte sich jedoch verrechnet. Luise bestieg keinen Wagen und war bereits fort. Die dunkelscharfen Augen, die auf den Waggon geheftet waren, in dem sie gereist war, fielen um einen Augenblick zu spät auf diesen. Da die Tür einige Minuten ungeöffnet blieb, ging Mrs. Sparsit an ihr vorüber und abermals vorüber, sah nichts, blickte hinein und fand das Abteil leer. Durch und durch naß, mit den Füßen klatschend und platschend in den Schuhen, wie sie sich bewegte, das klassische Gesicht von Regen triefend, mit einem Hut, der einer überreifen Feige gleichsah, an all ihren Kleidern ruiniert, mit feuchten Eindrücken jedes Knopfes, Bändchens und jeder Schnalle, die sie trug, auf ihren höchst vornehmen Rücken eingeprägt, mit einer kompakt-grünen Decke auf ihrem ganzen Äußern, wie man sie beim Zaune eines alten Parkes, an einem moderigen Wege bemerkt – war endlich Mrs. Sparsit nichts anderes übriggeblieben, als in bittere Tränen auszubrechen und auszurufen: »Ich hab' sie verloren!«

Achtundzwanzigstes Kapitel.

Die nationalen Gassenkehrer hatten sich – nachdem sie sich mit zahlreichen, geräuschvollen, kleinen Gefechten gegenseitig amüsiert – für jetzt zerstreut, und Mr. Gradgrind befand sich auf Ferien zu Hause.

Er saß in dem Zimmer mit der statistischen Totenuhr und schrieb; – ohne Zweifel, um irgend etwas zu demonstrieren – im allgemeinen, wahrscheinlich – daß der barmherzige Samariter ein schlechter Nationalökonom gewesen sei. Das Getöse des Regens störte ihn nicht viel. Es zog genugsam seine Aufmerksamkeit auf sich, um ihn zuweilen den Kopf erheben zu lassen, als wollte er gar gegen die Elemente auftreten. Wenn es sehr laut donnerte, warf er einen flüchtigen Blick auf Coketown, indem es ihm einfiel, daß manche hohe Schornsteine jetzt vom Blitz getroffen werden könnten.

Der Donner rollte in der Ferne, und der Regen strömte gleich einer Sündflut hernieder, als die Tür seines Zimmers aufging. Er blickte um die Lampe auf dem Tisch herum und sah mit Bestürzung seine älteste Tochter vor sich.

»Luise.«

»Vater, ich habe mit dir zu sprechen.«

»Was gibt es? Wie sonderbar du aussiehst! und, gerechter Gott!« rief Mr. Gradgrind, sich immer mehr wundernd, aus, »bist du hierher gekommen, in diesem Sturme?«

Sie tastete an ihr Gewand, als wüßte sie kaum davon.

»Ja.«

Sie nahm den Hut ab, ließ Mantel und Haube hinfallen, wohin sie wollten, und sah ihn an; mit verworrenem Haar, so bleich, so herausfordernd und verzweiflungsvoll, daß er vor ihr erschrak.

»Was gibt es? Ich beschwöre dich, Luise, sag' mir, was du hast!«

Sie sank vor ihm in einen Stuhl und legte ihre kalte Hand auf seinen Arm.

»Vater, du hast mich von der Wiege auf erzogen.«

»Ja, Luise.«

»Ich verfluche die Stunde, in der ich zu einem solchen Geschicke geboren wurde!«

Er sah sie mit Zweifeln und Schrecken an, indem er ratlos wiederholte: »Verfluchst die Stunde ... verfluchst die Stunde . .?«

»Wie konntest du mir Leben geben und mich all' meiner unschätzbaren Dinge berauben, die es über den Zustand bewußten Todes hinausheben? Wo ist die anmutige Sicherheit meiner Seele? Wo sind die Gefühle meines Herzens? Was hast du getan, o Vater, was hast du getan mit dem Garten, der einst hier in dieser großen Wildnis blühen sollte?«

Sie schlug sich mit beiden Händen auf die Brust.

»Wenn er sich je hier befunden hätte, so würde mich selbst seine Asche noch von der Leere retten, in die mein Leben versinkt. Ich meinte das nicht sagen zu müssen, aber Vater, du erinnerst dich des letzten Gespräches, das wir hier zusammen hatten?«

Er war auf das eben Gehörte so unvorbereitet, daß er nur mit Mühe antwortete: »Ja, Luise.«

»Was jetzt über meine Lippen gekommen, würde ich dir damals schon gesagt haben, wenn du mir auch nur einen Schritt entgegengekommen wärest. Ich mache dir keine Vor-würfe, Vater. Was du nie in mir groß gezogen, das hast du in dir selbst nie groß gezogen. Aber, o! wenn du nur seit lange das Gegenteil getan – oder wenn du mich vernachlässigt hättest – was für ein besseres und glücklicheres Geschöpf wäre ich heute?«

Als er das, nach all' seiner Mühe, hören mußte, ließ er den Kopf in die Hände sinken und stöhnte laut auf.

»Vater, wenn du bei unserer letzten Zusammenkunft hier gewußt hättest, wovor ich eben Furcht empfand, während ich dagegen ankämpfte, so wie es von Kindheit an meine Aufga-be war, gegen jeden natürlichen Antrieb zu kämpfen, der in meinem Herzen rege geworden – wenn du gewußt hättest, daß meine Brust Gefühle, Neigungen und Schwächen barg, die durch zarte Pflege in Kraft verwandelt werden konnten, zum Trotze aller Berechnungen, die je von Menschen ange-stellt worden, und die ihrer Rechenkunst nicht bekannter sind, als ihre Schöpfer – würdest du mir den Mann gegeben haben, von dem ich jetzt gewiß weiß, daß ich ihn hasse?«

»Nein! Nein, mein armes Kind!« sagte er.

»Würdest du mich je zu der eisigen Kälte verbannt haben, die mich erhärtet und entstellt hat? Würdest du mich beraubt haben, zu niemandes Bereicherung, bloß zur Vergrößerung der Trostlosigkeit dieser Welt? Würdest du mir den geistig-seelischen Teil meines Lebens, den Frühling und Sommer meines Glaubens, meine Zuflucht vor Niedrigkeit und Schlechtigkeit in den wirklichen Dingen genommen haben? Würdest du mir *die* Schule vorenthalten haben, wo ich lernen sollte, demütiger und vertrauensvoller gegen meine Umwelt zu sein, und in meinem kleinen Kreise die Hoffnung zu hegen, sie besser zu machen?«

»O nein, nein, Luise!«

»Und dennoch, Vater, wenn ich stockblind gewesen wäre, wenn ich meinen Weg hätte tappend finden müssen und die Freiheit besessen hätte – da ich die äußere Form und die Oberfläche der Dinge kannte, meine Phantasie dabei als Richtschnur zu nehmen –, so würde ich jetzt um vieles weiser, glücklicher, liebevoller, unschuldiger und menschlicher in jeder Beziehung gewesen sein, als ich jetzt mit meinen Augen bin. Nun höre, was ich dir zu sagen habe.«

Er machte eine Bewegung, um sie mit seinem Arm zu unterstützen. Auch sie erhob sich, und so standen sie dicht nebeneinander. Ihre Hand ruhte auf seiner Schulter, und sie sah ihm fest in die Augen.

»Mit einem Hunger und Durst, Vater, die keinen Augenblick gestillt wurden – mit einem inbrünstigen Verlangen nach einer Region, wo Regeln, Zahlen und Definitionen nicht alles sind – bin ich aufgewachsen und habe mir meinen Lebenspfad Zoll für Zoll erkämpft.«

»Ich wußte nie, daß du unglücklich warst, mein Kind.«

»Vater, ich wußte es immer. In diesem Kampf ist mein besserer Engel beinahe zu einem Dämon gewaltsam erstarrt. Was ich gelernt habe, hat mir gegen alles, was ich nicht lernte, zweifelnde, ungläubige, verachtende und bedauernde Gefühle eingeflößt: und mein trübseliger Trost bestand in dem Gedanken, daß mein Leben bald dahinschwinden werde, und daß es nichts enthalte, das der Qual und Mühe eines Kampfes wert sei.«

»Und bist noch so jung, Luise!« sagte er klagend.

»Und bin so jung. In diesem Zustand, Vater – denn ich zeige dir ohne Furcht und Verzweiflung die verödete Beschaffenheit meines Gemüts, so wie ich es kenne – schlugst du mir meinen Mann vor. Ich behauptete nie dir oder ihm gegenüber, ihn zu lieben. Ich wußte es, und auch du, Vater, wußtest es, so gut wie er, daß ich es nie tat. Ich war nicht ganz ohne Interesse dabei, denn ich hegte die Hoffnung, Tom dadurch angenehme und nützliche Dienste leisten zu können. Ich unternahm diese wilde Flucht nach einem trügerischen Ziel, und habe es allmählich eingesehen, wie irrsinnig sie war. Tom war eben stets der Gegenstand des kleinen Lebensrestes meines Vermögens. Vielleicht liebte ich ihn deshalb so sehr, weil ich wußte, *wie* er zu bedauern sei. Jetzt ist wenig daran gelegen, ausgenommen, es könnte dich gegen seine Verirrungen milder stimmen.«

Ihr Vater schlang den Arm um sie. Sie aber legte die andere Hand auf seine Schulter und fuhr fort, ihm immer fest in das Gesicht sehend:

»Als ich unwiderruflich verheiratet war, erhob sich der alte Kampf in Empörung gegen das Bündnis, jetzt nur noch wilder gemacht durch alle jene Ursachen der Unvereinbarkeit zweier so verschiedener Naturen. Diese Differenz kann durch keine allgemeinen Gesetze für mich reguliert oder beseitigt werden, Vater, bis man dem Anatomiker derlei anzugeben vermag, wo er mit seinem Messer in die Geheimnisse meiner Seele stoßen kann.«

»Luise!« rief er, und rief es flehend; denn er erinnerte sich recht gut, was bei ihrer letzten Zusammenkunft hier vorgegangen war.

»Ich mache dir keine Vorwürfe, Vater, ich beklage mich nicht. Ich bin hier wegen einer andern Sache.«

»Was kann ich tun, mein Kind? Fordere von mir, was du willst.«

»Ich komme jetzt dazu. Vater, der Zufall ließ mich eine neue Bekanntschaft machen. Einen Mann lernte ich kennen, der für mich ganz neu ist und der die Welt kennt; fein, munter, lebhaft und ohne Ansprüche – der den geringen Wert von allen Dingen in einer Weise durchschaut, wie ich es kaum im stillen zu denken wagte. Er überzeugte mich fast im ersten Augenblick, obgleich es mir unbekannt ist, wie, davon, daß er mich verstehe und meine Gedanken lese. Ich konnte nicht finden, daß er schlechter sei als ich. Es schien eine nahe Verwandtschaft zwischen uns zu bestehen. Ich wunderte mich nur, daß er es der Mühe wert hielt – er, der sich um nichts kümmert –, sich ein wenig um mich zu kümmern.«

»Um dich, Luise?«

Ihr Vater hätte seine Last wohl instinktmäßig losgelassen, wenn er ihre Kräfte nicht schwinden gefühlt und ein wildes sich ausdehnendes Feuer in ihren Augen bemerkt hätte, die unverwandt auf ihn gerichtet waren.

»Ich sage nichts zu seiner Entschuldigung, daß er sich um mein Vertrauen bewarb. Es ist wenig daran gelegen, wie er es erlangte. Vater, er hat es erlangt. Was du von der Geschichte meiner Heirat weißt, das wußte er bald ebensogut.

Das Gesicht ihres Vaters war aschgrau, und er hielt sie in seinen beiden Armen.

»Ich habe nichts Schlimmes getan. Ich habe dich nicht entehrt. Wenn du mich aber fragst, ob ich ihn geliebt habe oder jetzt liebe, so muß ich dir einfach sagen, daß es wohl sein kann. Ich weiß es nicht.«

Sie zog ihre Hände rasch von seinen Schultern und preßte sie beide an ihr Herz. In ihrem Gesicht aber, das sich nicht mehr gleichsah, und in ihrer Gestalt, die emporgerichtet und entschlossen dastand, durch eine letzte Anstrengung das, was sie noch mitzuteilen hatte, zu vollenden, brachen die so lange unterdrückten Gefühle los.

»Heute abend war er, während der Abwesenheit meines Mannes, bei mir und erklärte mir seine Liebe. In diesem Augenblick erwartet er mich; denn ich konnte ihn durch kein anderes Mittel entfernen. Ich könnte nicht sagen, daß ich darüber betrübt oder verschämt bin – ich könnte nicht sagen, daß ich in meiner eigenen Achtung gesunken. Alles was ich sagen kann, ist, daß deine ganze Philosophie und all deine Lehren mich nicht retten werden. Nun, Vater, dahin hast du mich gebracht, rette du mich durch ein anderes Mittel.«

Er hielt seine Last noch zur rechten Zeit fest, um ihr Niedersinken zu verhindern. Sie rief jedoch mit fürchterlicher Stimme: »Ich sterbe, wenn du mich hältst! Laß mich zu Boden sinken!« So ließ er sie denn auf den Boden gleiten und sah den Stolz seines Herzens und den Triumph seines Systems wie eine leblose Masse zu seinen Füßen liegen.

Neunundzwanzigstes Kapitel.

Luise erwachte aus der Ohnmacht, und ihre Augen öffneten sich matt auf ihrem alten Bett daheim und in ihrem alten Zimmer. Es schien ihr anfangs, als wenn all die Ereignisse seit dem Tage, wo diese Gegenstände ihr vertraut waren, Schatten eines Traumes gewesen. Aber allmählich, als die Umgebung sich bestimmter vor ihren Augen gestaltete, traten auch die Ereignisse bestimmter vor ihren Sinn.

Sie vermochte kaum ihren Kopf vor Schmerz und Schwere zu bewegen: ihre Augen waren entzündet und wund, sie war sehr schwach. Eine auffallende Teilnahmslosigkeit hatte sich ihrer so vollständig bemächtigt, daß selbst die Anwesenheit ihrer kleinen Schwester im Zimmer eine Zeitlang ihre Aufmerksamkeit nicht auf sich zog. Ja, als ihre Augen sich begegnet und ihre Schwester ans Bett getreten war, lag Luise noch mehrere Minuten lang im Schweigen, sah sie nur an und ließ es widerstandslos geschehen, daß diese schüchtern ihre Hand ergriff. Dann fragte sie:

»Wann bin ich in dies Zimmer gebracht worden?«

»Letzte Nacht, Luise.«

»Wer brachte mich hierher?«

»Cili, glaube ich.«

»Warum glaubst du das?«

»Weil ich sie diesen Morgen hier fand. Sie kam nicht an mein Bett, um mich zu wecken, wie sie immer tut, und ich machte mich deshalb auf, sie zu suchen. Sie war auch nicht in ihrem eigenen Zimmer, und ich mußte das ganze Haus durchsuchen, bis ich sie hier fand, um dich beschäftigt. Sie machte kalte Umschläge auf deinen Kopf. Willst du Vater sehen? Cili sagte, ich sollte es ihm mitteilen, wenn du erwachtest.«

»Wie du schön und gesund aussiehst, Jane!« sagte Luise, als sich ihre kleine Schwester, noch immer schüchtern, niederbeugte, um sie zu küssen.

»Wirklich? Es freut mich, daß du so denkst. Ich bin gewiß, daß es Cilis Werk ist.«

Der Arm, den Luise im Begriff war um ihren Nacken zu schlingen, zog sich zurück. »Du kannst es dem Vater sagen, wenn du willst.« Dann, sie noch einen Augenblick zurückhaltend, sagte sie: »Hast du mein Zimmer so freundlich eingerichtet, daß es fast wie ein Willkommengruß aussieht?«

»O nein, Luise, das war getan, ehe ich kam. Es war —«

Luise wandte sich auf ihrem Kissen um und hörte nicht weiter. Als sich ihre Schwester zurückgezogen hatte, drehte sie ihren Kopf wieder um und lag mit ihrem Gesicht gegen die Tür, bis diese sich öffnete und ihr Vater eintrat.

Er hatte ein verquältes und ängstliches Aussehen; und seine Hand, gewöhnlich so ruhig, zitterte in der ihren. Er setzte sich an ihr Bett, zärtlich fragend, wie sie sich befinde. Er schärfte ihr ein, sich ruhig zu verhalten, nachdem sie in vergangener Nacht so aufgeregt und dem Unwetter ausgesetzt gewesen sei. Er sprach in mildem und zitterndem Ton, ganz verschieden von seiner gewöhnlichen diktatorischen Weise: und oft war er verlegen um Worte.

»Meine liebe Luise. Meine arme Tochter!« Die Sprache ging ihm an dieser Stelle so vollständig aus, daß er ganz innehielt. Er versuchte von neuem.

»Mein unglückliches Kind.« Über diese Stelle war so schwierig hinwegzukommen, daß er nochmals begann.

»Es würde ein vergebliches Bemühen sein, Luise, wenn ich dir erzählen wollte, wie erschüttert ich war und noch bin durch das, was letzte Nacht auf mich eingestürmt ist. Der Boden, auf dem ich stand, hat zu wanken begonnen unter meinen Füßen. Die einzige Stütze, auf die ich mich lehnte, und die Stärke, die sie zu haben schien und ohne alle Frage noch zu haben scheint, ist in einem Augenblick gefallen. Ich bin betäubt von diesen Entdeckungen. Ich habe keine selbstischen Empfindungen bei dem, was ich sage, aber ich muß gestehen, daß der Schlag, der mich in vergangener Nacht betroffen hat, in der Tat sehr stark war.«

Sie konnte ihm zu alldem keinen Trost geben. Ihr ganzes Leben hatte auf dem Felsen Schiffbruch gelitten.

»Ich will nicht sagen, Luise, daß, wenn du dich mir bei einer passenden Gelegenheit früher entdeckt hättest, es besser für uns beide gewesen sein würde, besser für deine Ruhe und besser für die meine, denn ich fürchte, daß es nicht in mein

Erziehungssystem gepaßt haben würde, ein derartiges Vertrauen zu ermuntern. Ich habe mein – mein System bei mir selbst geprüft und es streng durchgeführt: ich muß die Verantwortlichkeit seines Fehlschlages auf mich nehmen. Nur bitte ich dich zu glauben, mein vor allen geliebtes Kind, daß ich die Überzeugung hatte, recht zu handeln.«

Er sagte das im Ernste, und um ihm Gerechtigkeit widerfahren zu lassen, er hatte diese Überzeugung wirklich. Indem er unergründliche Tiefen mit seinem kleinen, schlechten Metermaß ausrechnen wollte und über das Weltall mit seinem verrosteten Zirkel hintaumelte, glaubte er große Dinge zu tun. Soweit er sich in seinem beschränkten Gesichtskreis ergehen konnte, vernichtete er die Blüten der Existenz in aufrichtigerer Absicht, als viele von den blökenden Personen, mit denen er Umgang pflegte.

»Ich bin vollkommen von der Aufrichtigkeit deiner Worte überzeugt, Vater. Ich weiß, daß ich dein Lieblingskind gewesen bin. Ich weiß, du hattest die Absicht, mich glücklich zu machen. Ich habe dich nie getadelt und ich werde dies nie tun.«

Er faßte ihre ausgestreckte Hand und behielt sie in der seinen.

»Mein liebes Kind, ich habe die ganze Nacht an meinem Tisch gesessen, und die Dinge, die so schmerzvoll zwischen uns getreten sind, hin und her überlegt. Wenn ich deinen Charakter bedenke, daß das, was vor wenigen Stunden zu meiner Kenntnis gelangt, jahrelang in deiner Brust verschlossen gewesen ist; wenn ich bedenke, unter welchem unmittelbaren Druck es dir endlich herausgepreßt wurde, so komme ich zu dem Schlusse, daß ich nur Mißtrauen gegen mich selbst haben kann.«

Er hätte mehr sagen können, als er das jetzt auf ihn gewandte Gesicht sah. Er sagte es vielleicht in seinem Herzen still vor sich hin, als er mit sanfter Hand das wirre Haar von ihrer Stirne strich. Solche kleine Handlungen, bedeutungslos bei einem anderen Manne, waren sehr bezeichnend bei ihm; und seine Tochter nahm sie auf, als wären es Worte der Reue.

»Aber«, sagte Mr. Gradgrind langsam und stockend, mit dem traurigen Gefühle der Hilflosigkeit, wenn ich Grund sehe, mir für die Vergangenheit zu mißtrauen, Luise, so dürfte ich mir auch für die Gegenwart und Zukunft mißtrauen. Um offen mit dir zu sprechen, ich tue es wirklich. Ich bin weit entfernt, mir sicher zu sein, so verschieden ich auch noch gestern um diese Stunde darüber gedacht habe, daß ich dem Vertrauen verdiene. Ich weiß ja nicht, ob ich deinem Begehren, das du bei deiner Heimkehr ins Elternhaus an mich gestellt hast, entsprechen soll, ob ich den richtigen Instinkt habe – nehmen wir für den Augenblick eine derartige Eigenschaft an –, wie dir zu helfen und dich auf den rechten Weg zu bringen, mein Kind.«

Sie hatte sich auf dem Kissen umgewandt und lag mit dem Gesicht auf ihrem Arm, so daß er es nicht sehen konnte. All ihre Aufregung und Leidenschaft hatte sich gelegt; aber, obgleich besänftigt, hatte sie doch keine Tränen. Ihr Vater war in nichts so sehr verändert, als darin, daß er froh gewesen wäre, sie weinen zu sehen.

»Einige Menschen glauben«, fuhr er noch zögernd fort, »daß es eine Weisheit des Kopfes, und daß es eine Weisheit des Herzens gäbe. Ich habe nicht so gedacht; aber, wie gesagt, ich habe jetzt Mißtrauen gegen mich selbst. Ich nahm an, der Kopf reiche zu allen Dingen aus, er mag vielleicht nicht ausreichend sein. Wie kann ich diesen Morgen zu behaupten wagen, daß es so ist. Wenn die andere Art von Weisheit das sein sollte, was ich vernachlässigt habe, und der Instinkt, der vonnöten ist, dann Luise –«

Er brachte das sehr zweifelhaft vor, als wenn er halb unwillig wäre, es jetzt selbst einzugestehen. Sie gab ihm keine Antwort; während sie vor ihm auf ihrem Bette dalag, noch halb angekleidet, fast ganz so, wie er sie in vergangener Nacht auf dem Boden seines Zimmers liegen gesehen hatte.

»Luise«, und seine Hand ruhte wieder auf ihrem Haar, »ich bin in letzter Zeit oft abwesend gewesen, meine Liebe, und obgleich die Erziehung deiner Schwester gemäß dem – *System* verfolgt worden ist«, er schien immer mit großem Widerstreben auf dies Wort zurückzukommen, »so sind doch tägliche

Berührungen mit gefühlsmäßigen Dingen, die sie von Kindheit an gehabt hat, nicht ohne Einfluß auf sie geblieben. Nun frage ich dich, in meiner Unwissenheit demütig, liebe Tochter, – denkst du, daß dies zum bessern ausgeschlagen sei?«

»Vater«, antwortete sie, ohne sich zu regen, »wenn in ihrer Brust irgendeine Harmonie geweckt worden ist, die in der meinigen verstummte, bis sie sich in Disharmonie auflöste, so mag sie dem Himmel dafür danken, ihren glücklicheren Lebensweg wandeln und es für ihren größten Segen halten, meinen Weg vermieden zu haben.«

»O! mein Kind, mein Kind!« rief er in trostlosem Schmerz aus, »ich bin ein unglücklicher Mann, daß ich dich so sehen muß. Was hilft es mir, daß du mir keine Vorwürfe machst, wenn ich mir selbst so bittere machen muß!« Er senkte sein Haupt und sprach leise zu ihr. »Luise, ich habe die Ahnung, daß bei lauterer Liebe und Dankbarkeit in diesem Hause sich allmählich eine Veränderung um mich würde geltend gemacht haben; daß das, was der Kopf versäumt und nicht zu tun vermochte, das Herz schweigend getan haben möchte. Ist das wahrscheinlich?«

Sie gab ihm keine Antwort.

»Ich bin nicht zu stolz, es zu glauben, Luise. Wie könnte ich so anmaßend sein, und du vor meinen Augen! Kann es so sein? Ist es so?«

Er richtete von neuem seinen Blick auf sie, wie sie so in sich versunken dalag, und ging still aus dem Zimmer. Er hatte sich noch nicht lange entfernt, als sie einen leichten Schritt an der Tür vernahm und bemerkte, daß jemand neben ihr stand.

Sie erhob den Kopf nicht. Ein unklarer Groll, daß sie in ihrem Leiden gesehen worden, und daß die unwillkommene Beobachtung, von der sie sich so schmerzlich berührt fühlte, zu ihrem Zwecke gelangen sollte, arbeitete in ihr wie ein krankhaftes Feuer. Alle in ihr verschlossenen Kräfte kamen zu einem zerstörenden Durchbruch. Die Luft, die der Erde heilsam sein, das Wasser, das ihr erfrischende und die Hitze, die ihr befruchtende Kraft geben sollen, zerfleischen sie, wenn diese Elemente zurückgedämmt werden. So eben jetzt in ihrer Brust; die stärksten Seelenkräfte, die sie besaß, solange gegen sich selbst gerichtet, verstockten sich und wurden gewalttätig gegen ein befreundetes Herz.

Es war gut, daß sie eine sanfte Hand auf ihrem Nacken fühlte, und daß sie merkte, man glaube sie eingeschlafen. Die teilnehmende Hand hatte nichts mit ihrem Verdruß zu schaffen. Laßt sie da liegen, die Hand, laßt sie liegen.

So blieb sie denn liegen, eine Menge freundlicherer Gedanken weckend; und Luise verhielt sich still. Als sie durch die Ruhe und das Bewußtsein einer so liebreichen Huld milder gestimmt wurde, fanden Tränen den Weg in ihre Augen. Ein Gesicht berührte das ihre, und sie ward inne, daß sich auf diesem Tränen befanden, und daß sie die Ursache dieser Tränen war.

Als Luise sich stellte, wie wenn sie erwache, und sich aufrecht setzte, zog sich Cili zurück und stand ruhig an der Seite des Bettes.

»Ich hoffe, ich habe Sie nicht gestört. Ich habe Sie fragen wollen, ob ich bei Ihnen bleiben darf.«

»Warum willst du bei mir bleiben? Meine Schwester wird dich vermissen. Du bist ihr alles.«

»Bin ich wirklich?« erwiderte Cili, den Kopf schüttelnd. »Ich möchte gern Ihnen etwas sein, wenn ich dürfte.

»Was?« fragte Luise fast strenge.

»Das, was Ihnen am meisten not tut, wenn ich es vermöchte. Auf alle Fälle möchte ich mein Möglichstes versuchen. Wollen Sie es mir gestatten?«

»Mein Vater schickt dich her, mich darum zu fragen?«

»Ganz gewiß nicht«, antwortete Cili. »Er sagte mir, daß ich jetzt hereinkommen dürfte; aber diesen Morgen schickte er mich aus dem Zimmer – oder wenigstens –« sie stockte und schwieg.

»Was wenigstens?« sagte Luise, ihre forschenden Augen auf sie gelichtet.

»Ich hielt es selbst für das Beste, hinausgeschickt zu werden, denn ich war sehr zweifelhaft, ob Sie mich gern hier sehen würden.«

»Habe ich dich immer so sehr gehaßt?«

»Ich hoffe es nicht; denn ich habe Sie immer geliebt und immer gewünscht, daß Sie es erkennen möchten. Aber Sie nahmen ein etwas verändertes Benehmen gegen mich an, kurz ehe Sie das Elternhaus verließen. Sie wußten so viel und ich so wenig, und es war in vielen Beziehungen so natürlich, da Sie neuen Freunden entgegengingen, daß ich mich nicht darüber zu beklagen hatte und durchaus nicht verletzt fühlte.«

Sie wurde rot, als sie das bescheiden und hastig sagte. Luise verstand die liebevolle Schonung, und ihr Herz ward gerührt.

»Darf ich versuchen?« sagte Cili, so viel ermutigt, daß sie die Hand auf ihren Nacken legte, der sich unmerklich nach ihr hinneigte. Luise nahm die Hand, die sie im nächsten Augenblicke umschlungen haben würde, herunter, hielt sie in der ihrigen und antwortete:

»Vor allem, Cili, weißt du, was ich bin? Ich bin so stolz und verhärtet, so verwirrt und verstört, so verdrießlich und ungerecht gegen jedermann und gegen mich selbst, daß alles ungestüm, finster und böse in mir ist. Stößt dich das nicht zurück?«

»Nein!«

»Ich bin so unglücklich, und alles das, was mich hätte anders machen können, ist so vollständig verstört in mir, daß, wenn ich bis zu dieser Stunde meiner Vernunft beraubt gewesen wäre, und wenn ich anstatt so gelehrt zu sein wie du denkst, noch anfangen müßte die ersten Wahrheiten zu erlernen, ich einen Führer zum Frieden, zur Zufriedenheit, Ehre und all den Gütern, deren ich gänzlich bar bin, nicht dringender nötig hätte, als ich in meiner Armseligkeit wirklich habe. Stößt dich das nicht zurück?«

»Nein!«

In der Unschuld ihrer natürlichen Liebe und in der Fülle ihrer alten Anhänglichkeit leuchtete das einst verlassene Mädchen wie ein schönes Licht in das dunkle Leben der anderen hinein.

Luise erhob die eine Hand, ihren Nacken zu streicheln, und flocht sie dann in die andere. Sie fiel auf ihre Knie, und sich an des Artisten Kind hängend, blickte sie zu ihm auf, beinahe mit Verehrung.

»Vergib mir, habe Mitleid mit mir, hilf mir! Blicke teilnehmend auf meine große Not und laß mich meinen armen Kopf an ein liebendes Herz legen.«

»O! laß es hier ruhen!« rief Cili, »laß es hier ruhen, geliebte Freundin!«

Dreißigstes Kapitel.

Mr. James Harthouse verbrachte eine ganze Nacht und einen Tag in einem Zustande so großer Aufregung, daß die »Welt«, mit ihrem besten Glas im Auge, während dieser seiner Geistesabwesenheit schwerlich in ihm den Bruder Jem des ehrenwerten und witzigen Parlamentsmitgliedes erkannt haben würde. Er war wirklich aufgeregt. Er sprach verschiedene Male mit einem Nachdruck, der fast an den Ausdruck der gewöhnlichen Sterblichen grenzte. Er ging hin und her in einer unerklärlichen Weise, wie ein Mann, der von einem Gegenstande besessen ist. Er ritt wie ein Straßenräuber. Mit einem Worte, er war von den obwaltenden Umständen so gelangweilt, daß er vergaß, in der von den Autoritäten vorgeschriebenen Weise auf die Langeweile auszugehen.

Nachdem er sein Pferd durch das Unwetter nach Coketown gepeitscht, als wenn es ein Katzensprung wäre, brachte er die ganze Nacht wachend zu; von Zeit zu Zeit mit der größten Heftigkeit klingelnd, den Hotelportier, der Wache hielt, mit dem Verbrechen belastend, Briefe oder Bestellungen zurückzuhalten, die ohne Zweifel für ihn hinterlassen worden seien. Er müsse sie auf der Stelle haben. Da der Abend kam und der Morgen kam und der Tag kam und weder eine Botschaft noch einen Brief brachte, so begab er sich wieder nach dem Landhause. Hier war der Rapport: Mr. Bounderby verreist und Mrs. Bounderby in der Stadt. Sie sei vergangenen Abend plötzlich dahin abgereist. Man hatte dies erst durch einen Brief aus der Stadt erfahren, der besagte, daß sie in Bälde nicht zurückkehren werde.

Unter diesen Umständen blieb ihm nichts übrig, als ihr in die Stadt zu folgen. Er ging nach dem Haus in der Stadt. Mrs. Bounderby nicht da. Er sprach bei der Bank vor. Mrs. Bounderby nicht da und Mrs. Sparsit nicht da. Mrs. Sparsit nicht da? Wer konnte so ursprünglich zur äußersten Verzweiflung getrieben worden sein, daß er sich ausgerechnet die Gesellschaft dieses Drachen suchte?

»Nun, ich weiß es nicht«, sagte Tom, der seine eigenen Gründe hatte, sich hierüber unbehaglich zu fühlen. »Sie ist diesen Morgen bei Tagesanbruch irgendwohin aufgebrochen. Sie ist immer geheimnisvoll, ich hasse sie. Ja, ich hasse ebenfalls das bleiche Gesicht des Laufburschen. Der hat auch immer seine blinzelnden Augen auf einem braven Kerl.«

»Wo wart ihr gestern abend, Tom?«

»Wo war ich gestern abend!« antwortete Tom. »Sieh' doch, so habe ich es gern. Ich wartete auf Euch, Mr. Harthouse, bis es vom Himmel herabgoß, wie *ich* es nie zuvor habe herabgießen sehen. Wo war ich auch? Wo waret Ihr, wollt Ihr sagen?«

»Ich war verhindert zu kommen – abgehalten.«

»Abgehalten!« murrte Tom. »Zwei von uns waren abgehalten. Ich war durch Warten abgehalten, bis ich jeden Zug, ausgenommen die Postkutsche, verpaßt hatte. Es würde eine ganz ergötzliche Partie gewesen sein, mit der Postkutsche in einer solchen Nacht zurückzurumpeln und durch einen Sumpf heimzuwaten. Kurz, ich mußte in der Stadt schlafen.«

»Wo?«

»Wo? Nun, in meinem eigenen Bette bei Bounderbys.«

»Saht Ihr Eure Schwester?«

»Was zum Kuckuck!« antwortete Tom, mit starrer Verwunderung, »konnte ich meine Schwester sehen, wenn sie fünfzehn Meilen weit entfernt war?«

Mr. Harthouse verwünschte innerlich die raschen Antworten des jungen Herrn. Dann wand er sich von dieser Zusammenkunft so harmlos wie möglich los und überlegte zum hundertsten Male, was das alles bedeuten sollte? Es wurde ihm nur eins klar. Das war, daß sie entweder in der Stadt oder auswärts sich befinde, daß er entweder zu schnell mit ihr, der Unbegreiflichen, gewesen, oder sie den Mut verloren hatte, oder daß sie entdeckt, oder daß ein zur Zeit noch unbekanntes Unglück oder Mißverständnis passiert war, und daß er diesem Unglücke entgegengehen müsse, worin es auch bestehe. Das Hotel, in dem er bekanntlich lebte, seitdem er zu diesem Lande der Finsternis verurteilt, war der Pfahl, an den er sich gebunden fühlte. Im übrigen – was sein wird, wird sein.

Mag ich nun eine Forderung oder eine Bestellung, oder eine bußfertige Vorstellung, oder eine Tracht Prügel aus dem

Stegreif mit meinem Freunde Bounderby in der Lancashirer Manier zu erwarten haben, was ja wahrscheinlich bei dem gegenwärtigen Stand der Dinge eintreten dürfte: »Auf jeden Fall will ich erst einmal dinieren« sagte Mr. James Harthouse. »Bounderby wiegt schwerer als ich, und wenn etwas echt Britisches zwischen uns vorgefallen sein sollte, so wäre es gut, ein wenig vorbereitet zu sein.«

Darauf klingelte er, warf sich nachlässig auf ein Sofa, beorderte »ein Diner um sechs – mit einem Beefsteak dabei«, und brachte die Zwischenzeit so gut hin, wie er konnte. Das gelang ihm aber nicht sehr gut; denn er verblieb in der größten Ratlosigkeit, und als die Stunden vergingen und keine Art der Aufklärung sich zeigen wollte, so vermehrte sich seine Ratlosigkeit mit Zinseszinsen.

Aber er nahm die Angelegenheit so kühl wie nur immer möglich und amüsierte sich immer wieder bei der lustigen Idee des erwarteten Boxkampfes und des Trainings dazu. »Es würde nicht übel sein«, gähnte er in einem Augenblick, »dem Kellner fünf Schilling zu geben und mit ihm loszuboxen. Es kam ihm die Idee: »Oder ein Kerl von beiläufig über zwei Zentnern könne stundenweise gemietet werden.« Aber diese Scherze verrieten an diesem Nachmittag nichts, als seine Unruhe; und, um die Wahrheit zu sagen, er langweilte sich fürchterlich.

Es war unvermeidlich, selbst vor dem Essen, noch oft dem Muster des Fußteppichs nach zu lustwandeln, aus dem Fenster zu sehen, an der Tür nach Fußtritten zu horchen, und gelegentlich ziemlich heiß zu werden, wenn sich dem Zimmer Tritte näherten. Aber nach dem Essen, als der Tag sich im Zwielicht auflöste und das Zwielicht in Nacht und er noch immer keine Aufklärung erhielt, war es ihm, wie er sagte, zumute, wie bei einer Inquisition mit anschließender »sanfter« Tortur. Jedoch, immer treu seiner Überzeugung, daß Snobismus die wahrhafte vornehme Lebensart sei (das war die einzige Überzeugung, die er hatte) benutzte er diese Krisis als passende Gelegenheit, Licht und Zeitung zu bestellen.

Er hatte eine halbe Stunde lang vergebens sich abgemüht, diese Zeitung zu lesen, als der Kellner erschien und geheimnisvoll und entschuldigend zugleich, sagte:

»Ich bitte um Verzeihung, Sir. Man verlangt nach Ihnen, wenn Sie es erlauben.«

Eine vage Erinnerung, daß dies die gewöhnliche Formel sei, welche die Polizei gegen ihre unfreiwilligen Klienten anwendet, veranlaßte Mr. Harthouse, den Kellner trotzig entrüstet zu fragen, was zum Teufel er mit dem »verlangt« sagen wolle.

»Ich bitte um Verzeihung, Sir. Eine junge Dame draußen wünscht Sie zu sprechen.«

»Draußen? Wo?«

»Hier vor der Tür, Sir.«

Mr. Harthouse wünschte den Kellner in aller Form zum Teufel, wohin er als Dummkopf erster Größe gehöre, und eilte dann auf den Gang. Hier stand ein junges Frauenzimmer, das er nie zuvor gesehen hatte. Einfach gekleidet, sehr ruhig, sehr hübsch. Als er sie in das Zimmer führte und einen Stuhl für sie hinstellte, bemerkte er beim Lichtschein, daß sie noch schöner war, als er anfangs gedacht. Ihre Erscheinung war unschuldig und jugendlich, und ihr Gesichtsausdruck außerordentlich angenehm. Sie zeigte keine Furcht vor ihm, noch die geringste Verwirrung; ihr Sinn schien ganz mit der Aufgabe ihres Besuches beschäftigt, und diese Aufgabe schien sie an die Stelle ihrer Person gesetzt zu haben.

»Ich spreche mit Mr. Harthouse?« sagte sie, als sie allein waren.

»Mit Mr. Harthouse. Und zwar«, fügte er innerlich hinzu, »reden Sie ihn an mit den vertrauensvollsten Augen, die ich je gesehen, und der schlichtesten und ruhigsten Stimme, die ich je gehört habe.«

»Wenn ich auch nicht weiß – und ich weiß es wirklich nicht, Sir –« sagte Cili, »was Sie Ihre Ehre als Gentleman in andern Fällen tun heißt«, das Blut stieg ihm ins Gesicht, als sie mit diesen Worten begann: »so bin ich doch überzeugt, daß ich darauf vertrauen kann, Sie werden meinen Besuch und was ich zu sagen habe, geheimhalten. Ich will mich darauf verlassen, wenn Sie mir sagen, daß ich Ihnen so weit vertrauen darf.«

»Sie dürfen es, ich versichere Sie.«

»Ich bin jung, wie Sie sehen; ich bin allein, wie Sie sehen. Ich komme zu Ihnen, Sir, ohne einen andern Rat oder eine andere Ermunterung als meine Hoffnung.«

Er dachte: »Aber das ist doch sehr stark«, als er dem momentan erhobenen Blick ihrer Augen folgte. Er meinte außerdem: »Das ist ein sehr seltsames Beginnen. Ich sehe nicht, wo das hinaus will.«

»Sie haben wohl schon erraten«, fuhr Cili fort, »von wem ich eben komme?«

»Während der letzten vierundzwanzig Stunden (die mir wie ebenso viele Jahre erschienen sind) habe ich mich in der größten Aufregung und Unruhe um eine Dame befunden. Die Hoffnung, die ich zu hegen wage, daß Sie von dieser Dame kommen, täuscht mich nicht, wie ich vertrauensvoll annehme.«

»Ich verließ sie vor einer Stunde.«

»In –?«

»In dem Haus ihres Vaters.«

Mr. Harthouses Gesicht verlängerte sich, trotz seines kühlen Wesens, und sein Erstaunen wuchs. »Dann sehe ich ganz gewiß nicht«, dachte er, »wohin das führen soll.«

»Vergangene Nacht eilte sie dorthin. Sie kam da in großer Aufregung an und war die ganze Nacht hindurch ohne Bewußtsein. Ich lebe in dem Haus ihres Vaters und war bei ihr. Sie können sich darauf verlassen, Sir, Sie werden sie nie wieder sehen, so lange Sie leben.«

Mr. Harthouse holte tief Atem. Wenn sich je ein junger Mann in der Lage befand, daß er nicht wußte, was er sagen sollte, so war dies ohne alle Frage bei ihm der Fall. Die kindliche Offenheit, mit der seine Besucherin sprach, ihre bescheidene Furchtlosigkeit, ihr ungekünsteltes Vertrauen, ihr gänzliches Selbstvergessen in ihrem ernsten, ruhigen Verhalten bei der Aufgabe, um derentwillen sie gekommen war; alles das, zusammengenommen mit ihrem Vertrauen auf sein leichthin gegebenes Versprechen – das ihn in seinem Innern beschämte

– stellte sich ihm als etwas dar, worin er so unerfahren war, und woran seine gewöhnlichen Waffen so ohnmächtig abprallen mußten, daß er nicht ein Wort zu seiner Hilfe aufzubieten vermochte.

Endlich sagte er:

»Eine so überraschende Nachricht, so vertrauensvoll gegeben und von solchen Lippen, ist fürwahr im höchsten Grade entmutigend. Darf ich mich erkundigen, ob Sie von der fraglichen Dame beauftragt sind, mir diese Mitteilung in solchen hoffnungslosen Worten zu machen?«

»Ich habe keinen Auftrag von ihr.«

»Der Versinkende klammert sich an einen Strohhalm. Ohne Mißachtung Ihres Urteils und ohne Zweifel an Ihre Aufrichtigkeit bitte ich es zu entschuldigen, wenn ich mich zu der Ansicht neige, es sei noch Hoffnung vorhanden, daß ich nicht zu einer immerwährenden Verbannung vom Antlitz dieser Dame verurteilt bin.«

»Nicht die leiseste Hoffnung bleibt übrig. Der erste und hauptsächlichste Zweck meines Kommens, Sir, ist, Sie zu der Überzeugung zu bringen, es sei nicht mehr Hoffnung vorhanden, sie je wieder zu sprechen, als wenn sie im Augenblicke, wo sie gestern abend ins elterliche Haus trat, gestorben wäre.«

»Überzeugung? Aber wenn ich nun nicht kann – oder wenn ich bei der Schwachheit der menschlichen Natur halsstarrig bin – und nicht will?«

»Es ist dennoch wahr. Da ist keine Hoffnung.«

James Harthouse blickte sie an mit einem ungläubigen Lächeln um seine Lippen. Aber an ihrem durchdringenden Blicke wurde sein Lächeln zuschanden.

Er biß sich in die Lippen und nahm sich etwas Zeit zur Überlegung. »Gut, wenn es unglücklicherweise der Fall sein sollte«, sagte er, »daß ich zu einer so trostlosen Lage, wie diese Verbannung, gebracht bin, so werde ich die Dame nicht mit meiner Gegenwart behelligen. Aber sie sagten, Sie haben keine Vollmacht von ihr?«

»Ich habe einzig und allein die Vollmacht meiner Liebe für sie, und ihrer Liebe für mich. Ich habe keine andere Beglaubigung, als daß ich seit ihrer Heimkunft bei ihr gewesen, und daß sie mir ihr Vertrauen geschenkt hat. Ich habe keine andere Beglaubigung, als daß ich etwas von ihrem Charakter und von ihrer Ehe kenne. O! Mr. Harthouse, ich dächte, Sie könnten das auch zur Grundlage Ihrer Überzeugung machen!«

In der Höhle, wo sein Herz hätte sein sollen – in diesem Neste verdorbener Eier, wo die Vögel des Himmels hätten leben können, wenn sie nicht hinweggescheucht worden wären – wurde er von dem Stachel dieses Vorwurfes getroffen.

»Ich gehöre nicht zu der moralischen Menschensorte«, sagte er, »und ich habe niemals Anspruch auf derartige Eigenschaften gemacht. Ich bin so unmoralisch, wie es sich gehört. Wenn ich auf der andern Seite jedoch der Dame, die der Gegenstand unserer Unterhaltung ist, irgendwelche Unannehmlichkeiten bereitet oder sie unglücklicherweise kompromittiert, oder wenn ich mich selbst durch irgendeine Preisgabe von Gefühlen gegen sie vergangen habe, die nicht ganz vereinbar sind mit – in der Tat mit – dem häuslichen Herd. Oder wenn ich es zu benutzen suchte, daß ihr Vater eine Maschine, ihr Bruder ein Bengel und ihr Gatte ein Bär ist; so bitte ich mir die Versicherung zu gestatten, daß ich keine besonders üblen Absichten hatte, sondern von einer Stufe zur andern mit so unwiderstehlicher Leichtigkeit glitt, daß ich nicht die leiseste Ahnung hatte, das Sündenregister sei halb so lang, bis ich es durchzublättern begann. Wo ich denn finde«, schloß Mr. Harthouse, »daß es mehrere Bände stark ist.«

Obgleich er alles das in seiner frivolen Weise sagte, so war seine Art dabei diesmal doch bewußte Politur einer häßlichen Oberfläche. Er schwieg einen Augenblick; dann fuhr er mit mehr Unbefangenheit, jedoch mit Zügen von Unruhe und Mißvergnügen, die sich nicht ganz glätten lassen wollten, fort:

»Nach dem, was mir eben vorgestellt worden ist, in einer Weise, in die ich unmöglich Zweifel setzen kann – ich kenne kaum eine andere Quelle, von der ich es so bereitwillig angenommen hätte –, fühle ich mich verbunden. Ihnen, die Sie Ihrer Aussage nach mit dem Vertrauen beschenkt worden sind, folgendes zu sagen: Ich muß mich zu der Möglichkeit verstehen (so unerwartet sie auch kommt), die Dame nicht wieder zu sehen. Ich bin lediglich zu tadeln, daß ich die Sache habe so weit kommen lassen – und – und, ich kann nicht sagen«, fügte er mit einem pathetischen Redeschluß verlegen hinzu, »daß ich eine besondere Hoffnung darauf setze, jemals ein Kerl von der moralischen Sorte zu werden, oder daß ich überhaupt irgendwelchen Glauben an besagte moralische Sorte habe.«

Cilis Miene zeigte zur Genüge, daß sie mit ihrer Forderung an ihn noch nicht zu Ende sei.

»Sie sprachen«, resümierte er, als sie ihre Augen von neuem zu ihm aufschlug, »von Ihrem ersten Zweck. Darf ich annehmen, daß noch ein zweiter zu besprechen ist?«

»Ja.«

»Wollen Sie ihn mir bitte mitteilen?«

»Mr. Harthouse«, erwiderte Cili, mit einer Mischung von Güte und Festigkeit, vor der er ganz erlag, und mit einem einfachen Vertrauen in seine Verpflichtung, ihr Verlangen zu erfüllen, das ihn in einem eigentümlichen Nachteil hielt, »die einzige Genugtuung, die Ihnen zu geben übrigbleibt, ist, diesen Ort sofort und für immer zu verlassen. Ich habe die feste Überzeugung, daß Sie auf keine andere Weise das Unrecht und den Kummer, den Sie verursacht haben, mildern können. Ich habe die bestimmte Überzeugung, daß dies die einzige Möglichkeit, wieder gutzumachen, ist, die Sie noch haben. Ich sage nicht, daß es viel, oder daß es genug ist; aber es ist etwas und es ist notwendig. Ich bin durch nichts anderes zu dem Schritt ermächtigt, als was ich Ihnen schon angegeben habe. Niemand außer mir weiß darum, und so fordere ich Sie auf, noch diese Nacht von hier abzureisen, und zwar mit der Verpflichtung, nie wiederzukommen.«

Hätte sie ihn durch irgend etwas anderes als durch ihr schlichtes Vertrauen auf das Recht und die Wahrheit dessen, was sie sagte, zwingen wollen, hätte sie die geringste Unsicherheit oder Unentschlossenheit gezeigt, oder hätte sie in der besten Absicht einen Hintergedanken oder Vorwand beherbergt, hätte sie im mindesten das Lächerliche oder Erstaunliche der Lage, in die sie sich begeben, empfunden, oder wäre sie seinem etwaigen Widerspruch zugänglich gewesen – so hätte er sie darin schlagen können. Aber er würde ebenso leicht imstande gewesen sein, einen klaren Himmel zu verändern dadurch, daß er ihn erstaunt betrachtete, als hier einen Effekt zu machen.

»Aber kennen Sie«, fragte er ganz verzweifelt, »die Tragweite dessen, was Sie verlangen? Sie wissen wahrscheinlich nicht, daß ich in einer öffentlichen Geschäftsangelegenheit hier bin, abgeschmackt genug an und für sich, aber auf die ich eingegangen bin und geschworen habe, und der man mich mit Leib und Seele ergeben glaubt? Sie wissen wahrscheinlich nichts davon, aber ich versichere Sie, daß es eine Tatsache ist.«

Er brachte keine Wirkung auf Cili hervor, Tatsache oder nicht Tatsache.

»Außerdem«, sagte Mr. Harthouse, indem er einmal oder zweimal im Zimmer auf und ab ging, »ist es so verteufelt absurd. Es würde einen Mann so lächerlich machen, nachdem er einmal für diese Kerls eingetreten ist, in solch unbegreiflicher Weise auszukneifen.«

»Es ist meine feste Überzeugung«, wiederholte Cili, »daß es die einzige Sühne ist, die noch in ihrer Macht liegt. Das ist meine feste Überzeugung, oder ich würde nicht hierhergekommen sein.«

Er blickte in ihr Gesicht und ging von neuem im Zimmer umher.

»Bei meiner Seele, ich weiß nicht, was ich dazu sagen soll. So ungeheuer absurd.«

Es war jetzt an ihm die Reihe, sich Verschwiegenheit auszubedingen.

»Wenn ich imstande wäre, etwas so wahrhaft Lächerliches zu tun«, sagte er, indem er augenblicklich wieder stockte und sich gegen das Kamingesimse lehnte, »so könnte es nur unter dem Siegel der Verschwiegenheit, dem ich vertrauen könnte, geschehen.«

»Ich werde Ihnen vertrauen Sir«, erwiderte Cili, »und Sie werden mir vertrauen.«

Als er sich an den Kamin anlehnte, erinnerte er sich an den Abend mit dem Bengel. Es war ganz dasselbe Kamingesimse, und es regte sich etwas in ihm, als wenn er diesen Abend der Bengel wäre. Er wußte nicht, wo aus noch ein.

»Meiner Ansicht nach hat sich noch nie ein Mann in einer so lächerlichen Lage befunden«, sagte er, bald zur Erde, bald in die Luft blickend, bald lachend, bald die Stirne runzelnd, bald auf, bald nieder gehend. »Aber ich sehe keinen Ausweg. Was geschehen soll, wird geschehen. Dieses wird allem Vermuten nach geschehen. Ich muß mich aufmachen, denke ich – kurz, ich verpflichte mich, es zu tun.«

Cili erhob sich. Sie war durch das Resultat nicht überrascht, »Aber ich darf Ihnen sagen«, fuhr Mr. James Harthouse fort, »daß ich zweifle, ob ein anderer Abgesandter oder Gesandtin sich mit demselben Erfolg an mich gewendet haben würde. Ich muß mich nicht nur als in eine sehr lächerliche Lage Versetzter betrachten, sondern als in allen Punkten geschlagen. Wollen Sie mir die Gunst gewähren, mich an den Namen meiner Feindin zu erinnern?«

»*Meinen* Namen?« sagte die Gesandtin.

»Der einzige Name, den ich möglicherweise diesen Abend zu kennen Verlangen tragen könnte.«

»Cili Jupe.«

»Verzeihung für meine Neugier zum Abschied. Und in Beziehung zu der Familie?«

»Ich bin nur ein armes Mädchen«, antwortete Cili. »Ich wurde von meinem Vater getrennt – er war nur ein Artist – und aus Mitleid von Mr. Gradgrind aufgenommen. Seitdem habe ich immer in dem Hause gelebt.«

Sie war verschwunden.

»Das war nötig, um die Niederlage vollständig zu machen«, sagte Mr. James Harthouse, mit resignierter Miene auf das Sofa sinkend, nachdem er eine Weile wie angewurzelt dagestanden. »Die Niederlage kann jetzt als vollständig angesehen werden. Nur ein armes Mädchen – nur ein Artist – nur James Harthouse zunichte gemacht – nur James Harthouse, eine große Pyramide von Bankerott.«

Die große Pyramide setzte sich's in den Kopf, den Nil hinauf zu gehen. Er nahm augenblicklich eine Feder und schrieb folgendes Billett (in geeigneten Hieroglyphen) an seinen Bruder.

»Lieber Jack. Alles aus in Coketown. Herausgelangweilt aus dem Neste und auf Kamele ausgehend. Mit Liebe, Jem.«

Er zog die Klingel.

»Schickt meinen Diener her.«

»Ist zu Bette gegangen, Sir.«

»Laßt ihn aufstehen und einpacken.«

Er schrieb noch zwei Billetts. Eines an Mr. Bounderby, das ihm meldete, daß er von hier fortgereist sei und mitteilte, wo er in den nächsten vierzehn Tagen zu finden wäre. Das andere, ähnlichen Inhalts, an Mr. Gradgrind. Kaum war die Tinte auf den Adressen trocken, so hatte er die hohen Schornsteine von Coketown hinter sich und saß in einem Eisenbahnwagen, gedankenlos über die finstere Landschaft hinträumend.

Die moralische Menschensorte dürfte vielmehr annehmen, daß Mr. James Harthouse später einige erbauliche Betrachtungen an seinen schnellen Rückzug geknüpft hätte, als eine der wenigen Handlungen seines Lebens, die einer Buße gleich sahen, und als Denkzeichen für ihn, einer sehr schlimmen Katastrophe glücklich entronnen zu sein. Aber dem war durchaus nicht so. Ein geheimes Bewußtsein, Fiasko gemacht zu haben und lächerlich geworden zu sein, eine Furcht, was andere Gesinnungsgenossen, die für ähnliche Dinge einträten, zu seiner Aufführung sagen möchten, wenn sie ihnen bekannt würde – lasteten so auf ihm, daß er gerade diese Leistung, die doch bis jetzt seine beste gewesen sein mochte, um keinen Preis als seine Tat anerkennen wollte, und daß dies das einzige Blatt in seiner Lebensgeschichte war, dessen er sich aufrichtig schämte.

Einunddreißigstes Kapitel.

Mit einem entsetzlichen Schnupfen, mit einer Stimme, die es nur noch zum Wispern brachte, und in ihrem stattlichen Nasengestell durch immerwährendes Niesen so erschüttert, daß eine Explosion zu drohen schien – jagte die unermüdliche Mrs. Sparsit ihrem Patron nach, bis sie ihn in der Hauptstadt fand. Hier segelte sie gravitätisch auf ihn zu in seinem Hotel in St. James Street, zündete die brennbaren Stoffe, womit sie geladen war, an und schoß los. Nachdem sie nun mit unendlicher Befriedigung ihre Mission erfüllt hatte, fiel dieses hochherzige Weib in Ohnmacht auf Mr. Bounderbys Rockkragen.

Mr. Bounderbys erste Prozedur war, Mrs. Sparsit abzuschütteln und es ihr zu überlassen, auf dem Boden so viel Stufen des Leidens zu durchlaufen, wie sie Lust hatte. Darauf nahm er seine Zuflucht zu kräftigen Wiederbelebungsmitteln, drehte ihre Daumen, rieb ihre Hände, begoß ihr Gesicht reichlich mit Wasser und steckte ihr Salz in den Mund. Als diese Aufmerksamkeiten sie wieder zu sich gebracht hatten (und sie taten das eiligst), schaffte er sie gewaltsam in einen Schnellzug, ohne ihr eine weitere Erfrischung anzubieten, und brachte sie mehr tot als lebendig nach Coketown zurück.

Als klassische Ruine betrachtet bot Mrs. Sparsit am Ende ihrer Reise ein interessantes Schauspiel. Aber in jeder anderen Beziehung war der Belauf des Schadens, den sie letzte Zeit erlitten hatte, außerordentlich und stimmte ihre Ansprüche auf Bewunderung herab. Ohne alle Rücksicht auf die klägliche Beschaffenheit ihrer Kleidung und Körperkonstitution, und trotz ihres pathetischen Niesens wurde sie von Mr. Bounderby unmittelbar in eine Kutsche gepackt und nach Stone Lodge befördert.

»Nun, Tom Gradgrind«, platzte Bounderby bei später Nacht in das Zimmer seines Schwiegervaters: »hier ist eine Dame, hier – Mrs. Sparsit – Ihr kennt Mrs. Sparsit – die Euch etwas zu sagen hat, was Euch verstummen lassen wird.«

»Ihr habt meinen Brief nicht erhalten!« rief Mr. Gradgrind, von dem Auftritt überrascht.

»Euren Brief nicht erhalten, Sir!« schrie Bounderby. »Gegenwärtig ist keine Zeit für Briefe. Niemand soll Josiah Bounderby von Coketown bei der Gemütsverfassung, in der er sich jetzt befindet, von Briefen sprechen.«

»Bounderby«, sagte Mr. Gradgrind mit dem Tone milder Vorstellung. »Ich spreche von einem ganz speziellen Brief, den ich Euch wegen Luise geschrieben habe.«

»Tom Gradgrind«, erwiderte Bounderby, indem er mehrere Wale mit flacher Hand heftig auf den Tisch schlug! »ich spreche von einem ganz speziellen Boten, der wegen Luise zu mir gekommen ist. Mrs. Sparsit, Ma'am, tretet vor!«

Als die unglückliche Lady hierauf versuchte, ihr Zeugnis abzulegen, ohne eine Spur von Stimme und mit schmerzlichen Gebärden ihre entzündete Kehle bekundend, verschlimmerte sich ihr Zustand so sehr und ihre Gesichtsverdrehungen wurden so arg, daß Mr. Bounderby, unfähig es langer zu ertragen, sie am Arm faßte und schüttelte.

»Wenn Ihr es nicht herausbringen könnt, Ma'am«, sagte Mr. Bounderby, »so laßt es mich herausbringen. Das ist keine Gelegenheit für eine Dame, mag sie auch noch so hohe Verbindungen haben, um gänzlich heiser zu sein und sich zu stellen, als schlinge sie Kieselsteine. Tom Gradgrind, Mrs. Sparsit befand sich zufälligerweise kürzlich in der Lage, eine Unterredung außer dem Hause zwischen Eurer Tochter und Eurem liebenswürdigen Gentleman-Freund, Mr. James Harthouse, mit anzuhören.«

»In der Tat?« sagte Mr. Gradgrind.

»Jawohl! In der Tat!« schrie Bounderby. »Und in dieser Unterredung —«

»Es ist nicht nötig, ihren Inhalt zu wiederholen, Bounderby. Ich weiß, was vorging.«

»So? Vielleicht«, sagte Bounderby und starrte verwundert auf seinen so ruhigen und gefaßten Schwiegervater, »vielleicht wißt Ihr auch, wo Eure Tochter sich im gegenwärtigen Augenblicke befindet?«

»Ohne Zweifel. Sie befindet sich hier.«

»Hier?«

»Mein lieber Bounderby, ich bitte Euch, diese lauten Ausbrüche zu mäßigen, unter allen Umständen. Luise ist hier. Sobald sie sich von der Zusammenkunft mit der Person, von der Ihr sprecht und die ich aufrichtig bedaure, bei Euch eingeführt zu haben, losmachen konnte, eilte Luise hierher, um Schutz zu suchen. Ich selbst war erst wenige Stunden zu Hause gewesen, als ich sie hier in diesem Zimmer empfing. Sie eilte mit dem Eisenbahnzuge zur Stadt, lief von der Stadt in dieses Haus während eines rasenden Unwetters – und erschien hier vor mir in einem Zustand der Verzweiflung. Wie sich von selbst versteht, ist sie seitdem hier geblieben. Laßt Euch aber inständig ersuchen, um Euret- und ihretwillen, ruhiger zu sein.«

Mr. Bounderby starrte einige Augenblicke schweigend vor sich hin, nach jeder Seite, nur nicht nach der, wo sich Mrs. Sparsit befand; und dann sich plötzlich zur Nichte Lady Scadgers wendend, sagte er zu dieser unglücklichen Frau:

»Nun, Madame! Wir würden uns glücklich schätzen, wenn Sie es passend finden sollten, uns eine kleine Entschuldigung darüber hören zu lassen, warum Sie eine expresse Reise über Land unternehmen und kein anderes Gepäck mit sich führen als ein Altweibermärchen, Madame!«

»Sir«, flüsterte Mrs. Sparsit, »meine Nerven sind gegenwärtig zu sehr angegriffen und meine Gesundheit ist gegenwärtig zu sehr zerrüttet, und zwar in Ihrem Dienst, um mir etwas anderes zu gestatten, als meine Zuflucht zu Tränen zu nehmen.«

Und so tat sie.

»Na schön, Madame«, sagte Bounderby, »ohne Ihnen eine Bemerkung machen zu wollen, die sich für eine Frau von guter Familie nicht schickt, möchte ich mir doch erlauben, darauf aufmerksam zu machen, daß es etwas anderes gibt, wozu Sie Ihre Zuflucht nehmen dürften, nämlich eine Kutsche. Und da die Kutsche, in der wir herkamen, noch vor der Tür steht, so werden Sie mir erlauben, Sie hinein zu geleiten, und dann scheren Sie sich heim in die Bank. Das beste, was Sie da tun können, wird sein, Ihre Füße in das heißeste Wasser zu stecken, das Sie aushalten können, ein Glas siedend heißen Rum mit Butter zu nehmen und dann zu Bette zu gehen.« Mit diesen Worten streckte Mr. Bounderby seine rechte Hand nach der weinenden Dame aus und eskortierte sie in das fragliche Fuhrwerk, während sie noch manche klägliche Schnupfenträne auf dem Wege vergoß. Er kehrte bald allein zurück.

»Nun, da Ihr mir mit Eurer Miene zu verstehen gegeben habt, Tom Gradgrind, daß Ihr mit mir zu sprechen wünscht«, nahm er wieder das Wort, »hier bin ich. Aber ich bin nicht in einer sehr angenehmen Stimmung, ich sage es Euch offen: denn ich finde keinen Geschmack an dieser Angelegenheit, so wie sie nun einmal liegt, und ich glaube nicht, daß ich zu jeder Zeit so pflichtschuldig und unterwürfig von Eurer Tochter behandelt worden bin, wie Josiah Bounderby von Coketown von seiner Frau behandelt werden sollte. Ihr habt Eure Meinung, ich darf es sagen, und ich habe die meinige, denk' ich. Wenn Ihr nun meint, mir heute abend etwas sagen zu wollen, das dieser klaren Bemerkung zuwider läuft, so hättet Ihr besser getan, es zu lassen.«

Hierbei muß bemerkt werden, daß Mr. Bounderby, da Mr. Gradgrind sehr sanft war, ganz besondere Mühe darauf verwandte, in allen Beziehungen hart zu erscheinen. Das war so seine liebenswürdige Natur.

»Mein teurer Bounderby«, begann Mr. Gradgrind seine Entgegnung.

»Halt, Ihr müßt mich entschuldigen, aber ich wünsche nicht zu teuer zu sein. Das ein für allemal. Wenn ich anfange, jemandem teuer zu sein, so finde ich gewöhnlich, daß es seine Absicht ist, mich über den Löffel zu barbieren. Ich spreche nicht höflich zu Euch, denn, damit Ihr es wißt, ich *bin* nicht höflich. Wenn Ihr Höflichkeit haben wollt, so wißt Ihr, wo sie zu suchen. Ihr habt Eure Gentleman-Freunde, und die werden Euch so viel von dem Artikel vorsetzen, wie Ihr wollt. Ich für meine Person führe ihn nicht.«

»Bounderby«, nahm Mr. Gradgrind eifrig das Wort, »wir alle sind dem Irrtum unterworfen —«

»Ich dachte, Ihr könntet nicht irren«, unterbrach ihn Bounderby.

»Vielleicht dachte ich so. Aber ich sage, wir alle sind dem Irrtum unterworfen —«

»Ich dachte, Ihr könntet nicht irren«, unterbrach ihn Bounderby.

»Vielleicht dachte ich so. Aber ich sage, wir alle sind dem Irrtum unterworfen; und ich würde erkenntlich und dankbar für Euer Zartgefühl sein, wenn Ihr mir diese Hinweise auf Harthouse ersparen wolltet. Ich werde diesen Namen im Laufe unserer Unterredung nicht nennen, als ob Ihr mit ihm vertraut gewesen und ihn ermuntert hättet. Sprecht also bitte nicht, als sei dies bei mir der Fall gewesen.«

»Sein Name ist nicht über meine Zunge gekommen!« sagte Bounderby.

»Gut, gut!« lenkte Mr. Gradgrind mit einer geduldigen, ja unterwürfigen Miene ein. Dann saß er eine kleine Weile in Nachdenken versunken. »Bounderby, ich habe Grund zu zweifeln, ob wir immer Luise ganz verstanden haben.«

»Wen meint Ihr mit dem Wir?«

»Laßt mich denn sagen: ich«, erwiderte er auf die plumpe Frage. »Ich trage Bedenken, ob ich Luise verstanden habe. Ich zweifle fast, ob ich in ihrer Erziehungsweise ganz recht gehabt.«

»Da trefft Ihr den richtigen Fleck«, nahm Bounderby das Wort. »Darin bin ich mit Euch einverstanden. Ihr habt es endlich gefunden, nicht wahr? Erziehung! Ich will Euch sagen, was Erziehung ist – Hals über Kopf zum Hause hinausgeworfen, und in allen Dingen, mit Ausnahme der Prügel, kurzgehalten werden: Das ist es, was *ich* Erziehung nenne.«

»Ich denke. Euer gesunder Verstand wird begreifen«, wandte Mr. Gradgrind in aller Bescheidenheit ein, »daß, was auch immer die Verdienste eines solchen Systems sein mögen, seine allgemeine Anwendung auf Mädchen doch schwierig sein dürfte.«

»Ich sehe das durchaus nicht, Sir«, erwiderte der halsstarrige Bounderby.

»Nun«, seufzte Gradgrind, »wir wollen nicht auf die Erörterung dieser Frage eingehen. Ich versichere Euch, daß ich keine Lust zu Streitigkeiten habe. Ich wünsche womöglich, das wieder gutzumachen, was versäumt ist, und ich hoffe. Ihr werdet mir mit gutem Willen beistehen, denn ich bin sehr niedergeschlagen gewesen.«

»Ich verstehe Euch noch nicht«, sagte Bounderby«, mit entschlossener Halsstarrigkeit, »und daher kann ich kein Versprechen geben.«

»Im Verlaufe weniger Stunden, mein lieber Bounderby«, fuhr Mr. Gradgrind in derselben gedrückten und persönlichen Weise fort, »glaube ich besser über Luises Charakter unterrichtet worden zu sein, als in Jahren vorher. Die Aufklärung ist mir schmerzlich aufgedrungen worden und die Entdeckung also nicht mein Verdienst. Ich glaube, e« sind – Bounderby, Ihr werdet erstaunt sein, mich das sagen zu hören – ich glaube, e« sind Fähigkeiten in Luise, die – die arg vernachlässigt und – und etwas verstört worden sind. Und – und ich möchte Euch meine Meinung ausdrücken, daß – daß wenn Ihr mich in dem rechtzeitigen Bemühen unterstützen wolltet, sie eine Zeitlang ihrer besseren Statur zu überlassen, und diese durch Zärtlichkeit und Aufmerksamkeit zu ihrer eigenen Entfaltung zu ermuntern – so – so würde es für unser aller Glück besser sein. Luise«, sagte Mr. Gradgrind, indem er sein Gesicht mit seiner Hand bedeckte, »ist immer mein Lieblingskind gewesen.«

Der polternde Bounderby schwoll so rot an, als er diese Worte hörte, daß er einem Schlagflusse nahe zu sein schien und wahrscheinlich auch war. Obgleich er bis in die beiden Ohrspitzen karmoisinrot anlief, verschloß er doch seinen Unwillen und sagte:

»Ihr möchtet sie gern eine Zeitlang hier behalten?«

»Ich – ich hatte allerdings die Absicht, anzuraten, mein lieber Bounderby, daß Ihr Luise erlauben möchtet, zu einem Besuche hierzubleiben, wo sie dann von Cili (ich meine natürlich Cäcilie Jupe), die sie versteht und ihr Vertrauen genießt, gepflegt werden könnte.«

»Aus allem dem schließe ich, Tom Gradgrind«, sagte Bounderby, indem er mit den Händen in der Tasche aufstand, »daß Ihr der Meinung seid, es beständen zwischen Lu Bounderby und mir Unstimmigkeiten, wie man zu sagen pflegt.«

»Ich befürchte, es bestehen gegenwärtig allgemeine Unstimmigkeiten zwischen Luise und – und – und fast allen den
Verhältnissen, in welche ich sie gebracht habe«, war des Vaters sorgenvolle Antwort.

»Gut, nun merkt auf, Tom Gradgrind«, sagte Bounderby
mit rotem Kopf, indem er sich ihm gegenüberstellte mit weit
ausgespreizten Beinen, seine Hände tiefer in den Taschen,
und sein Haar einem Heufelde vergleichbar, in welchem der
Wind seines Ärgers wühlte. »Ihr habt gesagt, was Ihr zu sagen
habt: nun will ich dasselbe tun. Ich bin ein Coketowner
Mann. Ich bin Josiah Bounderby von Coketown. Ich kenne
die Bausteine dieser Stadt, und ich kenne die Werke dieser
Stadt, und ich kenne die Kamine dieser Stadt, und ich kenne
den Rauch dieser Stadt, und ich kenne die ›Hände‹ dieser
Stadt. Ich kenne das alles sehr wohl. Das sind Wirklichkeiten.
Wenn mir aber jemand von idealen Eigenschaften spricht, so
sage ich ihm sofort, wer er auch sein mag, daß ich weiß, was
er meint. Er meint Schildkrötensuppe und Wildbret mit einem goldenen Löffel, und in einer sechsspännigen Kutsche
fahren. Das ist es, was Eure Tochter will. Da Ihr nun der
Meinung seid, daß sie haben soll, was sie will, so empfehle ich
Euch, es ihr zu verschaffen. Denn, Tom Gradgrind, von mir
wird sie es nie erhalten.«

»Bounderby«, erwiderte Mr. Gradgrind, »nach meiner Ein-
leitung hoffte ich, Ihr würdet einen andern Ton angenommen
haben.«

»Wartet nur ein bißchen«, entgegnete Bounderby; »Ihr
habt gesagt, was Ihr zu sagen habt, glaube ich. Ich ließ Euch
aussprechen; hört mich auch gefälligst zu Ende. Macht nicht
ebensolch einen Narren der Unredlichkeit aus Euch wie einen
der Ungereimtheit, denn obgleich es mir leid tut, Tom Gradgrind auf seinen gegenwärtigen Standpunkt herabgesunken zu
sehen, so sollte es mir doch doppelt leid tun, wenn er so tief
fiele. Nun wohl. Ihr gebt mir zu verstehen, daß eine Unstimmigkeit der einen oder der andern Art zwischen mir und
Eurer Tochter bestehe. Ich will Euch als Antwort darauf zu
verstehen geben, daß ohne alle Frage eine Unstimmigkeit
erster Größe hier obwaltet, und die ist in Summa, daß Eure

Tochter die Verdienste ihres Gatten nicht geziemend kennt und die Ehre einer Verbindung mit ihm nicht zu würdigen versteht, wie sie es von Gott und Rechts wegen tun müßte. Das ist verständlich gesprochen, hoffe ich.«

»Bounderby«, versetzte Mr. Gradgrind mit Nachdruck, »das ist unvernünftig.«

»In der Tat?« sagte Bounderby. »Ich freue mich. Euch so sprechen zu hören. Denn wenn Tom Gradgrind mit seiner ungewöhnlichen Erleuchtung mir sagt, daß das, was ich spreche, unvernünftig sei, dann bin ich vollkommen davon überzeugt, daß es verteufelt vernünftig ist. Mit Eurer Erlaubnis fahre ich fort. Ihr kennt meine Herkunft und Ihr wißt, daß ich eine ziemliche Reihe meiner Lebensjahre keinen Schuhanzieher brauchte, weil ich keine Schuhe hatte. Jetzt, Ihr mögt das glauben oder nicht, wie es Euch gut dünkt, gibt es Ladys – geborene Ladys – aus Familien – *Familien* sage ich – die fast den Boden küssen möchten, auf dem ich stehe.«

Diese Worte warf er seinem Schwiegervater, wie eine Rakete, herausfordernd an den Kopf.

»Dagegen«, fuhr Bounderby fort, »ist Eure Tochter weit entfernt, eine geborene Lady zu sein, wie Ihr selbst recht gut wißt. Nicht als ob ich einen Deut auf solche Dinge gäbe. Ihr wißt sehr wohl, daß ich es nicht tue, aber es ist eine Tatsache, an der Ihr nicht« zu ändern vermögt. Warum sage ich das?«

»Nicht um mich zu schonen, fürchte ich«, bemerkte Mr. Gradgrind mit leiser Stimme.

»Hört mich zu Ende«, sagte Bounderby, »und wartet, bis Ihr wieder an die Reihe kommt. Ich sage das, weil hochgestellte Frauen mit Erstaunen das Benehmen Eurer Tochter bemerkt und ihre Gefühllosigkeit beobachtet haben. Sie haben sich gewundert, wie ich es dulden konnte, und ich wundere mich selbst und will es nicht dulden.«

»Bounderby«, erwiderte Mr. Gradgrind, »ich glaube, je weniger wir diesen Abend sprechen, desto besser wird es sein.«

»Im Gegenteil, Tom Gradgrind, je mehr wir diesen Abend sprechen, desto besser ist es. Da« ist meine Ansicht. Das heißt«, fügte er einlenkend hinzu, »bis ich alles gesagt habe, was ich zu sagen wünsche, und dann ist es mir gleichgültig, wie bald wir aufhören. Ich komme zu einer Frage, welche unsere Verhandlungen abkürzen dürfte. Was meint Ihr mit dem Vorschlag, den Ihr eben gemacht habt?«

»Was ich damit meine, Bounderby?«

»Mit Eurem Besuchsvorschlage«, sagte Bounderby mit einem schroffen Zurückwerfen seines Heufeldes.

»Ich meine, daß ich hoffe. Ihr werdet Euch freundschaftlich bewegen lassen, es so einzurichten, daß Ihr Luise eine Zeit der Ruhe und des Nachdenkens hier gestattet. Das könnte zu einer allmählichen Besserung der Verhältnisse in vielen Beziehungen führen.«

»Zu einem sanften Erholungsschlummer auf Euren Ideen von der Unstimmigkeit?« fiel Bounderby ein.

»Wenn Ihr es so auffaßt.«

»Was brachte Euch auf den Gedanken?« sagte Bounderby.

»Ich habe es schon gesagt, ich fürchte, Luise ist nicht verstanden worden. Ist es zu viel verlangt, daß Ihr, Bounderby, der Ihr so viel älter seid als sie, behilflich sein solltet, sie auf den richtigen Weg zu führen? Ihr habt die Sorge für sie auf Euch genommen; auf Glück und Unglück, denn– –«

Mr. Bounderby dürfte von der Wiederholung seiner eigenen Worte zu Stephan Blackpool sehr unangenehm berührt worden sein; aber er schnitt das Zitat mit einem ärgerlichen Ruck kurz ab.

»Laßt das!« sagte er, »ich verlange nicht, hierüber belehrt zu werden. Welche Sorge ich auf mich nahm, weiß ich selbst so gut wie Ihr. Was ich auf mich nahm, geht Euch nichts an, das ist meine Sache.«

»Ich wollte nur bemerken, daß wir alle mehr oder weniger gefehlt haben, Ihr eben nicht ausgenommen, Bounderby; und daß einige Nachgiebigkeit von Eurer Seite, angesichts der übernommenen Verantwortlichkeit, nicht nur ein Akt aufrichtiger Güte, sondern vielleicht auch eine Luisen schuldige Pflicht sein dürfte.«

»Ich denke anders darüber«, polterte Bounderby heraus; »und werde diesen Handel nach meiner eigenen Ansicht zu Ende bringen. Seht, ich wünsche mich nicht hierüber mit

Euch zu zanken, Tom Gradgrind. Euch die Wahrheit zu sagen, glaube ich nicht, daß es sich mit meiner Ehre verträgt, über einen solchen Gegenstand zu zanken. Was Euren Gentleman-Freund betrifft, so mag er sich zum Teufel scheren, wohin es ihm gut dünkt. Wenn er mir je in den Weg kommt, so werde ich ihm meine Meinung sagen, kommt er mir nicht in den Weg, so werde ich es nicht tun, denn es würde in diesem Falle meiner unwürdig sein. Was Eure Tochter anbetrifft, die ich zu Lu Bounderby gemacht habe, jedoch vielleicht besser bei ihrem Namen Lu Gradgrind belassen hätte, so wisset: Wenn sie nicht morgen mittag zwölf Uhr nach Hause kommt, so nehme ich an, daß sie vorzieht, fortzubleiben, und werde ihr ihre Putzsachen usw. hierher schicken: Ihr aber werdet in Zukunft für sie zu sorgen haben. Was ich den Leuten im allgemeinen in betreff der Unstimmigkeit sagen werde, die mich zur Auflösung des ehelichen Verhältnisses bewogen hat, wird folgendes sein. Ich bin Josiah Bounderby und hatte *meine* Erziehung; sie ist die Tochter von Tom Gradgrind und hatte *ihre* Erziehung: und die zwei Pferde wollten nicht zusammengehen. Ich bin, glaube ich, sehr wohl als ein ziemlich ungewöhnlicher Mann bekannt: und die Mehrzahl wird leicht genug begreifen, daß es auch eine ziemlich außergewöhnliche Frau sein müßte, die bei dem langen Laufe Spur mit mir halten könnte.«

»Laßt Euch ernstlich ersuchen, Bounderby, die Sache noch einmal zu überlegen«, stellte ihm Gradgrind vor, »ehe Ihr einen solchen Entschluß faßt.«

»Mein Entschluß ist immer gefaßt«, sagte Bounderby, indem er seinen Hut aufsetzte, »und was ich auch tue, ich tue es sofort. Es müßte mich überraschen, daß Tom Gradgrind eine solche Bemerkung an Josiah Bounderby von Coketown richtet, nachdem er soviel von ihm kennt, wie er kennt, wenn mich von Tom Gradgrind noch etwas überraschen könnte, seitdem er sich an sentimentalem Humbug beteiligt. Ich habe Euch meinen Entscheid gegeben und habe nichts mehr zu sagen. Gute Nacht!«

Hiermit ging Mr. Bounderby nach seinem Hause in der Stadt und legte sich zu Bette. Am folgenden Tage, fünf Minuten nach zwölf Uhr, gab er Befehl, Mrs. Bounderbys Sachen sorgsam zu verpacken und in die Wohnung Tom Gradgrinds zu senden, ließ seinen Landsitz zum Privatverkauf ausschreiben und setzte sich wieder auf den Junggesellenfuß.

Zweiunddreißigstes Kapitel.

Die Räuberei in der Bank beschäftigte fortwährend in erster Linie die Aufmerksamkeit des Direktors. Er war ein gewichtiger Mann in prahlerischer Schaustellung seiner Geschäftsbereitschaft und Tätigkeit. Er war ein Mann, der es aus sich selber zu etwas gebracht hatte. Er war ein Wunder in der Geschäftswelt, das herrlicher als Venus, aus Schlamm anstatt aus dem Meere emporgestiegen ist, und er zeigte gern, wie wenig seine häuslichen Angelegenheiten imstande seien, seinen Geschäftseifer niederzuschlagen. Daher bewegte er sich gleich in den ersten Wochen seines wiederangenommenen Junggesellenstandes in seiner gewöhnlichen geräuschvollen Weise und erneuerte jeden Tag seine Nachforschungen betreffs des Diebstahls mit solchem Lärm, daß die Polizeibeamten, die diese Sache in Händen hatten, fast wünschten, sie wäre niemals begangen worden.

Auch waren sie ganz ratlos und weit ab von der Witterung. Obgleich sie sich seit Beginn der Angelegenheit so ruhig verhalten hatten, daß die meisten Leute wirklich glaubten, sie sei als hoffnungslos aufgegeben worden, so wollte sich doch kein neuer Indizienpunkt zeigen. Keine der beteiligten Personen verriet unzeitigen Mut oder tat einen kompromittierenden Schritt. Und was noch auffallender war, von Stephen Blackpool konnte keine Spur aufgefunden werden, und das geheimnisvolle alte Weib blieb ein Geheimnis.

Da die Dinge einen solchen Gang nahmen, und sich keine geheimen Merkmale, die zur Entdeckung hätten führen können, zeigen wollten, so war das Endresultat von Mr. Bounderbys Nachforschungen, daß er beschloß, einen kühnen Streich zu wagen. Er setzte eine Ankündigung auf, in dem er zwanzig Pfund Belohnung für die Ergreifung von Stephen Blackpool aussetzte, der der Teilnahme an dem Einbruch in der Coketowner Bank in der und der Nacht verdächtig sei. Er beschrieb besagten Stephen Blackpool nach Kleidung, Aussehen, mutmaßlicher Größe und Manieren so genau er konnte. Er erzählte, wie er die Stadt verlassen und nach welcher Richtung hin man ihn zuletzt habe gehen sehen. Das Ganze ließ er in großen schwarzen Lettern auf einem Riesenbogen drucken und sorgte dafür, daß die Wände in der Stille der Nacht damit beklebt wurden, so daß es der ganzen Bevölkerung mit einem Male in die Augen fallen mußte.

An diesem Morgen hatten die Fabrikglocken nötig, noch einmal so stark zu läuten, um die Arbeitergruppen zu zerstreuen, die mit Tagesanbruch rund um die Plakate versammelt standen und sie mit neugierigen Augen verschlangen. Nicht am wenigsten neugierig von den versammelten Augen waren die Augen derjenigen, die nicht zu lesen verstanden. Als diese Leute der gefälligen Stimme lauschten, die laut vorlas – es findet sich immer so jemand, der gern aus der Not hilft – starrten sie mit so unbestimmtem, ehrfurchtsvollem Respekt auf die Buchstaben, die so viel sagten, daß es ergötzlich gewesen wäre, wenn der Anblick der Unwissenheit solcher Leute je anders als bedrohlich und unheilvoll sein könnte. Manche Augen und Ohren wurden noch Stunden später von diesen Plakaten als Vision verfolgt, während die Spindeln schnurrten, die Webstühle rasselten und die Räder schwirrten: und als die »Hände« wieder auf die Straßen entlassen wurden, fanden sich immer noch so viel Leser, als zuvor.

Slackbridge, der Arbeiterdelegierte, hatte diesen Abend seine Zuhörer auch daraufhin anzureden: und Slackbridge hatte ein reine« Plakat vom Drucker erhalten und es in seiner Tasche mitgebracht. O! meine Freunde und lieben Landsleute, mit Füßen getretene Arbeiter von Coketown, o! meine lieben Brüder, Arbeitsgenossen, Mitbürger und Kollegen, was war das für eine Szene, als Slackbridge das entfaltete, was er das »verdammte Dokument« nannte, und es an die Gasflamme hielt zum Abscheu der Arbeitergemeinde! O, meine teuren Brüder, seht, wozu ein Verräter in dem Feldlager dieser großen Geister, die eingeschrieben sind auf der heiligen Rolle der Gerechtigkeit und Eintracht, wirklich fähig ist! O, meine niedergetretenen Freunde, mit dem drückenden Joch der Tyrannen auf eurem Nacken und von dem eisernen Fuße des Despotismus in den Staub der Erde getreten, wie erfreut würden eure Unterdrücker sein, euch alle Tage eures Lebens auf den Bäuchen kriechen zu sehen, wie die Schlange in dem

Garten, – o, meine Brüder, und soll ich als Mann nicht auch hinzufügen: meine Schwestern, was sagt ihr *nun* von Stephen Blackpool, dem Manne mit einer leichten Senkung an der Schulter und ungefähr fünf Fuß sieben Zoll Größe, wie es in diesem entwürdigenden und widerlichen Dokument, auf diesem nichtswürdigen Zettel, diesem ehrlosen Plakat, diesem abscheulichen Anschlag geschrieben steht: und mit welcher Majestät der Anklage werdet ihr die Viper zerschmettern, die diese Schande und Schmach über den gottgleichen Stand bringen würde, der ihn glücklicherweise für immer aus seinen Reihen gestoßen hat! Ja, meine Kompatrioten, glücklicherweise für immer ausgestoßen und fortgeschickt! Denn ihr erinnert euch, wie er hier vor euch stand auf dieser Plattform: ihr erinnert euch, wie ich ihn, Auge gegen Auge und Fuß gegen Fuß, durch all seine verwickelten Krümmungen hin verfolgte: ihr erinnert euch, wie er sich klein machte und schlich und sich schmiegte und haarspaltete: bis ich ihn, ohne einen Schatten von Grund, an dem man sich halten konnte, ausstieß aus unserer Mitte, als Gegenstand für den unvergänglichen Finger des Spottes, auf ihn zu weisen, und für das rächende Feuer jedes freien und denkenden Geistes ihn zu versengen und zu verbrennen! Und jetzt, meine Freunde – meine *arbeitenden* Freunde, denn ich setze einen triumphierenden Stolz in diesen »Schandfleck« – meine Freunde, deren harte, aber ehrenvolle Betten auf Trübsal gemacht, und deren karge, aber unabhängige Töpfe auf Mühseligkeit gekocht sind: und nun sage ich, meine Freunde, wie hat sich diese feige Memme auf sich selbst berufen, jetzt, wo er die gleisnerische Maske von seinen Lastern gerissen, vor uns steht in all seiner ursprünglichen Häßlichkeit! Ein was? Ein Dieb! Ein Plünderer! Ein geächteter Flüchtling mit einem Preise auf seinen Kopf; eine Wunde und Eiterbeule auf dem edlen Charakter der Coketownschen Arbeiterverbündeten. Daher, meine zu einem heiligen Bunde verbündeten Brüder, einem Bunde, auf den eure Kinder und Kindeskinder noch ungeboren ihre kindlichen Hände und Siegel gedrückt haben, schlage ich vor im Namen des vereinigten, vollzähligen Gerichtshofes, der immer wachsam für eure Wohlfahrt, immer voll Eifer für euren Nutzen ist, daß diese Versammlung beschließe: daß, da Stephen Blackpool, Weber, von dem auf diesem Plakat die Rede ist, bereits feierlich von der Gemeinde der Coketowner ›Hände‹ verworfen worden, dieselbe frei ist von der Schande seiner Missetaten und nicht als Klasse für seine ehrlosen Handlungen verantwortlich gemacht werden kann!«

So weit Slackbridge, knirschend und schwitzend ins Unglaubliche. Wenige rauhe Stimmen riefen: »Nein!« und ein oder zwei Dutzend stimmten mit »Hört! Hört!« einem Manne bei, der mit den Worten zur Vorsicht mahnte: »Slackbridge, Ihr verfahrt zu hitzig hierbei. Ihr geht zu weit!« Aber da« waren Pygmäen gegen eine Armee: die allgemeine Mehrheit der Versammlung unterzeichnete das Slackbridgesche Evangelium und brachte ihm ein dreifaches Hoch, als er sich, scheinbar außer Atem, zu ihnen niedersetzte.

Diese Männer und Frauen waren noch in den Straßen und gingen ruhig nach Hause, als Cili, die vor wenigen Minuten von Luise weggerufen worden war, zurückkehrte.

»Wer ist es?« fragte Luise.

»Es ist Mr. Bounderby«, sagte Cili, vor dem Namen zusammenschreckend, »und Euer Bruder, Mr. Tom, mit einer jungen Frau, die sich Rachael nennt und Euch zu kennen vorgibt.«

»Was wollen sie, liebe Cili?«

»Sie verlangen Euch zu sehen. Rachael hat geweint und scheint betrübt zu sein.«

»Vater«, sagte Luise, denn dieser war gegenwärtig, »ich kann aus einem selbstverständlichen Grunde nicht abschlagen, sie zu sehen. Sollen sie hereinkommen?«

Als sie eine bejahende Antwort erhielt, ging Cili hinaus, um sie zu holen. Sie kehrte im Augenblick mit ihnen zurück. Tom war der letzte und blieb in der dunkelsten Ecke des Zimmers bei der Tür stehen.

»Mrs. Bounderby«, sagte ihr Gatte, mit einer kühlen Verbeugung eintretend, »ich störe Sie doch hoffentlich nicht. Es ist eine unpassende Stunde, aber dieses junge Frauenzimmer hier hat Eröffnungen gemacht, die meinen Besuch nötig machen. Tom Gradgrind, da Euer Sohn, der junge Tom, aus

irgendeinem eigensinnigen Grunde sich weigert, das Allerge-
ringste betreffs dieser Eröffnungen auszusagen, weder Gutes
noch Böses, so sehe ich mich genötigt, sie Eurer Tochter
gegenüberzustellen.«

»Ihr habt mich schon einmal früher gesehen, junge Dame«, sagte Rachael, indem sie sich vor Luise stellte.

Tom hustete.

»Ihr habt mich schon einmal früher gesehen, junge Dame«, wiederholte Rachael, als sie ohne Antwort blieb.

Tom hustete wieder.

»So ist es.«

Rachael warf Mr. Bounderby einen stolzen Blick zu und
fuhr fort: »Wollt Ihr mitteilen, junge Lady, wo und in welcher
Gesellschaft das war?«

»Ich kam in das Haus, wo Stephen Blackpool wohnte, am
Abend seiner Entlassung aus der Arbeit, und hier sah ich
Euch. Er war auch da; und eine alte Frau, die nicht sprach
und kaum zu sehen war, stand in einer dunklen Ecke. Mein
Bruder war mit mir.«

»Warum konntet Ihr das nicht sagen, junger Tom?« fragte
Bounderby.

»Ich versprach meiner Schwester, es nicht zu tun.« Dies
wurde schnell von Luise bestätigt. »Und außerdem«, sagte der
Bengel bitter, »erzählt sie ihre eigene Geschichte so außerordentlich gut und so ausführlich, daß es schade gewesen wäre,
sie ihr aus dem Munde zu nehmen!«

»Saget gefälligst, Madame«, fuhr Rachael fort, »warum Ihr
zu einer bösen Stunde an jenem Abend überhaupt zu Stephen
kamt?«

»Ich fühlt« Mitleid mit ihm«, sagte Luise errötend, »und
wünschte zu wissen, was er nun anzufangen gedenke, und
wollte ihm meinen Beistand anbieten.«

»Danke schön, Madame«, sagte Bounderby. »Sehr ge-
schmeichelt und verbunden!«

»Botet Ihr ihm«, fragte Rachael wieder, »eine Banknote
an?«

»Ja: aber er schlug sie aus und wollte bloß zwei Pfund in
Gold annehmen.«

Rachael warf Mr. Bounderby abermals einen bedeutungsvollen Blick zu.

»O, gewiß!« versetzte Bounderby. »Wenn Ihr die Frage stellt, ob Eure lächerliche und unglaubliche Erzählung wahr war oder nicht, so bin ich zu der Erklärung genötigt: Sie war es!«

»Junge Dame«, sagte Rachael, »Stephen Blackpool ist jetzt in öffentlichem, durch die ganze Stadt und wo sonst überall verbreitetem Druckanschlage als Dieb bezeichnet. Heute abend hat eine Versammlung stattgefunden, wo in derselben schimpflichen Weise von ihm gesprochen wurde. Stephen, der ehrenhafteste, treueste, beste Bursche!« Ihr Unwille versagte ihr die Worte und sie brach schluchzend ab.

»Ich bin sehr, sehr betrübt darüber«, sagte Luise.

»O! junge Dame, junge Dame«, erwiderte Rachael, »ich hoffe. Ihr seid es, aber ich weiß es nicht. Ich kann nicht sagen, was Ihr getan haben mögt! Euresgleichen kennt uns nicht, hat keine Teilnahme für uns, gehört nicht zu uns. Ich weiß nicht gewiß, warum Ihr an jenem Abend gekommen sein mögt. Ich kann nicht sagen, was für einen eigennützigen Zweck Ihr bei Eurem Besuche gehabt, da ich nicht vermuten kann, in welche traurige Lage Ihr den armen Knaben gestürzt. Damals sagte ich, Gott lohne Euch Euren Besuch, und ich sagte es von Herzen. Ihr schient so teilnehmend für ihn zu sein; aber jetzt weiß ich nicht mehr, was ich denken soll!«

Luise konnte sie wegen ihres ungerechten Argwohnes nicht tadeln, sie war so treu in ihrem Glauben an den Mann und so betrübt.

»Und wenn ich denke«, sagte Rachael unter Schluchzen, »wie der arme Junge dankbar war, da er Euch für so gütig hielt: wenn ich mich erinnere, wie er seine Hand über sein abgehärmtes Gesicht legte, die Tränen zu verdecken, die Ihr in seine Augen brachtet. – O, ich hoffe, daß Ihr über sein Unglück betrübt sein möget, und – daß Ihr keine schlimme Ursache dazu habt: aber ich weiß nicht, ich weiß nicht!«

»Ihr seid ein sauberes Stück«, brummte der Bube, indem er sich verdrießlich in seiner Ecke regte, »mit solchen kostbaren Beschuldigungen hierher zu kommen! Ihr solltet hinausgeworfen werden, da Ihr Euch so wenig zu benehmen wißt, und es würde Euch recht geschehen.«

Sie erwiderte nichts, und ihr leise« Schluchzen war der einzige Ton, der sich vernehmen ließ, bis Mr. Bounderby sprach:

»Kommt! Ihr wißt, was Ihr zu tun übernommen habt. Ihr hättet besser getan. Eure Ansicht hierüber mitzuteilen, als über jenen Gegenstand.«

»Wirklich, es tut mir leid«, entgegnete Rachael, ihre Augen trocknend, »wenn jemand hier mich so ansehen sollte: aber ich will nicht noch einmal so angesehen werden. Als ich gelesen hatte, Madame, was auf Stephen gedruckt ist, und was gerade soviel Wahrheit enthält, als wenn es auf Euch gedruckt wäre – ging ich direkt zur Bank, um zu erklären, daß ich Stephens Aufenthalt kenne, und das bestimmte Versprechen zu geben, daß er in zwei Tagen hier sein solle. Ich konnte damals Mr. Bounderby nicht sprechen, und Euer Bruder schickte mich weg; ich versuchte nun Euch zu finden, aber auch Ihr wäret nicht zu treffen, daher kehrte ich zu meiner Arbeit zurück. Sobald ich diesen Abend aus der Fabrik kam, beeilte ich mich zu hören, was man von Stephen spräche – denn ich weiß mit Stolz, er wird zurückkommen und seine Verleumder beschämen! – Darauf suchte ich wieder Mr. Bounderby auf, fand ihn und erzählte ihm alles haarklein, was ich wußte; er aber glaubte kein Wort von dem, was ich sagte, und brachte mich hierher.«

»Soweit ziemlich wahr«, stimmte Mr. Bounderby bei, mit den Händen m den Taschen und dem Hut auf dem Kopfe. »Aber ich kenne euch Art Leute nicht erst seit gestern, bitte ich zu bemerken, und ich weiß, daß ihr aus Mangel an Worten nie umkommen werdet. Nun, ich empfehle Euch jetzt, weniger zu sprechen, als zu handeln. Ihr habt übernommen, etwas zu tun: all meine Bemerkung hierauf ist gegenwärtig: tut es!«

»Ich habe an Stephen mit der Post, die diesen Nachmittag abgeht, geschrieben, wie ich ihm schon einmal geschrieben hatte, seitdem er abgereist ist«, sagte Rachael, »und er wird spätestens in zwei Tagen hier sein.«

»Dann will ich Euch etwas sagen. Ihr wißt vielleicht nicht«, erwiderte Mr. Bounderby, »daß man Euch selbst dann und wann beobachten läßt, da ihr als nicht ganz frei von dem Verdacht in dieser Angelegenheit angesehen wurdet, denn meistens beurteilt man die Leute nach dem Umgang, den sie pflegen. Da« Postbureau ist ebenso wenig vergessen worden. Was ich Euch nun sagen will, ist, daß kein Brief an Stephen Blackpool je aufgegeben worden ist. Daher überlasse ich Euch zu raten, was au« den Eurigen geworden ist. Vielleicht irrt Ihr Euch und habt niemals an ihn geschrieben.«

»Er war noch keine Woche von hier weg, Madame«, sagte Rachael, indem sie sich beschwörend an Luise wandte, »als er mir den einzigen Brief übersandte, den ich von ihm erhalten habe, und worin er sagte, daß er sich genötigt sehe, unter einem andern Namen Arbeit zu suchen.«

»O, bei St. Georg!« rief Bounderby, den Kopf schüttelnd und pfeifend, »er wechselt seinen Namen, so! Das ist ein schlimmer Fall für einen so fleckenlosen Burschen. Da« gilt, glaube ich, bei den Gerichtshöfen für ein wenig verdächtig, wenn ein *Unschuldiger* zufälligerweise mehrere Namen hat.«

»Was«, sagte Rachael, und wieder traten ihr Tränen in die Augen, »was um Gottes Barmherzigkeit willen blieb dem armen Jungen anders übrig. Die Meister gegen sich auf der einen Seite und die Arbeiter auf der andern, da er nur verlangte, in Frieden zu arbeiten und zu tun, was er für recht hielt. Kann ein Mann keine Seele und keine Überzeugung für sich allein haben? Muß er durch alles Unrecht mit dieser Seite, oder muß er durch alles Unrecht mit jener Seite gehen, oder sich wie ein Wild hetzen lassen?«

»Ja, ja, ich bemitleide ihn von ganzem Herzen«, erwiderte Luise: »und ich hoffe, daß er sich rechtfertigen wird.«

»Was das betrifft, so braucht Ihr nichts zu fürchten, junge Dame. Das tut er gewißlich!«

»Um so gewisser vermutlich«, warf Mr. Bounderby ein, »da Ihr zu sagen verweigert, wo er sich befindet. He?«

»Er soll durch keine Handlung von meiner Seite die unverdiente Schmach erdulden, *zurückgebracht* zu werden. Er soll auf eigenen Antrieb zurückkommen, um sich zu rechtfertigen, und alle diejenigen beschämen, die seinen guten Charakter verunglimpft haben, während er selbst zu seiner Verteidigung nicht zugegen war«, sagte Rachael, allem Mißtrauen trotzend, wie ein Felsen im Meere, »und er wird längstens in zwei Tagen hier sein.«

»Nein, noch mehr als dies«, setzte Mr. Bounderby hinzu, »wenn er an einem früheren Tage zu haben ist, so soll er noch eher Gelegenheit zu seiner Rechtfertigung finden. Was Euch betrifft, so habe ich nicht« gegen Euch.. Was Ihr mir gesagt habt, erweist sich als wahr, und ich habe Euch die Mittel verschafft, die Wahrheit zu beweisen, damit ist die Sache zu Ende. Ich wünsche euch allerseits gute Nacht. Ich muß mich ans Werk machen, um ein wenig weiter in dieser Sache zu sehen.«

Tom kam aus seiner Ecke, als Mr. Bounderby aufbrach, brach ebenfalls auf, hielt sich dicht hinter ihm und ging mit ihm hinweg. Der einzige Abschiedsgruß, zu dem er sich herabließ, war ein mürrisches »Gute Nacht, Vater!« Mit diesem kurzen Worte und einem finsteren Gesicht für seine Schwester, verließ er das Haus.

Seitdem sein Stammhalter in da« Haus getreten war, hatte Mr. Gradgrind kein Wort gesprochen. Er saß noch schweigend, als Luise in einem milden Tone sagte:

»Rachael, Ihr werdet eines Tages kein Mißtrauen in sich setzen, wenn Ihr mich besser kennt.«

»Es geht mir wider die Natur«, antwortete Rachael freundlicher, »jemandem zu mißtrauen: aber wenn man mir so sehr mißtraut, wenn man uns allen so sehr mißtraut – so kann ich eine gleiche Empfindung nicht ganz fernhalten. Ich bitte um Verzeihung, daß ich Euch Unrecht getan habe. Jetzt glaube ich nicht mehr, was ich sagte. Doch könnte ich wieder dahin kommen, es zu glauben, da man den armen Jungen so großes Unrecht tut.«

»Sagtet Ihr ihm in Eurem Briefe«, fragte Cili, »daß Verdacht auf ihn gefallen zu sein schien, weil er des Nachts bei der Bank gesehen worden sei? Er würde dann wissen, worüber er sich zu erklären hat, wenn er zurückkommt und vorbereitet sein.«

»Ja, Liebe«, antwortete sie: »aber ich kann nicht erraten, was ihn je dahin getrieben haben mag. Er pflegte nie dahin zu gehen. Das lag ganz außer seinem Wege. Sein Weg war derselbe wie meiner, und niemals dahinaus.«

Cili hatte schon neben ihr gestanden und fragte sie, wo sie wohne, und ob sie morgen abend kommen und sich nach Nachrichten von ihm erkundigen dürfe.

»Ich glaube nicht«, sagte Rachael, »daß er vor übermorgen hier sein kann.«

»Dann will ich auch am nächsten Abend kommen«, erwiderte Cili.

Als Rachael zugestimmt hatte und gegangen war, erhob Mr. Gradgrind seinen Kopf und sagte zu seiner Tochter:

»Luise, meine Teure, ich habe, soviel ich weiß, diesen Mann gesehen. Hältst du ihn für schuldig?«

»Ich glaube, ich habe ihn dafür gehalten, Vater, obgleich mit großem Widerstreben. Ich halte ihn nicht mehr dafür.«

»Das heißt, es gab eine Zeit, wo du dich selbst überredetest, es zu glauben, weil du wußtest, daß er verdächtig war. Sind seine Erscheinung und seine Manieren so ehrlich?«

»Sehr ehrlich.«

»Und ihr Vertrauen nicht zu erschüttern! Ich frage mich oft selbst«, sagte Mr. Gradgrind sinnend, »weiß der wirkliche Schuldige von diesen Anklagen? Wo ist er? Wer ist er?«

Sein Haar hatte seit kurzem begonnen, die Farbe zu ändern. Als er sich wieder so auf seine Hand stützte und grau und alt aussah, eilte Luise, Besorgnis und Teilnahme in ihren Zügen, voll Unruhe auf ihn zu und setzte sich dicht an seine Seite. Ihre Augen trafen zufällig in diesem Augenblick die Cilis. Cili fuhr errötend zusammen, und Luise legte ihren Finger an die Lippen.

Am nächsten Abend, als Cili heimkam und Luise erzählte, daß Stephen nicht gekommen sei, tat sie es flüsternd. Am darauffolgenden Abend, als sie mit derselben Nachricht nach Hause kam und hinzufügte, daß er nicht das geringste von sich habe hören lassen, sprach sie in demselben gedämpften, furchtsamen Tone. Von dem Augenblick an, wo sie diese Blicke gewechselt, erwähnten sie niemals seinen Namen oder irgend etwas, das mit ihm in Beziehung stand, laut; noch wurde jemals die Diebstahlsaffäre verfolgt, wenn Mr. Gradgrind davon sprach.

Die zwei ausbedungenen Tage verflossen, drei Tage und Nächte verflossen, und Stephen Blackpool erschien nicht, er blieb verschollen. Am vierten Tage kam Rachael, mit unerschütterlichem Vertrauen, jedoch in der Meinung, daß ihr Brief verunglückt sei, zur Bank und zeigte ihren von ihm erhaltenen Brief mit seiner Adresse in einer der vielen Arbeiterkolonien, die abseits von der Hauptstraße lag, sechzig Meilen weit. Boten wurden zu diesem Ort geschickt, und die ganze Stadt war erwartungsvoll, Stephen am folgenden Tage eingebracht zu sehen.

Während dieser ganzen Zeit folgte der Bengel Mr. Bounderby wie sein Schatten und nahm tätigen Anteil an allen Vorgängen. Er war sehr aufgeregt, schrecklich erhitzt, zerbiß seine Nägel bis ins Fleisch, sprach mit rauher, rasselnder Stimme und mit Lippen, die schwarz und verbrannt erschienen. Zur Stunde, wo der verdächtige Mann erwartet wurde, war der Bengel an der Station, Wetten anbietend, daß er vor Ankunft der Polizeiboten sich davongemacht haben und nicht erscheinen werde.

Der Bengel hatte recht, die Boten kehrten allein zurück, Rachaels Brief war abgegangen, Rachaels Brief war abgegeben, Stephen Blackpool hatte zur selben Stunde sich aus dem Staub gemacht; und keine Seele wußte mehr von ihm. Der einzige Zweifel in Coketown war, ob Rachael geschrieben hatte in gutem Glauben, daß er zurückkommen würde, oder ob sie ihm geraten, zu fliehen. In diesem Punkte waren die Meinungen geteilt.

Sechs Tage, sieben Tage, eine neue Woche. Der gemarterte Bengel trug einen totenbleichen Mut zur Schau und begann trotzig zu werden. »*War* der verdächtige Mensch der Dieb? Eine hübsche Frage! Wenn nicht, wo war der Mann, und warum kam er nicht zurück?«

Wo war der Mann und warum kam er nicht zurück? In der Stille der Nacht kehrte das Echo seiner eigenen Worte, die am Tage, der Himmel weiß, wie weit gerollt waren, wieder zu ihm zurück und weilten bei ihm bis zum Morgen.

Dreiunddreißigstes Kapitel.

Tag und Nacht kamen, Tag und Nacht gingen. Kein Stephen Blackpool. Wo war der Mann und warum kam er nicht zurück?

Jeden Abend kam Cili zu Rachaels Wohnung und saß mit ihr in ihrem kleinen, reinlichen Zimmer. Den ganzen Tag mühte sich Rachael an ihrer Arbeit ab, wie sich dieser Schlag Leute abmühen muß, so groß ihr Kummer auch sein mag. Die Rauchschlangen waren gleichgültig dagegen, wer verloren oder gefunden wurde, wer einen guten oder schlimmen Ausgang nahm; die melancholisch tollen Elefanten verloren, gleich den Männern der »harten Tatsachen«, nichts von ihrer gesetzten Routine, was immer auch sich ereignen mochte. Tag und Nacht kamen, Tag und Nacht gingen. Die Einförmigkeit war ununterbrochen. Selbst Stephen Blackpools Verschwinden fiel der Alltäglichkeit anheim und wurde ein ebenso eintöniges Wunder wie irgendein Maschinenstück von Coketown.

»Ich zweifle«, sagte Rachael, »ob im ganzen noch zwanzig in der ganzen Stadt übrig sind, die an dem armen, lieben Jungen noch Glauben haben.«

Sie sagte das zu Cili, als sie in ihrer Wohnung beisammensaßen, die einzig von der Lampe an der Straßenecke beleuchtet wurde. Cili war hergekommen, als es schon dunkel war, um ihre Heimkehr von der Arbeit zu erwarten; und sie hatten seitdem am Fenster gesessen, wo Rachael sie gefunden, ohne ein helleres zu verlangen, um ihr kummervolles Gespräch zu bescheinen.

»Wenn es nicht aus Barmherzigkeit so gefügt wäre, daß ich mit Euch sprechen könnte«, fuhr Rachael fort, »so gibt es Zeiten, wo ich glaube, mein Verstand würde sich nicht unverwirrt gehalten haben. Aber ich erhalte Hoffnung und Stärke durch Euch; und Ihr glaubt, daß, obgleich der Anschein sich gegen ihn erheben mag, er unschuldig befunden werden wird?«

»Ich glaube so«, antwortete Cili, »von ganzem Herzen. Ich fühle so zuversichtlich, Rachael, daß das Vertrauen, das Ihr allen Entmutigungen zum Trotze auf das Eurige setzt, nicht falsch sein kann, daß ich nicht mehr an ihm zweifle, als wenn ich ihn durch die Erfahrung so vieler Jahre kennengelernt hätte, wie Ihr.«

»Und ich, meine Teure«, sagte Rachael mit zitternder Stimme, »habe ihn während aller dieser Zeit als so treu gegen alles Edle und Gute in seiner ruhigen Weise erkannt, daß, selbst wenn nie wieder etwas von ihm gehört und ich hundert Jahre alt werden sollte, ich mit meinem letzten Atemzuge erklären könnte: Gott kennt mein Herz, ich habe niemals aufgehört, Stephen Blackpool zu trauen!«

»In unserem Hause, Rachael, glaubt alles, daß er vom Verdachte freikommen werde, früher oder später.«

»Je mehr ich erkenne, daß man mir dort glaubt, meine Teure, und je dankbarer ich es empfinde, daß Ihr von dort herkommt, um mich zu trösten, mir Gesellschaft zu leisten und bei mir gesehen zu werden, während ich selbst noch nicht von allem Verdachte frei bin, desto mehr betrübt es mich, daß ich je diese mißtrauischen Worte zu der jungen Lady sprechen konnte. Und doch —«

»Ihr setzt kein Mißtrauen mehr in sie, Rachael?«

»Jetzt, wo Ihr uns einander nähergebracht habt, nein. Aber ich kann es nicht zu jeder Zeit aus meinem Sinne verbannen —«

Ihre Stimme sank so vollständig zu einem leisen und langsamen Insichhineinreden herab, daß Cili, die dicht neben ihr saß, mit Aufmerksamkeit horchen mußte.

»Ich kann es nicht zu jeder Zeit aus meinem Sinne verbannen, irgend jemanden in Verdacht zu haben. Ich kann mir nicht denken, wer es ist, ich kann mir nicht denken, wie und warum es geschehen sein mag, aber ich hege Verdacht, daß jemand Stephen aus dem Wege geräumt hat. Ich hege Verdacht, daß irgend jemand durch seine freiwillige Zurückkunft und dadurch, daß er sich vor ihnen allen als unschuldig erweisen werde, bloßgestellt würde und, um das zu verhüten, ihn aufgehalten und aus dem Wege geräumt hat.«

»Das ist ein schrecklicher Gedanke«, sagte Cili erbleichend.

»Es *ist* ein schrecklicher Gedanke, anzunehmen, daß er gemordet sein könnte.«

Cili schauderte und wurde noch bleicher.

»Wenn mir das in den Sinn kommt, Liebe«, sagte Rachael, »und es kommt manchmal, obgleich ich alles tue, um es mir fern zu halten, indem ich bis zu hohen Zahlen bei meiner Arbeit zähle und immer wieder und wieder Stücke hersage, die ich konnte, als ich Kind war, – so verfalle ich in eine so wilde, heiße Unruhe, daß ich trotz meiner Ermüdung meilenweit gehen möchte. Ich muß Herr darüber werden, ehe ich schlafen gehe. Laßt mich mit Euch nach Hause gehen.«

»Er könnte vielleicht auf der Rückreise krank geworden sein«, versetzte Cili, indem sie ihr schüchtern einen abgenutzten Hoffnungsbrosamen hinwarf; »und in diesem Falle gibt es viele Orte am Wege, wo er weilen könnte.«

»Aber er ist in keinem von allen. Er ist in allen gesucht und nicht gefunden worden.«

»Wahr«, mußte Cili widerstrebend zugestehen.

»Er konnte den Weg in zwei Tagen machen. Wenn er schlecht zu Fuß war und nicht gehen konnte, so habe ich ihm in dem Brief, den er erhielt, das Geld geschickt, um zu fahren, damit er sein eigenes nicht auszugeben brauche.«

»Laßt uns hoffen, daß der morgende Tag etwas Besseres bringen werde, Rachael. Kommt an die Luft!«

Ihre freundliche Hand legte Rachaels Schal über ihr glänzend schwarzes Haar zurecht in der gewöhnlichen Weise, wie sie ihn trug, und sie gingen hinaus. Da der Abend schön war, so standen kleine Arbeitergruppen hier und da an den Straßenecken; aber für den größten Teil derselben war es Abendessenzeit, und daher waren nur wenige Leute auf den Straßen.

»Ihr seid jetzt nicht so aufgeregt, Rachael, und Eure Hand ist kühler.«

»Es geht mir besser, Liebe, wenn ich nur gehen und ein wenig frische Luft schöpfen kann. Zur Zeit, wo ich es nicht kann, werde ich schwach und verwirrt.«

»Aber Ihr dürft nicht anfangen, schwach zu werden, denn man könnte Eurer einst bedürfen, um Stephen zur Seite zu stehen. Morgen ist Sonnabend. Wenn wir morgen nichts

Neues hören, so laßt uns am Sonntagmorgen einen Spaziergang aufs Land machen und Euch für eine neue Woche stärken. Wollt Ihr?«

»Ja, Liebe.«

Sie befanden sich jetzt in der Straße, wo Mr. Bounderbys Haus stand. Der Weg zu Cilis Bestimmungsort führte sie an der Tür vorüber, und sie gingen gerade darauf los. Vor kurzem war ein Eisenbahnzug in Coketown angekommen, der eine Anzahl Fahrzeuge in Bewegung gesetzt und ein beträchtliches Geräusch über die Stadt verbreitet hatte. Verschiedene Kutschen rasselten vor ihnen und hinter ihnen, als sie sich Mr. Bounderbys Wohnung näherten; und eine von den letzteren fuhr mit solcher Plötzlichkeit vor, als beabsichtige sie das Haus umzufahren, so daß sie sich unwillkürlich umsahen. Das helle Gaslicht über Mr. Bounderbys Treppe zeigte ihnen Mrs. Sparsit in dem Wagen, in einem Übermaß von Aufregung, die sich anstrengte, den Schlag zu öffnen. Mrs. Sparsit, die sie in demselben Augenblick bemerkte, rief ihnen zu, stehenzubleiben.

»Das ist ein glücklicher Zufall«, schrie Mrs. Sparsit, als sie vom Kutscher herausgelassen worden war. »Das ist ein Wink der Vorsehung! Kommt heraus, Madame«, sagte sie darauf zu jemandem drinnen, »oder wir werden Euch herausziehen müssen!«

Hierauf stieg niemand anders als das geheimnisvolle alte Weib aus. Mrs. Sparsit hielt sie unablässig am Kragen fest.

»Rührt sie nicht an, kein Mensch!« rief Mrs. Sparsit mit großer Energie. »Laßt niemand ihr nahe kommen. Sie gehört mir. Kommt herein, Madame, oder wir werden Euch hereinziehen müssen!« sagte sie darauf, ihr früheres Befehlswort wiederholend.

Der Anblick einer Matrone von klassischer Haltung, welche ein altes Weib am Schöpfe gefaßt hält und sie in ein Wohnhaus schleppt, würde unter allen Umständen für alle echt englischen Pflastertreter, denen das Glück geworden, es zu sehen, eine hinreichende Versuchung gewesen sein, sich mit Gewalt einen Weg in dieses Wohnhaus zu bahnen und das Ende der Geschichte mit anzusehen. Aber wenn diese

Erscheinung noch erhöht worden wäre durch das Offenkundige und doch Geheimnisvolle, das sich zur Zeit für die ganze Stadt an die Bankräuberei knüpfte, so würde es die Pflastertreter hineingezogen haben mit unwiderstehlicher Gewalt, selbst wenn zu erwarten gestanden hätte, daß die Decke über ihren Häuptern zusammenfalle. Demgemäß drängten sich die Zuschauer, welche sich zufällig vor dem Hause befanden und aus einigen fünfundzwanzig der flinksten Nachbarn bestanden, dicht hinter Cili und Rachael hinein, als diese hinter Mrs. Sparsit und ihrem Opfer eintraten, und die ganze Masse machte einen wüsten Einfall in Mr. Bounderbys Speisesaal; und ohne einen Augenblick Zeit zu verlieren, stiegen die hinten stehenden Leute auf die Stühle, um besser über die vornstehenden hinwegsehen zu können.

»Ruft Mr. Bounderby herunter!« schrie Mrs. Sparsit. »Jungfer Rachael, wißt ihr, wer das ist?«

»Es ist Mrs. Pegler«, antwortete Rachael.

»Ich sollte denken, daß sie es ist!« rief Mrs. Sparsit frohlockend. »Holt Mr. Bounderby. Weg von hier, jedermann!« Hier murmelte die alte Mrs. Pegler, während sie sich verhüllte und der Beobachtung entzog, ein bittendes Wort. »Nichts davon«, rief Mrs. Sparsit laut, »ich habe Euch zwanzigmal auf dem Wege gesagt, daß ich Euch nicht lassen will, bis ich Euch ihm selbst überliefert habe.«

Jetzt erschien Mr. Bounderby, in Begleitung von Mr. Gradgrind und seinem Bengel, mit denen er droben eine Besprechung gehalten hatte. Mr. Bounderby sah mehr erstaunt als gastfreundlich aus, als er diese ungebetene Gesellschaft in seinem Speisezimmer zu Gesicht bekam.

»Wie, was ist da los!« rief er aus: »Mrs. Sparsit, Madame?«

»Sir«, erklärte die würdige Frau, »ich schätze mich glücklich, eine Person vorzuführen, die zu finden Sie großes Verlangen getragen haben. Ich wurde angefeuert von dem Wunsche, Ihrer Absicht zu Hülfe zu kommen, Sir. Mich leiteten die unvollkommenen Angaben über die Gegend, wo diese Person sich möglicherweise aufhalten könnte, wie sie von der jungen Rachael, die glücklicherweise hier ist, um die Identität zu beweisen, dargeboten wurden, und ich war so glücklich, meine Bemühungen von Erfolg gekrönt zu sehen und besagte Person mitzubringen, ich brauche nicht hinzuzufügen, ganz gegen ihren Willen. Es ist nicht ohne einige Beschwerlichkeit gewesen, daß ich es durchgesetzt habe; aber Beschwerlichkeit in Ihrem Dienste ist mir ein Vergnügen, und Hunger, Durst und Kälte eine wirkliche Befriedigung.«

Hier hielt Mrs. Sparsit inne, denn Mr. Bounderbys Gesicht zeigte eine außergewöhnliche Mischung von allen möglichen Farben und Äußerungen des Mißvergnügens, als sich die alte Mrs. Pegler seinem Blicke entschleierte.

»Wie, was meinen Sie damit?« lautete seine höchlich unerwartete Frage, in großem Zorne. »Ich frage Sie, was Sie damit meinen, Mrs. Sparsit, Madame?«

»Sir!« rief Mrs. Sparsit, mit einer Ohnmacht ringend.

»Warum, bekümmern Sie sich nicht um Ihre eigenen Angelegenheiten, Madame?« brüllte Bounderby. Wie erkühnen Sie sich, Ihre zudringliche Nase in meine Familienangelegenheiten zu stecken?« Diese Anspielung auf ihren bevorzugten Gesichtsteil überwältigte Mrs. Sparsit, sie fiel auf einen Stuhl nieder, als wenn sie erfroren wäre; und mit einem starren Blick auf Mr. Bounderby rieb sie langsam die Handschuhe gegeneinander, als wären sie auch erfroren.

»Mein teurer Josiah!« rief Mrs. Pegler zitternd. »Mein geliebtes Kind! Ich bin nicht zu tadeln. Es ist nicht meine Schuld, Josiah! Ich sagte dieser Lady wieder und wieder, daß ich wüßte, sie wäre im Begriff etwas zu tun, was dir nicht angenehm sein würde, aber sie wollte es so.«

»Warum ließt Ihr Euch von ihr herbringen? Konntet Ihr nicht ihr die Haube ein- oder einen Zahn ausschlagen, oder sie kratzen oder ihr etwas anderes antun?« fragte Bounderby.

»Mein einziges Kind! Sie drohte mir, daß ich, wenn ich ihr Widerstand leistete, von Schutzleuten hergebracht werden würde, und es sei besser, ruhig mitzukommen, als einen solchen Aufruhr in einem —« Mrs. Pegler blickte scheu aber stolz im Zimmer umher — »so feinen Hause, wie dieses zu erregen. Wahrlich, wahrlich, es ist nicht meine Schuld! Mein lieber, guter, stattlicher Junge! Ich habe immer ruhig und geheim gelebt, Josiah, mein Lieber. Ich habe nicht ein einziges Mal die Bedingung gebrochen. Ich habe nie gesagt, ich sei deine Mutter. Ich habe dich aus der Entfernung bewundert; und wenn ich zuweilen zur Stadt kam, in langen Zwischenräumen, um einen stolzen Blick auf dich zu tun, so habe ich es unerkannt getan, meine Seele, und bin wieder fortgegangen.«

Mr. Bounderby, seine Hände in den Taschen, ging in tödlicher Ungeduld an dem langen Speisetische auf und ab, während die Zuschauer gierig jede Silbe von Mrs. Peglers Rede verschlangen und mit jeder neuen Silbe größere Augen machten. Da Mr. Bounderby noch auf und ab ging, als Mrs. Pegler geendet hatte, so redete Mr. Gradgrind das angeschuldigte alte Weib an:

»Ich bin erstaunt, Madame«, bemerkte er streng, »daß Ihr in Euren alten Tagen noch die Stirne habt, auf Mr. Bounderby als Euren Sohn Anspruch zu machen, nachdem Ihr ihn so unnatürlich und unmenschlich behandelt habt.«

»Ich unnatürlich!« schrie die arme alte Mrs«. Pegler. »Ich unmenschlich gegen mein teures Kind?«

»Teuer!« wiederholte Mr. Gradgrind. »Ja teuer durch sein selbsterworbenes Vermögen, Madame, nehme ich mir die Freiheit zu sagen. Jedoch nicht sehr teuer, als Ihr ihn in seiner Kindheit verließet und der Roheit einer versoffenen Großmutter ausliefertet.«

»Ich meinen Josiah verlassen!« rief Mrs. Pegler aus, ihre Hände zusammenschlagend, »Nun, der Herr vergebe Euch Eure gottlosen Erfindungen und Eure Sünde gegen das Andenken meiner armen Mutter, welche in meinen Armen starb, ehe Josiah geboren ward. Möget Ihr Reue deshalb finden, Sir, und leben, um zur besseren Erkenntnis zu gelangen!«

Sie war so ernsthaft und empört, daß Mr. Gradgrind, von der Möglichkeit, die in ihm aufdämmerte, betroffen, in freundlicherem Tone weiter sagte:

»Ihr leugnet also, Madame, daß Ihr Euren Sohn in einer Gosse seinem Schicksal überließt?«

»Josiah in der Gosse!« rief Mrs. Pegler aus. »Nichts von der Art, Sir. Schämt Euch vor Euch selbst! Mein liebes Kind weiß und wird es *Euch* wissen lassen, daß, wenn er auch von geringen Eltern herkommt, er doch von Eltern herkommt, die ihn so sehr liebten, wie es die besten nur zu tun vermöchten. Sie hielten es nie für eine harte Entbehrung, sich einen Bissen abzuzwacken, damit er gut schreiben und rechnen lernen möchte; und ich habe seine Bücher noch zu Hause, die es beweisen. Wahrhaftig, ich habe sie!« sagte Mrs. Pegler mit unwilligem Stolze. Und mein lieber Knabe weiß und wird es *Euch* auch wissen lassen, Sir, daß nach seines geliebten Vaters Tode, als er acht Jahre alt war, seine Mutter sich ebenfalls ein bißchen absparen konnte, wie zu tun ihre Schuldigkeit und ihr Stolz und ihr Glück war, um ihm im Leben aufzuhelfen und Erziehung beizubringen. Und er war ein beharrlicher Junge, und ein gütiger Lehrer stand ihm zur Seite. So ging er schön seinen eigenen Weg vorwärts, bis er reich und glücklich wurde. Und *ich* will Euch wissen lassen, Sir – denn mein Sohn wird es nicht tun –, daß, obgleich seine Mutter nur einen kleinen Dorfladen unterhält, er sie nimmer vergaß, sondern mir eine Pension von dreißig Pfund jährlich aussetzte – mehr als ich nötig habe, denn ich lege davon auf die Seite. Er stellte nur die Bedingung, daß ich mich in stiller Zurückgezogenheit halten, nicht mit ihm großtun und ihn nicht in Verlegenheit bringen sollte. Und ich habe es nie getan, außer daß ich einmal des Jahrs nach ihm sah, ohne daß er es wußte. Und es ist recht«, sagte die arme alte Mrs. Pegler in ihrer liebevollen Verteidigung, »daß ich mich zurückhalten *sollte*. Ich habe gar keinen Zweifel, daß ich, wenn ich hier wäre, gar viel unpassende Dinge tun würde, und ich bin wohl zufrieden damit. Ich kann meinen Stolz auf meinen Josiah für mich behalten, und ich kann lieben um der Liebe selbst willen. Und ich schäme mich in Eure eigene Seele hinein, Sir«, sagte Mrs. Pegler am Ende, »für Eure Lügen und Verdächtigungen. Und ich stand hier nie zuvor, noch verlangte ich je hier zu stehen, da mein lieber Sohn *nein* sagte. Und ich würde auch jetzt nicht hier sein, wenn ich nicht hierher gebracht worden wäre. Und Pfui über Euch, o! ob der Schande, mich anzuklagen, meinem Sohne eine schlechte Mutter zu sein, während mein Sohn hier steht und es Euch so anders sagen könnte!«

Die Beistehenden, an und auf den Stühlen des Speisezimmers, erhoben ein Gemurmel der Teilnahme für Mrs.

Pegler, und Mr. Gradgrind fühlte sich unschuldigerweise in eine sehr unangenehme Lage versetzt, als Mr. Bounderby, der unablässig auf und nieder gegangen, und jeden Augenblick dicker und dicker aufgeschwollen und röter und röter geworden war, plötzlich stehenblieb.

»Ich weiß nicht genau«, sagte er, »wie ich dazu komme, mit der Gegenwart der anwesenden Gesellschaft beehrt zu werden, aber ich will es unerörtert lassen. Wenn sie ganz zufriedengestellt sind, so wollen sie vielleicht so gut sein, sich zu verlieren. Oder mögen sie zufriedengestellt sein oder nicht, vielleicht wollen sie doch so gut sein, sich zu verlieren. Ich bin nicht verpflichtet, eine Vorlesung über meine Familienangelegenheiten zu halten, ich habe nicht übernommen, es zu tun, und bin nicht willens, es zu tun. Daher werden diejenigen, welche irgendwelche Auseinandersetzung über diesen Gegenstand erwarten, sich sehr getäuscht sehen, – namentlich Tom Gradgrind, und er kann dieses nicht zu früh erfahren. Was den Bankdiebstahl anbelangt, so ist hier ein Versehen gemacht, soweit es meine Mutter betrifft. Wenn hier nicht Überdienstfertigkeit stattgefunden hätte, so würde es nicht gemacht worden sein, und ich hasse Überdienstfertigkeit zu jeder Zeit, mit oder ohne Erfolg. Guten Abend!«

Obgleich Mr. Bounderby es in dieser Weise totzuschlagen suchte, indem er die Türe für den Abmarsch der Gesellschaft offenhielt, so war doch eine polternde Unsicherheit an ihm, die ihn zu gleicher Zeit sehr niedergeschlagen und über alle Maßen albern erscheinen ließ. Entlarvt als ein Mensch, der mit seiner Demut renommiert, der sein windiges Ansehen auf Lügen erbaut und in seiner Prahlerei die einfachste Wahrheit soweit von sich abgetan hatte, daß er den verächtlichen Anspruch erhob (es gibt keinen verächtlicheren), einen Stammbaum zu besitzen. Als die Leute an der Tür vorüberzogen, welche er hielt, wußte er, daß sie das Geschehene in der ganzen Stadt herumtragen und seinen Namen den vier Winden preisgeben würden. Er hätte nicht augenfälliger als ein geschorener und verlorener Aufschneider erscheinen können, und wenn er abgestutzte Ohren gehabt hätte. Selbst das unglückliche Frauenzimmer, Mrs. Sparsit, die vom Gipfel ihres

Frohlockens in den Sumpf der Verzweiflung herabgestürzt war, befand sich nicht in einem so kläglichen Zustande, als jener gewichtige Mann und selbstgeschaffene Humbug, Josiah Bounderby von Coketown.

Als Rachael und Cili Mrs. Pegler, die für diese Nacht ein Bett im Hause ihres Sohnes erhalten sollte, verließen, gingen sie miteinander bis zum Tore von Stone Lodge und trennten sich hier. Mr. Gradgrind holte sie ein, ehe sie noch sehr weit gegangen waren, und sprach mit großem Interesse von Stephen Blackpool, für den seiner Meinung nach dieses wunderbare Aufhören des Verdachtes gegen Mrs. Pegler von guter Wirkung sein mußte.

Was den Bengel anbetraf, so hielt er sich während dieser ganzen Szene sowie bei allen früheren Gelegenheiten dicht hinter Bounderby. Er schien zu fühlen, daß, solange Bounderby keine Entdeckungen ohne sein Mitwissen machen konnte, er so ziemlich sicher war. Er besuchte nie seine Schwester; seitdem sie heimgekehrt war, hatte er sie nur einmal gesehen, an dem Abend, als er Bounderby auf den Fersen gefolgt war, wie schon erwähnt.

Es lagerte eine dunkle, unbestimmte Furcht auf dem Gemüte seiner Schwester, der sie nie Sprache verlieh, aber die den gottlosen und undankbaren Bengel mit einem geheimnisvollen Grauen umgab. Dieselbe dunkle Möglichkeit hatte sich auch in gleich gestaltloser Weise Cilis Geiste gerade an diesem Tage vorgestellt, als Rachael von jemandem sprach, der vielleicht durch Stephens Rückkunft hätte bloßgestellt werden können und ihn deshalb aus dem Wege geräumt habe. Luise hatte nie davon gesprochen, daß sie irgendwelchen Verdacht auf ihren Bruder in betreff des Diebstahls hege; sie und Cili hatten sich hierüber einander nicht anvertraut, ausgenommen in jenem Austausch von Blicken, als der Vater ahnungslos sein greises Haupt auf die Hand stützte; aber sie hatten sich verstanden, und sie wußten es beide.

Diese andere Befürchtung war so grauenhaft, daß sie jede von ihnen wie ein geisterhafter Schatten umschwebte; obgleich keine zu denken wagte, er sei ihr nahe, und noch weit weniger, daß er sich neben der andern befinde.

Und immer wuchs der künstliche Mut, den der Bengel gefaßt hatte. Wenn Stephen Blackpool der Dieb nicht war, laßt ihn sich doch zeigen. Warum tat er es nicht?

Eine andere Nacht. Wieder ein Tag und eine Nacht. Kein Stephen Blackpool. Wo war der Mann und warum kam er nicht zurück?

Vierunddreißigstes Kapitel.

Es war ein strahlender Herbstsonntag, klar und kühl, als Cili und Rachael früh am Morgen sich trafen, um einen Spaziergang aufs Land zu machen.

Da Coketown nicht nur sein eigenes Haupt, sondern auch das der Nachbarschaft mit Asche bestreute – nach Art jener frommen Menschen, die für ihre eigenen Sünden Buße tun, indem sie andere Leute in den Sack stecken – so pflegten diejenigen, die dann und wann nach einem Zug frischer Luft dürsteten (nicht gerade die schlimmste von den Eitelkeiten des menschlichen Lebens) erst einige Meilen weit auf der Eisenbahn zu fahren und dann ihren Spaziergang zu beginnen oder sich gemächlich im Freien zu lagern.

Cili und Rachael halfen sich aus dem Rauche durch das übliche Mittel und stiegen auf der Station, die auf halbem Wege zwischen der Stadt und Mr. Bounderbys Landsitz lag, aus.

Obgleich die grüne Landschaft hier und da mit Kohlenhaufen befleckt war, so war sie doch an andern Orten grün, und es waren Bäume zu sehen, und Lerchen sangen (obgleich es Sonntag war) und angenehme Düfte erfüllten die Luft, und alles war von einem glänzend blauen Himmel überwölbt. Nach einer Richtung hin zeigte sich Coketown wie ein schwarzer Nebel; nach einer andern begannen Hügel emporzusteigen; nach einer dritten machte sich eine leise Veränderung in der Beleuchtung des Horizontes bemerkbar, da wo er auf das ferne Meer schien. Unter ihren Füßen war das Gras frisch, schöne Schatten von Baumzweigen spielten auf ihm hin und her und sprenkelten es; die Laubhecken waren üppig; über alles verbreitete sich Friede. Grubenmaschinen und magere, alte Pferde, welche den Kreislauf ihrer täglichen Arbeit auf dem Felde unterbrochen hatten, waren gleichfalls ruhig; die Räder hatten für eine kurze Zeit aufgehört, sich zu drehen, und das große Erdrad schien sich ohne seine gewöhnlichen Stöße und lärmenden Töne umzuwälzen.

Sie wanderten weiter durch die Felder und die schattigen Heckenwege hinunter, zuweilen stiegen sie über die Reste eines Zaunes, so modrig, daß sie unter der Berührung ihres Fußes zusammenfielen, zuweilen kamen sie an mit Gras bewachsenen Trümmern von Ziegelsteinen und Balken vorbei, die die Stelle verlassener Werkstätten bezeichneten. Sie folgten Pfaden und Spuren, so unbedeutend sie auch sein mochten. Schlünde, wo das Gras dicht und hoch, und wo Brombeersträuche, Ampferkraut und ähnliche Vegetation verworren zusammengehäuft war, vermieden sie immer; denn man erzählte sich in dieser Gegend schreckliche Geschichtchen von alten Gruben, die unter solchen Kennzeichen verborgen lägen.

Die Sonne stand hoch, als sie sich zur Ruhe niedersetzten. Sie hatten seit lange keinen Menschen, weder nah noch fern, gesehen; und die Einsamkeit blieb ununterbrochen. »Es ist so still hier, Rachael, und der Weg ist so unbetreten, daß ich glaube, wir müssen die ersten sein, die den ganzen Sommer über hier gewesen sind.«

Als Cili das sagte, wurden ihre Augen von einem andern dieser verrotteten Gehegeüberbleibsel auf dem Felde angezogen. Sie stand auf, um es in Augenschein zu nehmen. »Ich weiß nicht, dies ist noch nicht lange abgebrochen worden. Das Holz ist ganz frisch, wo es gebrochen. Hier sind auch Fußtapfen. – O, Rachael!«

Sie lief zurück und fiel ihr um den Hals. Rachael war schon aufgesprungen.

»Was gibt's?«

»Ich weiß nicht. Da liegt ein Hut im Grase.«

Sie gingen zusammen vorwärts. Rachael nahm ihn auf, am ganzen Leibe zitternd. Sie brach in eine Flut von Tränen und Wehklagen aus. »Stephen Blackpool« stand auf der Innenseite von seiner eigenen Hand geschrieben.

»O, der arme Junge, der arme Junge! Er ist also doch auf die Seite geschafft worden; er liegt ermordet hier!«

»Hat denn – hat der Hut eine Blutspur an sich?« stammelte Cili.

Sie fürchteten sich, darauf zu blicken; gleichwohl untersuchten sie ihn und fanden kein Merkmal von Gewalttätigkeit, weder auswendig noch inwendig. Er mußte hier einige Tage gelegen haben, denn Regen und Tau hatten ihn gehärtet, und der Abdruck seiner Form befand sich auf dem Grase, da, wo er gefallen war. Sie blickten angstvoll um sich, ohne sich von der Stelle zu rühren, aber sie konnten nichts weiter bemerken. »Rachael«, flüsterte Cili, »ich will allein ein wenig vorwärts gehen.«

Sie hatte ihre Hand losgemacht und war im Begriff, vorwärtszuschreiten, als Rachael sie mit beiden Armen umschloß und einen Schrei ausstieß, der weithin über das Feld ertönte. Gerade vor ihren Füßen war der Abgrund eines schwarzen, zerrissenen Schlundes, unter dichtem Grase verborgen. Sie sprangen zurück und fielen auf ihre Knie, indem jede ihr Gesicht auf der Schulter der andern verbarg.

»O, mein guter Gott, er liegt dort unten, dort unten!« Dies und ihre schrecklichen Schmerzensrufe waren fürs erste alles, was von Rachael herausgebracht werden konnte, trotz aller Tränen, Bitten, Vorstellungen und Versuche. Es war unmöglich, sie zu besänftigen, und dringend notwendig, sie zu halten, oder sie würde sich selbst in den Abgrund gestürzt haben.

»Rachael, liebe Rachael, gute Rachael, bei der Liebe des Himmels, nicht diese fürchterlichen Schreie! Denk an Stephen, denk an Stephen, denk an Stephen!«

Durch eine ernstliche Wiederholung dieser Beschwörung, die mit all der Verzweiflung eines solchen Augenblickes ausgesprochen wurde, brachte es Cili endlich dahin, daß sie schwieg und sie mit einem tränenlosen, versteinerten Gesichte anblickte.

»Rachael, Stephen kann noch leben. Du würdest ihn doch nicht einen Augenblick verstümmelt auf dem Grunde dieses fürchterlichen Ortes liegen lassen wollen, wenn du ihm Hilfe bringen könntest?«

»Nein, nein, nein!«

»Rühre dich nicht von der Stelle, ihm zu Liebe! Ich will gehen und horchen.«

Sie schauderte, sich der Grube zu nähern; aber sie kroch auf Händen und Knien auf sie zu und rief seinen Namen, so laut sie nur rufen konnte. Sie lauschte, aber kein Schall antwortete. Sie rief wieder und horchte wieder, und immer kein antwortender Ton. Sie tat das zwanzig-, dreißigmal. Sie nahm eine Erdscholle von dem aufgewühlten Boden, worüber er gestolpert war, und warf sie hinein. Sie konnte ihren Fall nicht hören.

Die weite Aussicht, noch vor wenigen Minuten so schön in ihrer Stille, erfüllte jetzt ihr mutiges Herz fast mit Verzweiflung, als sie sich erhob und nach allen Seiten blickte, ohne Hilfe zu sehen. »Rachael, wir dürfen keinen Augenblick verlieren. Wir müssen nach verschiedenen Richtungen gehen und Hilfe suchen. Du wirst den Weg gehen, den wir gekommen, und ich will auf dem Pfade vorwärts gehen. Erzähle jedermann, den du triffst, was sich ereignet hat, wer es auch sei. Denk an Stephen, denk an Stephen!«

Sie sah an Rachaels Gesicht, daß sie jetzt Vertrauen auf sie setzen konnte. Nachdem sie ihr eine Zeitlang nachgesehen, während sie so dahinlief und die Hände rang, wandte sie sich um und ging fort, um selbst nachzusuchen: sie hielt an der Hecke an, um hier ihren Schal zu befestigen, als einen Wegzeiger zu dem Platze, dann warf sie ihren Hut zur Seite und lief, wie sie nie zuvor gelaufen war.

Laufe, Cili, laufe, in des Himmels Namen! Halte nicht an, um Atem zu schöpfen. Lauf, lauf! Sich selbst zur Eile antreibend, indem sie sich solche Ermahnungen in ihren Gedanken gab, lief sie von Feld zu Feld, von Heckenweg zu Heckenweg, von Platz zu Platz, wie sie noch nie zuvor gelaufen war: bis sie zu einem Schuppen an einem Maschinenhause kam, in dessen Schatten zwei Männer lagen und auf Stroh schliefen.

Erst sie zu wecken, und dann ihnen zu erzählen, so verstört und atemlos wie sie war, was sie hierhergeführt, hatte seine Schwierigkeiten: aber kaum hatten sie verstanden, warum es sich handelte, als ihre Lebensgeister von gleichem Feuer ergriffen wurden, wie die ihrigen. Einer der Männer war in einem betrunkenen Dusel, aber als sein Kamerad ihm laut zuschrie, daß ein Mann in den »Alten Höllenschacht« gefallen sei, sprang er fort zu einem Pfuhle schmutzigen Wassers, steckte seinen Kopf hinein und kam nüchtern zurück.

Mit diesen zwei Männern lief sie zu einem andern eine halbe Meile weiter, und mit diesem noch zu einem andern, während die ersten wieder zu andern liefen. Dann wurde ein Pferd gefunden, und sie gab einem andern Mann den Auftrag, auf Leben und Tod zur Eisenbahn zu reiten und Luise eine Botschaft zu übermitteln, die sie schrieb und ihm einhändigte. Mittlerweile war die Bevölkerung eines ganzen Dorfes auf den Beinen, und Winden, Stricke, Stangen, Lichter, Laternen und alle notwendigen Sachen wurden schnell herbeigeschafft, um zu dem »Alten Höllenschacht« gebracht zu werden.

Es schienen ihr bereits Stunden verflossen zu sein, seitdem sie den unglücklichen Mann in dem Grabe liegend, worin er lebendig begraben worden war, verlassen hatte. Sie konnte nicht länger ertragen, von ihm entfernt zu bleiben – das schien ihr wie ein Imstichlassen – und sie eilte schnell zurück, von einem halben Dutzend Arbeiter begleitet, einschließlich des betrunkenen Mannes, den die Nachricht nüchtern gemacht hatte, und welcher der tüchtigste von allen war. Als sie zu dem »Alten Höllenschacht« kamen, fanden sie ihn so einsam, als sie ihn verlassen hatten. Die Leute riefen und horchten, wie sie getan hatte, untersuchten den Rand des Abgrundes, besprachen, wie es hätte gekommen sein können, und setzten sich dann nieder, um zu warten, bis die Werkzeuge, die sie brauchten, herankämen.

Jedes Schwirren der Insekten in der Luft, jede Bewegung der Blätter, jedes Geflüster unter diesen Männern machte Cili erzittern, denn sie hielt es für einen Schrei in der Tiefe der Grube. Aber der Wind blies lässig darüber hin und kein Ton drang zur Oberfläche, und sie saßen auf dem Grab, wartend und wartend. Nachdem sie eine Zeitlang so gewartet hatten, begannen herumstreifende Leute, welche von dem Unfall gehört hatten, heranzukommen, dann langte die wahre Hilfe der Werkzeuge an. Mitten unter ihnen kehrte Rachael zurück, und mit ihr kam ein Wundarzt mit Wein und Arzneien. Aber die Hoffnung unter den Leuten, daß der Mann noch am Leben gefunden werden könnte, war in der Tat sehr klein.

Da jetzt genug Leute da waren, um die Arbeit zu beginnen, so stellte sich der nüchtern gewordene Mann an die Spitze des Ganzen, oder wurde durch allgemeine Zustimmung dazu berufen, zog einen weiten Kreis um den »Alten

Höllenschacht« und stellte Männer an, ihn zu hüten. Außer solchen Freiwilligen, die zur Hülfeleistung angenommen worden waren, wurde vorerst nur Cili und Rachael gestattet, sich in diesem Kreis aufzuhalten: aber im Verlaufe des Tage«, al« die Nachricht einen Extrazug von Coketown brachte, befanden sich auch Mr. Gradgrind und Luise und Mr. Bounderby und der Bengel da.

Die Sonne stand vier Stunden tiefer als zu der Zeit, wo sich Rachael und Cili zuerst in das Gras niedergesetzt hatten, ehe eine Maschine von Stangen und Stricken errichtet war, vermittels deren zwei Männer mit Sicherheit hinabsteigen konnten. Bei dem Bau dieser Maschine hatten sich Schwierigkeiten erhoben, so einfach sie auch war: man hatte gefunden, daß gewisse Erfordernisse mangelten, und Botschafter mußten hin und zurück geschickt werden. Es war fünf Uhr am Nachmittage dieses heitern Sonntags, ehe ein Licht hinuntergelassen werden konnte, um die Luft zu prüfen, während drei bis vier rauhe Gesichter dicht zusammengedrängt standen, um es aufmerksam zu beobachten, und die Männer an der Winde drehten, wie sie angewiesen wurden. Das Licht wurde wieder herausgebracht, noch schwach brennend, dann wurde etwa« Wasser hineingeschüttet. Hierauf wurde der Eimer angehakt, und der nüchtern gewordene Mann stieg in Begleitung eines anderen mit Lichtern hinein und gab das Kommando »Niedergelassen!«

Als das Seil auslief, fest gespannt und angezogen und die Winde knarrte, war kein Atem unter den ein- oder zweihundert männlichen und weiblichen Zuschauern, der so ging, wie er zu gehen gewohnt war. Das Signal wurde gegeben, und die Winde hielt an, ein ansehnliches Stück Tau war unbenutzt. Jetzt folgte dem Anscheine nach ein so langer Zwischenraum, während dessen die Männer an der Winde müßig standen, daß einige Weiber schrien, es habe sich ein zweites Unglück ereignet! Aber der Arzt, welcher die Uhr in der Hand hielt, erklärte, daß noch nicht fünf Minuten verflossen wären und forderte sie streng auf, sich still zu verhalten. Kaum hatte er zu Ende gesprochen, als die Winde sich umdrehte und von neuem arbeitete. Geübte Augen bemerkten, daß sie nicht so schwer ging, als wenn beide Arbeiter heraufkämen, und daß nur einer zurückkehrte. Das Seil kam an, fest und stramm, Ring auf Ring wurde um den Windebaum gewunden, und alle Augen waren auf die Grube gerichtet. Der ernüchterte Mann wurde herausgebracht und sprang lebhaft auf das Gras. Jetzt erhob sich ein allgemeiner Schrei: »Lebendig oder tot?« und dann tiefe, atemlose Stille.

Als er antwortete: »Lebendig!« erhob sich ein allgemeiner Ausruf der Freude, und manches Auge füllte sich mit Tränen.

»Aber er ist sehr schwer verletzt«, fügte er hinzu, sobald er sich wieder Gehör verschaffen konnte. »Wo ist der Doktor? Er ist so außerordentlich schwer verletzt, daß wir nicht wissen, wie wir ihn herausbringen sollen.«

Sie beratschlagten gemeinsam miteinander und blickten gespannt auf den Arzt, al« er einige Fragen tat und bei den erhaltenen Antworten seinen Kopf schüttelte. Die Sonne neigte sich jetzt, und die rote Beleuchtung des Abendhimmels fiel auf jedes Gesicht, so daß es genau in all seiner zweifelnden Spannung beobachtet werden konnte.

Da« Ergebnis der Beratung war, daß die Männer zur Winde zurückkehrten und der Grubenmann nochmals hinunterstieg und den Wein und einige Kleinigkeiten mit sich nahm. Dann kam der andere Mann herauf. Mittlerweile brachten einige Männer unter Anleitung des Wundarztes eine Hürde herbei, auf welche andere ein dickes Bett von mit Tüchern überdecktem losen Stroh machten! er selbst verfertigte sich einige Bandagen und Binden aus Schals und Taschentüchern. Als diese fertig waren, wurden sie dem Grubenmanne, der zuletzt heraufgekommen war, über den Arm gehängt, mit Anweisungen, wie er sie gebrauchen solle. Als er so dastand, von dem Lichte, das er bei sich führte, beleuchtet, während er seine kräftige Hand leicht auf einen der Pfähle stützte, bald in die Grube hinunterblickend, bald auf das Volk im Kreise umher, war er nicht die am wenigsten hervorragende Gestalt in der Szene. Es war jetzt finster, und man zündete Fackeln an.

Nach dem wenigen, was der Mann zu den Umstehenden sagte, und was schnell übel den ganzen Kreis hin wiederholt wurde, schien es, daß der verunglückte Mann auf einen Haufen zerkrümelten Schuttes gefallen war, mit dem die Grube halb verstopft war. Ferner war die Gewalt seines Falles durch Erdunebenheiten an der Seite gebrochen worden. Er lag auf seinem Rücken, den einen Arm gequetscht unter sich, und hatte seinem eigenen Glauben nach kaum sich geregt, seitdem er gefallen, außer daß er seine freie Hand zu einer Seitentasche geführt, worin er sich erinnerte, etwas Fleisch und Brot zu haben. Er verschluckte ein paar Krumen davon und tunkte damit ab und zu etwas Wasser auf. Er war geradenwegs von seiner Arbeit gegangen, sobald man an ihn geschrieben hatte, und war den ganzen Tag über marschiert: er befand sich gerade auf dem Wege zu Mr. Bounderbys Landsitz nach Einbruch der Dunkelheit, als er fiel. Er durchschritt diese gefährliche Gegend zu einer so gefährlichen Zeit, weil er unschuldig an dem war, was man ihm zur Last legte, und den nächsten Weg einschlagen wollte, auf dem er sich stellen konnte. Der »Alte Höllenschacht«, sagte der Grubenmann, mit einem Fluche auf ihn, hätte sich endlich seines bösen Namens« würdig gezeigt, denn obgleich Stephen setzt noch nicht sprechen könne, so glaubte er doch, man würde bald sehen, wie er ihn ums Leben gebracht.

Als alles bereit war, verschwand dieser Mann in der Grube. Er empfing noch die letzten hastigen Aufträge von seinen Kameraden und dem Arzte, nachdem die Winde schon begonnen hatte, ihn hinabzulassen. Das Tau lief aus wie zuvor, das Signal wurde gegeben wie zuvor, und die Winde hielt an. Kein Arbeiter zog jetzt seine Hand von ihr zurück. Jeder wartete, seine Hand am Griffe und seinen Körper zur Maschine niedergebeugt, bereit, umzuwinden und aufzuwinden. Endlich wurde das Zeichen gegeben, und der ganze Kreis neigte sich vorwärts.

Denn jetzt wand sich das Seil ein, wie es schien, aufs äußerste angespannt und stramm gezogen. Die Männer drehten mit Anstrengung, und die Winde ächzte. Es war fast unerträglich, auf das Seil zu blicken und zu denken, daß es reißen könnte. Aber Ring auf Ring schlang sich sicher um den Windebaum, und die Verbindungsketten erschienen, und endlich der Eimer mit den zwei Männern, die sich an den Seiten festhielten – ein Anblick, um den Kopf schwindeln zu machen und das Herz zu erdrücken –, und die Gestalt eines armen, zerschlagenen, menschlichen Wesens, sorgsam von ihnen unterstützt, umschlungen und angeknüpft.

Ein leises Gemurmel des Mitleids erhob sich rings aus dem Gedränge. Die Weiber weinten laut, als diese Gestalt, beinahe ohne Gestalt, ganz langsam von seiner eisernen Transportmaschine befreit und auf da« Strohbett gelegt wurde. Zuerst trat niemand als der Wundarzt heran. Er tat, was er konnte, bei seinem Niederlegen auf das Ruhebett, aber das beste, was er tun konnte, war ihn zuzudecken. Als er das sanft getan hatte, rief er Rachael und Cili herbei. Und jetzt sah man da« bleiche, abgehärmte, leidende Gesicht zum Himmel emporblicken, während die gebrochene rechte Hand bloß auf der Außenseite der Kleiderdecken lag, als wenn sie darauf wartete, von einer anderen Hand ergriffen zu werden.

Sie gaben ihm zu trinken, besprengten sein Gesicht mit Wasser und reichten ihm einige Tropfen zur Herzstärkung und etwas Wein. Obgleich er ganz bewegungslos dalag und zum Himmel blickte, lächelte er und sagte: »Rachael.«

Sie fiel nieder aufs Gras an seine Seite und beugte sich über ihn, bis sich ihre Augen zwischen den seinigen und dem Himmel befanden, denn er war nicht imstande, sie zu bewegen, um Rachael anzublicken.

»Rachael, meine Geliebte!«

Sie nahm seine Hand. Er lächelte wieder und sagte: »Laß sie nicht wieder los.«

»Du hast viele Schmerzen, mein einzig lieber Stephen?«

»Ich habe sie gehabt, aber jetzt nicht mehr. Ich habe sie gehabt – schrecklich und lang gelitten – aber es ist jetzt vorüber. Ah, Rachael, und alles ein trüber Schlamm! Ein trüber Schlamm, von Anfang bis zu Ende!«

Ein Schatten seines früheren Wesens schien zurückzukehren, als er diese Worte sprach.

»Ich bin in die Grube gefallen, Liebe, wie, nach den Erzählungen alter Leute, bereits Hunderte und Hunderte von Menschenleben – Väter, Söhne, Brüder, die Tausenden und

Tausenden teuer waren, die sie vor Mangel und Hunger schützten. Ich bin in eine Grube gefallen, die mit Feuerdampf angefüllt war, schrecklicher als eine Schlacht. Ich habe in der öffentlichen Bittschrift gelesen, wie jedermann lesen konnte, von den Männern, die in den Gruben arbeiten. Darin flehten sie die Gesetzgeber um Christi willen an, ihre Arbeit nicht zum Mörder an ihnen werden zu lassen, sondern sie zu schonen für Weib und Kind, die sie ebensosehr lieben, wie vornehme Leute die ihren. Als die Grube in Betrieb war, tötete sie ohne Not: jetzt, wo sie verlassen ist, tötet sie auch ohne Not. Sieh, wie wir sterben ohne unser Verschulden, so oder so – in einem trüben Schlamme – alle Tage!«

Er sagte das matt, ohne den geringsten Zorn gegen irgendwen. Lediglich als Wahrheit.

»Du hast deine kleine Schwester nicht vergessen, Rachael. Du wirst sie nicht so leicht vergessen und mich, der ich ihr so nahe bin. Du weißt – arme, stille, liebe Dulderin – wie du für sie arbeitetest, während sie alle Tage lang in ihrem kleinen Stuhl an deinem Fenster saß. Sie starb, jung und ungestaltet, hinsiechend an krankhafter Luft, wie es doch nicht zu sein brauchte, und hinsiechend an den elenden Wohnungen des Arbeitervolkes. Ein schmutziger Schlamm! Alles ein schmutziger Schlamm!«

Luise näherte sich ihm; aber er konnte sie nicht sehen, da er mit seinem Antlitze gegen den nächtlichen Himmel gerichtet lag.

»Wenn nicht alle Dinge, die sich auf uns beziehen, Liebe, so finster und schmutzig wären, so hätte ich nicht brauchen hierherzukommen. Wenn wir uns nicht unter uns selbst im Schlamme bewegten, so würde ich nicht von meinen eigenen Webergenossen und Arbeiterbrüdern so mißverstanden worden sein. Wenn Mr. Bounderby mich jemals recht gekannt hätte – wenn er mich überhaupt gekannt hätte, so würde er sich niemals gegen mich erzürnt haben. Er hätte mich nicht in Verdacht haben können. Aber sieh nur dort, Rachael! Blicke nach oben hin!«

Indem sie seinen Augen folgte, bemerkte sie, daß er auf einen Stern blickte.

»Der hat auf mich geschienen«, sagte er ehrfurchtsvoll, »in meinen Leiden und meinem Elend da unten. Er hat in mein Herz geschienen. Ich habe auf ihn geblickt und habe an dich gedacht, Rachael, bis das Dunkel in meinem Geist sich zerstreute. Wenn manche sich die Mühe genommen hätten, mich besser zu verstehen, so würde ich mir auch die Mühe genommen haben, sie besser zu verstehen. Als ich deinen Brief erhielt, glaubte ich leicht, daß das, was die junge Lady mir sagte und tat, und was ihr Bruder mir sagte und tat, ein und dasselbe wäre, und daß eine böse Übereinkunft zwischen ihnen bestände. Als ich fiel, war ich sehr aufgebracht auf sie und ließ mich verleiten, so ungerecht gegen sie zu sein, wie andere gegen mich waren. Aber in unseren Urteilen wie in unseren Handlungen müssen wir duldsam und geduldig sein. Als ich in meiner Not und Trübsal so nach oben blickte und – der Stern über mir leuchtete – habe ich klarer gesehen und habe es zu meinem Sterbegebet gemacht, daß die ganze Welt nur näher zusammenrücken und ein besseres gegenseitiges Verständnis gewinnen möge, als es meinem armen schwachen Selbst vergönnt war.«

Als Luise hörte, was er sagte, beugte sie sich auf der andern Seite, Rachael gegenüber, auf ihn herunter, so daß er sie sehen konnte.

»Ihr habt gehört?« sagte er nach einem Schweigen von einigen Augenblicken. »Ich habe Euch nicht vergessen, Lady.«

»Ja, Stephen, ich habe Euch gehört; und Euer Gebet ist das meinige.« »Ihr habt einen Vater. Wollt Ihr einen Auftrag für ihn übernehmen?«

»Er ist hier«, sagte Luise mit Schrecken. »Soll ich ihn zu Euch bringen?«

»Bitte.«

Luise kehrte mit ihrem Vater zurück. Hand in Hand dastehend, blickten beide nieder auf das feierliche Gesicht.

»Sir, Ihr werdet mich rechtfertigen und meinen ehrlichen Namen bei allen Menschen wieder herstellen. Das überlasse ich Euch als mein Vermächtnis.«

Mr. Gradgrind war betroffen und fragte: »Wie?«

»Sir«, war die Antwort, »Euer Sohn wird Euch sagen, wie. Fragt ihn. Ich klage nicht an: ich lasse nichts hinter mir, nicht ein einziges Wort. Ich habe Euren Sohn gesehen und mit ihm gesprochen eines Nachts. Ich verlange nicht mehr von Euch, als daß Ihr mich rechtfertigt, – und ich habe das Vertrauen zu Euch, daß Ihr es tun werdet.«

Da die Träger nun bereit waren, ihn wegzuschaffen und der Arzt auf seine Entfernung drang, so schickten sich diejenigen, die Laternen und Fackeln hatten, an, sich vor der Tragbahre in Marsch zu setzen. Bevor sie erhoben wurde und während sie darüber übereinkamen, wie sie gehen sollten, sagte er zu Rachael, zum Stern hinaufblickend:

»So oft ich zu mir selbst kam und ihn auf mein Elend herniederscheinend fand, dachte ich, es wäre der Stern, der zu unseres Erlösers Heimat führte; ich glaube fast, es ist der Stern wirklich.«

Sie nahmen ihn jetzt auf, und er war innig erfreut, als er fand, daß sie im Begriff waren, ihn nach der Richtung hinzutragen, wohin der Stern ihn zu führen schien.

»Rachael, geliebtes Mädchen! Laß meine Hand nicht los. Wir wollen heute abend zusammengehen, meine Liebe.«

»Ich will deine Hand halten und an deiner Seite bleiben, den ganzen Weg über, Stephen.«

»Gott lohne es dir! Will jemand so gut sein, mein Gesicht zuzudecken?«

Sie trugen ihn sehr sanft über die Felder, die Zaunpfade herab durch die weite Landschaft. Rachael hielt immer seine Hand in ihrer. Selten unterbrach ein Flüstern das traurige Schweigen. Es war bald ein Leichenzug. Der Stern hatte ihm gezeigt, wo der Gott des Armen zu finden, und durch Erniedrigung, Not und Vergebung war er zur Ruhe seines Erlösers eingegangen.

Fünfunddreißigstes Kapitel.

Ehe der Kreis, der sich rings um den »Alten Höllen-schacht« gebildet hatte, sich öffnete, war eine Gestalt aus ihm verschwunden. Mr. Bounderby und sein Schatten standen nicht bei Luise, welche ihren Vater am Arm hielt, sondern an einem entfernten Orte allein. Als Mr. Gradgrind zu der Bahre gerufen wurde, schlüpfte Cili, aufmerksam auf alles, was vor-ging, hinter diesen bösen Schatten – welch ein Blick wäre es gewesen auf das Entsetzen in seinem Gesicht, wenn hier Augen zu einem Anblick vorhanden gewesen wären, außer für einen – und flüsterte etwas in sein Ohr. Ohne seinen Kopf umzudrehen, sprach er einige Augenblicke mit ihr und ver-schwand. So war der Bengel aus dem Kreise fortgegangen, ehe die Leute aufbrachen.

Als der Vater nach Hause kam, schickte er in Mr. Boun-derbys Wohnung und ließ seinen Sohn auffordern, sofort zu ihm zu kommen. Die Antwort war, Mr. Bounderby habe, da er ihn in dem Volksgedränge verloren und seitdem nichts von ihm gesehen, angenommen, daß er in Stone Lodge sei.

»Ich glaube, Vater«, sagte Luise, »er wird heute nacht nicht nach der Stadt zurückkommen.« Mr. Gradgrind wandte sich ab und sagte nichts mehr.

Am andern Morgen ging er selbst zur Bank hinunter, so-bald sie geöffnet wurde. Als er den Platz seines Sohnes leer sah (anfänglich hatte er nicht den Mut, hineinzugehen), kehrte er die Straße entlang zurück, um Mr. Bounderby auf seinem Wege hierher zu treffen. Er sagte ihm dann, daß er aus Grün-den, die er sehr bald auseinandersetzen würde, über die er jedoch jetzt nicht gefragt zu werden wünsche, es nötig gefun-den habe, seinen Sohn für kurze Zeit wo anders zu beschäfti-gen. Auch sagte er, daß er beauftragt sei, das Andenken Ste-phen Blackpools von Verdacht zu reinigen und den Dieb anzugeben. Mr. Bounderby blieb ganz verwirrt auf der Straße stehen, nachdem ihn sein Schwiegervater verlassen hatte, aufschwellend wie eine ungeheure Seifenblase, jedoch ohne ihre Schönheit.

Mr. Gradgrind kehrte nach Hause zurück, verschloß sich in sein Zimmer und blieb dort den ganzen Tag über. Als Cili und Luise an seine Türe klopften, sagte er, ohne sie zu öffnen: »Jetzt nicht, meine Lieben, am Abend.« Als sie des Abend« wiederkamen, gab er zur Antwort: »Ich bin jetzt nicht fähig – morgen.« Er aß den ganzen Tag nichts und zündete kein Licht nach Dunkelwerden an; sie hörten ihn auf und ab gehen bis spät in die Nacht.

Aber am nächsten Morgen erschien er zur gewöhnlichen Zeit beim Frühstück und nahm seinen gewöhnlichen Platz am Tische ein. Er sah alt und gebeugt und ganz niedergedrückt aus; und doch erschien er als ein weiserer Mann und ein besserer Mann, als in den Tagen, wo er nichts in seinem Leben verlangte, als »Tatsachen«. Ehe er das Zimmer verließ, bestimmte er ihnen eine Zeit, wo sie zu ihm kommen sollten, und dann ging er, sein graues Haupt zu Boden gebeugt, hinweg.

»Lieber Vater«, sagte Luise, als sie zur bestimmten Zeit bei ihm eintraten. »Sie haben noch drei Kinder; es wird besser mit ihnen werden. Ich will mich noch bessern, mit Gottes Hilfe.«

Sie gab Cili die Hand, als wenn sie ausdrücken wollte: auch mit ihrer Hilfe.

»Dein unglücklicher Bruder«, sagte Mr. Gradgrind. »Glaubst du, daß er diesen Diebstahl geplant hatte, als er mit dir in das Haus ging?«

»Ich fürchte so, Vater. Ich weiß, er brauchte dringend Geld und hatte eine große Menge ausgegeben.«

»Da der arme Mann im Begriff war, die Stadt zu verlassen, kam es ihm in den verderbten Sinn, den Verdacht auf ihn zu wälzen?«

»Ich glaube, Vater, es muß ihm plötzlich eingefallen sein, während er dort saß. Denn ich bat ihn, mit mir hinzugehen. Der Besuch war nicht sein ursprünglicher Plan.«

»Er hatte eine Besprechung mit dem armen Manne. Nahm er ihn beiseite?«

»Er rief ihn aus dem Zimmer. Ich fragte ihn später, warum er das getan hätte, und er gab eine glaubwürdige Entschuldigung. Aber seit gestern abend, Vater, wenn ich die

Umstände in diesem Lichte betrachte, fürchte ich, daß ich mir nur zu gut vorstellen kann, was zwischen ihnen verhandelt wurde.«

»Laß mich wissen«, sagte ihr Vater, »ob deine Ansichten deinen schuldigen Bruder in derselben schwarzen Gestalt erscheinen lassen, als meine.«

»Ich fürchte, Vater«, sagte Luise zögernd, »daß Stephen Blackpool irgendwelche Vorstellungen gemacht haben muß, vielleicht in meinem Namen, vielleicht in seinem eigenen, die ihn bewogen, in gutem, ehrlichem Glauben etwas zu tun, was er nie zuvor getan hatte, und sich an zwei oder drei Abenden in der Nähe der Bank aufzuhalten, ehe er die Stadt verließ.«

»Zu klar!« erwiderte ihr Vater. »Zu klar!«

Er verhüllte sein Gesicht und saß einige Augenblicke schweigend da. Dann faßte er sich wieder und sagte: »Und jetzt, wie kann er aufgefunden, wie kann er der Gerechtigkeit entzogen werden? Wie kann er in den wenigen Stunden, die ich vergehen lassen darf, ehe ich den wahren Sachverhalt veröffentliche, von uns gefunden werden und von uns allein? Zehntausend Pfund könnten dies nicht bewerkstelligen.«

»Cili hat es bewerkstelligt, Vater!«

Er wandte seine Augen nach dem Platze, wo sie stand wie eine gute Fee des Hauses, und sagte in einem Tone sanfter Dankbarkeit und gerührter Güte: »Immer du, mein Kind!«

»Wir hatten unsere Besorgnisse«, erklärte Cili auf Luise blickend, »schon vorgestern, und als ich sah, wie Sie an die Bahre gerufen wurden, und hörte, was vorging (denn ich stand während der ganzen Zeit dicht neben Rachael), so schlüpfte ich zu ihm, ohne von jemandem gesehen zu werden, und sagte ihm: ›Blickt nicht auf mich. Seht, wo Euer Vater ist. Flieht unverzüglich, um seinet- und um euretwillen‹. Er zitterte, ehe ich ihm diese Worte zuflüsterte, dann fuhr er zusammen und zitterte noch mehr und sagte: ›Wohin kann ich gehen? Ich habe sehr wenig Geld, und ich weiß nicht, wer mich verbergen wollte!‹ Ich dachte an meines Vaters alten Zirkus. Ich habe nicht vergessen, wo sich Mr. Sleary zu dieser Jahreszeit aufzuhalten pflegt, und las erst neulich von ihm in der Zeitung. Ich gab ihm daher den Rat, dahin zu eilen, seinen

Namen zu nennen und Mr. Sleary zu bitten, bis ich käme. ›Vor morgen früh will ich bei ihm sein‹, sagte er. Und ich sah ihn unter dem Volke verschwinden.«

»Dem Himmel sei gedankt!« rief sein Vater aus. »Er mag noch ins Ausland entkommen sein.«

Das war um so mehr zu hoffen, als die Stadt, wohin ihn Cili gewiesen hatte, nur drei Stunden von Liverpool entfernt lag, von wo er schnell nach einem beliebigen Teil der Welt befördert werden konnte. Aber man mußte vorsichtig sein, sich mit ihm in Verbindung zu setzen. Die Gefahr, daß man ihn in Verdacht ziehen würde, wurde mit jedem Augenblicke größer. Niemand konnte ganz sicher sein, ob nicht Bounderby selbst, in einer lärmenden Laune öffentlichen Eifers, eine Römerrolle spielen werde. – So verabredete man, daß Luise und Cili allein sich auf Umwegen an den fraglichen Ort begeben, und der unglückliche Vater nach einer entgegengesetzten Richtung hin abreisen und auf einem andern und weiteren Wege zu demselben Ziele gelangen sollte. Es wurde ferner vereinbart, daß er nicht zu Mr. Sleary gehen sollte, damit seine Absichten kein Mißtrauen erregten oder die Nachricht von seiner Ankunft seinen Sohn von neuem zur Flucht veranlaßten. Es sollte Cili und Luise überlassen bleiben, die Verbindung herzustellen und den Urheber von soviel Kummer und Unglück von der Anwesenheit seines Vaters und von der Ursache ihres Kommens zu benachrichtigen. Als diese Anordnungen genau überlegt und von allen dreien hinlänglich begriffen worden waren, war es Zeit, ihre Ausführung zu beginnen. Früh am Nachmittag begab sich Mr. Gradgrind direkt von seinem Hause auf das Land, um an die Eisenbahnlinie zu kommen, mit der er reisen mußte; und am Abend machten sich die zwei Zurückgebliebenen in anderer Richtung auf den Weg, sehr ermutigt durch den Umstand, daß ihnen kein bekanntes Gesicht begegnete.

Die zwei reisten die ganze Nacht hindurch, ausgenommen, wenn sie für schlimme Minuten an Zweigstationen hielten mit unendlichen Treppen hinauf oder hinunter – worin die einzige Mannigfaltigkeit solcher Stationen beruhte.

Früh am Morgen stiegen sie bei einem Sumpfe ans, eine oder zwei Meilen von der Stadt, die sie suchten.

Von diesem traurigen Platze wurden sie durch einen rohen, alten Postillion erlöst, der zufällig früh auf war und einen Einspänner hatte; so wurden sie durch all die Hintergäßchen, wo die Ferkel wohnten, geführt. Das war zwar kein glänzender oder sehr wohlriechender Zugang, jedoch, wie in solchen Fällen üblich, die gesetzliche Landstraße.

Das erste, was sie beim Eintritt in die Stadt sahen, war das Gerippe von Slearys Zirkus. Die Gesellschaft war in eine andere, über zwanzig Meilen entfernte Stadt gereist und hatte dort am vergangenen Abend ihre Vorstellungen eröffnet. Die Verbindung zwischen diesen beiden Plätzen wurde durch eine hügelige Zollstraße unterhalten, und das Reisen ging hier sehr langsam vonstatten. Obgleich sie nur in aller Eile ein wenig frühstückten und nicht rasteten (was unter so sorgenvollen Umständen ein vergeblicher Versuch gewesen sein würde), so war es doch Mittag, ehe sie die Zettel von Slearys Reitervorstellungen an Scheunen und Mauern angeschlagen fanden, und ein Uhr, als sie auf dem Marktplatz hielten.

Eine große Morgenvorstellung der Reiter, die gerade anfangen sollte, wurde eben von dem Ausrufer ausgeschellt, als sie ihren Fuß auf das Pflaster setzten. Cili riet, um Nachfragen und Aufsehen in der Stadt zu vermeiden, sich selbst am Eingang ein Billett zu nehmen. Wenn Mr. Sleary das Geld einnehme, so würde er sie gewiß erkennen und sich taktvoll benehmen. Wo nicht, so würde er sie gewiß drinnen bemerken, und im Bewußtsein dessen, was er mit dem Flüchtling vorgenommen, ebenfalls Vorsicht beobachten.

Daher erschienen sie mit klopfendem Herzen bei der wohlbekannten Bude. Die Fahne mit der Inschrift »Slearys Reiter-Akademie« war vorhanden, und die gotische Nische war vorhanden, aber Mr. Sleary war nicht vorhanden. Master Kidderminster war zu groß und bärtig geworden, als daß er auch von der schrankenlosesten Leichtgläubigkeit noch länger als Cupido hätte hingenommen werden können. Er hatte der unwiderstehlichen Gewalt der Umstände (und seines Bartes) nachgegeben und präsidierte in der Eigenschaft eines Mannes, der sich allgemein nützlich macht, bei dieser Gelegenheit der Kasse. Zugleich hatte er eine Trommel neben sich, der er seine müßigen Augenblicke und seine überflüssigen Kräfte widmete. Bei der außerordentlichen Schärfe, mit der er auf falsche Münze ausspähte, sah Mr. Kidderminster, wie man ihn nach seiner jetzigen Stellung nennen muß, nie etwas anderes als Geld. So kam Cili unerkannt an ihm vorüber, und sie traten ein.

Der Kaiser von Japan, auf einem treuen alten Schimmel, hübsch mit schwarzen Flecken bemalt, war gerade damit beschäftigt, fünf Waschbecken auf einmal zu drehen, wie das die Lieblingserholung dieser Monarchen ist. Cili, obgleich wohlvertraut mit seinem fürstlichen Stammbaum, kannte den gegenwärtigen Kaiser nicht persönlich, und seine Herrschaft war friedlich. Darauf wurde Miß Josephine Sleary mit ihrer berühmten »Equestrischen Tyroler Blumen-Tour« von einem neuen Clown (der humoristisch »Blumenkohl-Tour« sagte) angekündigt, und Mr. Sleary erschien, sie einführend.

Mr. Sleary hatte dem Clown kaum einen Schlag mit seiner langen Peitsche gegeben, und dieser nur geantwortet: »Wenn Ihr das noch einmal tut, so werde ich das Pferd auf Euch werfen!« als Cili von Vater und Tochter zugleich erkannt wurde. Aber sie spielten den Akt mit großer Selbstbeherrschung zu Ende; und Mr. Sleary legte, ausgenommen im ersten Augenblick, nicht mehr Ausdruck in sein bewegliches als in sein unbewegliches Auge. Die Vorstellung kam Luise und Cili ein wenig lang vor, besonders, als sie unterbrochen wurde, um dem Clown Gelegenheit zu gewähren, Mr. Sleary, der mit der größten Ruhe auf all seine Bemerkungen »Nicht möglich, Sir!« erwiderte und sein Auge auf das Haus gerichtet hielt), von zwei Beinen zu erzählen, die auf drei Beinen saßen und auf ein Bein schauten, als vier Beine hereinkamen und sich eines Beines bemächtigten, worauf zwei Beine aufsprangen, drei Beine ergriffen und sie nach vier Beinen warfen, die mit einem Bein davonliefen. Denn obgleich es eine geistreiche Allegorie auf einen Metzger, einen dreibeinigen Stuhl, einen Hund und ein Schöpfenbein war, so nahm diese Erzählung doch Zeit weg, und sie waren in großer Ungewißheit. Endlich jedoch machte die kleine schönhaarige Josephine ihre Verbeugung unter großem Beifall. Der Clown, der allein in der Bahn geblieben war, hatte sich gerade erwärmt und sagte: »Jetzt kommt die Reihe an mich!« als Cili sich an der Schulter berührt fühlte und herausgewinkt wurde.

Sie nahm Luise mit sich, und sie wurden von Mr. Sleary in einem sehr kleinen Privatzimmer empfangen mit Segeltuchwänden, Grasboden und hölzerner, ganz schiefer Decke, auf die das Logenpublikum seinen Beifall stampfte, als wenn es durchbrechen wollte. »Tetilia«, sagte Mr. Cleary, der Branntwein und Wasser zur Hand hatte, »et tut mir wohl, Euch tu tehen. Ihr wart immer ein Liebling von unt, und ich bin dicher, ihr habt unt deit der alten Teil nur Ehre gemacht. Ihr mütt untere Leute tehen, meine Liebe, bevor wir von Getäften tprechen, oder et wird ihnen dat Hert brechen, – vor allen den Frauen. Da it Jotephine, tie it mit E.W.B. Childerth verheiratet und hat einen Jungen, und obgleich er nur drei Jahre alt it, klettert er auf jedes Ponny, dat man ihm vorführt. Er führt den Namen: Dat kleine Wunder in Tuhlreiterei; und wenn Ihr von dem Knaben nicht bei Atley hören tollt, so werdet Ihr von ihm in Parit hören. Und Ihr erinnert Euch an Kidderminter, von dem man glaubte, dat er tiemlich galant gegen Euch telbt war? Nun, der it auch verheiratet. Verheiratet mit einer Witwe. Alt genug, teine Mutter tu tein. Tie war Teiltänterin und jett it tie nicht – infolge ihret Fettet. Tie haben twei Kinder! to tind wir tark in der Feen-Branche und in Kindertubenterten. Wenn Ihr untere »Kinder im Wald« tähet, Vater und Mutter beide auf einem Pferd terbend, – ihr Onkel, tie in teine Hut nehmend, auf einem Pferde, – tie telbt beide Heidelbeeren tuchend auf einem Pferde, und der Robint herbeikommend und tie mit Blätter bedeckend, auf einem Pferde – Ihr würdet tagen, dat et dat vollkommene Ding tei, wat je Eure Augen getehen. Und Ihr erinnert Euch an Emma Gordon, meine Liebe, die fat Muttertelle an Euch vertrat? Gant gewit tut Ihr dat; et it unnötig tu fragen. Nun gut. Emma hat ihren Mann verloren. Er türtte in einem traurigen Rückenfall von einem Elefanten in einer Art von Pagodenvortellung alt Tultan von Indien, und er erholte tich nicht wieder; und tie hat tich tum tweiten Male verheiratet – verheiratet mit einem Kätekrämer, der gleich beim erten Anblick in Liebe tu ihr erglühte – und er it ein Knauter und auf dem Wege, reich tu werden.«

Diese verschiedenen Vorkommnisse wurden von Mr. Sleary, der sehr kurzatmig geworden, mit großer Herzlichkeit und in wunderbar kindlicher Weise erzählt. Man muß dabei bedenken, was für ein triefäugiger und bejahrter Grogveteran er war. Später brachte er Josephine herein und E.W.B. Childers (der bei Tageslicht ziemlich scharfe Linien um den Mund hatte) und »das kleine Wunder von Schulreiterei«, mit einem Worte die ganze Gesellschaft. Es waren erstaunliche Geschöpfe in Luisens Augen, so weiß und rot von Gesichtsfarbe, so spärlich bekleidet und mit so unverhüllten Beinen; aber es war sehr nett, sie um Cili geschart zu sehen, und sehr natürlich bei Cili, daß sie sich der Tränen nicht enthalten konnte.

»To! Jett hat Tetilia alle Kinder geküttt, und alle Frauen umarmt, und allen Männern der Reihe nach die Hände getüttelt, nun fort jeder von Euch, und klingelt tie Truppe tur tweiten Abteilung.«

Sobald sie gegangen waren, fuhr er in gedämpftem Tone fort. »Nun, Tetilia, ich will mich nicht in Geheimmitte eindrängen, aber ich vermute, dat ich diete Dame alt Mitt Tquire antuttehen habe.«

»Es ist seine Schwester. Ja.«

»Und det andern Tochter. Dat it gerade, wat ich meine. Ich hoffe, Euch wohl tu tehen, Mitt. Und ich hoffe der Tquire befindet tich auch wohl.«

»Mein Vater wird bald hier sein«, sagte Luise, ängstlich bemüht, ihn zur Sache zu bringen. »Ist mein Bruder in Sicherheit?«

»Ticher und getund!« antwortete er. »Ich möchte Euch gerade bitten, einen Blick auf die Reitbahn tu werfen, hier durch. Tetilia, Ihr kennt die Kniffe, tucht Euch telbt ein Guckloch.«

Jeder von ihnen blickte durch eine Bretterritze.

»Dat it Jack, der Rietentöter, – ein Tück, dat tum komiten Kinderfache gehört«, sagte Sleary. »Dort it ein eigenet Haut für Jack, wie Ihr teht, um tich darin tu verrecken; da mein Clown mit einem Pfannendeckel und Brattpiet als Jacks Bertienter; hier der kleine Jack telbt in gläntender Rüttung; dort twei komite twarte Bertienten, tweimal to grot alt dat Haut, die beauftragt tind, tich daneben tutellen und et herein- und hinauttutragen; und der Riete (ein tehr teurer Korb) it noch nicht da. Nun, teht Ihr tie alle?«

»Ja«, sagten beide.

Blickt noch einmal hin«, sagte Sleary, »blickt noch einmal genau hin. Teht Ihr alle? Tehr gut. Nun, Mitt«, er schob ihnen eine Bank hin zum sitzen; »ich habe meine Antichten, und der Tquire, Euer Vater, hat tie teinigen. Ich verlange nicht tu witten, wat Euer Bruder begangen hat; et it better für mich, et nicht tu witten. Allet, wai ich tage, ist, der Tquire hat bei Tetilia getanden und ich will bei dem Tquire tehen. Euer Bruder it einer von den twarten Bertienten.«

Luise entfuhr ein Schrei, der teils Bekümmernis, teils Erleichterung verriet.

»Et it Tattache«, fuhr Sleary fort, »und obgleich Ihr ihn jett kennt, dürftet Ihr Euch ihm doch nicht tu erkennen geben. Latt den Tquire kommen. Ich werde Euren Bruder nach der Vortellung herkommen latten. Ich werde ihn nicht umkleiden und ebentowenig teine Malerei abwaten latten. Latt den Tquire nach der Vortellung herkommen oder kommt telbt her nach der Vortellung und Ihr tollt Euren Bruder finden und den ganten Raum für Euch haben, um mit ihm tu tprechen. Latt Euch tein Auttehen nicht tören, to lange er wohl verteckt it.«

Unter vielem Dank und mit erleichtertem Herzen empfahl sich darauf Luise, um Mr. Sleary nicht länger aufzuhalten. Sie ließ mit Augen voller Tränen Grüße für ihren Bruder zurück, und ging mit Cili bis zum Nachmittag fort.

Eine Stunde darauf langte Mr. Gradgrind an. Auch er war keinem begegnet, den er gekannt hätte; und war jetzt voller Hoffnung, seinen entehrten Sohn mit Slearys Hilfe in der Nacht nach Liverpool zu schaffen. Da ihn niemand von den dreien begleiten konnte, ohne ihn in jeder Verkleidung so gut wie kenntlich zu machen, so hielt er einen Brief bereit an einen Empfänger, dem er Vertrauen schenken konnte, und ersuchte ihn, den Überbringer um jeden Preis nach irgendeiner Küste von Nord- oder Südamerika einzuschiffen, oder nach einem andern entfernten Weltteil, wohin er am schnellsten und geheimsten befördert werden konnte. Nachdem dies geschehen war, gingen sie umher und warteten, bis der Zirkus ganz geräumt sein würde, nicht nur vom Publikum, sondern auch von der Gesellschaft und den Pferden. Nachdem sie den Zirkus eine lange Zeit beobachtet hatten, sahen sie Mr. Sleary einen Stuhl herausbringen und mit der Pfeife im Munde an der Seitentür sich niedersetzen, als wenn das sein Signal wäre, daß sie kommen könnten.

»Euer Diener, Tquire«, war seine vorsichtige Begrüßung als sie herzutraten. »Wenn Ihr meiner bedürft, to werdet Ihr mich hier finden. Ihr dürft Euch nicht daran toten, dat Euer Tohn eine komite Livree an hat.«

Sie traten alle drei ein, und Mr. Gradgrind setzte sich, in düsteres Sinnen verloren, auf den Stuhl, auf dem der Clown seine Vorstellung zu geben pflegte, mitten in der Bahn. Auf einer der hinteren Bänke, fern gerückt durch das gedämpfte Licht und die Abenteuerlichkeit des Ortes, saß der böse Bube, trotzig bis aufs äußerste, den er das Unglück hatte, seinen Sohn zu nennen.

Er war in einen abgeschmackten Rock gekleidet wie ein Kirchentürsteher[13], mit Aufschlägen und Lappen von unsäglicher Ausdehnung; in einer ungeheuren Weste, Kniehosen, Schnallenschuhen und aufgestutztem Narrenhute. Nichts saß ihm, alles war von grobem Stoffe, mottenzerfressen und voller Löcher. Er hatte Streifen in seinem schwarzen Gesichte, da wo Furcht und Hitze durch die schmierige Mischung gedrungen war, die es über und über besudelte.

---

[13] Die man in England, der Himmel weiß, infolge welcher christlich anglikanischen Errungenschaft, in ein schrillend rotes Harlekinkostüm zu stecken pflegt. Anm. des Übersetzers.

Etwas so widerlich, verächtlich, lächerlich Schmachvolles, wie der Bengel in dieser komischen Livree war, würde Mr. Gradgrind bei einer andern Gelegenheit nie für möglich gehalten haben, eine so unleugbare und greifbare Tatsache es auch war. Und eins von seinen Musterkindern war so weit gekommen!

Anfangs wollte der Bengel nicht näher rücken, sondern bestand darauf, in seiner Zurückgezogenheit zu bleiben. Endlich gab er, wenn ein so mürrisch gemachtes Zugeständnis ein Nachgeben genannt werden kann, den Bitten Cilis nach — denn Luise verleugnete er gänzlich. Er kam Bank für Bank herunter, bis er in den Sägespänen stand, am Rande der Bahn, so weit als möglich von dem Platze, wo sein Vater saß.

»Wie wurde das ausgeführt?« fragte der Vater.

»Wie wurde was ausgeführt?« antwortete der Sohn mürrisch.

»Dieser Diebstahl«, sagte der Vater, indem er einen besonderen Nachdruck auf das Wort legte.

»Ich selbst machte den Schrank in der Nacht auf und schloß ihn wieder halb, ehe ich wegging. Ich hatte den Schlüssel, der gefunden wurde, lange vorher machen lassen. An dem Morgen warf ich ihn hin, damit man glauben sollte, er sei zum Diebstahl benutzt worden. Ich nahm das Geld nicht alles auf einmal. Ich gab vor, meinen Kassenüberschuß jede Nacht wegzulegen, tat es jedoch nicht. Nun wißt Ihr alles, was sich darauf bezieht.«

»Wenn ein Donnerschlag auf mich gefallen wäre«, sagte der Vater, »es würde mich weniger erschüttert haben, als dieses.«

»Ich sehe nicht ein, warum«, murrte der Sohn. So viele Leute sind in Vertrauensstellungen, so viele Leute unter den vielen werden unehrlich sein. Ich habe Euch zu hundert Malen davon sprechen hören, daß dies ein Gesetz sei. Wie kann ich für Gesetze verantwortlich sein? Ihr habt andere mit solchen Dingen getröstet, Vater. Tröstet Euch jetzt selbst!«

Der Vater vergrub sein Gesicht in den Händen, und der Sohn stand in seiner schimpflichen Seltsamkeit da und kaute Stroh; seine Hände glichen, da das Schwarze auf der Innenseite zum Teil abgerieben war, denen eines Affen. Der Abend brach herein; und von Zeit zu Zeit richtete er das Weiße seiner Augen rastlos und ungeduldig auf seinen Vater. Sie waren der einzige Teil seines Gesichts, der irgendwelches Leben oder irgendeinen Ausdruck zeigte; die Farbe lag zu dick darauf.

»Du mußt nach Liverpool geschafft und außer Landes geschickt werden.«

»Ich vermute so. Ich kann nirgends elender sein«, winselte der Bengel, »als ich hier gewesen bin, so weit ich zurückdenken kann. Das ist eins.«

Mr. Gradgrind ging zur Tür und kehrte mit Sleary zurück, dem er die Frage vorlegte: »Wie dies beklagenswerte Subjekt wegschaffen?«

»Freilich, ich habe daran gedacht, Tquire. Da it nicht viel Teit tu verlieren. To mütt Ihr ja oder nein tagen. Et it über twantig Meilen tur Eitenbahn. In einer halben Tunde kommt eine Kute, die geht tur Eitenbahn, um den Posttug tu treffen. Dieter Tug wird ihn ticher nach Liverpool bringen.«

»Aber betrachtet ihn«, stöhnte Mr. Gradgrind. »Wird eine Kutsche —«

»Ich meine nicht, dat er in dieter komiten Livree gehen toll«, sagte Sleary. »Tagt ein Wort und ich will mit Hilfe der Garderobe in fünf Minuten einen *Jotkin* aus ihm machen.«

»Ich verstehe nicht«, sagte Mr. Gradgrind.

»Ein Jotkin it ein Fuhrmann. Faßt schnell Euren Entschluß, Tquire. Da mut Bier her. Ich habe nie etwat gefunden, dat to tnell einen komiten Mohren reinigt, alt Bier.«

Mr. Gradgrind stimmte schnell zu. Mr. Sleary nahm eben so schnell aus einem Kasten einen Kittel, einen Filzhut und andere notwendige Kleidungsstücke; der Bengel wechselte schnell seine Kleider hinter einem Schirm von Wollzeug; Mr. Sleary brachte schnell Bier und wusch ihn wieder weiß.

»Jett«, sagte Sleary, »kommt tur Kute und tpringt hinten auf; ich werde mit Euch gehen und tie werden Euch für einen von meinen Leuten halten. Tagt Eurer Familie Lebewohl und macht et kurt!« Hiermit zog er sich zartfühlend zurück.

»Hier ist dein Brief«, sagte Mr. Gradgrind. »Alle notwendigen Mittel werden dir verabfolgt werden. Mache durch Reue und Besserung die gräßliche Tat wieder gut, die du begangen, und die traurigen Folgen, zu denen sie geführt hat. Gib mir deine Hand, mein armer Junge, und möge Gott dir vergeben, wie ich dir vergebe!«

Der Verbrecher wurde durch diese Worte und ihren bewegten Ton zu wenigen, verrinnenden Tränen gerührt. Aber als Luise ihre Arme öffnete, stieß er sie von neuem zurück.

»Nicht du. Ich will nichts mit dir zu tun haben.«

»O, Tom, Tom, sollen wir so enden, nach all meiner Liebe!«

»Nach all deiner Liebe!« antwortete er verstockt. »Schöne Liebe! die den alten Bounderby sich selbst überläßt, meinen besten Freund, Mr. Harthouse fortjagt, und gerade, während ich in der größten Gefahr schwebe, nach Hause geht. Schöne Liebe das! Mit jedem Wort in bezug auf unsern Besuch an dem bewußten Orte herauszurücken, während du wußtest, daß sich das Netz rings um mich zusammenzog. Schöne Liebe das! Du hast mich in aller Form aufgegeben. Du hast mich nie geliebt!«

»Macht et kurt!« rief Sleary an der Tür.

Sie eilten alle bestürzt heraus; Luise rief ihm nach, daß sie ihm vergebe und ihn noch immer liebe, daß er es eines Tages bereuen werde, sie so verlassen zu haben, und daß er sich mit Freuden an diese ihre letzten Worte erinnern würde, in weiter Ferne. Da lief jemand gegen sie an. Mr. Gradgrind und Cili, die beide vor ihm hergingen, während seine Schwester noch an seinen Schultern hing, hielten an und prallten zurück.

Denn es war Bitzer, außer Atem, seine dünnen Lippen auseinandergerissen, seine kleinen Nasenlöcher erweitert, seine weißen Augenwimpern zitternd, sein farbloses Gesicht noch farbloser als gewöhnlich. Als wenn er sich in eine weiße Hitze liefe, während sich andere Leute in Glut zu laufen pflegen. Da stand er, keuchend und schnaufend, als wenn er seit dem Abend nicht angehalten, bereits lange Zeit, nachdem er sie angerannt hatte.

»Es tut mir leid, daß ich Eure Pläne durchkreuze«, sagte Bitzer, den Kopf schüttelnd, »aber ich kann mich nicht durch Kunstreiter betrügen lassen. Ich muß den jungen Mr. Tom haben, er darf nicht von Kunstreitern weggeschafft werden; da steht er in einem Kittel und ich muß ihn haben!«

Am Rockkragen noch dazu, schien es. Denn so ergriff er Besitz von ihm.

Sechsunddreißigstes Kapitel.

Sie gingen in die Bude zurück und Sleary verschloß die Tür, um Eindringlinge abzuhalten. Bitzer stand, den gelähmten Verbrecher, noch immer am Kragen haltend, in der Bahn und blickte auf seinen alten Patron durch das Dunkel des Zwielichts.

»Bitzer«, sagte Mr. Gradgrind, niedergebrochen und mit kläglicher Unterwürfigkeit, »habt Ihr ein Herz?«

»Der Blutumlauf, Sir«, erwiderte Bitzer, über die Seltsamkeit der Frage lächelnd, »würde sich ohne ein solches nicht bewerkstelligen lassen. Niemand, Sir, der mit den Harveyschen Untersuchungen über den Blutumlauf vertraut ist, kann zweifeln, daß ich ein Herz habe.«

»Ist es irgendeiner Regung des Mitleids zugänglich?« rief Mr. Gradgrind.

»Es ist der *Vernunft* zugänglich, Sir«, erwiderte der vortreffliche junge Mann, »und nichts anderm.«

Sie standen sich gegenüber und sahen sich an, und Mr. Gradgrinds Gesicht war so bleich, wie das des Verfolgers.

»Was für einen Beweggrund – selbst was für einen *vernünftigen* Beweggrund – könnt Ihr haben, das Entkommen dieses unglücklichen Jünglings zu verhindern«, sagte Mr. Gradgrind, »und seinen beklagenswerten Vater zu Boden zu treten? Blickt auf seine Schwester hier. Habt Mitleid mit uns!«

»Sir«, antwortete Bitzer, in einer sehr geschäftsmäßigen und logischen Weise, »da Ihr mich fragt, was für einen *vernünftigen* Beweggrund ich habe, den jungen Mr. Tom nach Coketown zurückzubringen, so ist es nicht mehr als vernünftig, es Euch wissen zu lassen. Ich habe den jungen Mr. Tom vom ersten Augenblick an wegen dieses Bankdiebstahls beargwöhnt. Ich hatte mein Auge auf ihm schon vor dieser Zeit, denn ich kannte seine Schliche. Ich habe meine Beobachtungen für mich behalten, aber ich habe sie gemacht. Ich habe mir jetzt vollgültige Beweise gegen ihn verschafft, ganz abgesehen von seiner Flucht und seinem eigenen Bekenntnis, das ich gerade rechtzeitig mit anhören konnte. Ich hatte das Vergnügen, Euer Haus gestern morgen zu umlauern und Euch hierher zu folgen. Ich will den jungen Mr. Tom nach Coketown zurückbringen, um ihn Mr. Bounderby zu überliefern. Sir, ich habe nicht den geringsten Zweifel, daß Mr. Bounderby mich auf den Platz des jungen Mr. Tom befördern wird. Und ich wünsche seine Stellung zu haben, denn sie wird eine Beförderung für mich sein und mir gut tun.«

»Wenn dies ausschließlich eine Frage des persönlichen Interesses für Euch ist —« begann Mr. Gradgrind.

»Ich bitte um Verzeihung«, daß ich Euch unterbrechen muß, Sir«, fiel ihm Bitzer in die Rede; »aber es wird Euch gewiß nicht unbekannt sein, daß das ganze soziale System eine Frage des persönlichen Interesses ist. Woran Ihr Euch immer wenden müßt, das ist der persönliche Eigennutz. Das ist Euer einziger Halt. So sind wir nun einmal beschaffen. Ich wurde in diesem Katechismus erzogen, als ich noch sehr jung war, Sir, wie Euch bekannt ist.«

»Was für eine Summe«, sagte Mr. Gradgrind, »wollt Ihr gegen Eure gehoffte Beförderung gesetzt haben?«

»Ich bin Euch zu Dank verpflichtet, Sir«, entgegnete Bitzer, »daß Ihr mir diesen Vorschlag macht; aber ich will gar keine Summe dagegen gesetzt haben. Da ich voraussah, daß Euer heller Kopf diese Alternative stellen würde, so habe ich diese Berechnungen in meinen Gedanken überschlagen, und finde, daß eine Untreue zu begehen, selbst um eine sehr hohe Summe nicht so sicher und vorteilhaft für mich sein würde, als meine besseren Aussichten bei der Bank.«

»Bitzer«, sagte Mr. Gradgrind, seine Hände ausstreckend, als wollte er sagen: Sieh, wie elend ich bin! »Bitzer, ich sehe nur noch eine Möglichkeit, Euren Sinn zu beugen. Ihr wart viele Jahre in meiner Schule. Entschließt Euch in dankbarer Erinnerung an die Mühe, die man dort auf Euch verwandt hat, von Eurem augenblicklichen Interesse abzusehen und meinen Sohn loszulassen. Ich bitte Euch inständig, ihm die Wohltat dieser dankbaren Erinnerung zu gewähren.«

»Ich wundere mich wirklich, Sir«, versetzte sein alter Schüler im Tone eines Beweisführers, »Euch in einer so unhaltbaren Stellung zu sehen. Mein Unterricht wurde bezahlt; er beruhte auf einem Handelskontrakt, und der Kontrakt war zu Ende, als ich die Schule verließ.«

Es war ein Hauptgrundsatz der Gradgrindschen Philosophie, daß alles zu bezahlen sei. Niemand war unter irgendwelchen Umständen verpflichtet, jemandem irgend etwas zu geben oder irgendwelche Hilfe zu leisten ohne Kaufpreis. Dankbarkeit mußte abgeschafft werden und die aus ihr entspringenden Tugenden mußten aufhören zu existieren. Jeder Zoll des menschlichen Daseins hatte ein auf dem Kassentische abgeschlossener und geregelter Vertrag zu sein. Und wenn wir über den Zahltisch nicht in den Himmel kommen konnten, dann war er kein nationalökonomischer Platz, und wir hatten nichts dort zu suchen.

»Ich leugne nicht«, fuhr Bitzer fort, »daß mein Unterricht billig war. Aber das paßt ja gerade gut, Sir. Ich bin um den billigsten Marktpreis geliefert worden, und habe mich um den teuersten zu verkaufen.«

Hier wurde er durch Luisens und Cilis Weinen etwas außer Fassung gebracht.

»Laßt das, wenn ich bitten darf«, sagte er, »das nützt nichts und stört nur. Ihr scheint zu glauben, ich hätte eine gewisse Feindseligkeit gegen den jungen Mr. Tom; aber ich habe gar keine. Ich beabsichtige nur, aus den erwähnten vernünftigen Gründen, ihn nach Coketown zurückzubringen. Wenn er Widerstand leisten sollte, so würde ich den Ruf erheben: Haltet den Dieb! Aber er wird keinen Widerstand leisten. Ihr könnt Euch darauf verlassen.«

Mr. Sleary, der mit offenem Munde und sein rollendes Auge so unbeweglich in seinen Kopf gezwängt, wie sein feststehendes, diesen Lehrsätzen in tiefer Aufmerksamkeit sein Ohr geliehen hatte, tat jetzt einen Schritt vorwärts.

»Tquire, Ihr wißt tehr wohl und Eure Tochter weit sehr wohl (better alt Ihr, weil ich et ihr getagt habe), dat et mir unbekannt war, wat Euer Tohn begangen, und dat ich et auch nicht tu wissen wünte – ich tagte, et wäre better, obgleich ich tu der Teit nur glaubte, et wäre eine Lumperei. Jedoch, da dieter junge Mann erklärt hat, bat et ein Bankdiebtahl it, so it dat eine tehr ernthafte Tache; viel tu ernthaft für mich, um diete Tache beitulegen, wie dieter junge Mann tich tehr pattend auttudrücken beliebt. Daher dürft Ihr mir et nicht übel nehmen, Tquire, wenn ich mich auf die Teite von dietem jungen Mann telle und tage, er hat recht und da it nicht tu helfen. Aber ich will Euch tagen, wat ich tun will, Tquire, ich will Euren Tohn und dieten jungen Mann tur Eitenbahn fahren und hier eine öffentliche Blottellung verhüten. Ich kann nicht versprechen, mehr tu tun, aber dat will ich tun.«

Neue Wehklagen von Luise und tiefere Betrübnis von seiten Mr. Gradgrinds folgten diesem Verrat ihres letzten Freundes. Aber Cili blickte mit großer Spannung auf ihn, auch mißverstand sie ihn nicht. Als sie alle im Begriff waren hinauszugehen, begünstigte er sie mit einem leichten Rollen seines beweglichen Auges, um ihr anzuzeigen, daß sie zurückbleiben sollte. Als er die Türe schloß, sagte er aufgeregt:

»Der Tquire tand Euch bei, Tetilia, und ich werde dem Tquire beitehen. Mehr alt dat. Diet it ein Prachttaugenicht' und gehört dem polternden Turken, den meine Leute fat aus dem Fenster warfen. Et wird eine fintere Nacht geben. Ich habe ein Pferd besorgt, dat allet tun wird, nur nicht tprechen; ich habe ein Pony in Bereittaft, dat fünftehn Meilen in einer Tunde macht, wenn et Childert lenkt, ich habe einen Hund, der teinen Mann vierundtwantig Tunden auf *einem* Platte hält. Wechtelt ein Wort mit dem jungen Tquire. Tagt ihm, wenn er tieht, dat unter Pferd tu tanten beginnt, so toll er tich nicht fürchten, umgeworfen tu werden, tondern tarf nach einem herankommenden Pony-Gig auttun. Tagt ihm, wenn er dat Gig dicht hinter tich bemerkt, to toll er heruntertpringen, et werde ihn im Trab davonfahren. Wenn mein Hund dieten jungen Mann einen Fut aufheben lätt, to gebe ich ihm die Erlaubnit, tu gehen. Und wenn mein Pferd tich von dem Platte rührt, wo et tu tanzen anfängt, vor Morgen, – dann kenne ich it tlecht! Macht et kurt!«

Es wurde so kurz gemacht, daß innerhalb zehn Minuten Mr. Childers, der auf dem Marktplatze in einem Paar Pantoffeln herumschlenderte, seinen Wink hatte und Mr. Slearys Equipage bereit war. Es war ein schöner Anblick, den gelehrigen Hund um dieselbe herumbellen und Mr. Sleary ihn mit seinem einzigen brauchbaren Auge unterweisen zu sehen, daß Bitzer der Gegenstand seiner besonderen Aufmerksamkeit sein solle. Bald nach Dunkelwerden stiegen alle drei ein und fuhren ab. Der gelehrige Hund (ein furchteinflößendes Tier) verfolgte schon Bitzer mit seinen Augen und hielt sich neben dem Wagen hart an seiner Seite, damit er für ihn bereit sei, im Falle er die leiseste Neigung zum Aussteigen verraten sollte.

Die andern drei blieben im Wirtshaus die ganze Nacht hindurch in großer Unruhe auf. Um acht Uhr des Morgens erschien Mr. Sleary mit dem Hunde wieder; beide sehr frohen Mutes.

»Allet in Ordnung, Tquire!« rief Mr. Sleary, »Euer Tohn kann in dietem Augenblicke am Bord einet Tiffes tein. Childert nahm ihn anderthalb Tunden nach unterer Abfahrt am vergangenen Abend auf. Dat Pferd tantte die Polka, bit et ermüdet war (et würde gewallt haben, wenn et nicht im Getirr geweten wäre), dann gab ich ihm dat Wort und et begann behaglich tu tlafen. Alt dat Prachtexemplar vom jungen Taugenicht', tagte, er wolle tu Fut weiter gehen, hing tich der Hund an tein Halttuch mit allen vier Beinen in der Luft, tog ihn nieder und rollte ihm dat Unterte tu oben. To kam er turück in den Wagen und tat hier, bit ich dat Pferd umwandte, um halb tieben Uhr dieten Morgen.«

Mr. Gradgrind überschüttete ihn natürlich mit Danksagungen, und spielte so zart er konnte auf eine anständige Geldbelohnung an.

»Ich telbt verlange kein Geld, Tquire, aber Childert it Familienvater, und wenn Ihr ihm etwa eine Fünfpfundnote anbieten tolltet, to dürfte tie nicht turückgewieten werden. In gleicher Weite, wenn Ihr vielleicht willent wäret, ein Haltband für den Hund oder ein Glockentpiel für dat Pferd tu ertehen, to würde ich tehr erfreut tein, et antunehmen. Grog nehme ich immer.« Er hatte bereits ein Glas bestellt, und jetzt bestellte er ein anderes. »Wenn Ihr nicht glauben tolltet, er hiete ut weit gehen, eine kleine Tpende der Geselltaft tu machen, ungefähr drei Mark techtig auf den Kopf, Luce nicht gerechnet, to würde et tie glücklich machen.«

Mr. Gradgrind übernahm es sehr gern, alle diese kleinen Beweise seiner Dankbarkeit zu geben; obgleich er sagte, sie seien seiner Meinung nach viel zu gering für einen solchen Dienst.

»Tehr gut, Tquire; dann, wenn Ihr untere Vortellungen betuchen wollt, to oft Ihr könnt, to werdet Ihr die Rechnung mehr alt aufgeglichen haben. Nun, Tquire, wenn Eure Tochter mir erlauben will, ich möchte ein Wort in't Geheim mit Euch tprechen.«

Luise und Cili zogen sich in ein anstoßendes Gemach zurück; Mr. Sleary, der seinen Grog stehend umrührte und trank, fuhr fort:

Tquire, ich brauche Euch nit erst tu tagen, dat Hunde wunderbare Tiere tind.«

»Ihr Instinkt«, sagte Mr. Gradgrind, »ist überraschend.

»Wie Ihr et auch heiten mögt – und ich bin froh, wenn ich weit, wie et heiten et it erstaunlich. Der Weg, auf dem ein Hund Euch finden will – in der Richtung wird er kommen!«

»Weil«, versetzte Mr. Gradgrind, »sein Geruch so fein ist.«

»Et würde mich glücklich machen, wenn ich wütte, wie ich et nennen tollte«, widerholte Sleary, sein Haupt schüttelnd, »aber, Tquire, ich habe Hunde mich finden getehen, auf eine Weite, die mich denken lätt, ob der Hund nicht tu einem andern Hunde gegangen und ihn gefragt hat: ›Kennt ihr nicht vielleicht eine Perton nament Tleary? Perton nament Tleary, im Kuntreiterberuf – untertetzter Mann – Tielauge?‹ Und dieter dürfte dann getagt haben: ›Nun, ich kann nicht tagen, dat ich ihn pertönlich kenne, aber ich kenne einen Hund, der, glaube ich wohl, mit ihm bekannt tein könnte.‹ Und dann mag dieter Hund noch einmal darüber nachgedacht und getagt haben: ›Tleary, Tleary! O ja, gant ticher! Ein Freund von mir erwähnte ihn einmal. Ich kann euch teine Adrette augenblicklich geben.‹ Weil ich vor dem Publikum tehe und to viel herumkomme, to begreift Ihr, Tquire, dat eine grote Tahl Hunde mit mir bekannt tein mut, die ich nicht kenne?«

Mr. Gradgrind schien durch diese Betrachtungen ganz verwirrt zu werden.

»Einmal«, sagte Sleary, nachdem er seine Lippen an den Grog gesetzt hatte, »waren wir in Chethter, et mag wohl ungefähr viertehn Monate her tein. Wir waren gerade im Begriff, an einem Morgen untere »Kinder im Walde« eintuüben, alt ein Hund durch dat Theatertor in untere Reitbahn hereinkam. Er hatte einen langen Weg turückgelegt und war in einer tehr üblen Verfattung, lahm und fat gant blind. Er ging rund herum tu unteren Kindern, von einem tum andern, alt wenn er ein Kind tuchte, dat er kannte; dann kam er tu mir, tellte tich hinten auf und mit den twei Vorderfüten in die Höhe, krank wie er war, und darauf wedelte er mit dem Twante und krepierte. Tquiere, dieter Hund war Merrylegt.«

»Cilis Vaters Hund?«

»Tetilias Vaters alter Hund. Nun, Tquiere, kann ich einen Eid darauf ablegen, wie ich den Hund kenne, dat jener Mann tot und begraben war – bevor der Hund tu mir zurückkam. Jotephine, Childert und ich betprachen et lange Teit, ob ich treiben tollte oder nicht. Aber wir kamen überein: Nein. Denn et gibt nicht' angenehmet tu berichten, warum alto ihren Tinn beunruhigen und tie unglücklich machen? Ob ihr Vater tie bötwillig verlier, oder ob er lieber tein Hert allein brechen latten, alt tie tugleich mit tich verderben wollte, wird nie bekannt werden, Tquire, bit – nein, bit wir witten, wie ein Hund unt autfindet.«

»Sie bewahrt die Flasche, nach der er sie ausgeschickt hatte, noch bis zu dieser Stunde; und sie wird an seine Liebe noch bis zum letzten Augenblick ihres Lebens glauben«, sagte Mr. Gradgrind.

»Dat teint einem twei Dinge tu beweiten, nicht wahr, Tquire?« sagte Mr. Sleary, während er nachdenklich auf den Grund seines Grogs blickte. »Dat eine it, dat et eine Liebe in der Welt gibt, die nicht durchweg im tiefen Grunde Eigennutz, tondern etwat gant anderet it; dat andere, dat die eine Art Telbtberechnung oder Nichtberechnung kennt, die in gewitter Weite to twer tu beteichnen it, alt die Handlungtweite einet Hundet!«

Mr. Gradgrind blickte aus dem Fenster und gab keine Antwort, Mr. Sleary leerte sein Glas und rief die Damen zurück.

»Tetilie, meine Liebe, kütt mich und leb wohl! Mitt Tquire, tu tehen, wie Ihr tie alt eine Tweter behandelt und alt Tweter, der Ihr Vertrauen und Achtung von ganter Teele tenkt und noch mehr alt dat, it ein Anblick, der mir tehr wohl tut. Ich hoffe, Euer Bruder wird leben, um et better um Euch tu verdienen und Euch mehr Freude tu machen. Tquire, gebt mir Eure Hand tum erten und tum lettenmale. Ärgert Euch nicht über arme Vagabunden. Dat Volk mut amütiert werden. Nicht alle Leute können gelehrt und nicht alle können Arbeiter tein; untereint it nicht dafür gemacht. Ihr *mütt* unt haben, Tquire. Teil daher klug und freundlich tugleich, und macht dat bete aut unt, und nicht dat tlechtete!«

»Und ich würde nie tuvor geglaubt haben«, sagte Mr. Sleary, indem er seinen Kopf noch einmal zur Tür hereinstreckte, »dat ich to viel von einem Schwätzer hätte!«

Siebenunddreißigstes Kapitel.

Es ist ein gefährliches Ding, im Umkreis eines dünkelhaften Prahlers etwas zu sehen, ehe es der Prahler selbst sieht. Mr. Bounderby fühlte, daß Mrs. Sparsit ihm unverschämt zuvorgekommen und der Ansicht war, weiser zu sein als er. Er war unversöhnlich aufgebracht gegen sie, wegen ihrer triumphierenden Entdeckung von Mrs. Pegler. Er drehte diese Vermessenheit von seiten einer Frau in ihrer abhängigen Stellung so lange um und um in seinem Sinne, bis sie im Umdrehen anschwoll wie eine Lawine. Endlich machte er die Entdeckung, daß es bedeuten würde, den größtmöglichen Betrag von krönendem Ruhm aus dieser Verbindung zu gewinnen, dieses Frauenzimmer mit den vornehmen Familienverbindungen los zu werden. Er wollte es in seiner Gewalt haben, zu sagen: »Sie war eine Frau von Familie und wünschte sich an mich zu hängen, aber ich wollte es nicht haben und machte mich von ihr los.« Zu gleicher Zeit würde man Mrs. Sparsit nach Verdienst bestrafen.

Mehr als je von diesem Gedanken erfüllt, kam Mr. Bounderby zum zweiten Frühstück und setzte sich in dem aus früheren Zeiten bekannten Speisezimmer nieder, in dem sein Porträt hing. Mrs. Sparsit saß am Feuer, ihren Fuß in ihrem baumwollenen Fußsacke, und dachte wenig daran, was ihr bevorstand.

Seit der Pegler-Angelegenheit hatte diese edle Dame ihre Teilnahme für Mr. Bounderby mit einem Schleier von ruhiger Melancholie und Ergebenheit umhüllt. Infolgedessen war es ihre Gewohnheit geworden, einen wehmutsvollen Blick anzunehmen, den sie jetzt auf ihren Herrn richtete.

»Was wollt Ihr, Ma'am?« sagte Mr. Bounderby in kurzer und rauher Weise.

»Bitte Sir«, antwortete Mr«. Sparsit, »beißen Sie meine Nase nicht ab.«

»Ihre Nase abbeißen, Ma'am!« wiederholte Mr. Bounderby. »*Ihre* Nase!« damit wollte er andeuten, wie Mrs. Sparsit wohl begriff, daß es zu diesem Zwecke eine zu ausgebildete Nase sei. Nach dieser beleidigenden Bemerkung schnitt er sich eine Brotkruste ab und warf das Messer mit gewaltsamem Geräusch nieder.

Mrs. Sparsit nahm ihren Fuß aus dem Fußsacke und sagte: »Mr. Bounderby, Sir!«

»Nun, Ma'am?« versetzte Bounderby. »Was starren Sie?«

»Darf ich fragen, Sir«, sagte Mr». Sparsit, »ob Sie diesen Morgen Unannehmlichkeiten gehabt haben?«

»Ja, Ma'am.«

»Darf ich fragen, Sir«, fuhr die beleidigte Frau fort, »ob ich die unglückliche Ursache bin, daß Sie Ihre gute Laune verloren haben?«

»Nun wohl, ich will Ihnen etwas sagen, Ma'am«, erwiderte Bounderby, »ich bin nicht hierhergekommen, um angeschrien zu werden. Ein Frauenzimmer mag noch so hohe Familienbeziehungen haben, und es kann ihr doch nicht gestattet werden, einen Mann in meiner Stellung zu langweilen und zu ärgern, und ich habe nicht Lust, mir das gefallen zu lassen.« (Bounderby hielt es für nötig, fortzufahren, denn er sah voraus, daß er geschlagen werden würde, sobald er auf Einzelheiten einging.)

Mrs. Sparsit erhob sich erst, dann zog sie ihre koriolanischen Augenbrauen zusammen, legte ihre Arbeit in ihren Korb und brach auf.

»Sir«, sagte sie majestätisch, »es ist offenbar, daß ich Ihnen gegenwärtig im Wege bin. Ich werde mich in mein eigenes Gemach zurückziehen.«

»Erlauben Sie mir, Ihnen die Tür zu öffnen, Ma'am.«

»Danke, Sir, ich kann es selbst tun.«

»Sie sollten es mir lieber erlauben, Ma'am«, sagte Bounderby, indem er an ihr vorüberging und seine Hand auf das Schloß legte, »weil es mir Gelegenheit verschaffen wird, Ihnen ein Wort zu sagen, ehe Sie gehen. Mrs. Sparsit, ich glaube, Sie sind hier beengt, nicht wahr? Es scheint mir, daß es unter meinem niedrigen Dache schwerlich genug Raum gibt für eine Dame von Ihrem Talent, sich in anderer Leute Angelegenheiten zu mischen.«

Mrs. Sparsit warf ihm einen Blick der finstersten Verachtung zu und sagte mit großer Höflichkeit: »Wirklich, Sir?«

»Ich habe seit den letzten Ereignissen darüber nachgedacht, sehen Sie, Ma'am«, sagte Bounderby; »und es scheint
nach meinem unmaßgeblichen Urteile —«

»O, bitte, Sir«, unterbrach ihn Mrs. Sparsit mit lebhafter
Heiterkeit, setzen Sie Ihr Urteil nicht herab. Jedermann weiß,
wie unfehlbar Mr. Bounderbys Urteil ist. Jedermann hat Be-
weise davon gehabt. Es muß das Thema der allgemeinen
Unterhaltung sein. Setzen Sie alles an sich herab, nur Ihr
Urteil nicht, Sir«, sagte Mrs. Sparsit lachend.

Mr. Bounderby, sehr rot und unbehaglich, wiederholte:

»Noch einmal, Ma'am, es scheint mir, daß eine andere Art
Hauswesen eine Dame von Ihren Fähigkeiten ganz anders zur
Geltung bringen würde. Solch ein Hauswesen etwa, wie das
Ihrer Verwandten, der Lady Scadgers. Glauben Sie nicht auch,
Sie dürften da einige Dinge finden, mit denen Sie sich befas-
sen könnten?«

»Es ist mir nie zuvor eingefallen, Sir«, erwiderte Mrs. Sparsit, »aber jetzt, wo Sie es erwähnen, halte ich es für höchst
wahrscheinlich.«

»Dann versuchen Sie es vielleicht einmal, Ma'am«, sagte
Mr. Bounderby, indem er einen Umschlag mit einem Scheck
darin in ihren kleinen Korb legte. »Sie können nach Gutdün-
ken die Zeit zu Ihrer Abreise wählen, Ma'am. Aber indessen
dürfte es wohl für eine Dame mit Ihren Geisteskräften angenehmer sein, ihre Mahlzeiten bei sich selbst zu essen, als daß
andere ihr beschwerlich fallen. Ich muß mich wirklich bei
Ihnen entschuldigen, daß ich Ihnen solange im Lichte gestanden, obgleich ich nur Josiah Bounderby von Coketown bin.«

»Bitte, das ist nicht der Erwähnung wert, Sir«, erwiderte
Mrs. Sparsit. »Wenn dies Porträt sprechen könnte, Sir, so
würde es bezeugen, daß ich es schon vor langer Zeit als das
Gemälde eines Einfaltspinsels ansah. Aber es hat den Vorteil
vor seinem Original voraus, daß es nicht die Fähigkeit besitzt,
sich selbst bloßzustellen und andere nicht anzuekeln. Nichts,
was ein Einfallspinsel tut, kann Erstaunen oder Unwillen
erregen; das Tun und Lassen eines Einfaltspinsels kann nur
Verachtung einflößen.«

Während sie dies sagte, bemühte sich Mrs. Sparsit, mit ihren römischen Zügen, wie die auf einer Münze, ihrer Verachtung gegen Mr. Bounderbys Ausdruck zu verleihen, maß ihn mit festem Blicke vom Kopf bis zum Fuße, schwebte verächtlich an ihm vorüber und stieg die Treppe hinauf. Mr. Bounderby schloß die Tür und stellte sich vor das Feuer. Nach seiner alten, unbeherrschten Art versenkte er sich in sein Porträt und in die Zukunft.

*

Wie weit in die Zukunft? Er sah Mrs. Sparsit einen täglichen Kampf mit den Spitzen aller weiblichen Waffen gegen die neidische, beißende, reizbare, peinigende Lady Scadgers auskämpfen. Sie lag noch immer mit ihrem geheimnisvollen Fuße im Bette und hatte ihr unzureichendes Einkommen ungefähr in der Mitte jedes Quartals aufgezehrt, in einer schlechten, kleinen, luftlosen Wohnung, eine bloße Kammer für einen, nur ein Stall für zwei. Aber sah er mehr? Erhaschte er einen Schimmer von sich selbst, wenn er Bitzer den Fremden vorstellte als den strebsamen jungen Mann, so ergeben den großen Verdiensten seines Herrn, der den Platz des jungen Toms errungen und den jungen Tom beinahe selbst gefangen hätte, zur Zeit, als dieser von verschiedenen Landstreichern weggelockt wurde? Sah er einen schwachen Widerschein seines eigenen Bildes, wie er ein großprahlerisches Testament machte? Fünfundzwanzig Aufschneider sollten nach zurückgelegtem fünfundzwanzigsten Jahre jeder den Namen Josiah Bounderby von Coketown annehmen, für immer in Bounderbyhall speisen, für immer in Bounderbyhäusern wohnen, für immer eine Bounderbykapelle besuchen, für immer sich von einem Bounderbykaplan einschläfern lassen, für immer von einer Bounderbystiftung ernährt werden, sich für immer alle gesunden Magen mit einem Übermaß von Bounderbymischmasch und Bounderbyprahlerei verderben. Hatte er irgendeine Ahnung von dem Tage, fünf Jahre später, als Josiah Bounderby von Coketown an einem Schlaganfalle in der Coketownstraße sterben sollte, und dasselbe köstliche Testament seine lange Laufbahn von Spitzfindigkeiten, Betrügereien, falschen Ansprüchen, schlechtem

Beispiel, wenig Nutzen und vielen Prozessen beginnen sollte? Wahrscheinlich nicht. Jedoch das Porträt mußte das alles miterleben.

Auch Mr. Gradgrind saß an demselben Tage und zur selben Stunde gedankenvoll in seinem Zimmer. Wieviel von der Zukunft sah *er*? Sah er sich selbst, einen ergrauten, verlebten Mann, seine bisher unbiegsamen Ideen der gegebenen Verhältnisse, Tatsachen und Träume dem Glauben der Hoffnung anpassen und der Menschenliebe unterordnen und nicht länger den Versuch machen, diese himmlischen Drei in seinen staubigen kleinen Mühlen zu zermahlen? Erhaschte er einen Blick von sich selbst, wie er deshalb von seinen früheren politischen Verbündeten verachtet wurde? Sah er sie in der Zeit, wo es allgemein anerkannt war, daß die nationalen Gassenkehrer nur miteinander etwas zu tun haben und keine Verpflichtung gegen eine Abstraktion, genannt Volk, anerkennen, das den ehrenwerten Gentleman mit diesem und mit dem und womit nicht, fünf Tage in der Woche bis zu den frühen Morgenstunden drangsalt? Wahrscheinlich hatte er eine starke Vorahnung davon, denn er kannte seine Leute.

Auch Luise betrachtete am Vorabend desselben Tages das Feuer, wie in früheren Zeiten, jedoch mit freundlicherer und demütigerer Miene. Wieviel von der Zukunft mochte vor *ihrem* Blick aufsteigen? Plakate an den Straßenecken, mit ihres Vaters Namen unterzeichnet, die den verstorbenen Stephen Blackpool, Weber, von dem falschen Verdacht entlasteten, und die Schuld seines eigenen Sohnes veröffentlichten, mit soviel Milderung als seine Jahre und Versuchung (er konnte sich nicht überwinden »Erziehung« hinzuzufügen) beanspruchen durften, gehörten der *Gegenwart* an. So gehörte Stephen Blackpools Grabstein, mit ihres Vaters Bericht über seinen Tod auch fast zur Gegenwart, denn sie wußte, daß das so sein sollte. Diese Dinge konnte sie leicht sehen. Aber, wieviel von der Zukunft?

Ein Arbeitermädchen, namens Rachael, das nach einer langen Krankheit eines Tages wieder auf den Ruf der Fabrikglocke erschien und wieder zur bestimmten Stunde hin- und zurückging unter den Coketownschen »Händen«; ein Mädchen von gedankenvoller Schönheit, immer schwarz gekleidet, aber milden Sinnes und heiter, selbst munter. Sie allein schien von allen Leuten an dem Orte mit einer gesunkenen, versoffenen Elenden ihres eigenen Geschlechtes Mitleid zu haben, die man zu Zeiten in der Stadt insgeheim sie anbetteln und anrufen sah. Ein Arbeitermädchen, immer arbeitend, aber zufrieden damit, wie mit ihrem natürlichen Lose, bis sie zu alt zu fernerer Arbeit sein würde. Sah Luise das? So etwas sollte geschehen.

Ein verlassener Bruder, viele tausend Meilen entfernt, auf tränendurchnäßtem Papier schreibend, daß ihre Worte zu bald in Erfüllung gegangen, und daß alle Schätze der Welt unbedenklich hingeworfen werden würden für einen Blick auf ihr liebes Gesicht. Später dieser Bruder sich der Heimat nähernd, voll Hoffnung, sie zu sehen, und durch Krankheit aufgehalten; und dann ein Brief von fremder Hand, in dem es heißt: »er starb in dem Hospitale, am Fieber, und starb in Reue und Liebe zu Euch: sein letztes Wort war Euer Name.« Sah Luise diese Dinge? Solche Dinge sollten geschehen.

Sie selbst wieder ein Weib – eine Mutter – liebreich besorgt für ihre Kinder, immer voll Sorge, daß sie Kindlichkeit des Geistes in nicht geringerem Grade als Kindlichkeit des Körpers bewahrten, da sie erkannt, daß jene noch ein schöneres Ding sei und ein Besitz, von dem ein aufgespartes Stückchen ein Segen und ein Glück für den Weisesten? Sah Luise das? So etwas sollte nimmer geschehen.

Aber der glücklichen Cili glückliche Kinder, sie liebend; alle Kinder sie liebend; sie selbst, unterrichtet in kindlichem Wissen; nie denkend, daß eine unschuldige und hübsche Einbildung zu verachten sei; unablässig bemüht, ihre niedriger gestellten Mitgeschöpfe kennenzulernen und ihr maschinenmäßiges Leben der rauhen Wirklichkeit mit jenen idealen Annehmlichkeiten und Genüssen zu verschönen, ohne die das Herz der Kindheit verwelken, die stärkste physische Manneskraft vollkommen moralisch tot, und die klarsten Berechnungen über Nationalreichtum ein Wandgekritzel sein werden, – sie diesen Weg gehend ohne phantastisches Gelübde, oder Unterschrift, oder Brüderschaft, oder Schwesterschaft, oder Bürgschaft, oder Vertrag, oder Putz, oder Armenbasar[14], sondern einfach als eine zu erfüllende Pflicht. Sah Luise diese Dinge von sich selbst? Diese Dinge sollten geschehen.

Lieber Leser! Es hängt von dir und mir ab, ob in unseren beiden Wirkungskreisen ähnliche Dinge geschehen sollen oder nicht. Laßt sie geschehen! Wir werden dann mit leichterem Herzen am Feuer sitzen und seine Asche grau und kalt werden sehen.

---

[14] Bezieht sich auf die gefühlvolle Manie hochgestellter Ladys, durch Lotterien von Putzsachen und durch Märkte, welche zum Verkauf von Handarbeiten und Nippsachen bestimmt sind, »respektable« d.h. von der Hochkirche approbierte Arme zu unterstützen. Anm. des Übersetzers.